怪医笔记 2

狼医生 著

江苏凤凰文艺出版社
JIANGSU PHOENIX LITERATURE AND
ART PUBLISHING

图书在版编目（CIP）数据

怪医笔记.2/ 狼医生著. —南京:江苏凤凰文艺出版社,2024.6
ISBN 978-7-5594-7964-8

Ⅰ.①怪…Ⅱ.①狼…Ⅲ.①长篇小说 – 中国 – 当代Ⅳ.①I247.5

中国国家版本馆 CIP 数据核字（2023）第159124号

怪医笔记.2

狼医生 著

责任编辑	周颖若
选题策划	知　是
产品经理	齐文静
特约编辑	彭亭亭　车梦莹　张　宇
出版发行	江苏凤凰文艺出版社
	南京市中央路 165 号，邮编：210009
网　址	http://www.jswenyi.com
印　刷	嘉业印刷（天津）有限公司
开　本	700毫米 ×980毫米　1/16
印　张	20.5
字　数	364千字
版　次	2024 年 6 月第 1 版
印　次	2024 年 6 月第 1 次印刷
书　号	ISBN 978-7-5594-7964-8
定　价	58.00 元

江苏凤凰文艺版图书凡印刷、装订错误，可向出版社调换

目录

楔　子　　　　　　　　　　　　　001

第 1 章 | 先有鸡，还是先有蛋　　　　009
"没有资质就不能让我们开肺移植，但没有做过肺移植就不能开资质，这不神经病吗？"

第 2 章 | 病人从哪来？　　　　　　　027
病人总觉得缺医生，但医生也缺病人哪。

第 3 章 | 医生也会死　　　　　　　　042
"人的起点和终点都是医院，这可不好。"

涅槃　　　　　　　　　　　　　053

第 4 章 | 医药代表代表谁？　　　　　060
"一个行业没有好坏之分，关键是你要怎么做。"

第 5 章 | 每个医院都有"菜医生"　　077
"一个人可能是狗，但是一群人可能是狼。"

第 6 章 | 医生的晋升　　　　　　　　　　096
"北京是北京，上海是上海。"

第 7 章 | 医学不分中西，医生才分　　　110
"管他白猫黑猫，能抓到老鼠就是好猫啊！"

第 8 章 | 医生和护士谁大？　　　　　　126
"想做成事情，还是要进入体系内部，而不是在外面讲无效的程序正义。"

第 9 章 | 高精尖还是大规模？　　　　　144
"只有披荆斩棘，刀口舔血，才有可能绝处逢生。"

我们仨　　　　　　　　　　　　　　　162

第 10 章 | 医生是人还是机器？　　　　167
"医生做久了，必定会犯错，只有系统可以让错误和损失的概率都降到最低。"

第 11 章 | 不干医生还能做什么？　　　194
每一个来这座城市的人都怀揣着自己的梦想，只不过大部分人都活成了别人梦想的背景。

第 12 章 | 医院的真身　　　　　　　　215
"在这个体系当中没有人想过害人，每个人却都可能成为死神的帮凶。"

第 13 章 | 医生也是普通人   235

    利益和善意，从来不是水火不容的。

    前夜   252

第 14 章 | 医道官途   259

    人在庙堂拥有的一切，在迈出这道门的瞬间就化为乌有。

第 15 章 | 药物、谎言与真相   276

    当对方心甘情愿地把弱点放在桌面上，你就更相信他是个真诚的合作者。

    决战   289

第 16 章 | 时空的偶遇   295

    "很多时候，人们不想明明白白地活，只愿意糊里糊涂地死。"

第 17 章 | 达摩克利斯之剑   307

    "重症监护室里可提供供体的患者似乎瞳孔对光反射恢复了些。"

楔 子

从第一次见到阿祖姑姑起,我就只知道她叫阿祖,没有名,没有姓,就是阿祖。

那一晚,脑袋顶上像白天一样亮,天上的星星都看不见几颗。大火啊,遍地都是大火,孙大帅的府邸周围满是烧着的木栅栏,地上躺着全是身上开了洞的尸体,身边的血水流着流着就凝固了,像是黑油点子晾干了黏在地上。空气中令人作呕的气味好像就在我的嗓子里,怎么也吐不出去。

我不知道是怎么打成那个惨烈的样子,我也才知道人死掉是这么简单的一件事。我那会儿才十岁,就紧跟着方老师,不敢离开半步。

阿祖姑姑是突然出现的,她背后都是连绵不绝的爆炸的火光,把她的轮廓勾勒得那么清晰。她那时应是四十岁上下,头发却还是编成整齐的麻花辫,沿着脖子一侧垂下,挺拔,干净,骄傲。她抱着一个还不会走路的娃娃,挡在方老师和我面前。

方老师问她:"你知道这是什么地方,你来这儿做什么?"但是他没有一点想知道答案的意思,只是想让她离开。

阿祖姑姑在笑,火光倒映在她的眼睛里,她说:"我当然知道这是什么地方,所以我们才要一起进去。"

我记得很清楚,她用的是"我们"。

方老师说:"胡闹。"便往门里走。

几十个肩上扛着枪的,警察模样的人堵在门口。而当方老师走到他们跟前,我好像看到他身上冒出一层看不见的气,那些警察像是一群沙丁鱼被这层气冲到一旁,让开了一个小小的通道,在他通过之后又关上了口子。

方老师头也不回地对着那些警察说:"放他们几个也进来。"警察也不敢说话。是啊,方老师的话,在那个时代仍是绝对的权威。我赶紧跟上去,阿祖姑姑也抱着孩子走了进来。

我记得我还偷偷摸了摸那个小家伙的脚指头,一碰就会缩回去,然后又伸出来招我。娃娃一声不哭,阿祖姑姑对我笑了笑。

府邸里面竟然别有洞天,四处可见的锦绣屏风上面有山水,有龙虎,更有飞溅的血液。巨大的广场中央喷泉屹立,可一滴水也喷不出来。喷泉里还漂着两个穿着下人衣服的浮尸,池水是红色的,比小婴儿个头还大的金色怪鱼在里面横了过来,偶尔摆动两下尾巴,远处几只折断了脖子的白孔雀躺在地上一动不动,烧焦的杂毛在充满腥味的风里呼扇着。我努力还原那里之前是怎样的一个极乐世界,但是喷泉中间那个血红的月亮好像在对天上的白月亮说,从天上到地下,不过就是半天的光景啊!

空气中焦炭的味道混着难以形容的恶臭。人死就会变臭,这是我十岁就知道的真理。我一直很担心小婴儿,而他全然不知地沉浸在自己的小世界里,仍不时玩着阿祖姑姑的头发。我听说小婴儿能闻到大人闻不到的气,阿祖姑姑的身上好像也有一股气,是让人感到安心的气。

这个三层小楼看起来不像北平的院落那么宽敞,但处处精致讲究。楼梯和扶手闭上眼都知道是上好的木头打造的,即便在这样恶臭的空气里,仍然能散发出一种清凉的、让人心安的檀香。

绕着楼梯走上三层,我们在尽头的房间,见到了端坐在正中太师椅上的孙大帅,国民政府二级上将,药品大亨,最年轻的国军上将,孙琦。

这是我第一次见到这个人,也是最后一次。

孙琦三十岁的光景,到这时仍是衣衫讲究,系着藏青色的领带,叼着烟,旁边的桌上有一部电话机,散落了一些上面贴着洋文标签的酒瓶。他一定喝了酒,但看起来更清醒。

我记得是孙琦先说话的。

"方鸿铭,没想到最后是你来陪我了,还带了个孩子,怎么,带儿子上门讨债吗?这是要用我的同情心来裹挟我吗,这未免也小瞧人了。"

方老师回答："这不是裹挟，这个是我刚收的徒弟，我答应他死去的爹妈要照顾他一辈子，我去哪儿，他就得去哪儿。"

孙琦又吐了个烟圈冷笑道："那就陪我一起死吧。"

方老师严厉地骂："我不是来陪你，我自己造的孽，我自己来收拾。把药都交出来，我保你周全。"

孙琦大笑，"你保我周全？是我在造孽？凭什么要由你来定义我为孽？！现在这帮土匪过来抢我的家，杀我的人，你就让我坐以待毙吗？！还要我把药都交出来？你知道这些药能买多少胜仗吗？我孙某人的天下是我自己白手起家打出来的，一没偷二没抢，这是时代送我的礼物，凭什么要拱手让给那些过河拆桥的恶人！"

方老师摇摇头道："冥顽不灵。"

孙琦冷笑，"我冥顽不灵？即使没有我，也会有王琦李琦张琦，这个时代终究会有人成为王！我们国军还没有输。方老师，方老师你是聪明人，你让我把你当人质，我们一起逃走，重整军队，我们一定能东山再起！"

方老师还没说话，阿祖姑姑抱着娃娃走了进来。孙琦仔细打量了一下来人，一直克制的平静的脸上，肌肉突然抽动起来。

他说："你怎么会来，阿祖老师。这是你的孩子吗？你也想用孩子来威胁我吗？"

阿祖全然没有管孙琦提出的三个问题，而是用清朗坚定的声音说："你能走到今天这一步，虽非我本意，但我难辞其咎，所以我要带你出去。"

"阿祖老师！你不要被那帮土匪骗了啊，我这个府里存的药材和药方，绝对能让国军赢回来！我们甚至可以去太平洋买个岛！"

阿祖姑姑轻轻蹲下，把孩子交到我的手里，我看清了她的脸。在月光下，她的脸显得清冷肃杀，她决然地转头起身，走上前去，好像并不怕眼前这个持枪的敌方上将。

"当年，我带你们从长沙走到昆明，一千六百公里路，你才只有二十岁，我看到的孙琦，是那么忠厚仁义，眼里永远只有别人没有过自己，天上丢炸弹的时候你扑到别人身上去保护他们。那时候的孙琦，我把他当作我的亲弟弟，所以当时我才拼死也要把那个东西从这个家伙手里抢下来，送给你，因为你在我眼里，就是希望。当时的你虽然一贫如洗，但是你的眼神里全是光，现在你动动嘴皮子，就有无数的人会死去，可你是否还记得你是为了什么而读书？"

孙琦咬紧了牙，道："不要说了，阿祖老师，你能来这里，我很高兴。我知道我输了，我走不了了。我最后说一遍，如果你们不走，就陪我一起上路。"

说着，他拉开自己的衣襟，里面捆着一排炸药。

"这个小炸弹，不只能炸死你我，也会把地下仓库的炸弹引爆，仓库里都是我多年收来的药，更有你们一直想要的盘尼西林。我即使死了，也不允许别人抢走一分一毫。"

当时我吓得有点腿软，但是那个小家伙好像给了我多一分的勇气，当我有了要保护的东西，我好像就不怕了。

方老师终于说话了。

"这不是你的，这一切曾经属于过你，但都将是过眼云烟。我当年就要烧掉那本《无名草堂》，就是因为里面的东西是不祥的，但凡心术不正，必然会被它支配。阿祖信你，我也就信了你。但是现在的我不知有多后悔，如果你当时没有看到它，也许你现在还是我们的同志。"

孙琦笑道："也许吧，但是谁不爱钱呢，你们不爱吗？那些土匪不爱吗？没有钱，咱们用什么去打日本人？用恨吗？用梦想吗？你说得对，《无名草堂》确实很厉害，我只给孙将军看了一页，他的军队就搞到了大把的枪炮，瞬间所向披靡。如果没有他那场胜仗，你们估计还在日本人的炮火下仓皇鼠窜。"

孙琦从怀里掏出一本绿色的笔记，在几人面前晃了晃。

我看到了那本笔记，是墨绿色的封皮，页数看起来不多，但是厚厚的，像是被翻了太多次的缘故。

那并不是我第一次听说这个笔记。江湖上一直都有传闻说，拿到这个笔记的人能支配一笔近乎无尽的宝藏，但具体是怎么支配的，有各种各样的说法。只有一个说法十分确定，就是但凡看过一页笔记的人，无一不是惨死，所以江湖传闻，这是一本被诅咒的笔记。

方老师无奈道："这一切都属于过你，也将不再属于你，孙琦，是我害了你，我愿意用我一命换你一命，保你平安离开。我只求你用府上这些药，来救战乱中的百姓。"

孙琦大笑。

"方鸿铭，你还是当年那个'不为怪医，宁不为医'的方鸿铭啊。我记得你当时说，写这本笔记的人是你的挚友，但凡你能自己看看，也不至于落魄到现在这个地步，你别太把自己当回事了。你也许能进得来，但你不可能把我带走。这些药，我宁可让它们和我一起灰飞烟灭,也不会给你留下一瓶。"

"没错,我的确混得落魄,但是我内心是坦荡的。而你呢,你囤积药物导致药价飞涨,一天一个价格,只有最有钱的人吃得起药,老百姓根本想都不敢想。战场上的士兵正在因为缺少抗生素每天数以万计地死去。"

"这和我有什么关系!达尔文说过,'物竞天择,适者生存'!我已经站在食物链顶层了,蝼蚁死掉一批终究会再来一批,与我孙琦何干,与你方鸿铭何干!"

方老师从怀中掏出一块麒麟玉。我记得孙琦看到那块玉的时候,满眼的不可置信。

"我上个月做了一台手术,一个孩子被炸伤了,但是没有麻药,也没有抗生素,我眼睁睁地看着这个孩子在疼痛和发烧的煎熬下,像一只蚂蚁一样扭成一团死掉了。他快要死的时候一直说,让我去找他的爸爸,他爸爸是世界上最厉害的人,一定有办法可以救他。可我还没来得及找你,他就已经不行了。"

孙琦跌跌撞撞地走上前,从方老师手里拿起玉佩,眼睛仿佛是个黑色的空洞,里面的泪水像打开了闸门一样滴落下来。

阿祖姑姑也走上前。

"你的同学王哲峰、张鲁一、梅意帆、孔祥清,还有那个小胖子,也都牺牲了,他们都不是牺牲在日本人或者你们国军的炮火和刺刀下,而是死于疾病,死于一个没有药的世界。小胖子根本不知道你去做了什么,只是在死前拉着我说,让我去找你,说孙琦一定有办法,孙琦总是有办法。"

孙琦整个人已经松垮下来,他瘫坐在椅子上,两眼无神地看着天花板。在这短暂的时间里,我觉得他又重新走了一遍传说中的"长征路"。他的伙伴又一个个地出现在他身边,他像修罗一样的脸终于松快下来,我好像能看到他的身上也产生了气,是一种解脱的气。

孙琦摆摆手说:"十年了,这本笔记从没离开过我身边。以为是美梦,原来是噩梦。算了,你们都走吧,给我一点点时间。这个东西,就物归原主吧。"

他拿起桌子上的笔记,盯着端详了半晌,最后笑了笑,直接一把抛过来,我一手接住,封面摸上去像绸子一样,颜色有些斑驳,我赶忙转身交给了方老师。孙琦拿起旁边的一小瓶酒一样的东西,仰起脖子就一口灌了下去。我也是后来才知道,这是会断命的东西。

阿祖姑姑当时还想说什么，但是看了一眼沉默的方老师，也没有再说话。

方老师长叹了一口气，转身走了。

走到门口的时候，他站定了身子，转头说道："我替天下苍生感谢你，如果你去那边见到汪道贤，帮我狠狠给他一拳，就说让他等着我。"

说罢，便踏门而去。

据说，警察和士兵进去的时候，已经找不到孙琦了，只在广场的正中央看到一具焦黑的尸体，手中紧紧攥着一块烧成黑炭一般的玉。

我抱着那个小男孩跑出来之后才松了口气，和他逗着玩了玩，看到他的左眼眼角有一块褐色的斑，不知是不是胎记。阿祖姑姑把孩子抱过去，小宝贝像是完全感受不到这世间的任何痛苦一般，龇哇哇地笑着。

方老师终于问道："这个孩子是？"

阿祖姑姑冷漠地说："你不必知道。"

方老师决绝地说："我知道你为什么来。"

阿祖姑姑笑了笑，她伸出手来，只见月光下她那白皙的手腕上有一块发皱的疤痕，明显是烫伤之后畸形愈合的，十分丑陋。

"你还记得那就再好不过了。这个人的笔记，我答应他不会看就不会看，但只要我还活着，就不许你毁掉，我能从火里把这东西捞出来一次，就一定能阻止你第二次，第三次。"

方老师大怒道："可你难道没看到这世间已被孙琦毁成什么样子了？你难道忘了那么多军阀不惜杀人，就是为了这里面那些蝇营狗苟之事，还要美其名曰宝藏？"

"我看见了，我相信，等时间慢慢过去，这个宝藏也终究要变成废纸，但是它在思想上的价值也会被公之于众,令所有人知道他伟大的名字。你怎么看他我不管，但这笔记对我很重要。你要么交给我和我一起入土，要么你交给合适的人把他的精神发扬光大。"

"不可能。我不会交给你，也不会允许它落到任何人手里。"

方老师说着便拿出了那本笔记，冲向一旁燃烧的木围栏。

始于无名，终于草堂。

"方老师，汪先生他自始至终都是汪先生啊，你又何必将这个混乱时代的厄运都推赖给这笔记呢？他至死都在相信世界会变得更好，为何你不相信呢？"

阿祖姑姑说完之后，方老师沉默了半晌。他举着笔记发着抖，一时无所适从。

突然垂头丧气骂了句什么，一把将笔记拍到我的怀里。

"你，举手，发誓。"

我不敢怠慢，赶忙举手，方老师念一句，我念一句。

"此生护此书周全，此生不翻看此书。"

他带我离开的时候，又仔细看了看阿祖姑姑怀里的孩子，阿祖姑姑似乎有意挡住了孩子的脸，我至今记得方老师神情中的落寞。

那一天，是我认为他最怂的一天。在那一天之前，在那一天之后，他从来没有对任何人服过软。阿祖姑姑，是唯一的一个。

一九六一年，方老师临走之前几天，提醒我把《无名草堂》藏好，谁都不能给，谁都不要说，等阿祖姑姑走的时候烧给她。我当时还问，阿祖姑姑在哪里呢，他故弄玄虚地说："不知道，如有缘分，今生相遇；没有缘分，来生再续。"

直到我经过那无法回忆的十年，我才知道方老师的用意。如果这个东西现世，那必然又是一场血雨腥风，无数的人要死于非命，无数的家庭要支离破碎。即便过了三十多年，《无名草堂》还仍然是很多人私下打探的东西。他们有的说这是个秘密账本，有的说这里面记录着一个藏宝图，也有的说这是黑帮打探到的政商界高层秘辛。

但是赵步理啊，我确实从没有翻看过。我觉得既然时间已经快过去七八十年了，它已经是一本废物了。我把它交给你，也是无奈之举，我这些年一直想找阿祖姑姑，可我找不到啊，我也没有时间再去找了。算下来阿祖姑姑早已入土，你帮我去烧给她，至于她在哪里——

我想，在这本笔记里，你也许能找到答案。我不能看，但是你可以。

赵步理拿起这本笔记，墨绿色的外皮上全是伤痕，刀割、火烧、撕扯似乎都没有毁掉这个脆弱的本子。他看着眼前这个气若游丝、瘦骨嶙峋的人，听着戴着氧气管的陈飞漱老大夫讲述着上世纪的故事，心里很是悲伤。但一时间不知道是为了临终的陈飞漱，还是为方老师，为汪道贤，为阿祖姑姑，或者是为了那个孙琦。他手里有着另一本来自方鸿铭的《怪医笔记》，正是这本笔记让他重新认识了自己，因此对于陈飞漱口中《无名草堂》的神奇力量，他自然是一点也不会怀疑。

如果说《怪医笔记》是一代名医的行医记录，那么《无名草堂》又会是什么？

不知是陈飞漱费力呼吸的动作，还是故事的压抑，让他一时间有些透不过气。

但他知道陈飞漱老顽童的性格不希望把离别的场景搞得过于感伤，于是开了个玩笑道："您老把这不祥之物给我，就不怕我被诅咒吗？"

陈飞漱扶正了鼻导管，飞给赵步理一个白眼道："你就不会再给别人吗？"

赵步理正要继续这个玩笑，问问陈老师有没有什么看着不顺眼的人，陈飞漱剧烈咳嗽了一阵子。

"你先走吧，我想再睡一会儿。"

赵步理立马收声，拿起笔记，转身离开。轻轻关上门的瞬间，仿佛有个声音告诉他，这便是最后的一次相见。于是他用力地看了一眼病床上这个带给他无数奇迹和欢乐的老人。

门咔嚓一声关上了。

第1章 | 先有鸡，还是先有蛋

"没有资质就不能让我们开肺移植，但没有做过肺移植就不能开资质，这不神经病吗？"

1

孔卫国是个老兵，战场上从没怕过。生冻疮的脚指头感染了，他也不报伤退，而是把军刀磨了一宿。第二天早上，他拎起酒壶，一口酒下肚，一口酒啐刀，心一横，刀一架，手一攥，身子压在刀背上，瞪红眼就压了下去。战友见他晕过去，赶忙给他缠上纱布止血。直到纱布自己风干脱落的那一天，他都没敢多看一眼。

用他的话说，自己"大砍刀子弹都不怕，就怕小针小刀往身上扎"。来到胸外科一周了，他无数次梦到自己被鬼子抓去做人体实验，一到身体被手术刀划开的场景，就惊恐地醒来。看到病房里另外三个人换药时疼得嗷嗷叫的情景，他更害怕了，恨不得再回到梦里去。

有一次，孔卫国看见一个病人睡觉翻身时不小心扯到引流管，固定在皮肤上的黑线立刻勒起皮肤，把人生生疼醒。

还有一次，他去楼道里散步，见一个病人坐在病房门口，下巴和胸骨前的皮肤被两道粗黑的线缝到了一起，睡觉时只能一直垂着脑袋，稍微动下脖子就疼醒了，闭着眼睛直喊哎哟，让人很容易想到俘虏受刑时的绝望。

"你为什么被绑了下巴？"孔卫国的语气里有点害怕，又有点好奇。

"切了气管，大夫怕我仰脖子把缝好的气管扯断。病不知道治没治好，但脖子已经不是自己的了。"那人无奈地答道。

孔卫国试着把下巴贴在胸骨上，没几秒脖子就酸痛，喘气也费劲。他不知道自己得的什么病，只知道明天要开刀。想到开完刀自己肯定也会被黑线缝住，不由得一阵一阵的寒意涌上心坎，再通过肌肉的颤动抖出去。

护士看孔卫国睡不着，给他发了安眠药。他怕药有副作用，就藏在衣服里，骗护士说自己吃掉了。躺在床上的孔卫国，看着天花板，劝自己想开点，战场上就该死掉的，还抽了四十多年的烟，鬼门关来得已经够晚了。再想到自己没准儿明天就……他心一横，掏出药一口闷下去，指望着一觉睡到手术后。能醒过来是福，醒不过来也是福。

第二天，他感觉自己失去了思考能力，确切地说，是所有人都认为他没有了思考能力。穿灰衣服的护工师傅，光头，戴个金链子，命令孔卫国躺床上、脱衣服，看到他忘了脱内裤，嘴里就开始唠叨起来。但他觉得在黑线的恐怖面前，这都不算什么事了。

护工麻利地把他推进了电梯，里面已经有一张手术床，一个模样差不多的老头和他躺了个并排，占满了整个空间。两个灰衣服的护工在床脚挤着，一个黑一点，一个白一点，像极了一对黑白无常。

手术床上的老头带着笑向孔卫国打招呼："老哥，你十楼的啊，你也切肺吗？"

孔卫国一边惊讶那老头居然还能笑出来，一边点点头附和着。他只是听女婿说自己肺里长东西了，但具体是什么毛病他一点也不知道。他觉得那满脸笑意的老头像个第一次上战场的新兵蛋子，对战争的残酷一无所知。

"加油，睡一觉再醒过来，毛病就没了，一点不疼，他们这儿开刀可厉害了！"老头说。

孔卫国很想提醒对方，又怕吓到对方，旁敲侧击地问："这手术不是得插一堆管子吗？不是得在后背上开大刀，再切断几根肋骨吗？"

老头回答道："我是住胸外一科的，葛主任他们早就不开大刀了，全都微创的！据说手术后第一天就能满地溜达，最多一周就能痊愈出院，想多住一天都不行。别看大夫态度不咋的，他一轰你，你反而踏实了，他要留你，那才瘆得慌呢！"

孔卫国听到这些描述，觉得和自己看到的情形完全不同。联想起自己打仗的时候，有的连队冲上去没啥损伤就打赢了，有的连队扑上去就没几个人回来。

"我做完手术不去重症监护室，直接回病房，据说只有那些手术出问题的才会去。"老头又颇为得意地补充了一句。

孔卫国想起手术前女儿和女婿为自己忙前忙后的，还小心翼翼地问银行卡、房本放哪儿了，心里不免生出些疑窦。

"老哥，为什么选的胸外一科啊？"孔卫国问道。

"孩子孝顺，给找的关系，葛主任是专门做微创的，名气特别大，而且今天早上查房还带了一帮子人去我床边看了一眼，让我别担心。"老头笑着说。

听说孔卫国住的是胸外二科，他又好心安慰了几句："你也别担心，我打听过，胸外二科的江主任是刚引进的，也挺有名气的。"

老头对孔卫国喊了声"加油"就被推走了。

此时的孔卫国躺在床上，觉得自己唯一的自由只剩下数天花板上的格子。感觉马上就要被医院吞进长长的食道里，顺着喉管一路往下，进入一个叫作"手术室"的胃里消化，变成渣子再通过肠道排出去。而且可能连渣子都不会剩下。

被推到手术室门口，女儿女婿才终于围了过来。

孔卫国一股劲儿弹坐起来，拉住女婿的手就问："给做手术那大夫咋样？"

女婿笑着说："大夫特别好，都会尽力的。"

女儿帮腔："我们专门给你找了最好的主刀大夫。"

孔卫国说："听说别的病人都做微创，我这个是微创还是开大刀？"

女婿拍着他的手答："放心吧爸，大夫特别强调了，这次咱们不微创，好好给你开干净了！"

孔卫国的心凉了半截，声带都僵住了，问："那我手术后用不用去重症监护室？"

女婿露出了两排黄牙，握着他的手重重捏了捏，"爸，你就放心吧，大夫说咱肯定会去！你踏实去吧！"

孔卫国倒吸一口凉气，看着女儿女婿的笑容离他越来越远，手术室的大门缓缓关上，他闭上眼，幻想着再抽上最后一根烟。

2

"什么？十二倍？你确定？"

嘟嘟脸的白净男生差点把一口冰水喷出来。

对面穿着帽衫的男人仔细盯着屏幕看了又看，严肃地点点头，他戴着一副黑框眼镜，满脸痘印，一副学生模样。

"阿毛你看，这三个月我们胸外一科有一千六百万流水，你们胸外二科只有一千万。但是，我们科扣掉成本后的利润是四百万，但是你们科扣掉成本好像……只有三十几万了，所以确实差了十二倍。"

帽衫青年悠哉地喝了一口气泡水，晃了晃印有"Time"标识的杯子，杯中的冰块发出清脆的撞击音。

"Time"是哈尔滨路上医生最扎堆的咖啡馆，倒不是味道气质有多么特别，只是医院一出门就是哈尔滨路，这条路就像上海众合医院伸展出去的一条细长触手，路上的理发店、咖啡店、牛排馆、小卖部都可以刷医院的饭卡，让医院的空间不再局限于几栋楼宇，伸向更远的地方。

"我的个乖乖，子浩你这个数据是从哪儿拿的？我们科的利润这么少，如果再算上赔病人的钱，感觉就是白干啊。"阿毛显然还没从惊讶的状态中缓过来。

他们二人原先都在一个科室，也正是因为江河主任的空降才拆分到两处。阿毛是上海名校本硕博"五年加五年"毕业的博士，而子浩的本科在大学榜上一百名开外，艰难复习了两年才勉强考研上岸，因此一直就将阿毛这种优等生看作榜样。现在，子浩第一次觉得时运比成绩更重要。

阿毛哭丧着脸说："床位使用率我们只有30%，你们居然有170%，你们这加床加得也太狠了。"

子浩也是一脸无奈。"是啊，我们每个房间里都横着塞了张床。虽然政策上不允许医院随意扩床位，但是系统上可以体现成挂床，手术前一天我们给换成正式床位就行了。这样总比住旅馆便宜得多，而且病人做检查也能报销，肯定也乐意。就是医生写病历累一些，但是收入也更多，倒也没人嚷嚷。"

阿毛又指着一行数据道："我们做了那么多大手术，但是平均费用每个人只有四万，你们居然是七万。我们平均住院十四天，你们六天。都是胸外科，差距也太大了吧。"

"葛主任只收早期肺癌患者，全部做微创，手术后三五天出院。手术小，效果好，口碑就好，来的患者就越来越多，这属于良性循环。"子浩解释道，"你们胸外二科江河主任走的是高大上路线，能者多劳但不多得，人家为的是理想。"

阿毛嘟起嘴说："当时直接把科室一分为二，我们这些小弟哪有什么选择权？现在还赶上了上海市做规培的试点，一直在培训，永远赶不上晋升，也不知道什么时候是个头。"

子浩轻声笑笑，闭嘴不语。他和阿毛曾经合租过一段时间，知道阿毛家里条件一般，女朋友谈了三四年还没有结婚，就是因为女方家长觉得他收入低，又没买房，一直劝女孩赶紧分手。后又赶上胸外科分科，还给他分到一个又苦又累钱还少的科室，再加上规培试点，他一边忙临床，一边准备规培各式各样的考核，每天睡不了几个小时，科研就更是顾不过来了。好在阿毛性格阳光又乐观，女朋友也不计较，两人感情还是很好。

最近几个月，阿毛的身体也频频报警，头发一把一把地掉。他吐槽道："你说江河怎么就不能转变下思路，也收点好治的病人？"

子浩仔细盯着阿毛看了几眼，"阿毛同志，你是真傻还是假傻，江河主任是自己想收难治的病人吗？这都是挑剩下的！"

阿毛心里那种不愉悦的感觉再次出现了。这种感觉就像是他乖乖地开车排队，但别的车都从应急车道插过去，他要么选择放弃"道德洁癖"去插队，要么就只能选择吃亏。他来到上海的初心，就是希望找到一个排队也不会吃亏的城市。以前，他还会帮别的科室写病历赚点佣金，但现在忙得没日没夜，外快也没法赚了。他曾经下定决心，攒到五十万就去求婚，可一年多下来，却眼看着积蓄从十万掉到了五万。

"但是从北京来的这两人，听说手术还是挺强的？"子浩若有所思地问。

阿毛这才有些得意地点点头，"牛确实是牛的，科里的其他医生都慢慢服气了。说实话，龙主任的手术比肖飞强太多了。"

阿毛骄傲地掰着手指头数自己这个月开了多少次胸，还描述自己试着用钳子掏血管时的紧张样子，又把劈了三四回胸骨、看置换血管手术的经历都讲给子浩听。

子浩眼里的光淡了，"开胸掏血管也还好吧，不是很难的样子。"

阿毛丝毫没有注意到子浩语气的变化，"我可是在腔镜下掏的血管，都是龙主任教我的，他做腔镜手术也是出类拔萃，葛主任都要打三个或四个孔，但龙主任经常用两个孔甚至一个孔就可以手术。"

子浩一直抱着杯子喝气泡水，都没有发现水早就喝光了，吸管一直嘬着一块柠檬，发出滋滋的声音。阿毛反问他最近手术的机会，他支支吾吾地说了句"也能做一些"，就立马小声岔开话题，"你知道他俩是为什么过来的吗？"

阿毛也凑过去，"我听说江主任与原来的科主任闹不和，被排挤到这里来了。"

子浩皱皱眉头，"怎么我听说的版本是江河主任把自己的老师给治死了，龙森浩是接连出了几个医疗事故,患者在门口拉横幅,院长压力很大,所以把他们开掉了。"

看着阿毛惊讶的表情,子浩强调他是听北京的同学说的。他还断言:"院领导那里肯定早就看过这些数据了,虽然科室发展的衡量指标是多样的,但十二倍的利润差距,江河必然要被敲打。听说医院有意让葛主任当胸外科的大主任,把所有管理权限都收回来,这就是你回归的最好时机。"

阿毛闭着眼,不知在想什么,似乎子浩的话对他的吸引力也不是很大。他看了眼表说:"我先走了,有病人要手术。"

子浩告诉阿毛,中午是全院的表彰会,让他有空过来。这次的重头戏是表彰肖飞获得了上海市的"青年榜样"荣誉。

"一会儿的表彰会,我预感肯定会有好戏看的。"

3

行政楼四层的资料室里,两个穿白大衣的女孩正着急忙慌地翻箱倒柜。

瘦高个姑娘丽莎猛地直起腰坐在椅子上,一对卡地亚耳环被甩得晃来晃去。她噘着明艳的唇嘟囔道:"这一个小破会,还要什么桌牌,也不早说!"

另一个姑娘身材矮矮胖胖,皮肤黝黑,眉毛粗粗的。她一会儿一个牌子往外拿着,边拿边用温柔的语气说:"快找吧,要不孙院长又要发飙,给他留个不靠谱的印象可就糟糕了。"

"圆圆你那么上心干啥。孙院长一个副院长,管得比院长还宽,服了他了!"

圆圆又找出一个"消化科"的牌子。她知道丽莎刚来不久,便和她解释道:"孙问川副院长本就是医疗副院长,管的事不比秦院长少,二人只是分管的临床科室和行政科室各有不同罢了。"

接着,她又把两人各自分管的科室念叨了一遍:"胸外科本就是孙院长主管,但秦院长引进了一个主任后,主动承接了胸外二科。据说他们的目标是做肺移植手术。"

丽莎嘟着嘴继续翻着箱子。

她们之所以急着找桌牌,是因为表彰会开到一半,孙院长发现主任们面前都没放桌牌,就把院务办公室的主任叫来问话。主任立马把她们两人叫过来顶罪,并且催促她们赶忙去资料室找。

圆圆一直都没抱怨什么，面无表情。丽莎却气鼓鼓的，因为她正欣赏着肖飞的获奖感言，就被领导叫出去干活儿，便不断发着牢骚："哎哟，我的肖飞，我还没看够呢就把我轰出来。"

"你喜欢肖飞啊？不是说他一直没有女朋友嘛。"圆圆说道。

丽莎哼了一声，"什么叫我喜欢？众合医院里的女人谁不喜欢他，母蚊子都爱吸他的血。"说着便打开手机，念了一遍刚刚自己用手机拍到的肖飞履历——"三十二岁，交大临床专业本硕博连读，上海众合医院最年轻的胸外科副主任医师。获得上海人才项目三项、国家自然基金两项，发表SCI论文二十篇，获得专利五项。上海市讲课比赛一等奖，金手术刀奖，交大硕导，优秀教师，荣获五四青年奖章。这次上海市青年榜样的评审会知道他报名，评审过程都从简了。"

圆圆赶忙夸赞丽莎与肖飞特别般配。这夸赞里虽有三分夸张，但七分是发自真心。丽莎出身名门，从小接受精英教育，长期的健身和饮食控制，让她的模样在整个医院里都是出类拔萃的，再加上一年三百六十五天不重样的服饰穿搭，她从不缺乏追求者。

听圆圆夸自己，丽莎很是愉悦，赶忙回夸了几句。

圆圆也不在意，转而对丽莎说："肖飞这么个人间精品，到现在也没听说过和谁谈恋爱……"

找到最后一个桌牌时，丽莎问圆圆找齐了没有。圆圆不由得手哆嗦了一下，只好答应一声"齐了"。

丽莎赶忙凑过来，一把攥住圆圆找到的十几个桌牌，转身就往门口走，边走边说："来不及了，来不及了。"

行政楼的房间和临床科室的不同，楼梯、踢脚线和门都是实木制品，踩上去能感受到木质结构独有的坚韧和弹性。楼道里闻不到木头的香气，但香水的味道却此起彼伏，人事处门口是一个味道，科研处门口又是另一个味道。整个行政楼虽然独立于临床的几栋大楼，但是通过无数的连廊与门诊、病房楼相连，一层就是急诊大厅。行政楼就像是医院的大脑，被水泥板分成不同的单元格——有的负责记忆，有的负责调度，有的负责运动，有的负责情感。

随着丽莎走近403会议室，发言声音也越来越清晰。她显然有些懊恼，因为发言的不再是肖飞，而是个一板一眼说场面话的领导。她轻轻推开后门，小心翼翼地钻进去，凭着自己对主任们的印象，一个个码放桌牌。403 的采光很好，她低头的时候，卡地亚的耳环会在日光下散发出一种诱人的金色，会让人不自觉看上两眼。她毫不在意看向她的目光，只是偶尔听到"向肖飞学习""有些科室的年轻医生只埋头临床，缺乏全面发展"等句子，会开心微笑。发到最后，还有两个主任没有桌牌，可……

一个主任个头高大，嘴唇厚实，眼睛狭长，右眼角有一颗很大的痦子。他梳着三七分的油头，戴着青色玳瑁眼镜，白大衣里穿着两件套的马甲和衬衫，系着藏青色的领带。

这是胸外一科的主任葛峰。

另一个主任看起来头发很短，两鬓花白，泛黄的白大衣里穿着刷手服，黑皮鞋配上蓝白条纹的袜子，左手戴一块电子表，右手戴一块机械表。这是新来的胸外二科主任江河，他的脸色十分难看，脸上的青筋一跳一跳的。

丽莎低头看了看，手里居然只剩一个"胸外科"的桌牌。

两位院长看她呆站在原地一动不动，也转头用奇怪的眼神看着她，她心里更多了些慌乱。于是她想都没想，把"胸外科"桌牌往葛峰面前一放，转头就要走，心里寻思着赶紧去再找个"胸外科"桌牌。

但她实在是低估了两件事：一个是自己的速度，一个是男人的气度。

坐在前排正中间的院长秦雄首先发腔，全然不顾正在发言的人，"怎么就放一个桌牌，胸外科可是有两个主任呢？！"

丽莎的脑子瞬间一片空白，赶忙解释："我听到肖飞在发言，以为就一个胸外科……"

她正准备窘迫地离开，圆圆不知道从哪冒出来，把另一个"胸外科"桌牌稳稳地放在江河面前，拉着羞愧的丽莎赶忙从后门离开了。

正当这个小插曲马上过去的时候，角落里不知是谁发出一个尖锐的声音："看来龙森浩还是要多跟肖飞学习取经啊，不然江主任连个牌牌都没有咯！"惹得全场哄堂大笑。

江河再也坐不住了，他起身、转头，冲着尖锐声音的方向轻轻骂了句："喜欢牌位是吗，回头我烧给你。"

全场的笑声凝固住了，虽然在座的人大多想看江河和龙森浩的笑话，但这个玩笑还是开过头了。

"龙森浩优不优秀，不需要你们说了算，也不需要什么奖来证明。我也不需要一个牌牌证明我自己是胸外科主任。"江河呵斥道。

角落里的人不吭声了，江河继续发泄情绪，"我会的手术，龙森浩都会，而且他做的手术都是最疑难、最复杂的。气管节段切除、袖式切除、双袖式切除、血管置换，随便一样难度都是我们领域的天花板级别。但这些手术居然和闭着眼睛都能做的楔形切除同属四级，就因为他们的楔形切除是用腔镜做的，腔镜的手术全都算四级！"

听江河强调了一下"他们"，旁边的葛峰笑了笑，听着江河继续抱怨："都是那些人定的收费标准，龙森浩天天像生产队的驴一样开刀到半夜，还是那么复杂的手术，却只能按最低的收费收！这什么破规定！"

所有人都明白，利润低、手术级别低，单从经济效益看，胸外二科不算是优秀的科室。肖飞和龙森浩的差距，也不只是两个人的差距，更是两个科室的差距。拿肖飞和龙森浩对比，必定会让江河如坐针毡。但谁也没有想到，最后把众人都没有捅破的窗户纸一戳到底的，居然会是江河自己。

此时，坐在秦雄旁边的孙问川说话了。

"我们客观地说，江主任刚来不到半年，还是取得了非常不错的成绩。毕竟是从零开始，业绩上能做到这个程度已经非常不错了。"这个男人四十岁模样，身形修长，头发浓密，皮肤仍很紧致，脸上永远挂着一层若有若无的笑，即使批评人的时候，也不会让人反感。

孙问川看江河不说话，开始命令医务处仔细记录江河遇到的困难，力争帮助江河解决。他还特别强调要学习其他医院对于复杂手术的收费方式，参考北京、广州，明确这个问题是属于负责收费条目的医务处，还是负责条目维护的信息科或操作收费的护理部。最后，他还不忘强调一句："医院不会不鼓励专家进行高精尖手术的突破，也不会让收费问题成为阻碍。"

一段发言下来，江河的火气也少了许多。

中间的秦雄也开口了。

"孙院长总结得很好，两个胸外科一个走的是'造导弹'的路线，就是要做疑难的、复杂的、别人不敢做的手术。另一个走的是'打蚊子'的路线，技术的辐射面广，造福的患者就多！大多数老百姓的病，其实也不是疑难杂症，控制床位使用率、加速周转率，先不说对医院怎么样，关键是能解决广大老百姓的就医问题。

两个科室思路不同，但是各有所长，都很好！"

孙问川接过秦雄的话。

"秦院长说得对。我也觉得两个科室有自己的侧重就很好。我不会因为我负责胸外一科，就偏袒他们。相反，我倒是觉得葛主任这边也要做好准备，不能单纯因为要走量，就放弃对高难度疾病的探索。"

葛峰赶忙点头。

"孙院长提点得好。我们科室一直在进行业务学习，碰到复杂疑难的病例也经常会科内讨论。以后有机会也请江主任给我们分享一些经验。江主任的手术我是非常佩服的，我上学时就听说过江主任了。现在成了同事，近水楼台先得月，不学习肯定是不行的！"

江河一直黑着脸。

孙问川紧接着指出问题："那么下一个问题是，我们也要从医院全年的整体规划上提一些建议，当然这只是医院层面的建议，供参考。近年各家医院的综合性收入都占相当重的比例，综合考虑医院统计和财务方面，医院认为胸外科是我们今年着力打造的一个业务增长点。所以希望两位主任把自己的兵带好，下半年比上半年增加 50% 的流水。我看葛主任这边保持住势头就可以，但江主任这边可能压力要稍微大一些。秦院长后面会和你说明医院的规定，我就不多说了。"

听到这个数字，江河眼皮抬了起来，露出不可置信的表情。正在他努力控制自己情绪的时候，葛峰笑着打开面前的麦克风："我有个建议给江主任。"

江河歪脖子看了他一眼，葛峰又自顾自地讲起来。

"我简单说说我们科的一项工作，已经开展半年了，本想作为今年的一项重点工作来开展，但是挺适合江主任这边的，为医院的全局考虑，可以交给江主任的科室做。"

听到葛峰的言论，众人议论纷纷。葛峰全然不顾，继续解释："这是一种 CT 引导下的肺结节射频消融手术。虽然技术不见得有多新，但是在上海做的人少，做得好的人更少。现在治肺结节通常是采用手术，但是有很多微小结节，或者患者年龄较大的情况，是不方便切除肺的。这项技术，只要用针穿刺进去，用能量进行消融，并发症少，治疗效果也不比手术差，患者满意度也很高，重点是收费比较可观。"

葛峰又掏出一张纸，给众人罗列了一串数字。

"这个技术只需要住一两天院，收费能达到手术的三分之一到一半，而且耗材的成本低、收费高、劳务性占比的组成比较大。如果做得好，还可以举办学习班进行技术推广，从科研和品牌上帮助科室确立领先地位。"

院领导听得十分仔细，台下的观众们也频频点头。这项技术从性价比来说确实很适合胸外二科这种"后进生"开展，能一举"脱贫奔小康"。很多人开始议论纷纷，疑惑为何这样的技术葛峰要拱手让人。

话还没说完，孙问川就从团结的角度赞扬了葛峰主任的发言和表态，更是转头看向秦雄，请示院长意见。葛峰的描述滴水不漏，描述了医院、科室、医生、患者四家共赢的场景，因此孙问川这一请示居然有了些逼宫的味道。

秦雄佛爷般不动如钟，像是自动过滤掉了孙问川的话，转头将话题抛给了江河。

"江河这边，应该还是想开肺移植吧？"

"没错。"

"那就先做自己想做的吧，医院全力支持。欸？你从北京带过来的那个小伙子呢？"

江河转头找龙森浩，转了一圈没看到，胡子都气飞了。

"这狗东西，又跑哪里去了。"

4

即使全世界的医院有万千种形态，手术室却都没出息地长成了同一个样子。同样颜色的胶皮地板、同样款式的无影灯、同样的麻醉机，还有同样窄小的手术床。只是有的手术间大得可以跳广场舞，有的手术间连转身都要小心。

众合医院的手术间就突出了一个"小"字，就像上海随处可见的刚好容纳一人站立的电动扶梯一样，你总会有一种猜想——这个城市的设计师一定是个不到一百斤的瘦子，无法理解胖人的世界。

众合医院的手术室有三十几个，各有其用。作为医院的"消化器官"，它们的作用就是"吃掉"那些长了毒物的组织，消化这个城市的疾病。

麻醉监护仪发出规律的嘀嗒声，麻醉医生掏出自己的电脑在小桌子上敲英文，偶尔抬头看看指标。眼神虽然有些放空，但大脑在飞速运转。

手术台上，阿毛正半弓着身子用手扶着腔镜，另一个高个青年戴着小恐龙印花的帽子，正盯着显示器，眼中散发着的尖锐光芒，是显示器中变幻的手术影像闪动在他瞳孔中的倒影。

"龙哥，这就是传说中的中叶动脉吧？"

"不是，这是静脉。"

"哦哦，那这个是中叶动脉？"

"这是气管，你扶镜子时能不能不要晃，而且不要挡我的手，动下脑子！"

"龙哥，那这个应该就是中叶动脉了吧？"

"嗯。"

阿毛开心得好像发现了新大陆一般。但转念一想，肺总共就只有3个结构：动脉、静脉和气管，羞愧难当。

对面的龙森浩眼神不动，手下不停，嘲讽却如约而至。

"你们以前都没看过中叶动脉吗？"

阿毛摇摇头辩解道："之前葛主任都只做小切口，没有显示屏，我们什么都看不见、学不着，索性都不来手术了。除了肖飞会陪葛主任上台，我们这些小住院医师大多都三年没上过手术了。"

"那你们平时都做什么？"

"无非是写病历、整病史、和病人谈话、拔拔管子之类。"

龙森浩讶异地"嗯"了一声，不停地摇着头，伸出手。

"分离钳。不是！是直的那把，我不是说很多次了吗？"

龙森浩刚吼完，洗手护士愣了一下，不服地还嘴："你跟别人说很多次但也没跟我说啊！"

这次轮到龙森浩愣住了，他从没想到过护士还会还嘴，只好伸手接过护士拍来的钳子。这一下多少带了点怨气，拍得龙森浩虎口有些发麻。这把钳子叫作蛇头钳，因为钳子头很像蛇头。但其实，这把钳子是他两年前的发明，现在已经量产，不过因为他不懂专利法，所以一分钱也没有捞到。

他将钳子在手里灵活地旋转了一下，像是将匕首从前刺时的直握变成割喉时的横握，刺杀术一般优雅地让"蛇头"轻盈探进只有三四厘米的小洞。"蛇头"稳稳地嗅到动脉与气管之间最薄弱的地方，轻轻舔进去，然后缓缓撑开大嘴。气管和动脉就像是蛋壳与蛋白一样，被顺滑地剥开，藕断丝连的纤薄组织像黏稠的芝士一样被撕扯断裂。整个过程不见一滴血。

龙森浩很少用电刀和电凝钩，只用一把分离钳剥出足够清晰的结构，再用超声刀一把断掉，从不需要步步为营的试探。所以龙森浩的手术观赏性很高，即使在腔镜下动作也是大开大合，精准细腻，丝滑流畅。

"不开刀还干什么外科？不开刀的外科医生干得有啥意思？"分离好关键处之后，龙森浩紧紧地盯着显示器，嘴里轻快地说。

阿毛连连点头，江河与龙森浩二人从北京过来之后，他们这些小大夫其实挺开心的。虽然钱少一些，活又累一些，但好在能学东西。

"龙哥，你这个超声刀贴血管那么近，看着好紧张。"阿毛看着龙森浩手里的动作，有点赞叹又有点担心地说。

"没事的，熟悉超声刀的原理就好了。它的白色头是保护面，没有温度，金属头才是工作面。"

要说龙森浩这个人，就活像一把行走的超声刀，一面是几千摄氏度的高温见神杀神，一面毫无温度人畜无害。

阿毛想起上个月刚刚陪江河与龙森浩去浙江吃了一顿饭。那是和当前中国肺移植的领军人吴帆吃的，为的就是解决肺移植的资质问题。江河特地让龙森浩坐在吴帆旁边，但两个人坐了半个小时一句话不说。半小时之后，他们的话题才终于聚焦在"木耳到底是什么类型的菌科""多少摄氏度的水温能让木耳泡发""木耳究竟是几瓣的"这种奇怪的问题上，听得众人想笑又不敢。直到有人将话题引到了气管的吻合技术，两人就像是吃了火药一样争论起来。龙森浩完全没给"肺移植第一人"任何尊重，吴帆倒也没觉得被冒犯。两个人饭都不吃，硬是嚷嚷了一个多小时，才以平局结束了这场饭局。这次饭局让阿毛意识到了，神奇的人脑子总有那么点短路。

阿毛正走神的时候，龙森浩仍在讲解着手术。

"你不用练那些手法，手法有什么难的，关键是解剖。在脑子里形成一个清晰的解剖地图才不会迷路。"

阿毛似懂非懂地点头，龙森浩在腔镜下把切割缝合器顺畅地放进了刚刚分离出来的洞，夹闭、激发、打开，非常流畅地完成后，淡淡地说："再要三个绿钉，一个白钉，一个蓝钉，都要直钉子就行。"

巡回护士闻言愣了愣。

"那我可都拆了，拆了可就必须得用了啊，怎么都要计费的，而且直钉子是不能转的啊！"

"计就是了。"龙森浩一点也不在意。

阿毛帮龙森浩向巡回护士解释:"能转头的钉子一个五千块,直钉子一个只要两千块。多用些直钉子这种老产品,一台手术能省个几万块。技术越强,越不需要贵的耗材,手术费反而越低。这位患者是个老兵,家属人也特别好,给人家省点钱吧。而且龙哥都计算好了,应该都是要用掉的,不够再补。"

"不会不够的。"龙森浩用有些嫌弃的口吻随口说。

护士刚刚给枪上了"子弹"[1]——也就是给钉仓装上钉子,龙森浩就飞快地把枪接过来。只见龙森浩操控枪头,麻利得像穿袖子一样从入口套进去,又从袖口的地方露出头来,随后捏下手柄稳稳夹住。

"咔嚓",激发第一道,两边各三排钉子牢牢地穿过肺组织,把组织缝合在一起;"咔嚓",激发第二道,枪的中间一道光芒划过,刀片锋利地将 4.5 厘米的肺组织从两边的三排钉子旁切开;"咔嚓",激发第三道,枪嘴张开,只剩下两边各有三排钉子的肺的断端。

他把枪还给护士。

"再上。上快一点!啧,拿反了怎么能装上去啊!"

龙森浩永远是一副嫌弃的表情。护士脸上有些红,赶忙调整方向,"咔咔"几下上好钉子又递给他。他头都不回,左手用钳子调整肺的方向,用适当的张力绷紧粗大的肺动脉,再把长长的枪放进洞里,镜头下面的肺动脉就乖乖地自己钻进枪的嘴里,被稳稳咬住。

激发!激发!再激发!

"再上。"

"再上。"

"再上,还剩最后一个了吧?"

洗手护士看得有点愣,应了一声"对的"。

龙森浩把肺与身体最后的一段连接处——气管,用枪夹住,"咔嚓"收官。

阿毛想问一句能不能让他打一下试试手感,但没好意思说出口。没想到龙森浩主动说:"最后一枪你打吧,然后冲冲水把胸关上吧。我还要去开个会。下一台你先自己来,你上次做的我看过,手笨了点,但基本功还凑合。"

---

[1] 这种切割缝合器和订书器的原理一模一样,可以缝合一段 4.5 厘米长的组织,无论是血管还是肺。

龙森浩一直有手术录像的习惯，来到众合医院以后每台手术都会录像存档。他随手脱掉手术衣，停掉腔镜录像，把U盘连着胸牌一起拔下，套在脖子上，突然想起什么，回头问了一句："哦对，这里去行政楼怎么走？"

"龙哥，你就先出去，向左转，坐电梯到三楼，穿过走廊，绕过去有个电梯，上4楼就是行政楼了。"阿毛回答道。

龙森浩若有所思地沉吟了一下，淡定地走了出去。

5

"他们明明就是针对我们！"

江河的双鬓明显白了，头顶的头发也有些稀疏，但是和年纪不相匹配的脾气还是一如既往。

"江主任，你先别急，办法肯定是有的，我们这边的陈老大夫一直是院内移植委员会的主任。"有人安抚道。

只见一个有些发福的老医生摇摇晃晃地把手放在桌子上，整理了一下面前的文件说道："感谢孙院长给我们老同志一个机会。我呢，是普通外科病区的陈志忠，现在简单给大家汇报一下我们OPO[1]的工作，如果有什么疑问呢，也欢迎指出，啊……欢迎指出。"

江河一只手托着脑袋，另一只手不停地转笔。

"我们OPO一直以来都帮助大家去获取移植资源，孙院长肝移植项目用到的供体，也大多是我们找来的。我自己也是卫健委聘请的指导专家组成员。"说到这里老医生停顿了一下，"我和你们讲，千万不要在没有资质的时候偷偷做移植手术，这可是要出事情的呀。一旦被发现，连医院也要受罚的。"

孙问川边听边不住地点头，在本子上做着笔记。

"很多事情你们不知道。二院偷偷做了几例肺移植，马上就被我叫停了，六院搞肝移植，我也给叫停了。我不会只管别人家，而对自己医院睁一只眼闭一只眼，就算我不管，别人也会管！"

看中间的秦院长一直没有作声，陈志忠又继续补充。

---

[1] 器官获取机构。

"我们医院的肝移植搞得很好，也是孙院长在这方面做得十分出色的缘故。而且我们医院之所以能有分配来的供体，和孙院长的肝移植成功率高是分不开的。换句话说，做得越好，资源就越多，良性循环。所以江主任你也不用这么急，事情要一点点做，饭也要一点点吃。医院有医院的规矩，这和你以前跑飞刀真的不一样……"

江河明显有些生气，转头看向孙问川。

"那你自己做完肝移植的供体，剩下的肺呢？"

孙问川还没回答，葛峰就突然表示了异议。

"肺移植的死亡率有 50%，存活率没法保证。而且肺移植需要团队，团队从哪里找呢？"

"咱们医院的监护室不算团队吗？！呼吸科不算团队吗？！"

"那怎么保证你在做肺移植的时候，医院的那些科室都围着你转？"

"好了！"眼看胸外科两个主任在三个月内终于爆发了第一次争吵，中间的秦雄向两边都按了按手。

"我算听明白了，就是先有鸡还是先有蛋，对吧？没有资质就不能让我们开肺移植，但没有做过肺移植就不能开资质，这不神经病吗？"江河说道。

秦雄院长的手势并没有把江河的火气摁下去。

"那要么就按卫健委指的路来做嘛，怎么说的来着？"秦雄说道。

孙问川回答道："我问过卫健委，这和我们当初开肝移植的时代不一样了。资质的管理很严格，需要一个团队，包括这么几个人……"孙问川又看了一眼笔记，"胸外科副主任医师、胸外科主治医师、麻醉科医生、ICU 医生、手术室护士、ICU 护士、呼吸内科医生各一名，也就是七人小分队，到吴帆那里进修至少一年的时间，通过考核后才能在卫健委备案，再逐层审批。"

"这些我没有问题。"江河摇摇头坚定地说，"多少人都没问题，我还会再招人的。费用方面也不用担心，我去想办法。"

秦雄正准备说话，孙问川又补了一句。

"可是医院也有医院的业绩考量，如果完不成指标，我们也只能按之前说好的规定办，是吧，秦院长？"

秦雄点点头，让孙院长帮江河尽可能协调一下院内的团队。

"医院肯定会支持肺移植工作，否则也不会引进江河主任。一定会尽力安排好，让医院的移植既要有肝有肾，也不能'没心没肺'。"说罢，孙问川又露出标志性的微笑。

会议结束，江河一个起身就走了出去。他冲到楼下的花园里，摸了摸兜，发现刚好没烟了。这时旁边有个小伙子递来一根烟，他插进嘴里，猛嘬了一口，才像是缓过一口气来，这才发现递烟的人有点眼熟。

等对方自报家门他才想起，是今天手术患者的女婿。他不记得患者的名字，只记得是个老兵。他还特地嘱咐过龙森浩做手术时给患者省点钱。想到当着患者家属的面抽烟不太好，只好自己圆了一句："以后这烟别让老先生抽了，我帮他抽掉，就当帮他戒烟了。"

女婿点头表示赞同，把剩下的半盒烟也留给江河，千恩万谢地走了。

江河享受着这几分钟独属于他的时间。他一直开飞刀当侠客，早就习惯了闲云野鹤的生活。这几个月管理科室的经历，让他终于体会到了前妻孙慧当科主任的痛苦。

他从没想过，之前在北京看上去很简单的一件事，在上海却四处碰壁。比如他作为科主任，居然连自己科室的护士长都使唤不动。他想让护士长把中午来休息室午休的师傅劝走，给年轻医生们休息，但护士长一直推托。

换作在北京，科主任是一言九鼎的。

江河想起院长引进他的时候，明确说了要支持搞肺移植，但三个月过去了，凑成个七人团队反而成了最难的事情。行政命令行不通，洗脑画饼也行不通。他无奈地嘬了口烟，越抽越苦。

一条短信打断了他的心绪，是秦院长发来的。

"兄弟，再过半年，如果业绩不达标，要么走人，要么葛峰当大主任。"

就在医院上演这一切的时候，大门口站着一个衣着整洁，背着运动单肩包的青年。他推了推无框眼镜，笑着看了看这个第一次到访的医院。

"很有趣啊，原来医院旁边的中学没了，被医院吞成医院的一部分咯。医院这边的河还在，路也没怎么变呢。唯一变化的，可能就是楼宇之间多了连廊吧。"他对照着手里一个墨绿色的本子，自言自语道。本子里面有一张像是用铅笔描出来的地图草稿。

众合医院没有高耸入云的高楼，像所有的旧式医院一样，是由楼群组成的。这些楼群就坐落在一条街道的两旁，空中有几条韧带一样的连廊把两侧的楼群连接成整体，形成一个巨无霸般的院区。

他下意识地感觉到这个笔记本上的形容简直精妙。本子里把上海医院的结构形容成一个动物，不但有手臂，还有消化道和骨骼。上海的医院不像北京的医院有个清晰的边界，而是像活物一样，仿佛有生命力，有向外辐射能量。沿途走来的路上有抱着孩子的残疾乞丐，有道士模样的算命先生，还有流浪歌手、卖王八的小贩……他们就寄生在这巨大而不可名状的生命体上。

门诊，就是医院这个生命体的肺，像呼吸氧气一样，把需要救治的病人筛选留下，其他的原路退回。青年要进入的就是门诊，因为肺是人体最容易突破的地方。

他收起地图，心满意足地深呼吸了一下，收起脸上的微笑，大踏步地走进了医院。

第 2 章 | 病人从哪来？

> 病人总觉得缺医生，
> 但医生也缺病人哪。

1

睁开眼睛看到眼前的场景时，徐小明内心是绝望的。他下意识觉得，这就是所谓的"另一个世界"，纯白色的天花板、雪白的被子、轰鸣的机器、走来走去的护士……这些场景在这个二十岁的少年心中，或许是天堂，但天堂也往往意味着死亡。

当一个女护士给他擦洗尿管的时候，他才觉得自己还在人世间。他很焦虑，不知道这是哪里，不知道怎么出去。他的手和脚都绑在床上，嘴里还叼着一根管子，他不知道这根管子插得有多深，只知道自己已经不能说话。而且当他挣扎着想要拔掉的时候，护士就在旁边推动白色注射器。不久他便觉得困意涌了上来，立刻就泄了力气，眼皮也抬不起来。护士还经常会拿着一根面条般细长的管子，拔开他嘴里管子的塞子，然后一个劲地往里塞。他以为是饭，但这个管子却直戳到肺里，让他像呛了水一般拼命地咳嗽。

徐小明觉得自己虽然活着，但心已经死了。不知道为什么，他现在很想妈妈，但又不希望妈妈来陪他。他想哭，但是已经没有力气。

不知道过了多久，有个看上去很高大的男医生走过来，后面带着一大帮跟班。其中一个"小弟"终于把他嘴里的管子拔了出来。

那一刻，他才感觉自己有了呼吸的自由。

那个医生对周围人头头是道地说了许多话。徐小明听不懂，只能从旁人的反应中大概推断——他没救了。

刚拔完管子,那个高大的医生让他说句话听听,徐小明想了想,说了这一个月来的第一句话:

"救救我,我不想死。"

八月的上海不像北京那样热得火辣。它的热不是通过阳光对地面的炙烤实现的,而是将空气煮熟,让人像待在一个蒸锅里,哪怕躲在阴凉地也无济于事。这就苦了医院的门诊保安,一身衣服从上班湿到下班,整个人散发一股汗臭。

上海众合医院虽然是地处寸土寸金的外滩边,远远看上去,并不像这个地段那样有活力。门诊楼不仅结构逼仄,连外立面都像是老妪的皮肤,红色墙皮褪成了灰褐色,显出一种灰黑色的做旧感。不同于欧洲教堂被大火焚烧之后的炭黑,它更像是青苔消掉后留下的叶绿素痕迹,有一种被水沤过之后的晦暗。

门诊楼里是一个个小小的房间,每个房间只能塞进几种疾病,多一点都放不下。整个门诊只有一处空间最大,就是挂号处、收费处、发药窗口和抽血窗口所共用的天井,这处相对开阔的空间平日里总能晒到些日光,又因有空调而不显得热。

高老太坐在角落里许久,手里紧紧攥着病历本,面容愁苦如干核桃。没一会儿,她像是找到了目标,站了起来,缓缓挪到一个穿着短袖和短裤的小伙子跟前。

小伙子手插着兜,一米九的个头,贴身的浅色短袖勾勒出了长期锻炼后的胸肌和手臂线条。他的鼻梁根部直冲眉心,一对剑眉从中间向外笔直地伸展,方正的脸颊上红润润的,生动诠释了"血气方刚"四个字,脸上平静松弛时自带的微笑平实又温暖,俨然一个陪家人看病的大学体育生。

小伙子看到高老太过来,配合地轻轻弯下腰,看着高老太从兜里颤巍巍掏出三张崭新的红色面钞,又听她讲了几句话,便笑着从兜里掏出钱包。

"零钱我应该有,阿姨您等我看看哈,二十、二十、五十、十、二十……阿姨我这儿有三百的零钱,需要的话就都给您。"

高老太欣喜地舒展开眉心的皱纹,这皱纹泥鳅般地钻到了两侧的眼角,再滚到嘴角。她又从兜里摸出一张一百的,往男生手里塞。男生笑出两排整齐洁白的牙齿,两颗小虎牙格外突出。

这时,一个手臂自然又勉强地从后面搂住了小伙子的脖子。

高老太愣住了,这旁生的枝节让她眼睛紧紧盯着小伙子手里的零钱,生怕他反悔。

小伙子也对这突如其来的热情很是疑惑，他刚做医药代表没多久，知道在医院里任何一个人都可能是"老师"，脱口而出："老师您是？……"

揽住小伙子的是一位穿POLO衫的青年，他嚼着口香糖，另一只手插着兜，歪着脖子看向两人，邪气得很。

"你挺眼熟的啊，做什么药的来着？"POLO衫青年开口了。

小伙子也不敢动，讪讪道："老师，我是新瑞基因的唐彦，请问您是……"

POLO衫青年撤回手臂，拍了拍唐彦厚实的肩膀。

"我是胸外科陈彦豪，你跟我过来一下。"

说着，二人就在高老太的视线中消失了，留下高老太狠狠捏了捏手中的百元大钞，跺了下脚。

两个人从三楼走出门诊，穿到宽广明亮的连廊上。整条连廊修在楼体的一侧，沿着楼体的弧度偶尔有些弯折，阳光透过通天的落地窗洒进来，照在墙上出现的历史名家脸上，一路斑驳又光鲜，也洒满了二人一身。一个高大结实，双手放在双肩包的背带上，慢几步跟着。另一个一米七出头的小个子走在前面，有些瘦削，对比之下显得十分娇小。

"那三张钱都是假的。"陈彦豪说道。

唐彦心中一惊。从他的视角看过去，陈彦豪清秀的侧脸上没有什么岁月的风霜。整个人看起来没有什么攻击性，但又透着不好惹。

"陈老师，您是怎么知道的？"

"我的眼睛就是验钞机，不用摸我都知道。"陈彦豪不屑地答道。

唐彦连忙点头，忙问为何在胸外科的科室从未看到过陈彦豪。

陈彦豪道："哦，江河说这边缺人，我刚过来，准备去趟人事处办下手续。你知道怎么去人事处吗？这里绕来绕去的，搞不明白。"

能直呼江河主任的名字，唐彦眼里陈彦豪的形象一下子高大起来。他指着前面的路说："从这里的2号楼到对面的12号楼，会有保安站岗。我过不去，只能送您到那里。"

陈彦豪眼珠子一转，"那就够了。"

走过一个个过道，陈彦豪得出一个结论：这里不如北京的医院大气。

北京的医院经常用一个主干道连接数个大厅，大厅再分出无数枝节，和北京这座城市一样主次分明。而上海众合医院像是一条河，没有任何一个地方可以让你通观全局，只能按照道路的节奏走，到了尽头会发现又是一片新天地。沿途偶尔还会有办理保险、水果蔬菜团购销售的聚集地，这在北京是不会出现的。

唐彦在一旁问他为何不叫胸外科的同事帮他代办。陈彦豪岔开话题，反过来向唐彦询问了些医院的情况。唐彦之前就是这个医院的手术室护士，才刚刚跳槽到医药企业。他把自己知道的和盘托出。

陈彦豪边听边走，在午后刺目的阳光下，眼睛像是始终也没有睁开过。他在心中默念着：院长秦雄，副院长孙问川，医务处吴处长，人事处安处长，后保处金处长，宣传处胡老师，胸外科肖飞……

连接一号楼和十二号楼的连廊两侧都是落地窗玻璃，从这个角度看去，医院更像一只盘踞在这条街道上的巨大寄生兽，街道里穿行的穿着紫色和灰色衣服的搬运师傅像是为寄生兽各个部位输送营养的血细胞。陈彦豪唯独察觉不到这个寄生兽的心在哪里，究竟是什么动力让这个庞然大物维持运转。

前方十二号楼门口站着一个保安，像是在咽喉部位的免疫细胞。

"免疫细胞"狐疑地看了看走过去的陈彦豪，又看了看保持恭敬姿态的唐彦，像没事一样继续玩起自己的手机。

原来，免疫细胞，也会有失灵的时候。

2

陈彦豪一走进行政楼，就感觉这里和临床大楼虽在配色上相近，但房间的布局差别很大，楼道里也散发着一股说不出的香气。

根据笔记上的说法，这里的前身应当是一所学校。笔记作者当时的设想是给医院的职工子女谋个读书的福利，特别是保证女童的学业。他如果活到今天，看到当年的学校也被怪兽吞下，甚至变成医院大脑的所在地，不知道会做何感想。

陈彦豪看到行政楼有一些敞开的房间，忍不住进去看了看。房间里面挂着很多画像，一些名字他还真的在笔记上看到过。有些被《无名草堂》作者唤作跟班的人，最后居然成了各个专业的领军人物。看样子，笔记作者也带出来一个医疗界的黄埔军校啊！有个在笔记中被描述为"技术很菜，又爱搞小动作"的家伙，他的简介里竟赫然写着"大医精诚，无私为民，开了骨髓移植技术的先河"。

"要想地位高，强不强不重要，重要的是活得久。"陈彦豪自言自语道，没想到背后有人进来。

"你是谁，哪里来的？"

他转头望去，说话的是一个穿着白大衣的矮个子女人。她头发很长，皮肤黑黑的，看不出是否化过妆，长得不算好看的一张脸冷冷的，眼神里已经下了逐客令。

"哦，您好，我来人事处办个入职手续。"陈彦豪说着便借扶眼镜的时刻扫到了女人的胸牌：李梦圆，院务办公室。此人正是圆圆。

圆圆上下打量了他一番，似乎没有感受到恶意，便收起了质疑的面孔。她指了一下远处道："317，安处这会儿就在呢，你直接去找她吧，欢迎加入众合医院。"

陈彦豪点点头刚要迈步，突然看到圆圆身后有什么在动，他向前探了个身，只见一个黑漆漆的东西从门框上缓缓滑下来。陈彦豪的眼睛立刻睁得满圆，发现那个"油漆"一样纯黑的东西停住了脚步，两只细长的触角像醉汉的胳膊一样在空中胡乱比画了一阵，又继续往下爬。他被惊出一声"鸡鸣"，弹射般连着退了几步，被地上的电路板绊倒在地。

他一只手撑地，另一只手指着那个黑色的东西。

"蟑螂！这么大！您快过来我这边！"

圆圆转头看了一眼，又看了看地上的陈彦豪，鄙夷地笑了一声。她从白大衣兜里掏出一张纸巾，转身就把一只四厘米多的蟑螂轻盈地捏在手里。陈彦豪看着蟑螂的脚和胡须还在空中不停地摆动，感觉蟑螂已经爬到了他的脖颈上，钻进了他的耳朵里、衣服里，浑身的鸡皮疙瘩瞬间冒了出来。

"你是北方人吧？这还算小的呢，要是去广东可能还能看见飞起来撞你脸上的。"

"别说了别说了别说了……谢谢您！吓死我了……"陈彦豪艰难地爬起来，从圆圆身边绕过去，做了个作揖的动作。他轻轻叫了声"女侠"，就准备去人事科办手续了。圆圆扑哧笑出了声，对这个家伙产生了不少好感，于是贴心地补了一句。

"在上海，要想把事办成，记得别说您，说你就可以了。"

陈彦豪又连着打了几个寒战，第一次认真地思考来上海的决定是不是过于草率了。他收拾了一下心情，走进了317。想起了圆圆的告诫，他转头便问："你好，安处长呢？"

就这样，陈彦豪被友好地请到了安处长的办公室。透过办公室的大玻璃可以和外面相互看见，看起来是一种取消私密性办公的方式。安处长笑眯眯地看着陈彦豪，她坐在桌子后面，人不高，身材圆滚滚的，头发蓬松，发根还染了一点暗红色。

陈彦豪开门见山，表示自己要来办入职手续。这可着实惊到了安处长，她压低了声音说："都是来这里求职，没听说直接来办入职的。不过这好巧不巧的，刚过了这一波入职，要想入职最早也得等三个月后的面试了。而且……江河主任知道你来吗？为什么没有和我们说一声呢？"

陈彦豪对这样的问题似乎早有准备，掏出了一封介绍信。安处长打开看了一眼，是来自北京一家医院的，上面列举了陈彦豪的履历和成绩，也讲明了来上海众合医院的原因是协助江河，毕竟之前和江河是一个科室的。

看完之后，安处长露出了难以置信的神情。

"我怎么听说你们北京的医院不能说走就走呀？医生跳槽什么时候跟互联网公司一样了？"

陈彦豪解释说这对于上海众合医院来说应该算是一个团队的引进，只不过自己来晚了仨月，希望能给补录进去。"而且来之前，我们的孙主任也和院长打了招呼。"

"哪个院长？"安处长目光如炬。北方人嘴巴里的关系，很可能就是饭局里一个桌上见过的交情。

陈彦豪听到这个问题也愣了一下，之前孙慧只是告诉自己和院长打过招呼了，但是和哪个院长打的招呼还真的没说。院长难道不是就一个吗？

陈彦豪觉得今天怎么也要把入职手续办好，以免夜长梦多。他想了想，只好赌一把说："就是正院长。"

安处长迟疑了一下才反应过来。

"郑院长？哦，你说的是秦院长吧。"

见陈彦豪点头，她笑了一下。

"这个问题呢，我会和院长核实的。虽然你的学历和成绩都很优秀，但是医院招一个人也是要走流程的，而且北京有北京的规培制度，我们医院刚成为上海的规培试点，也有自己的制度，所以我暂时还没法保证你一定能来。把简历放在我这里，我研究研究，下一批要招聘的时候，我通知你。你也回头和江主任说一声，叫他等一等。"

陈彦豪似乎对这样的婉拒早有准备，等安处长说完后，他笑呵呵地说："你说的我都同意。两个地方的规培制度都还在探索，不过只要到了主治级别以上，两边的制度就明朗多了。我在北京也考取了中级职称的执照，可以接受在上海按照住院医师的身份招聘进来，按照咱们医院的晋升要求再慢慢提职称。"

安处长听到这个方案会心一笑，但仍然没有松口，"这倒是个办法，但是每年我们的编制都是有限的……"

她还没说完，陈彦豪就摇了摇手指，"我知道你们这里不走编制，都是劳动派遣，所以编制不是问题，关键是我值不值得你破例单独去和院长汇报，走个快速流程。"

安处长看他站起身在屋里简单转了一圈，丝毫没把自己当作外人，便拿起电话，"那我问一下院长咯。"

"好的，我需要回避吗？"陈彦豪认真地询问。

安处长表示不必，找了找通讯录便改口道："哦对，我先和你们江主任通个气，说下这个事情。"

陈彦豪轻轻凭空用手往下按了按，笑得很诡秘。

"秦叔叔是我爸的老朋友，我觉得这个人情，他会还的，中间插了些旁人可就不利索了。"

安处长放下电话，没有想明白这个"他"指的是谁，但同意他的最后一句。

"这医院我小时候就来过，所以还是有点感情的。比如门诊的那个天井，当年盖的时候本来没想那么多，结果一个家伙把物料算少了两层。领导说，那刚好，做个天井吧。小时候总听我爸给我讲这个医院的历史，可多趣事儿了。"陈彦豪的语气轻松得就像唠家常，但内心却有点紧张。

"你还知道这医院的历史？！"安处长突然声调都高了一个八度。

陈彦豪惊到了，掩饰住情绪说："知道一些。"

处长像捡到宝贝一样，滔滔不绝地说起医院百年庆典筹办院志馆的事情，她作为筹办负责人在收集医院的史料时遇到了困难，正好需要能帮忙编撰史料的人。

陈彦豪大喜，又随便讲了几件笔记上记录的八卦，类似建院时的筹款风波、职工子弟学校的规划……

安处长一阵遏制不住的惊喜，拍着胸脯说："这下可捡到宝了。"

她走出去，让一个员工给陈彦豪办一下手续，把陈彦豪送到门口，让他等待签约以及后续的入职手续，还贴心地给了他一个临时工牌。

3

"什么，你都已经办好入职了？！"

第二天，江河在办公室惊讶地看着坐在沙发上跷着二郎腿的陈彦豪。

"你过来的事孙慧知道吗？她能同意吗？"江河问道。

陈彦豪点点头，"是我自己想来的，孙主任当然同意，大上海遍地是黄金，发展肯定差不了。江主任，您不会不收留我吧？"

江河赶忙摆手，"你来我当然欢迎啊，但是我过来算是被逐出家门吧，龙森浩过来是因为真的喜欢搞肺移植。你来的话，我怕耽误你啊。要么你回头就跟着龙森浩，我让他好好教你，绝对把你培养成一把好手！"

江河接着问陈彦豪是怎么办好手续的。陈彦豪笑了笑说："江河主任面子大，安处长问都不问就给办了。"

江河得意地努了努小胡子，"这些人还算是做事有数儿。"

陈彦豪可不敢说是孙慧千叮咛万嘱咐不要利用江河去"打招呼"的，不然入职更难。姑且不说这家医院里错综复杂的人际关系，以江河的脾气，得罪的人都能把陈彦豪活活"玩死"。

难得碰到熟人，江河便打开话匣子，滔滔不绝地说起来这段时间的遭遇。

"这几个月都是我一个人在硬撑，龙森浩除了手术什么都不过问。不是他不愿意问，是实在缺根筋。三个月了，自己走到急诊都会迷路，我还得再找人把他带回来。"

江河叹了口气，"哎，现在又缺业绩，又缺肺移植的供体受体，什么都缺。但是院长的命令就摆在这儿，只能拼一把，我晚上再去找呼吸科的主任吃顿饭，让他们派人支援肺移植。"

陈彦豪小声道："江主任，未来三个月，能不能让我先不参与太多的临床工作？但是运营方面的业务，我来试试看可好？"

江河想了想，点点头说："你还是别把临床丢掉了，毕竟是看家本领。前几个月运营的工作先有劳你了，需要花钱的地方记得吱声，能力范围内绝对保障。"

陈彦豪点点头，拿起笔在旁边的黑板上做起了标记。

"按你的意思，如果要组团'出道'的话，胸外科医生里，我有主治医师的证，龙森浩是副主任医师。虽然直接抽走两个人对业绩的影响太大了，但至少在这七个位置里有两个是基本成立的，可以作为保底的方案。现在还差呼吸科医生、ICU医生、ICU护士、手术室护士、麻醉科医生这五个人了。江主任，未来一段时间，您就负责一件事。"

听到这儿，江河突然来了精神。

"这件事就是——喝酒！您就轮着跟那些主任领导喝酒，不需要谈业务，就喝。喝倒一个算一个，喝倒一双算一双，怎么样？"

江河挠挠头，"那这些人从哪儿来呢？护士长不听我的，她说护士的人员调度要听护理部安排。如果抽调科内护士，也需要由护理部来统筹，她作为护士长没有权限让护士去做肺移植培训，绩效都不知道怎么发。"

陈彦豪抱着胳膊思索了一阵子，猜想这里的医护应是独立结算绩效的。不用想也知道，江河那些手术"性价比"极低，早就得罪了护士们。

陈彦豪正准备给江河讲讲他的想法时，敲门声传来，阿毛探进头来，说一个叫唐彦的医药代表来科里，想找一个胸外科的陈大夫，但是阿毛不知道科里还有人姓陈，所以来问问主任。

"是找我的，我去一下。"陈彦豪告别江河，走到门口。他发现唐彦旁边居然还站着昨天中午被识破的"假钞老太"。陈彦豪有些蒙，难道自己多年沉浸学术，验钞业务生疏，看走眼了？

高老太紧张地绷着身子，两个肩膀夹着，脸上能看出些惭愧。她看了看唐彦，唐彦便和陈彦豪讲明了来意。

原来昨日唐彦告别陈彦豪之后，又立刻回到门诊找到了高老太，想问问是不是一场误会。高老太知道自己用假钞换真钱的骗局被拆穿，只好求唐彦先不要报警。

高老太解释道，自己带二十岁的儿子千里迢迢来上海看病，可四五家医院都说不能治了。到众合医院之后，儿子发烧烧晕在了急诊，这才收到了重症监护室去。一天一万块的花费，高老太只好咬着牙砸锅卖铁借钱。前天ICU一个女大夫专门找到她，说她儿子的病还有机会，建议她换个手术更擅长的医院试试。她听到这话是真的六神无主，就和患友们分享了。刚好被一个黄牛听到，告诉她大夫说的这句"手术更擅长的医院"，是暗示要给红包啊！她这才觉得是自己脑子跟不上，耽误了儿子的病。可是她手里没有那么多现金包红包了，黄牛就让她给自己转账，然后给了她一沓钞票。高老太买东西时才发现，这钱全是假的。想着"世道不仁，我便不义"，她就想先把钱骗到手，等儿子好了就重新做个好人。

陈彦豪听到这么荒诞的事情，心里佩服唐彦肯回去耐心地把问题弄明白。如果换他的话，早就一个报警电话把高老太安排了。

"不过这件事也就这样了，阿姨你找我又能做什么呢？"陈彦豪问道。

唐彦这才想起来关键的事情还没说，"哦对对对，阿姨的儿子刚好是肺的毛病，现在就在ICU，我想麻烦陈老师去瞅瞅到底还有没有救回来的机会。"

陈彦豪忙把唐彦拉到一旁，皱着眉头盯着唐彦单纯的大眼睛，"你是不是脑子有点毛病，人家想坑你，你还要帮人家。"

唐彦讪笑道："她怪不容易的，听到了就帮一把嘛，不然还是人吗。"

陈彦豪听唐彦这种低情商的道德绑架，哭笑不得，于是勉强答应了。他拨通了龙森浩的电话："喂，龙主任，我小豪啊。我在后门，你陪我去趟ICU呗，我不认识路哪！"

"我来了。不过，我也不认识路。"

4

推开门走进ICU，能看到一个个玻璃房间里躺着身上插满管子的病人。对于一些人来说，他们可能既不知道自己是怎么进来的，也不知道自己能不能出去，就成天待在一个彻夜不关灯的白色空间里。这里的人更容易出现谵妄，有人看到护士会觉得是国民党特务来审问他了。陈彦豪外面套了件白大褂，一路穿行走到医生办公室。龙森浩已经被ICU的科主任叫了进去，陈彦豪就自己在办公室翻看病历，寻找高老太儿子的名字。

翻了一会儿，陈彦豪才觉得大上海果然名不虚传。如小说《长恨歌》所写，这是一座由流言构成的城市。这流言不同于官方信息，它未必是假的，只是带着偏见，而这偏见就产生了故事，产生了派系，产生了情感。

陈彦豪慢慢感受到，流言不只是娱乐，它是实实在在管用的。

笔记里也写道：上海，凡事讲究共同利益，官民各有想法、心声。凡损害共同利益之事，大多不成。

陈彦豪正琢磨着，突然翻到了那个名字——徐小明。

这时，ICU的张主任笑容可掬地拉着龙森浩的手开心地走出来。ICU的医生护士们一下就紧张起来，纷纷竖起耳朵，像是森林里的一窝兔子。

"总之，我也表个态，我们肯定好好配合你们的工作。我马上就会召开科室会，一起讨论一个合理的策略，肺移植对医院来说是个好事情。但是最近不是在申报课题吗，你容我一段时间，等我们选好了人，交接好工作，肯定给你一个满意的答复。"

龙森浩边鞠躬边感激地告别了张主任，踌躇满志地招呼陈彦豪："ICU 这里居然有点进展，又可以解决掉两个位置，离胜利很近了。"

陈彦豪也不好意思拆穿，给他竖个大拇指，然后给龙森浩看了一眼他刚找到的病历。

那是一张会诊记录单，写着：

应邀会诊，敬阅病史。患者徐小明因发热、大咯血就诊，CT 检查提示右肺巨大空洞型病变，伴肺组织毁损严重，活动性肺结核诊断不能除外。肺功能 FEV1[1] 仅 0.8 升，血气分析氧分压 60 毫米汞柱（4 升鼻导管吸氧下），二氧化碳分压 45 毫米汞柱，考虑患者肺功能差，目前营养状态差，建议补充营养，复测肺功能后评估手术指征。胸外科门诊随诊。

这会诊单是用钢笔手写的，字写得大气磅礴。二人一同看了下右下角的落款，"肖飞"。

陈彦豪问肖飞是何人，龙森浩只是摇摇头说："好像是胸外一科的。"

这张会诊单明显已经给患者下了判决，看起来像是留了个手术机会，但明显就是不想接手的意思。

陈彦豪二人来到床边，看到一个大学生模样的干瘦患者。他手臂很细，血管都清晰可见，而且满是漆黑的针眼儿。从敞开的病号服里，可以看到一根根的肋条显现出来，营养状态确实很差。他正端坐在床上倒气，眼皮明显有些水肿，睁开都很累的样子。旁边的氧气装置咕噜噜地快速吐着泡泡，流量已经远超过 4 升。他时不时一阵咳嗽，然后拿起旁边的小盆，把咳出来的一团血块吐进去。小盆里已经有了半盆血，至少 200 毫升的样子。

陈彦豪忙问龙森浩要不要接收，龙森浩明显不悦，"这人家也没找咱啊！"但是身体却很诚实地在一边的电脑里调取徐小明的胸部 CT，仔细研究起来。陈彦豪心里笑道：病人总觉得缺医生，但医生也缺病人哪。你自己知道自己牛，还不主动点，怎么那么傲娇呢？

---

[1] FEV1 是指最大吸气至肺总量后第一秒内最快速呼气量，简称一秒量。FEV1 既是容量测定，也是一秒之内的平均流量测定，是监测肺通气功能的最主要指标之一。

一个小姑娘紧跟着他们走进了病房。

"请问，你们是胸外二科的医生吗？"

小姑娘把陈彦豪拉到一个角落，开始小声和他讲话。

原来她是重症监护室一名刚入科的医生。她告诉陈彦豪重症监护室固定请会诊的科室就是胸外一科，所以目前都是肖飞来看。但监护室的医生其实也不是很满意，因为胸外一科会诊经常认为患者没有手术机会，然后拒绝接手。虽然会诊的意义只是给家属一个交代，告诉他们这个患者的治疗方案是经过了共同讨论才得出的，但监护室的医护觉得徐小明是有机会手术的，而且觉得这个病所有的指标都不符合结核。家属很积极，患者也年轻，如果不手术，再咯两天血，就真的要死在监护室了。于是他们又发了会诊想劝肖飞试试，可肖飞带着一群人表示如果是开放性结核，会影响病区的其他患者，没给任何商量的余地。

所以她私下才让家属找个"手术更擅长的医院"碰碰运气。

陈彦豪恍然大悟，原来高老太误会了医生的话。医生不好意思直说转院，却被理解成了索要红包。

这会儿龙森浩走过来说："这个能搞。不是结核，应该就是曲霉菌病。"

陈彦豪和女医生两个人都愣了一下，这个病在大城市相对少见，陈彦豪在北京也没有见过，不知道龙森浩是怎么判断的。

"替江河跑了不少飞刀，肺曲霉菌病开刀还挺费劲的，血管都被炎症组织包裹了，一碰就出血，没有一千毫升血备着也很难手术。"

陈彦豪问他为什么就觉得是曲霉菌病。龙森浩就当着病人的面在电脑上给他二人仔细地讲解了半天曲霉菌病的形态和影像学的表现。还解释患者的血氧差是因为肺损毁了，没有换气功能。但是肺的血管没阻断，就导致发生了无效的气血交换，只要切了这一侧的肺，手术中的血氧应该立刻就会变好。他讲到手术的切口要从前划到后背，断掉一根肋骨。

在一旁听他讲解的徐小明自然没有做好心理建设，特别是听到"断肋骨""大切口""肺全切"等词语的时候，心电监护仪不停地"嘀嘀"，音调也更加尖锐，心率已经显示每分钟一百五十次。

护士侯莹莹眼疾手快地冲进来，"你们去外面讨论，别吓着我们小伙子！"

徐小明用仅剩不多的气力说："我就想活着，能不能不手术，也没有什么钱了。"

龙森浩毫无表情地说："这个手术基本不花钱，而且还能报销，就是得做好久。"

徐小明还是一个劲儿地摇头，想象自己像蚌壳一样被掰开，脸色煞白。

这时，一个瘦老头儿从旁边的床上起来，拎着点滴瓶站到了他旁边，正是刚做完手术的孔卫国。他转向徐小明，拎着瓶晃了几圈身子，又举了举瓶，还蹦了一下。"我跟你讲，一点都不疼！我的手术就是这个龙医生给我做的，现在一点感觉都没有。要不是插着这个管子，我都觉得像没做过手术一样！小伙子你信他们准没错！他们开始都会吓唬你，吓唬完又可心疼你了，说的是给我做大口子，最后就一个巴掌大的小口子，绝了！"

侯莹莹着急地说："你给我赶紧躺下！"

孔卫国像听耳旁风一样，继续吹嘘自己手术后有多自在。侯莹莹只好大吼："那个尿管，都要被你拽断了！"这一下吓得孔卫国膝盖都软掉了，捂着下半身，像夹着尾巴一样慢慢挪回床上，又尿又狠的样子惹得众人大笑，徐小明也艰难地露出了无奈的笑容。

龙森浩有些严肃地说："这个手术要江主任和我一起做，而且事不宜迟，要做就今天。只是这一千毫升血……"

"喂，我要一千毫升的血，对，就是我们这里一个病人，A型，挺重的……确实需要……对，就今天，行吧……好嘞！"

众人转头一齐看向侯莹莹，她得意道："哦，我老公就血库的，你们该干吗干吗去吧。"

5

江河听到要手术的消息，立刻推掉了饭局。但因为刚喝过酒，让龙森浩主刀来做。监护室里那些"组成流言"的医生、护士，都纷纷来和徐小明道别。有的说手术完了娶媳妇，有的说这手术和后期用药不怎么花钱，有的说能手术就代表机会很大。侯莹莹还用笔在他的手上画了一朵花，说这是符，保平安用的。徐小明努力笑着举了举拳头。

高老太终于在门口见到孩子，立马哭着跪了下来。徐小明没力气哭了，他说自己年轻的生命终止在今天也不错，至少不会再让妈妈受罪了。

高老太帮忙推着床，却总是帮倒忙，要么按错了电梯，要么把儿子的腿撞到电梯门上。徐小明也只是笑笑。

手术室门口，徐小明艰难地说："妈，来生还做你儿子哦。"

高老太哭得鼻涕和眼泪混在一起，"呸呸呸，别扯来生，妈就在门口等着你，哪儿也不去。"

看着儿子被推进了手术室里，高老太把手里的包拿出来，见四周没人，赶紧往陈彦豪怀里塞。

"孩子，这回是真的，大娘只有这么多了，你别见怪。"

陈彦豪赶忙把包塞回去。"我们都不缺钱。但是我们江主任喜欢吃公鸡，你等手术完了给他一只就行，他喜欢活的。呃，就是会追着啄人的那种。"高老太猛点头，连说谢谢，然后坐在等候区的椅子上，安静地抹眼泪。

这台手术可以用"惨烈"二字来形容。巡回护士陈兰跟了胸外科十几年，看到今天的手术单写的是"全肺切除术"时，还以为是个很快很简单的手术。可两个多小时了，她根本看不到肺在哪里。问了才知道，徐小明的肺已经像被焊到了胸壁上，只能从胸壁上慢慢剥下来。两个小时已经出了一千多毫升的血，陈兰还在数浸透了血的纱布块，计算出血量。她不但要给龙森浩取各种各样稀奇古怪的器械，还要负责取血、温血、输血，一刻不停。十个小时后，当一团肺完全切下来放在盆里时，陈兰才惊叹地问道："这就是全部的肺了？就这么点？"

龙森浩说："没有功能的肺，就这么点。"但徐小明的血氧饱和度从手术前的90%瞬间升到了100%，只要度过了手术后的恢复期，他还是一个健康的人。

一个懂行的进修医生过来看了手术，才将这个手术的精华传开。手术的难点在于，感染已经把结构吃得一塌糊涂，患者感染严重部位的血管早就和往脑袋去的三根动脉牢牢"吃"在了一起，能从糨糊中保护好血管，简直就像是从一块泥土里敲出一个文物陶罐一样，少敲一点，多敲一点，都不行。

流言是悄然无声渗透的。从监护室到手术室、麻醉科，所有护士交接病人的时候，都用了一样的说法：这就是那个胸外一科做不了的病人。这句话传播之广，是所有人都没有预料到的。如果说前几个月，江河的手术水平只是众合医院的一个传说，那这次十个小时浴血奋战的手术，仿佛给江河团队打造了一块金闪闪的招牌。手术室传播的流言，让医院所有人心里形成一个新的"广告语"——胸外一科做不了的，可以找胸外二科试试。

这种流言的出现是极其可怕的。由于胸外一科拒绝的病人实在太多了，因此所有人心里都有了一个直截了当的解决方案——去胸外二科，找江河，找龙森浩。

流言最可怕的地方在于它是无孔不入的，不是躲在哪里就能逃掉的，也不是想听就听、不想听就不听的。它是自发的，是凌驾于医院规章制度之上独立存在的。

　　葛峰大发雷霆，把肖飞臭骂了一顿。然而大家都理解肖飞也只是无奈，不是他不接，是他接不下来。葛峰虽然做常规手术算是炉火纯青了，但这种疑难复杂的手术他实在做不来。肖飞如果接下来，到时收不了场，最后葛峰也接不住，当然他还是要骂肖飞的。肖飞不动声色，硬吃下了这顿骂，只是第二天脑门儿和太阳穴上破天荒地起了几颗痘。

　　有一次，唐彦问陈彦豪，他们三个人到底为什么来上海，因为医院传了太多版本。陈彦豪笑了笑，"我和你说，你就会信吗？"

　　唐彦点点头，陈彦豪却大笑。

　　"我可以告诉你，但是你永远要相信我的一点就是，你永远都不要相信我。"

第 3 章 | 医生也会死

"人的起点和终点都
是医院，这可不好。"

1

清明时节的北京，冷气像散不去的魂一样往袖口里钻、往心窝里钻。北京的天气从不会有南方的潮，冷就是冷，不给人任何侥幸的希望。它给人一种矛盾的感觉，明明清晨还裹着棉袄摸黑赶路，苦涩难当，但等中午太阳爬上了头顶，柳枝抽出芽来，人们又会觉得生活有了些绿油油的希望。

清明节，北京人也淡了许多习俗，没有麻衣的仪式感，也没有唢呐的聒噪。偶尔在半夜的十字路口才能见到些烧纸的，到了白天，只有十字路口角落里一摊黑乎乎的碳末儿印证着什么人的离去。

北京医科大学的校园里，樱花开得正盛，而且偏偏是解剖楼前的那两棵开得最艳。整个学校的樱花树都是白色的，唯独这两棵白里有粉，又透些红。

解剖楼前站满了人，多数人都穿着黑色的衣服，三三两两凑一把伞。有的人索性就站在小雨里，眼镜片上都是细细的水雾。

一个志愿者模样的人此时正把已经打湿的传单发到人们手里。

"讣告……陈飞漱……因病去世……"

这是北京一家医院的传奇人物，号称"抢救大王"。据说他看一眼就能判断一个人能不能救活。连教科书的急救部分都是他写的，书里写不能直接往小壶里加氯化钾补钾，但他自己却敢这么做。有人说他是一本活的教科书，因为他什么都记得，如果他说的和教科书不一样，他就找到教科书那部分的主笔，和对方争论一番，让对方在下一版本进行修订。

"将于解剖楼进行遗体告别仪式，特别注明，此次仪式请尽量保持喜悦，如无法控制，请自行离场。"

这些医生仿佛又回到了大学时代，在门口等着教室开门，唯一能把他们拉回现实的，就是同学们那满面的风霜和惨烈的发际线。

"胸外科原想给陈老大夫做肺移植，可花了半天心思，院领导说他们没有资质。他们要搞资质，院领导又打太极，搞到现在也很僵。"

"是啊！据说江河还是陈老先生的徒弟，虽然徒弟救师父的心情可以理解，可有时候也只能爱莫能助。"

"要是他们以前那个叫李有才的还在就好了，那家伙八面玲珑，现在胸外那几个人脑子太轴了！"

"哎，这抢救病人一辈子了，最后自己也轮不到一个供体？"

众人沉默了，似乎没有人能给出答案。

正说着，解剖楼的大门突然打开了。

解剖楼的阶梯教室，还保留着原来的样子。破旧的桌椅上写满了考试用的作弊小抄，灰褐色的水泥楼梯上滑腻腻的，不知曾经洒过什么东西。墙壁上挂着二十世纪国内外知名医生的画像，还有那幅来自医学界公认的解剖学大师、艺术家达·芬奇的知名人体解剖图。

空气中飘着解剖楼特有的福尔马林的味道，虽然刺鼻，但使人怀念。

当座位已经坐满，教室后面也站满人的时候，才有人小声嘀咕了一句。

"怎么没看见遗体呀？"

"是啊，连横幅都没有一个，这告别仪式也太简陋了。"

这时，一个人走上讲台，正是赵步理。他穿着一身黑色衬衫和西裤，脸上早已褪去二十多岁时的青葱，取而代之的是一种深沉的无力感。他的左脸处比之前多了一道长长的刀疤，从耳根一直到下巴，颜色已经淡了许多，却也给这张本是白净的脸平添了许多故事。

"请各位在座位上尽快坐好，没座位的麻烦坚持一下。坐着的同学也别睡着了，陈老师经常说，等他死了就变成魂儿吓唬上课睡觉的同学。"

台下响起几声零散的笑，但马上戛然而止。他们似乎意识到笑声在这种场合是不合时宜的。坐在前两排的人，要么头发花白，要么掉光了头发，要么戴着一顶小帽子。这些人和陈飞漱共享过一个时代，有他的亲人、战友抑或死对头，其中多数都是业内顶级教授。

人们来自不同的地方，有着不同的身份，只有一件事情是相同的，那就是谁也不清楚今天到底是怎么个形式。

赵步理清了清嗓子。

"我是胸外科医生赵步理。今天，我受陈老师嘱托主持这个告别仪式。有一点他让我无论如何要强调给大家——今天的告别仪式，希望大家多笑，不哭。"

场下一片哗然，有人小声议论道："葬礼还有不哭的？"

赵步理说着便打开一个视频，大屏幕里是一个戴着鼻饲管的清瘦老人，他刚面对着镜头，颤颤巍巍地打了个招呼，就听到一声话筒信号扰乱的尖啸声。老人捂着耳朵号叫了一嗓子，嘴里骂骂咧咧道："这什么破玩意儿，这个赵步理真的是没有一次能靠谱过。"

几个熟悉赵步理的人笑了笑。

画面上的陈飞漱脸色晦暗，嘴唇没有血色。整个人瘦得能看清脖子上一跳一跳的血管，颈窝上的皮肤像蜥蜴皮一样松松垮垮，随着呼吸一瘪一张。他与死亡之间，似乎就只剩下这一层薄薄的皮。

"各位亲朋、好友，你们好，你们好。

"咱们这行里有个不成文的邪门儿，干哪一行的医生，终究要得这一行的病。这可是应验到我身上了。我知道治不好，也不想让他们再折腾我了。

"我这几年没干别的，光参加葬礼了。每次的葬礼都是一个样子的，工作人员奏着悲伤的音乐，像诗朗诵一样背那些让人尴尬的词，我就经常笑场。一个平凡的人普普通通地死掉，怎么就能永垂不朽了。礼仪师傅还要用夸张的动作引导大家鞠躬敬礼，再带头哭，不哭反倒尴尬了。我经常看那些人在里面刚哭完，出了门就琢磨怎么多分点遗产。而且哭丧声最大的人，吵架时嗓门也最大。有的人还要琢磨怎么蹭车回家才不用付打车费……有啥意思啊！"

陈飞漱剧烈地咳嗽了一阵。

"所以我就想，如果是我的葬礼，那我得自个儿做主。我要求你们不能哭，你们得逗我笑，得逗彼此笑。我活了这么一把年纪，够了。我搞过革命、抗过日、有家有孩子，这辈子没白活。

第3章 医生也会死

"医生，就是每天能活着去医院，还能从医院活着下班的人，但我这次可下不了班了。现在，人的起点和终点都是医院，这可不好。在家里也好，在田里也好，在大海上也好，就是不该死在医院里。

"人都是怕死的，我想起很多年以前，许多人在一场大火中死去。那会儿我才十岁，很害怕，但是当别人塞给我一个小婴儿的时候，抱着他，我反而不怕了。我发现我虽然弱小，但也能帮助一个更弱小的人。所以，当我想到我这把老骨头可能还有点用处，就一点都不怕死了。"

陈飞漱颤巍巍地拿起一张单子。

"我已经把遗体捐献给学校了。没错，我这会儿就应该在解剖楼里，作为一具鲜活的'大体老师'供你们解剖，也算是为咱们母校的'尸资力量'做点贡献。他们说要让我留名字，免得不够重视，我说你要怎么重视？你不拿我们这些老骨头练手，难不成直接拿病人练手啊？

"这就是我的葬礼，更确切地说，是个告别仪式。活着的我已经要说再见了，但我还要作为解剖老师出现。如果哪个浑小子在我身上划拉了半天还分不清哪个是血管哪个是神经，我会好好和你说道说道。"陈飞漱假装恶狠狠地瞪了一下屏幕。

明白"葬礼"意义的众人唏嘘不已。第一排鹤发的奶奶笑了笑，轻轻抹了抹眼角，仍然坐得端正。

"他们还想给我再抢救一下，我拒绝了。医疗这个事儿，从来就没个头儿，也不可能让所有人都满意，以前不会，现在不会，以后也不会。过去我们几片药就能治病，那不是因为药好，而是因为大家觉得命没那么金贵。身处战争、饥荒，能好好活着寿终正寝就算喜丧了。现在，毛病越治越多了，大夫也越来越累。发明的毛病越多，人活得就越没尊严，就是个恶性循环。所以不是医疗错了，是我们错了。所有人都在研究新手术，研究新药，但没人研究我们该怎么死。

"我知道现在很多年轻医生，觉得当医生很累，没奔头。时代不一样了，房价涨疯了，毕业也不包分配了，我都理解。但是，我希望每个人都想一想自己当初为什么选择了这个行当。当年我的师父，用自己的血给十几个小孩子治麻风，死一个人能救十几个，他觉得值，他觉得用毕生所学哪怕救一个人都赚到了。所以如果这个行当还经常能让你有热泪盈眶的感觉，忍一忍。等你到了我这个岁数，等你也要死的时候，其实心里真的挺平静的。"

听到这里，众人甚至感觉，陈飞漱说的闹鬼不是玩笑话。他好像真的能听到、看到，还能和他们交流。

"我累了，准备睡了。咱们解剖课上见。"镜头里的人满意地笑了。

视频到此结束，掌声震耳欲聋，经久不息。

赵步理再次走到台前。

"相信大家看完陈老师的离别感言，心里也有些感触。下面是自由发言时间，陈老师允许任何人讲话，但只能讲笑话。"

鹤发的奶奶第一时间举起了手。"同学们，我给你们讲一件你们陈老师的趣事儿。你看陈老师天天骂你们写病历、开医嘱不对，但是他当年做住院大夫的时候，还不如你们，总是被他的方老师追在后面打。那会儿可是真打哟，这胳膊，这腿，天天就没有不红的，上个手术台，病人受的苦还没他多。"

笑像是会传染一样，瞬间就点燃了整个教室。大家也不顾忌了，有的笑，有的边笑边哭。鹤发的奶奶接过旁人递的纸巾，继续说："他写的病历我当时拓印了好几份，都保存着呢，回头我烧给他。"

"飞漱他也是该打，他当年开医嘱的时候想开个消炎痛栓肛塞，结果写成了'陈飞漱，每日肛塞'。"另一个头发掉光了的老爷子吐槽道。

台下的笑已经停不下来，接着有很多人抢着要话筒发言。

"我小时候生病，陈老师给我治好了。我妈给陈老师送了一只活的大公鸡，结果复查的时候，陈老师问我们鸡怎么杀，天天在家里打鸣也拿它没辙。我那时候才发现，原来陈老师也有不会干的事。"

"我妈当时难产，陈老师过去帮忙。我的名字就是我妈拜托陈老师起的，我爸姓兰，陈老师给我起个名字叫兰伟严。"

……

一场脱口秀式的"葬礼"，开出了一股福尔马林的味道。门口那两棵樱花树上又有几朵粉红色的骨朵此时舒展开来，散发着幽然的香气。

2

"你切什么呢？"胸外科行政主任孙慧的语气从来不会有一丝温柔。

"我捡了个大活儿！看看这病人的片子，这个瘤子把血管吃得太厉害了！"

手术室里，江河的注意力完全集中在胸腔里那段已经完整剥下来的瘤体上。现在只差一枪，就能把肿瘤和周围侵犯的肋骨、血管一并切掉。他十分兴奋地欣赏着自己的成果，完全看不见孙慧的眉毛早就拧成了"八"字。

"当时查房不是让化疗吗？"孙慧质问道。

"病人和家属想切的啊！"江河看起来有点无辜。

"是病人家属想切，还是你想让他们切啊。如果治疗都按你自己的想法来，那查房还有个屁用啊！"孙慧当然了解江河的德行。

巡回护士和洗手护士交换了眼神，不约而同地下意识往旁边闪了闪。

"这个人真的可以切，天天鼓捣那些肺结节有什么意思。"

孙慧一边看着片子，一边在江河对面助手的身后站上脚踏板，抱着胳膊看了看里面的情形。

"怎么样？你看这主动脉鞘我都剥下来了，咱这手艺还可以吧！"江河得意地说。

孙慧摇摇头，"完全没有手术指征，切下来病人也未必获益，这个分期的患者就不该先手术！"

"那是因为国外定指南那帮人自己不会切才这么写。一帮尿人定的指南有什么可看的！"江河垂下脸来，明显是来了脾气。他转身撕掉一次性手术服，又转头吼了一句，叫人来关胸，把口罩吹得一鼓一鼓的。

孙慧倒是没有什么情绪，依旧抱着胳膊。

"你这就是！"江河用手指了下孙慧，又赶紧收回来，"你就是故意和我找不痛快，这也不同意那也不同意，你想退休我还不想呢！"

"就事论事，这个患者本身就没有指征。"

"那陈老师总有吧，陈老师明明就应该做肺移植！"

"哪有给七十多岁的老头子做肺移植的？！"

两个人一边往外冲一边吵。从手术间吵到走廊，又从走廊吵到手术室门口，接着吵到病房楼道，最后吵进办公室。新来的患者感到莫名其妙，医生护士们倒是习以为常。

此时的龙森浩在角落里撑着下巴发呆，他已是副主任医师，独立带一个组。

坐在旁边的赵步理作为主治医师跟在龙森浩下面，成熟了许多，手术也很积极。一个男人，似乎只有成家有了宝宝之后，才会真正长大。

陈彦豪正准备病例汇报，他已经考取了主治医师资质，但住院总医师的身份还没有结束，只负责病例汇报和安排患者收入院的工作。

孙慧坐在桌子的正中间，江河坐一旁，两人都一言不发。

传说三年前孙慧就要引退，但江河来了之后，医院依然让孙慧做科主任，让江河做科室副主任。这种夫妻店的设置虽然总有人私下表示反对，可医院一直也没有更好的选择，曾经试图引进一个更大腕的学术带头人，可是更替成本高，能否获益也不肯定，加上科室发展势头也还可以，夫妻店模式不知不觉就延续到现在。

"患者六十四岁，体检发现左肺占位。这是患者的片子，患者的心肺功能……"

孙慧直接打断了陈彦豪。

"这个纵隔淋巴结大的，不手术。这是谁的病人，自己看都不看吗？"

"这个是单一组的淋巴结肿大为主，怎么不能手术？！"江河立马还嘴。

"你怎么确定别的小淋巴结就不是转移，能不能按规矩治疗？"孙慧的语气没有太大起伏，但气势上并不输江河。

"扯什么规矩，外科大夫是舞刀弄枪的，不是舞文弄墨的。不开刀和内科还有什么区别？"江河猛地拍了下桌子。

陈彦豪识趣地停了下来，拿起手机道："喂？哦好的，我这就过来。"

孙慧明显也在努力克制情绪，"咱们都快退休了，能不能别像个疯子一样让年轻人看笑话？"

"你到底在怕什么？要是出问题大不了就不干了，反正你也要退休了。"说着，江河又搬出陈老师的事情，好像这才是他们吵架的根源，"之前明明有个肺可以给陈老师，你为什么不同意？"

孙慧冷笑一声。

"说到底你还是绕不开这个，肺移植是我同意就能做的吗？器官移植委员会的人能同意吗？他们负责分配，你有什么发言权吗？再说了，你有肺移植资质吗？没有！"

"我们可以去申请啊，肺移植做起来有什么难的。你当时要是去和领导说一句，我肯定能把那个肺移植到陈老师身上去！"

孙慧"砰"地猛拍了一下桌子。

"有完没完！"她瞪着江河，"陈老师这么大岁数了，怎么做？你爱干不干，不干就滚出去，上海众合医院不是一直挖你当科主任吗，你去啊！你上那边搞肺移植去啊！"

江河苦笑道："好啊！你还和那个秦雄有联系呢？他还找上你了啊！我老实跟你说，他找了我七八次我都没理，我就想在这儿帮你。结果呢，帮到狗身上去了吗？！"

孙慧一阵冷笑，早已恢复了平静。

"你的好心我可没福气受着。你要过去就过去，我这儿不需要你。就凭你这两下子，估计几个月就得被人家赶出来。"

孙慧话里带刺，江河脑门子上的血管濒临爆炸。

"好啊！孙慧，你真当我搞肺移植是为自己吗？那个肺源，为什么不能给陈老师，你心里肯定比我更有数。我们如果不上去，就什么话语权都没有……"

孙慧顿了一下，大吼："你想有话语权你自己去当主任啊！"

"去就去！"

"我也去。"角落里突然传来一个平静的声音，孙慧和江河一并惊讶地回头。

"什么？"

"什么？！"

龙森浩抬起了眼皮，微笑着。

"我说，我也跟着江主任去。"

3

陈彦豪在医院门诊四楼的一个特殊房间里，受赵步理的委托整理陈飞漱的遗物。这个地方很小，像一个小型秘密基地，要不是赵步理，他怎么也想不到这里别有洞天。墙上、地上、柜子上，甚至沙发下面，各种各样的旧家伙塞得满满的，像是不小心乱入了一个神奇古玩店，虽然没有一样东西看上去值钱。

陈彦豪翻到了一九四八年《大众医学》的创刊号，打开时一股木味扑面而来。旧书的黄色纸张摸起来有些粗糙，封面是一对布偶穿着民国时期的婚纱和西装礼服，像在拍婚纱照。这一期是婚姻卫生专号，全刊的内容都围绕着生育健康展开，包括生殖器图解、择偶建议、包皮与手淫等，除此之外还罗列了上海市几个医院的地址和简介，也有类似"蒙古的蛆毒素"这种夹带的广告。

陈彦豪发现，这些内容非但不过时，读来还十分有趣，甚至有着超出人们对那个时代想象的大尺度。例如——

"一个想多生子女的男子和一个不想多生子女的女子结合也是不合宜的，因为后者对于丈夫的性要求除掉在安全期内恐怕要一概拒绝的。反之，一个不想多生子女的男子和一个想多生子女的女子结合，<u>男子在性交的时候，每可能采用某种不自然的方法，因而必为其妻子所严加反对和拒绝，久之则双方在感情上必致疏淡，更可能丈夫由于性要求不能满足被迫与其他女性发生关系</u>。"

这本书上有一些红色的字迹，总是标注在男子相关的内容旁，也不知是什么年代做的。陈彦豪不由得微笑起来，陈老师虽然是个妻管严，笔迹却诚实地反映出来他当年那些小心思。

除了这类刊物，陈彦豪还看到许多陈飞漱与朋友、同事交往的信件。

其中一封竟然是一九九〇年他写给某个卫生学会教授的，信里写道："'山村秀夫''噶尔努谢夫斯基'在复信里完全支持我们当主席。"

陈飞漱还和对方分析当前的局势，"根据上级领导意图，中国应当争取继续当主席"。信件最后，他列举了六条举措，并且劝对方主动去申请当领导，活像一个尽全力给对方洗脑的话痨，无论如何都要让当时的中国在世界卫生组织里占据一席之地。

这些有趣甚至有点不着调的文字，让陈彦豪渐渐生出对一个真实老人的好感。他是那么坦诚、善良地生活在这个世界上，有自己的小心机，甚至是玩世不恭。

嘀嘀声传来，陈飞漱的手机终于充好电了。

陈彦豪今天还要完成一个赵步理交代的特殊任务，检查一下陈飞漱的手机信息，特别要寻找一个叫"阿祖"的人的短信或电话。

这个任务显然太难了：陈飞漱手机里一屏一屏都是各种各样的吊唁短信，满满当当，翻不到头。无数患者和老友发来长长的问候，虽然很多人清楚这句问候不可能再得到任何回复，他们感谢这位挽救过他们生命的老先生，感谢这位带领他们走进医学殿堂的老师。

陈彦豪读着读着眼眶就湿润了，他终于体会到陈飞漱在录像中说的那句话的意义。一个医生在临终的时候，获得的祝福和感动，可能是金钱无法买来的，也不是站在怎样的官位上能获得的。那是人传递给人的认可、感激以及依赖，坦诚到能让人安心地死去。

肺移植比常见的肝移植、肾移植困难得多，不知道何时才能摆脱移植领域"差等生"的标签[1]。也许对陈飞漱来说，用自己一生的声誉争取勉强的肺移植机会，远不如安静离开更安心、更体面吧。

陈彦豪还看到了江河发来的短信："老头儿你等等，我还在给你想办法。"

陈飞漱的回复是："瞎折腾！"

赵步理进来时，陈彦豪冲他摇了摇头说："没有阿祖的短信和电话。"

赵步理点点头。"江河和龙森浩很快就要走了，今天晚上有送行宴。"

想起刚刚的那句"瞎折腾"，陈彦豪问赵步理："所以……江河主任真的要去上海了？陈主任既然已经走了，还折腾什么？"

赵步理叹了口气，开始讲述陈飞漱和江河的感情。

二人亦师亦友，既是烟友，又是酒友，且在医疗上两人都一丝不苟。陈飞漱原来是外科的，岁数大了才转去做抢救，把外科留给了江河。江河技艺大成之后，就卸了担子给孙慧，闯荡江湖开飞刀去了，不久前才回归医院。这次没能成功用自己手里的技术救到陈飞漱，让江河觉得是一种莫大的屈辱。不是不能做，而是不让做。

"但是这个龙森浩，到底是怎么回事啊？"陈彦豪好奇。

赵步理也一头雾水。

龙森浩在北京顺风顺水，所有人都认为他放弃这里的一切实在有些可惜。医院找孙慧做过无数次思想工作，不肯放走这么一棵好苗子。但龙森浩这种脾气，没有人能劝住。更何况，也不是所有院领导都认为这是医院的损失。

陈彦豪就像没听见自己的手机响一样，把手机翻过面扣住，继续听赵步理分析。

"还在跟你爸闹别扭呢？"

"懒得理他，他就是神经病。别人看到自己孩子学医都高兴得不得了，他倒嫌弃上了，还天天去孙主任的门诊闹，这让我在医院怎么混？"陈彦豪没好气地回答。

赵步理虽然听说了一些陈彦豪的家事，但也理解不了，只好认为这是一个富二代的烦恼：家长希望孩子经商继承家业，孩子却硬要学医自谋出路。

---

[1] 我国目前慢阻肺患者数量高达一亿，包括慢阻肺终末期患者在内的大量呼吸病的终末期患者，都需要进行肺移植。但是目前开展最多的肾移植累计已达八万六千八百例，肝移植总数将近一万六千例，心脏移植手术有七百一十七例，肺移植总共累计只有一百六十五例，肺移植似乎成为移植领域的"差等生"。（统计时间截至2009年）

"完了完了，这家伙疯了，他发短信威胁我要在医院拉横幅说我喜欢男的，我哥刚给他生完儿子，他倒不怕我找不到对象了！"陈彦豪举着手机，气急败坏。

赵步理哈哈大笑。

"你爸这么执着，你有没有想过，是不是因为觉得你更有经商的头脑？你自己呢，是更喜欢当医生，还是觉得经商也不错？"

这倒问到了点子上。

陈彦豪小时候和大哥一起帮摆摊的爸爸收钱，七岁的大哥永远算不明白账，但是五岁的陈彦豪就已经可以用纸币上的盲文准确识别真伪，看一眼就能识别假币。刚上小学的时候，他就会收费帮同学写作业，甚至还找小卖部老板给他投资办了个代写作业小作坊，并且用小卖部的零食奖励"员工"。自己赚了真金白银，老板赚了商品差价，只有入伙的"写手"们心甘情愿地用"努力"购买了零食，还认为是自己努力获得的报酬。事实却是大多数人如果不干这个事情，也不会想起来要吃零食。

陈彦豪不止一次觉得，就算不干医生，跟着老爸和大哥去经商也是个不错的选择，可是他享受做医生带给他的感觉，向往成为一个大医生。刚刚陈飞漱手机里满满的祝福和怀念，让他更是坚定了许多。

"如果你没想明白的话，我倒是有个主意。你也可以跟着江主任、龙师兄去上海啊，一方面躲躲你老爸，另一方面感受上海医院更活络的氛围，说不定在那边你能明白自己想要什么。"

陈彦豪白了赵步理一眼。

"你说得倒是轻巧，我能帮上啥，这不是给他们添乱吗？"

赵步理诡异一笑，"你当然有你擅长的，这样吧，我给你个神秘的礼物。"

心里想的却是：陈老师，是你让我把这玩意儿传给别人的，那就请你保佑好这位新主人吧。

陈彦豪一脸蒙地接过一个墨绿色笔记本，打开笔记的一瞬间，他便触电一般。

"始于无名，终于草堂。"

涅槃

民国八年，四月六日

　　今日抵达松江县。此地之人并不十分友善，孩子冲我做鬼脸，大人远远观察。有幸得到吴督军的秘书帮助，才找到住所。此处仅有一床一桌，而且不久前有人在屋里死掉，因此租金十分便宜。我告诉江秘书，世界上已没有我所害怕的，他便开车带我来到此地，留下了一些钱，说是督军嘱咐。我自然明白督军才不会在意我等无名小卒，江秘书是个好人。

　　松江的春天，寒冷无孔不入，裹着全部衣物都感觉难耐。来吧，漫长的一夜。

民国八年，四月十二日

　　收拾了几天，住处终于有些面貌。钱不多了，我决定去县里的市集买些种子和农具，种些东西来勉强谋生，但路途遥远，要提前准备。盼望途中能看到招工的医院或医学院。

　　今日一个三四岁的男孩坐在路边哭闹，想到包里从美国带来的罐头糖，我便拿了几颗给他。男孩吃了之后才展露笑颜。我抱起他，装作飞机哄他转了几圈。男孩离开后，我在无人之处放声哭了一场。

　　若阿成还在，应该也是这番年岁。

　　我本可以随他们去，但现在不行。

民国八年，五月十八日

给方兄去了信件，感谢他的好意邀请，但我现在不考虑北平，不考虑协和。我只愿在上海寻找出路，毕竟要守着阿远。

鸿铭在北平越来越好，为他开心。

整个城市都在停滞，学生停课、工人停工。我在市里见到宝山和吴淞街上全是大学生模样的人，但县里的人没什么动静，只是努力耕种。听妇女老人说，今年的螟灾比往年严重得多，灾稻犹未收割，稻米几乎颗粒无收。我第一次见到螟虫时倍感意外，小小虫子，却影响无数人。

我只懂得种些蔬菜，勉强能发芽，用蔬菜换些土豆充饥。还试着去河里摸了几回鱼，有些收获，但南方血吸虫病泛滥，我对下水有些抵触。村里老人说，青浦县莲盛乡任屯村有二百七十多户，但全家死亡的有一百二十户。幸存的四百六十一人中97.3%也患了血吸虫病；五十多幢房屋倒塌，一千三百多亩良田荒芜。大好的水田没人种，实在让人心疼，但没人敢下水。

村里有人在家中用蒸汽熏。我想起在美国时读过纽约学者Walter Collins O'Kane（沃尔特·柯林斯·奥凯恩）在一九一二年写的书，叫《如何识别和驱除害虫》（Injurious Insects: How to Recognize and Control Them）。里面介绍了用荟来熏蒸跳蚤的方法，这种方法只对成体的跳蚤有效，对还未出生的卵并无用处。我教村民们蒸醋，还凭着记忆给他们讲血吸虫病的防治法。

最近，村民变得不像以前那样冷漠，常会纠正我愚笨的耕作法。

蔬菜越发茂盛，我每天脚踩田地，听蛙鸣鸟叫，偶尔赶走偷吃粮的麻雀、抓走偷吃油的老鼠。在此地，开窗便能闻到香甜空气，北平和纽约都不曾有过。我甚至想永远隐居，直到生命终结。

等远儿长大，我也便没有牵挂了。

白日的惬意让人舒适，但深夜我还是不断梦到那一幕：我慌不择路，后面有人追杀。村庄保护了我，但子弹仍湮没了一切。

这场景是我捏造出的恶魔，啃食我的灵魂，让我歉疚的心稍稍平复。有时半夜惊醒，睡去后仍是同一个梦，仍是一样的奔跑，仍是一样的结局，好像一场死亡轮回。我有时会自嘲一番，无间地狱，不过如此。

这是远儿的梦，亦是我的梦。

民国八年，五月二十九日

　　路过田间，一孩童落水，已无意识，拍按胸口后醒来。正是先前路边哭闹的孩童，便交与其母孙姨。孙姨为报答我，送来一些米。她见我懂医术，便请我治疗其他孩子。可离开医院的设备，我所能做的甚少。孩童们大多有些蛔虫病，营养不良，我便写方子叫他们去拿药。不少孩子果然排出虫子，村里更多人找上我。

民国八年，六月五日

　　今日十分惊险。我除杂草时，听闻村里人头攒动。原来是一女子生产后出血不止。村里生产尚有传统，男子不能入内。但孙姨力排众议，让我进入房间，孩子已有哭声，只是女子阴处不断流血，应当是胎盘滞留于母体内。

　　我将其双腿分开，女子不停抗拒，大呼男人名字，门外争吵声此起彼伏。我没有犹豫，手直插入子宫，探及一块藕断丝连的肉团后，用力拔出。随后将血肉模糊的肉团扔在一旁，把手擦净，用力揉搓女子的肚子。她一直哭号，脸上已无血色，全是细密的汗珠，意识淡漠。

　　揉了许久，不知哪个女人喊"不流了"，我便知道伟大的子宫又一次发挥作用。

民国八年，七月四日

　　村里有一老人，据传是松江有名的画师。他被自家的牛撞倒，手臂应是骨折，找我来医。固定包扎后，我见其提笔无力，便知神经受损。旁人虽可如此康复，但担心伤及他的画技，我便写信让他北上找一位名叫方鸿铭的医生，见字如面，他会妥善安排。

　　老人将信将疑，但上海也无亲戚投奔，仍是登上了北上的列车。

民国八年，八月五日

　　老人归来后，到处夸赞方医生无所不能，也为我送来一些肉粽。我自以为吃不习惯，但抛弃也可惜，以物易物又怕损对方好意，只好勉强吃，吃后才发觉肉粽与家乡之枣粽分毫不差。可惜积蓄已见底，培养此爱好后恐怕由奢入俭难。

民国八年，八月十日

　　今日督军秘书找我求助。一肺痨患者阿福，上海的医院救治后无大碍，便问可否由我代为照看，可给一些服务费。我为其谋了一处偏僻房屋，嘱咐患者不可自行出来。肺痨没有特效药，养最为重要。如若发烧严重，我便观察情形给上一颗退热药，更多事我也做不得。

应是江秘书好心，见我落魄，不好直接施舍，便找个差事给我银钱。心意记下，他日必还。

民国八年，八月十五日

我已闻名村里，略有骄傲。松江县这个村落，能让我感受到与人为善的踏实。村中婚丧嫁娶常找我主持，添了孩子也求我取名，甚至有被抢了风头的老秀才来请教医术。

一些老猎人常带我去捕野兔。园子四面围墙，只在一面上留一小洞，洞口放透明玻璃。我们几人去园中打草绳赶兔子，兔子便会从缺口奔出，一下撞晕在玻璃旁。如此，晚餐便有烤兔子。

我也曾做陷阱抓麻雀，支起一个筐，下面撒些米，拎着绳子远远等着。

孩子们笑我，田里处处是食物，麻雀不稀罕筐下的米。

他们说，麻雀比人聪明。

民国八年，九月一日

村民都在喊"虎列拉来了"，此为霍乱在中国的翻译。村民知道水中有毒，有瘴气，却不知缘由都是小小的霍乱弧菌。

整个上海都乱了，医院里人满为患。在医院寻求差事时，我因为会打针，帮了一些忙。但那些小医院惊讶于我的学历，表示容不下我。我用酬劳买回一些打针工具，一个感染的居民被送来，就坐在马桶上拉，我则在一旁用针给他注射自制盐水。一两天后，此人拉得少些，逐渐康复。

我率村民去远处挖井，自己带着水去城里找显微镜观察。确认没有弧菌，才回去让村民放心煮水饮用，一切吃食用开水烫过才可入口。

有一流浪汉死在田里，尸体腐烂发臭。我便在那田上做标记，带人用牛皮做防护，拖尸体到远处林子里埋葬。村里垃圾越来越多，长此以往，定会滋生细菌污染水源，即便熬过霍乱，往后还有痢疾、伤寒。

我不属于这村庄，但村民已成为我的亲人。我要积德行善，为成儿的往生积福报，为远儿求现世报。

民国八年，九月三日

　　虎列拉越发猛烈，我不敢去市里找差事，积蓄见底，只得做医疗服务员勉强度日，余下些钱便寄给远儿。在美国我学习医疗管理，但在国内无用武之地。当下中国没有专业的卫生部门，都是由警察代管。警察不懂医学，只能用管人的手段管医学。

　　隔壁村感染之人渐多，常有人患了霍乱过来养病，甚至有人被赶出村庄。死人愈多，感染愈多，弧菌随江水流进黄浦江，再污染市内。此恶性循环的终结，不在于治，而在于防。

　　我只能带村民收拾自家垃圾场，但若不管邻村，我等迟早要遭殃。外姓人去到别村收尸，不切实际，我便写信给督军，请求他出兵帮忙，杳无音信。乱世中，他们只顾打仗，无暇在意黎民百姓。

民国八年，九月五日

　　早听闻上海黑社会势力猖獗，今天有人来村里点名寻我，说一个名为黄老板的人要找我做事。

民国八年，九月六日

　　黑社会又来了，领头的竟是阿福。他原是黑社会一个小头目，告诉黄老板此处有一神医。黄老板的家人患肺痨，希望请我照顾。

　　我再落魄，也决心不成为黑社会的一员。妓院、赌场、烟馆、歌厅，均是黑社会所为，道不同不相为谋。

　　阿福说他是好人。

　　我不信。

民国八年，九月十日

　　我们已竭尽力气，但虎列拉仍蔓延。人们不听劝告仍四处活动，巡捕房出动警察打人、赶人回家闭门不出。但尸体躺在各处，警察也绕开走。管住所有活人，但不管死人，治理只会越发无望。

我一介凡人，再努力，也救不了村子。

民国八年，九月十一日
　　一着白衫的男人找我，说自己是黄老板。他请我去料理他的家人，我则要求他派人修理几个村的卫生。
　　随即他叫来一群人，听从我的吩咐。

民国八年，九月十二日
　　我组了一支二十人的队伍，奋战三天，埋葬周围四五个村庄的尸体。我等安排染病之人分散住在村里，每日有专人送饭到门口，还让他们把呕吐物和排泄物装在袋子里。
　　得益于黄老板找商会筹募的经费，我于秀野桥东乐恩堂成立了一个组织，叫作公共卫生会，雇用专业清道夫，负责街道卫生清洁。许多游民为讨生计，也成为清道夫。

民国八年，九月十四日
　　我向黄老板讲述感染的数个环节，还强调解决乡村问题最终得利的是乡绅。因为水源的污染，亦会影响他们的吃喝。于是黄老板让绅商合资，创办松江时行病医院。患者有了专门去处，不再住自己家中。

民国八年，九月二十日
　　村中不再有新增的患者。我一直按约定照看黄老板的母亲，她的病缓和许多。黄老板常向母亲请安、敬茶，很是尊敬。如果不知道上海滩一半的赌场和妓院都是他的，我会认为他只是一个平凡的孝子，一个知书达理的中年人。
　　他长我二十岁，让我叫他黄兄即可，但我始终喊他黄老板。

民国八年，十月五日
　　黄老板答应给我建立一个医院。我惶恐但仍隐隐觉得，他能让我做成一些事，一些恰好只有我适合做的事。我甚至有不切实际的幻想，也许黄老板能助我完成只有梦里才敢想的事——报仇。

民国八年，十月十一日

　　黄老板知道我在美国学过一些建筑课，随手给了我一个医院的图纸，让我参考。我花了半天时间修改图纸，调整每个房间的格局，增加床位，设置护士站、资料室、器械室、处置室等公共区域。他颇为满意，让手下去操办。

民国八年，十一月十六日

　　虽然我没有按辈分排名号，但我知道，我现在也是帮中一员了。

　　近距离凝望深渊时，才会发觉深渊里每一张面孔都和蔼温柔。我只知道世人讲的是道义。而道义，或许可助我成事。此前，我此生的唯一任务是"守护"，现在，我竟然也可以"战斗"。

民国八年，十二月四日

　　人会形成小团体，

　　人不能接受变差，

　　人经常渴望权力，

　　人需要服从纪律。

　　切记，切记！

第4章 | 医药代表代表谁？

"一个行业没有好坏之分，关键是
你要怎么做。"

1

陈彦豪坐在 Time 咖啡馆里，边翻看笔记，边感叹其内容之丰富、描述之简练，不只详细记录了很多事情，还画了很多手绘图，特别是一些关系图和账本。虽然一些页被撕去了，但还是能看出日记主人汪道贤发迹的全过程。

他从协和医学院毕业后，便去美国留学，一九一九年回国，之后不知什么原因就一直在上海发展，好像是在守着一个叫"远儿"的人。如果按照笔记所描述的，目前上海几乎所有三甲医院的雏形或前身，都有这个汪道贤的影子。

可去网上搜了很久，陈彦豪也没有发现一丝一毫关于这个人的痕迹。各家医院都是政府建立的，并非私人产业，如果真的都姓汪的话，这家伙应该富可敌国了。他觉得，汪道贤一定给自己制造了很多身份，像一个幽灵一样不断穿梭在这些身份间。

门口的风铃声打断了陈彦豪的思绪，圆圆出现在他面前。

"你才来，我都算得差不多了。"

圆圆不屑地"嗯"了一声，便让陈彦豪讲讲看。

"咱们办这场会的目标是邀请一百人。其中有十个 VIP，安排酒店单间，其他九十个人安排标间。还有会场，一个主会场，两个分会场，都要准备嘉宾桌牌和荧光屏，还要请会务公司做宣传片……"

圆圆听陈彦豪绘声绘色地讲了十分钟预算，边听边做着笔记，并没有打断他，只是关键环节又让他重复了一下。

陈彦豪入职后不久，院长秦雄突然搞了个行政管理人员下科室的任务，由行政管理人员和科室"结对子"，协助科室的运营。正当江河坚信不会有人选择胸外二科的时候，圆圆却主动报名了。这让所有人都震惊不已，因为圆圆是十几个科室点名想抢的。但本着双向自愿的原则，别人也不好说什么。

圆圆身在院务办公会，又得秦院长青睐，对上层思路的感知是最灵敏的。有了这个人在身边，科室自然就能了解医院内部的消息。

听完陈彦豪的计算过程，圆圆直接拿出早就写好的一张纸，手写得字体工整、清秀，还画了不少图表，和陈彦豪蜘蛛爬似的字形成鲜明对比。

"你算的四十多万费用，和我算的其实差不多。但茶歇的费用、当天司机接送本地专家等细节上的花费容易忽略，少一块就可能出大麻烦。"

陈彦豪仔细想了想，确实有很多是他想不到的。如果专家以为安排了司机，就会被晾在那里，或者没准儿自己走错会场。这些细节如果没有提前准备，可能就把专家得罪了。

"但是按照你说的，加起来以后……"陈彦豪又简单计算了一下，"我们科室如果要办个会的话，居然需要七十万？！这个就有点让人头疼了。"

圆圆摇摇头道："不是七十万，是一百万！"

陈彦豪又惊呆了。

"为什么，交税吗？"

圆圆摇摇头。

为了监管会议质量和反洗钱反腐败，办会不能以个人或医院的名义办，只能用学会、基金会的名义主办，而医院和科室只是承办或协办，但是学会要收15%到20%的管理费。此外，办会还需要找会务公司来承接，也会收大概8%的服务费，再加上转账所需要的手续费、发票税费，以及灵活操作现金所需要的提现手续费，大概有三十万的损耗。

陈彦豪惊得下巴都要掉了，赶忙问圆圆是怎么知道的。圆圆只是轻描淡写提了一句。

"我以前在药企工作过一段时间。"

陈彦豪越发佩服圆圆，虽然科室行政助理这个职位是虚的，但圆圆却做了很多实事。之前，她就对比其他医院的收费方法，发现胸外二科手术室护士的计费系统存在漏洞，导致每台手术都少五千到一万的劳务性收入。且这部分收入医疗保险可以报销，不会增加患者太多负担。圆圆和手术室护士长重申了收费项目的重要性之后，辗转周旋，最终确定了一个方案：让胸外二科手术的劳务性收入与跟台护士的收入绩效挂钩。之后，护士原本懈怠的工作态度马上有了改观，每次都盯着胸外二科把手术费记完整。阿毛等人也反映，这个月的奖金眼看着就多了，再加上手术机会也多，工作的积极性高了不少。

虽然江河总在吐槽"早该这样了"，陈彦豪却深知这事情做起来可没那么简单。要让绩效和财务部门同时做出调整，圆圆在里面花费的功夫一定是不可想象的。

"你为啥从药企出来，跑医院里来了？"陈彦豪好奇地问道。

圆圆没好气地白了他一眼，选择性无视了这个问题。

"你为啥宁可得罪那么多主任也要选择帮我们科？"

圆圆还是没有正面回答，说是院领导的安排，她只是服从。

办一场大会这件事，是圆圆刚到胸外二科不久后提的。她说任何一个科室新更换主任之后，都需要开个大会昭告天下。

圆圆表示，虽然是叫学术会议，但学术只是方式，影响力才是目的。虽然江河在胸外科界是出名的一把刀，但并不是所有人都知道他"转会"的消息，因此就减少了潜在的患者，也减少了其他医生前来学习进修的可能性。那些进修医生不但不要钱，还要交进修费，工作积极性也高，是"带资进组"的壮劳力。

另外，通过办会也可以结识不少行业内的领导和学术带头人，进相应的圈子，这样就能在业内有一定的学术地位。看起来没用，但对患者来说吸引力极大。头衔越多，越说明这个人值得信任。毕竟这代表着各级官方的认证，老百姓会下意识觉得，技术不好的医生也混不到这个层次。

总之，召开这次"武林大会"，就是要昭告天下英雄，上海众合医院有江河这号人物了。

但办会就得花钱，就需要赞助。加上陈彦豪之前的筹措，最终凑到了八十万。

圆圆算出的一百万"打"得他措手不及，现在只能考虑缩减预算，或者想办法再筹钱。

圆圆忽然小声提了建议："你们有没有考虑和葛峰主任一起办会呢？两个科分摊一下，就都没有什么压力了。"

陈彦豪皱着眉头说:"我也想过,可那帮家伙真是现实,说两个科一起办比较难,因为葛主任不是主席,很难申请经费。"

圆圆认同地点点头。

"那就慢慢来吧,实在不行,就把参会代表的住宿标准降一降,往返机票就不负责了。"

陈彦豪没说话,仿佛在琢磨什么。

圆圆突然想到了什么。"肿瘤药的企业能不能赞助呢?你们科的业绩还有一个增长点,就是中期的病人其实很多。但为什么你们都把患者介绍到肿瘤科,不自己做点化疗呢?化疗利润率高,用药多了,企业的赞助力度也会更大,而且医院没有规定外科不能碰化疗这块领域。"

陈彦豪笑了笑。

"这块我们先不碰了。"

"为什么?觉得不划算?胸外一科都会做化疗,你们不觉得亏吗?"

沉默。

"你是不是觉得不以赚钱为目的,就很清高?医生如果赚了钱,你就没优越感了?"圆圆开口道。

陈彦豪嫌弃地撇了撇嘴。

"赚钱有啥不好的,医生也是要赚钱的。新的医改不知道什么时候能执行,雷声大,雨点小。现在医药企业和器械厂商这么有钱,医生却这么穷。"

圆圆摇摇头,说:"已经开始了。越深的改革,越是悄无声息地进行。我觉得很快政府就会出台集中采购的政策,让企业直接和政府对话,不需要医药代表在中间给利益了,过不了几年大家都可以挣太阳底下的钱。"

陈彦豪皱皱眉头:"开玩笑吧,药品利润空间肯定是不可能压缩的。这样的话,药企还有什么动力去研发新药?'以药养医'的路子在十年内是不会变的,国家没有那么多钱投入,最终还是要让患者多掏腰包来买单。你肯定是离开药企了,才会这么唱衰药企吧。"

圆圆突然来了兴致,"要不赌一把?如果十年内政府对药品集中带量采购了怎么办?"

"那我嫁给你!"陈彦豪道。

圆圆愣了一下,嘬了一口饮料。

陈彦豪到科里时，早过了早交班的时间，但办公室门口仍有很多人围着等看片子。这种场景陈彦豪在北京也见过很多，医院职工通常都要等早交班结束之后，找孙慧主任看片子。但这在江河和龙森浩到来这么久之后，是第一次出现。

陈彦豪艰难地挤进人堆，发现被围着的是龙森浩，而江河被晾在一旁。他不由一脸坏笑地问江河当"替补队员"是什么滋味儿。

江河意识到又是陈彦豪搞的鬼，说："这阵仗，你小子怎么搞的啊？！"

"我跟那些阿姨和护士说，大师兄单身，最近如果有合适的姑娘可以趁着看片子的时候介绍介绍。"陈彦豪得意地撇撇嘴。

陈彦豪这可不是突发奇想。

汪道贤运营医院时，抛弃了无限扩张床位的思路，在医院旁建了一所学校，解决了教职工子女的上学问题。

这种为医院员工考虑的思路让陈彦豪很受启发：作为一个几千人的大型三甲医院，员工才是患者最重要的来源。员工也会生病，员工的朋友和家属也会生病，不断辐射出去，可能就是几万甚至几十万的潜在患者群体。手术室的护士和麻醉医生，是最佳的传声筒。就像汪道贤在笔记里不止一次强调的那样："伙计是我们必须照顾好的。"

"说不定还有男同胞相中了龙森浩，过来看片子呢。"江河玩味地笑了笑。

"那有啥，来的都是客啊！"

两人握了握手，就这样达成了共识。

2

徐小敏伫立在酒店的阳台上，平静眺望着暗流涌动的黄浦江，她左手抱在胸前，右手纤纤细指夹着细烟，缭绕中像是凭空长出第六根手指，平添了几分恰到好处的禁忌感。她个子不算很高，比例却极好，削肩柳腰，颈直且长，显得胸部格外坚挺圆润，一头细软的披肩发顺着脸庞滑下，只在发梢烫得微微内拢，发质虽略干枯，却因染了咖色浑然一体。

她挺了挺腰，明显有些僵硬，一声浅吟后，下腹一阵疼痛让她没忍住"嘶"了一声，两腿还是有些酸软。

望着空空的房间，她的心像身体一样有一种被抽离之后的空虚感。

肖飞这次仍是很快就穿上西装走了。徐小敏知道，他晚上还要换个地方再来，甚至今天中午就会找她，又或者是旁人。但有什么关系呢？

徐小敏确信自己不是唯一一个知道这个秘密的人。肖飞之所以找她，也是认定她不会乱说，这既是基于利益共同体的信任，又是源于肉体接触后的直觉。

肖飞绝对不会自行解决生理需求。

她很少听到做动作时肖飞有什么甜言蜜语，但那性感的男人仍让她心动。

今天，一向惜字如金的肖飞说自己刚提了手术室的主任，但葛峰不乐意了。

"他允许我拿奖，但不会允许我有任何权力。"肖飞一针见血。

她能从肖飞的撞击中明显感受到愤怒的释放。

徐小敏匆匆赶到公司时，胖胖的经理已经开始讲话了，她推门而入，昂首挺胸地坐在第一排，再回头一望，唐彦果然坐在最后一排。

胖胖的经理看见徐小敏，特意低头示意了一下，她回应了一个灿烂的笑。

"即将到来的十年，是什么时代？一定是医疗最黄金的时代！为什么大家要发疯一样往前冲？因为这个赛道上全是黄金。什么样的人能挖到黄金？是那些天天动歪脑筋给大夫塞钱的吗？不是！是那些天天想着怎么骗患者钱的吗？肯定也不是！是什么？是能够帮医生和患者解决问题的人。如果你能帮他们双方解决问题，那钱就活该你挣！我们新瑞基因，就是要做这样的公司！我们服务的，也一定是那些有技术、能够帮助患者解决问题的医生！"

胖经理说得抑扬顿挫、慷慨激昂，徐小敏不停笑着点头，唐彦也听得有些入神。

"我们中就有从护理岗位上退下来加入的同事，从他身上能看到真正的医学人应该拥有的朝气。"

唐彦意识到可能在说自己，"腾"一下坐得板正。

"我一直和年轻的同事们说，加入这个行业的初心决定了未来的高度。你如果是想来挣点小钱的，没问题，这和卖房子、卖保险都没有本质区别，公司的产品会作为你坚强的后盾，保证让你卖出去有面子。但是同事们，相信我，你如果真的想在这个行业里争到上游，就不能光盯着这点业绩。"

徐小敏娇嗔地斜眼一瞥，胖经理忙笑着冲她压了压肥厚圆润的手掌。

"小敏你别急嘛，我不是说业绩没用。但是咱们年轻的朋友，特别是那个小伙子，你一定得清楚，有些事你是为公司做，有些事可真的是为自己做的。"

徐小敏点点头，回头冲唐彦挤了挤眼睛。

"叫……唐什么……唐彦是吧？"

"是的，领导！"唐彦的耳朵和脸都热热的，"腾"一下站起身。

"坐下就行，咱们公司不像你们原来的医院，没有那么多上上下下的规矩，来了就是一家人。咱们公司过生日有生日聚会，过年有年会，连你们辞职公司也有散伙饭，来也开心，走也开心。"

下面二三十个刚入职的新人越听越起劲，脸上都挂着笑。

"我说到哪儿了，哦对。你把医生客户服务好，医生客户就是你的，你把患者客户服务好，那患者客户也是你的。现在的基因测序都用果美纳机器，谁能比谁好到哪里去？关键就在于我们给客户的服务是到位的，医药代表代表的是谁啊，同事们？"

众人纷纷回答。

"代表公司和患者。"

"也代表医院和医生。"

"也代表新产品，新技术，新方向！"

胖经理满意地说："没错，你们说得都对。但我认为，医药代表代表的是你们自己，你自己是什么样的人，你就能提供什么样的医疗服务！"

唐彦狠狠地点头，他头一次这么笃定自己的选择是正确的。

"不瞒你们说，我以前是做吻合器的。但以前的客户只有医生，我觉得不好，把患者也服务好，才算是真正的医疗。希望你们早日成为像我们小敏这样出色的伙伴。"

说着，他好像突然想起了一件事。

"哦对，小敏你回头带小唐买身衣服去，公司出钱。这小伙子长得这么精神，但这身衣服可真是见不了人。"

唐彦听完一直抹汗，感觉这比他当年给主刀递错了器械还脸疼。

会后，徐小敏笑了笑，问唐彦有什么感想。

唐彦一本正经地表示，自己要做一个真正的医药人，让爸妈能昂首挺胸地和别人介绍自己的工作，让患者也能有放心的、买得起的医疗服务。

入职一个月来，唐彦的工作还算让人满意，但唯独给客户结算费用时，总是缩手缩脚。徐小敏也收到很多客户对唐彦的抱怨，有的抱怨他结算很慢，有的抱怨他在大厅就直接给费用，有的还抱怨自己明明谈好了让病人用贵的套餐，但他对接完，病人却选用最便宜的套餐。

徐小敏没有回来就骂唐彦，仍然是手把手地教，觉得他只是还没开窍，需要慢慢引导。看着眼前对她傻笑的唐彦，她心里暗戳戳生了个想法。

"走，姐带你去买衣服。晚上有个饭局，你跟我去。"

3

"伊丽莎白"公寓在北外滩，离众合医院不远，从外面看上去，就是一座平平无奇的居民住宅楼。它不像浦西徐汇区那些高贵豪华的公馆，也不是精致优雅的独栋别墅，甚至就是一个普普通通塔楼里的1604号房间。

说是1604，只是它的门开在1604。实际上，它是两个平层打通形成的复式公寓。刚一进门，就能闻到空气中弥漫着一股新鲜的桂花香气，混着各式各样的酒气。十六层只有餐厅，没有卧室，从阳台可以眺望整个黄浦江景。一进门，迎面就看到远处有一个顶天立地的书柜。绕到书柜后面才会发现，这里藏着一个非常简约的楼梯，只能容纳一个人走过，就像《桃花源记》中所写："初极狭，才通人"。

吱呀吱呀走上楼梯之后，才能到达"桃花源"：十七层。大厅金碧辉煌，是活动及跳舞的场所。和十六层一样，地面也用偏红色的实木地板铺制，踩上去有一种弹性质感。跳舞区域铺着红底金色条纹地毯，搭配红木沙发有一种古旧的时髦感。你要是仔细看，就能发现这些物件都不是刻意做旧的，它，就是旧的，那层光晕如同包着厚厚的浆，很民国。

唐彦和徐小敏是最早到的。唐彦穿着徐小敏刚带他买好的衣服，一身衬衫西裤，戴着一个贝雷帽，像极了二十世纪初上海滩的记者，和公寓里的陈设搭配得毫无违和感。

徐小敏仔细给他讲解了主宾和主陪的位置及就餐礼仪。唐彦边仔细记忆，边偷偷看了眼窗外。他觉得顶级五星级酒店和这里相比也不算什么。这里的大阳台几乎可以将整条黄浦江尽收眼底。时间已经过了五点，再过上一会儿，整个长江的灯光秀就要开始彰显这座城市的雍容华贵，而那些重要的客人也要到访，推杯换盏谈事情。

"今天来的，可是孙院长的下属，专门抓后勤保障的金处长。虽然他不直接管我们的业务，但有的是办法给我们添麻烦。所以，晚上咱们就得找合适的时机和金处长沟通沟通。做咱们这个行业的，不比别人低，但是姿态要放低，明白吗？"徐小敏认真地叮嘱道。

唐彦捣蒜一般地点头。

徐小敏把唐彦的领子整了整，把衬衣下角往裤子里面又塞了塞。今天刚买的这件衬衣略显紧身，但腰线收得刚刚好。

唐彦稍稍偏过头，他的脸有些发烫，不敢动，也不敢说啥。

"到时候听姐姐话就行了。"

"嗯……"

六点半的时候，客人们已经到了。

徐小敏一边赔笑，一边小声向唐彦介绍来客。

"这是呼吸科的简主任。"

"这是院办那边的孙秘书。"

"这是科研处的朱处长。"

"这是××处的张老师。"

"张老师好！"唐彦赶忙打了声招呼。

——打过招呼后，他顺着徐小敏的鼻尖方向看过去，有个微胖的青年，穿着时尚的潮牌，正笑着和周围的人聊天，很是健谈的样子。

"喏，这才是公寓的主人，好像姓冯。他老爸是搞房地产的，他就借着老爸的这些场所招待重要客人，帮自己和家里积累人脉，算是少东家。"徐小敏小声向唐彦说道。

伴随着外面一阵子喧哗，一个满脸痤疮的光头男人走了进来，这便是"金处长"。

唐彦还看到来人里有江河，他刚进来就胡乱找了地方坐下给手机充电。唐彦问为什么葛峰没有参加。徐小敏说，今天葛峰和孙院长一起去喝养心茶了。

简单一番寒暄过后，天已转黑，主宾主陪落座定位，其他宾客才纷纷落座。一群人喝了几轮酒，又吃了几轮菜。

几道五花八门的江鲜下去，众人开始八卦。医院的八卦话题中，十有八九都围绕着从北京"空降"的胸外科一把刀——江河主任。

"我听说你们还要搞肺移植？不简单啊。咱们医院现在肝、肾都有了，就是没心没肺，靠江主任你力挽狂澜了。"金处长拿起酒杯冲江河示意了一下。

"你们科室员工有什么亲戚朋友需要开刀,找我江河就好!"江河向来不怯场,特别是酒桌上。

"以后如果我有病人找你,你必须给我亲自开哦。"妇科的钱主任指着江河便夸,"我去他手术间看过,手术做得真的漂亮,没的说!"

"他们科的病人量现在可了不得,好像冲龙森浩去得也挺多的!"科研处朱处长说。

钱主任接上话头:"听说又从北京大本营挖过来一个人,据说有点本事。江主任你的个人魅力有点厉害啊,要不要教教我们怎么搞的,我们科也缺人呢。"

呼吸科简主任低声道:"听说你们要办会,这个时候开会是个好事,办得红火些!"

"你哪壶不开提哪壶。"简主任这话马上就被院办的孙秘书打断了,"江河正愁钱呢,圆圆和我说过,筹了半天还是不太够。"

江河被揭了短也不恼,"大钱大办,小钱小办,没钱也办!哈哈!"

简主任轻轻拍拍江河的胳膊说:"你和葛峰一起办呗,他那边公司多,给你稍微出点,你让他挂个名发个言不就完了。"

江河摇摇头,和简主任碰了一个。

"简主任有心了,不过我倒不是特别发愁钱,主要是气管镜的事……要不……"

简主任像是被触了霉头一样,赶忙解释是科里护士矫情,他也没有办法。

一旁的科研处朱处长见状,赶紧说了几句岔开了话题。

4

徐小敏趁众人聊过一阵略显冷场,端着酒壶从金处长这边开始倒酒。金处长起初也没在意,以为是个寻常的服务员,但徐小敏脚下一个趔趄,直接滑到金处长手臂上。

金处长扭头看了一眼,徐小敏满脸堆着笑赔不是,顺便介绍了一下自己。金处长没有说什么。

"这小伙子是谁?也是你们的人?"金处长无意中看到远处站得孔武挺拔的唐彦,咧开了嘴角。

徐小敏赶紧召唤唐彦过来,给金处长做了介绍。

"来，小伙子坐，一起喝喝，医院还是得靠小伙子。是吧，钱主任，你们妇产科是不是也喜欢小伙子？"

钱主任一边应和着，一边打量着唐彦，终于认了出来。

"这男孩以前是手术室的护士。"

这可让金处长乐开了花。"原来是自家人啊！"

金处长让唐彦坐在自己边上，唐彦有些不自在。

"不管是行业内的同事，还是厂家的朋友，我们都得一起把医生的工作保障好，对吧？我的工作就是做好后勤，以后你们科主任有什么事情尽管找我。能解决的，我一定尽力。哈哈！"金处长的兴致明显高了许多。

众人举杯，唐彦也举杯，但是他不敢举高。等众人先喝了之后，自己再一饮而尽。

他以前很少喝白酒，只知道什么茅台、五粮液。但这次喝的酒是服务员从一个矿泉水瓶子里倒出来的液体，微微发黄。入口以后，他觉得没有那么辛辣，似乎还有些甘甜。

唐彦自己是不敢吃菜的，金处长总热情地夹给他吃，让他十分为难。但是想到经理说过的"要服务好客户"，就立马拿起酒杯，准备敬金处长。远处的徐小敏一个劲儿地朝他摇头摆手，他又轻轻地放下了。

旁边的冯公子看到了他这一举动，"小唐兄弟，你想喝就喝嘛，管够！"

"就是，不要拘着，年轻人不要讲那些规矩，喜欢就喝。来，喝一个！"

唐彦赶忙举起杯，双手端好，一饮而尽。他觉得自己似乎已经到位了，两杯即巅峰。

冯公子是一个合格的控场者。他总是会在大家的话题开始发散的时候，把它收回来，一两句话就转移到金处长身上。例如最近又进了多少大型仪器，以及为什么副院长把所有大型仪器的引进和维护都放在他这里，是因为他真的懂，还提到金处长精密仪器专业的硕士学位，大学请他回去给学生们开讲座……

唐彦此时已经几杯酒下肚，两眼冒星，两耳发烫，略修身的衣服后背都湿了，浑身的血液像燃烧了一样。"伊丽莎白"公寓里的灯多、大、亮，哪里都金光闪闪的，晃得他眼神逐渐迷离起来。

他看到金处长已经端起了杯子，也赶忙端了起来。心想，无论如何他都要喝下去，不能让他最尊敬的小敏姐失望。他要喝，喝出新的成绩！喝出新的事业！喝出新的未来！

金处长掏出一根烟,这个动作仿佛是"中场休息"的信号,众人也纷纷相互点火,场面上开启了一轮新节奏。有的人去外面看风景,有的人交心谈事,有的人像冯公子那样不断与科主任和处长们交换名片,也有人来向金处长敬酒,但都被金处长摆摆手,指指旁人,打发走了。

冯公子和医生们熟络了以后,便领众人到十七层去参观和跳舞,十六层剩下的几个人也都去了阳台,角落里就只剩下金处长和唐彦二人。

唐彦感觉一只巨大的胳膊搭了上来,湿答答的衣服贴在后肩膀,有些凉意。

"小唐啊,咱俩喝!"

又一杯下肚后,唐彦似乎已经超过了某个阈值,无法控制自己向更加眩晕的状态发展,也无法控制自己东倒西歪的动作。

一阵干呕后,金处长赶忙拍拍他的后背。

"哟,你这后背练得也可以啊!"

此时的唐彦无暇表示客气,朝前挪了挪,拿了片西瓜顺下喉咙,顺势躲开了金处长的手。

金处长一副不悦的模样,"哎,怎么还害羞了?我是夸你练得好呢。来,再喝!"

"不喝了,我想吐……"唐彦晃了晃脑袋,已经不太清醒了,但还是本能地反抗。

金处长收起了好像开玩笑一样的不悦,直接拿来满满一壶酒,"咚"的一声砸在唐彦面前,发出不小的声响。

"喝!"

面对冷漠得不含任何情感的命令,唐彦有些害怕了。他残存的意识告诉他,讨好这位金处长不一定有什么好处,但如果得罪了,业绩肯定要受影响。

唐彦端起酒壶,深吸一口气,一饮而尽。

意识仿佛坐在一辆过山车上,过了临界点之后就迅速坠落。唐彦不停地晃头来保持基本的清醒。他想吐但是吐不出来,这种呕吐感未必来自酒精导致的神经反射,可能更多来自心理上的恶心。他整个人瘫在椅子上靠着,皱着眉头,喘着粗气。

金处长又提起一杯酒,就在这杯酒快要送到唐彦嘴里的时候,一声清脆的撞杯声把酒拦在了半空。

金处长迷离的眼神往上一扬,看到的正是眯着眼睛、笑得一脸灿烂的那个人——陈彦豪。

眼前的清瘦青年,正轻轻弯腰,一只手背在身后,另一只手举杯和金处长碰杯。

唐彦看着陈彦豪的笑容，下意识觉得有些危险，甚至比旁边的金处长更危险。但他顾不了那么多，"咣当"一下趴倒在了桌子上。

"金处长，抱歉来晚了。希望不会打扰到您的雅兴。我是江主任这边刚来的陈彦豪。"

金处长嘴角一撇，看着眼前面容清秀、唇红齿白的青年，防备性地点点头，又捡起桌上抽了一半的烟抽了起来。

"听说过你。"

陈彦豪轻盈地绕到金处长旁边，拍了拍他的后背，又凑上去在他耳旁轻轻说了句话。

"金处长，咱们今天不聊工作，我陪您喝。"

金处长笑意涌上眉梢，点头，"好啊！"

"金处长，这地方真好，'伊丽莎白'公寓这名字起得也好，您可知道它是什么来历呢？"

金处长好像对这里十分熟悉，"这地方新中国成立前是个三层楼的宽敞公寓，是小姐先生们寻欢作乐的场所，他们常在这儿幽会、打牌、唱戏、饮酒、跳舞。新中国成立后公寓被推倒了，建立起一个居民楼，才有了这个'伊丽莎白'公寓。"

陈彦豪自然知道，如果说过去的四马路是妓院，在汪道贤的时代，这里就像是一个食堂。让人吃饱的地方更容易产生欲望。事实证明，只要人有欲望，无论推倒多少次，"伊丽莎白"都会出现。汪道贤在笔记里也曾提到这种地方，它一度被当作地下"钱庄"。"钱庄"未必是钱票换银两的地方，一个涉及股票涨落的大消息，一笔能日进斗金的大生意，也许都在一口口饭、一支支舞中就传递明白了。汪道贤就是在这里通过贩卖消息，获取了对他来说最有价值的情报，比如谁才是日本人的间谍。

听着金处长口若悬河的讲解，陈彦豪给他和自己倒酒。金处长仰脖子喝酒的时候，只有仔细观察这里的徐小敏能够偷看到，陈彦豪像变魔术一样调换了金处长面前的酒壶。

"巧了，我也听过一点点'伊丽莎白'的故事哦！"陈彦豪看金处长来了兴致，直接把酒壶递给金处长，两人碰壶一饮而尽。

"'伊丽莎白'原来的主人是青帮的大当家，把这里装潢出来是为了招待客人。可是有一次，有个已经结婚的常客无意中对一个女人有轻浮之举，这个女人和青帮的二当家是好友，结果你猜，那个人最后怎么了？"

金处长听到青帮，凑近了一些问："怎么，给他宰了？"

"没有，青帮人本想上去处理，可那个小姐居然和男人比试，说一人喝掉一瓶。男人挨不住面子，两人一饮而尽，结果女人喝了什么事都没有，男人却倒了下去，还因此犯了心梗，再也没爬起来。"

金处长边听边笑，和陈彦豪各自又干掉了一壶酒。慢慢地，他的眼皮便抬不起来了，"咚"的一声趴倒在桌上。

陈彦豪拍拍边上睡着了的唐彦，扛起他就往外走，路过徐小敏身边的时候，轻轻讲了一句："金处长交给你咯！"

徐小敏双手合十。

5

深夜的工地早已停工，场地里没什么人。在一片堆着钢筋的区域，躺着身穿衬衫的唐彦，陈彦豪坐在比唐彦高一点的钢筋上，双手撑着钢筋后仰，看着星空发呆。

唐彦把头转向一边吐，吐到没有东西就开始干呕。

"差不多了吧，你克制几秒，干呕就停了。"陈彦豪说道。

唐彦感受到了明显的嫌弃，试着克制干呕的冲动，果然好了一些。

"金处长怎么倒了，你下药了？"

"哪有，我给他上了点猛料，把茅台换成了我们北京特制的好东西，二锅头。"

唐彦这才恍然大悟，抱着膝盖委屈道："让你看我笑话了。"

陈彦豪哼了一声，表示这都很正常。

"才不是！老师们都那么好，这些龌龊事是意外。"唐彦大喊道。

陈彦豪放声大笑，"你个蠢货，那你有没有想过，为什么你被人灌酒的时候，你领导自己也不敢上来？"

"我是在保护她……"唐彦小声说，情绪从激动变到心虚。

"我以为我在做一项很有价值的事业……但是，上个月高中同学聚会上，班主任对每个人都赞不绝口，无论是开出租的还是当空姐的。唯独知道我是医药代表时，他说……"唐彦一下子叹了口气，"他说，唐彦啊，你要守住做人的底线。"

说着说着，唐彦自己都笑起来，笑出了泪。

"我上周接触一个患者。医生明明当着我和患者的面说，不用让患者花太多钱，给个合适的套餐就行。我还以为这个医生特别好，知道患者家里穷，我就和患者谈了最便宜的套餐。患者的儿子也特别好，从亲戚那里借来钱就赶紧给了我，对我也特别客气。结果昨天医生一直当着患者的面骂他儿子，话特别难听，说儿子如果怕花钱就不要给老子看病，配对不上靶向药就没得治。我当时特别想过去说是我建议的，看着那个儿子特别难受，我心里也可难受了。

"凭啥就要我守住做人的底线呢，医药代表怎么就人人喊打了呢。我家人都是本分的工人，他们听说我做医药代表后总是劝我改行。他们只敢和邻居说我在一家公司上班，都不说是什么公司，根本抬不起头。我就是想证明，我做的事情，是件好事……"

唐彦像只小狗一样低声呜咽着。工地非常空旷，声音传不远，在这里可以尽情地发泄。这委屈的声音再大，也不过是巨大机器中一个小小齿轮发出的一声闷响，只要在机器的任何一处抹上一点点润滑油，齿轮的滞涩终究会被抹平。但这庞然大物是宽容的，因为它还是给了齿轮较劲的机会和权力。

看唐彦发泄得差不多时，陈彦豪终于发声了。

"所以你为什么好好的护士不干了，跑到企业来了？"

唐彦说他高考时想报医学院，因为分数不够被调剂到护理专业。"男护士"这个身份终究要承受很大压力，亲戚的反对、病人的忽视、世人的眼色让他逐渐动摇。正当他琢磨着换工作时，新瑞基因就像提前知道他的辞职意图，真诚地向他抛出橄榄枝。经过面试，他顺理成章地加入了这家公司。进来后才知道，是医院里的一个同事把他推荐给总经理的，但他至今都不知道那个同事是谁。听说唐彦当医药代表之后，家里人比之前还反对。可唐彦觉得这明明是一件有价值的事，不想再换工作了，和家人的关系又僵住了。

"看不出来，你这傻乎乎的样子，原来还有点反骨。我理解你的想法，民国时，有个很有名的医生后来不做医生了，也是选择从卖药开始做的。"

唐彦歪过头，被他的话吸引了。

"在那个时代，医药代表是非常风光的。因为大众和医生都不了解新药，也没有可以了解的渠道，药企就需要通过一些方式让大家接受健康的理念。那个医生亲自去推销药。一开始，民众并不相信西药，所以他将西药伪装成中药来推广。后来，民众又有些崇洋媚外的趋势，于是他又将中药伪装成西药，说是美国最新的科技。

在他眼里，医学是不分中西的，医生才分。"

唐彦从没有听过这样的故事，一时听得入神。

"他说过，卖药人是能够帮医生和患者两头解决问题的人，所以卖药人自己的本心是最重要的。"

唐彦激动起来，这简直就是经理的原话啊！

"所以，一个行业没有好坏之分，关键是你要怎么做。医生也是人，他要养家糊口，行为就会受到影响。你要理解，接受，然后再寻求改变。你看，之前肺癌的治愈率十几年都没有变化，但医药公司基因检测的技术却为其带来了巨变。基因突变的患者使用靶向药，能延长至少一年的生命。在这之前，无论医生有多精湛的开刀技术，无论每天从早到晚做多少次手术，都无法带来根本转变。所以，一个能让患者受益的技术，能够通过你们让医生学习、让患者接受，就是你们的价值。"

唐彦挣扎着坐起身，"说得真好，那……你说的那位医生后来就一直做医药了？"

陈彦豪摇摇头，心想：他可不只做了医药，他做了什么，我也不敢想哪。

他转过头来，一字一句地说："上海这座城市是海纳百川的，它通过利益的高效交换来促进城市的有序和繁荣发展，让每个人都能在合理的边界感下坚持自己的主张。整个城市如同精巧的机器，在高速运转中，齿轮依旧完美咬合。上海的医疗，是金钱、政治和技术的全面胜利，是每一个上海市民，甚至是上海打工人的胜利。上海的魂，就藏在一杯杯咖啡里，藏在街角每一只流浪猫身上，藏在街头每一朵鲜花中。所以，我们要用金钱的力量，去做人的事。"

陈彦豪省略掉的一句是，这是汪道贤在《无名草堂》中写的一段话，他只不过转换成自己的口吻讲了出来。

唐彦曾经在心里燃烧的熊熊烈火，在今晚被一盆冷水直接浇灭，但剩下的火星却在此刻迅速点燃了所有的希望，他的眼中射出坚定的光。在这一刻，他无法控制地流泪，但不是因为委屈，而是因为感动。他看着眼前的陈彦豪，看不透这个青年白净的面容下，是冷漠，还是狂傲。

"这位前辈是……"唐彦试探着问了一声。

陈彦豪摇摇头，"骗你的，这位前辈就是我。"

唐彦笑笑。

可能是觉得自己的玩笑因为过于刻意而显得尴尬，陈彦豪赶紧岔开话题，"我是单纯看那个猪头不爽，捞你只是顺便。不过，你确实有点儿太肥了。"

唐彦有点扭捏地撇了撇嘴，"我是健壮好不好。"

陈彦豪耸耸肩，把烟叼在嘴里，"要不要做一笔生意？我们出力，你们出钱。我们需要二十万，你不要和徐小敏说，直接去和你们老板说。我们江河主任从不欠人情债，有债必还。"

唐彦一字一句听完，认真地点点头，但转念想起了什么。

"不过，你给我上的第一课，就是永远不要相信你说的任何话呢。"

"那我今天给你上第二课。在生意场上，你可以永远不相信对方说什么，但是要看对方做什么。行为比言语更可靠。"

说着，陈彦豪伸出手。

唐彦僵在那里，看着眼前悬浮在半空的纤细且白皙的手，甚至不知道陈彦豪究竟想要做什么。但片刻之后，他便坚定地伸出自己因打球锻炼晒得黝黑的手。

一大一小，一黑一白，两只手，牢牢握在了一起。

没多久，唐彦已经像孩子一样靠在钢筋上睡去。

陈彦豪抬起头，似乎能看到星星正透过雾蒙蒙的天空往下看。醉人的天空使他不禁摘下眼镜，闭上眼睛。很少有人见过陈彦豪不戴眼镜的样子，光是那被刀刻出的下颌角和刚挺的鼻梁就已经为他的样貌打了迷人的调子。他轻轻闭上的眸子仍然像在散发某种笑意，你很难判断他是阴险，是危险，还是单纯的迷人，但你一定能为他下个定义：这是一个看起来就遥远得无法触及的人。

旁边的唐彦，脸上没有任何岁月的故事。他给人的感觉就像隔壁的阿哥，穿着跨栏背心抱着篮球，总是一只手抓着后脑勺和家长解释为什么没考好。你也许会忍不住偷看几眼他壮实的胸膛、黝黑的皮肤和茂盛的头发，然后想象这么一个健壮的男孩，在碰到小猫咪的时候是否也会奶声奶气地轻轻呼唤它。

如果你此刻就是云上的星，向下俯视，这两个人便是最不起眼的两个齿轮，一黑，一白。当时代的涡轮促使其中一个缓缓旋转起来，你会发现另一个也会顺势反向旋转，发出嘎吱嘎吱的声响。一眨眼的工夫再往下看，你会猛然发觉，整个上海——这座庞大的机器居然就这样运转起来。

第5章 | 每个医院都有"菜医生"

"一个人可能是狗,但是一群人可能是狼。"

1

来到门诊后,叶子有点后悔。

蔡为民的诊室有个特点,就是患者总会带些东西。看着来来往往的患者手中精致的礼物,叶子发现自己拿的东西根本送不出手。

还有一个特点就是,蔡为民的诊室设置在门诊楼四层最不起眼的角落,但病人却一点不少。

路过的两个护士感慨了一句:"蔡为民医生的病人居然这么多。"叶子便琢磨,护士为什么要用"居然"?看看手里拎着的王八,她一度陷入了沉思。

父亲刘波是被叶子硬拖来看病的,但王八是刘波让买的。

刘波三个月前就看过病,开了住院条后,医生让回去等通知,但三个月过去一点消息都没有。他像没事人一样,不着急也不催促,还表示要秋忙,没工夫做手术。叶子坐不住了,狠心辞掉工作,带着刘波来了上海。倒也不怪刘波这么没心没肺,叶子把病瞒得紧。就是这次来看病,她也早就想好了怎么瞒天过海。

就诊前,叶子和父亲先去了一趟医院门口的打印店打住院资料,但她嘱咐父亲在门口等着,自己进去掏出了一张皱皱巴巴的彩图,上面显示"穿刺一条组织,病理:腺癌"。她正想着怎么说自己的需求,打印店姑娘直接说:"这个我给你改成'腺瘤',你就跟他说是良性的。"眼皮都没抬一下,语气冷淡到仿佛只是要改个错字。

叶子愣了，大城市，大医院，连打印店都这么轻车熟路？

她悄悄问了下那姑娘："你一天要改多少份报告？"

姑娘有点不耐烦地说："少的时候十来份，多的时候四五十份，放心吧，保证神仙难辨。"

叶子拿着新报告出来，放进兜里，默念了几遍："正品在左，赝品在右，正品在左，赝品在右……"

迎面看到刘波正在另一处凑热闹，原来是个穿道袍的人正在算命，叶子赶紧拉他走。可刘波却因为"大师"的一句"万事顺利"而兴奋，赶忙管叶子要了一百块钱给"大师"，又虔诚地拜了拜。

虽然心知肚明他被骗了，叶子嘴上也不敢说，怕把刘波气得尥蹶子回家。

路上，刘波发现一个农民工的杆子上正挂着一个王八，心生怜悯，便叫叶子花钱买了下来，打算看完病找个地方放生，给自己积福。叶子也不跟他犟，只不过想的是把这只王八送给医生，好尽快安排手术。

叶子正盘算着自己这礼拿不出手，到时候话该怎么说，喇叭里已经开始叫刘波的名字。进去后，她看到一个鬓角灰白的医生坐在桌前，他身材微微发福，神情萎靡，显得十分憔悴。

叶子小心地把一张崭新的彩图放到蔡为民面前。

蔡为民看了看两人，又看了看报告，记起了他们。

"你们怎么才来？"

"您让我们等通知，我们一直在等，是不是我们留的电话错了？"叶子说道。

蔡为民不敢深聊，便问了几句。刘波像小学生一样乖巧地回答着，时不时强调："您给我姑娘说吧，我耳朵不好使，脑子也不好使。"

于是蔡为民找了个理由让刘波先出去，他竟然没有反抗，点点头便走了。

叶子看刘波已经出去，便从手里掏出了皱巴巴的、卷了边儿的一张报告。蔡为民不用看就知道这才是"正品"，示意她收好。

"我记得你，当时不是给你开住院证让你去办住院吗？怎么三个月了一直没过来？"蔡为民问道。

叶子"啊"地惊讶了一声，"抱歉啊蔡医生，俺当时理解成让俺在家等通知的，怕给您添麻烦，就天天在家等电话。俺还去电话局问了好几遍是不是电话没续费被掐断了，两个多月都没听到消息，实在急坏了俺才过来的。"

蔡为民说话的声音很小，叶子的声音更小。

蔡为民叹了口气，苦笑道："你可太实诚了。这病拖不得，我现在给你开住院证，去办吧。要抓紧把手术做了，不然就转移了。"

"对不起，俺是真的不知道。俺上个月忍不住了想问问，俺爸还说医生心里都有数，不能催医生。"说着，叶子便呜咽起来。

望着眼前的姑娘，蔡为民感觉有些惭愧，责怪自己为什么没多问一声。几乎所有病人都恨不得天天围在住院部催床位，用不着医生去找。而且，找他手术的人有些会开完住院证回去又投奔其他医生，所以蔡为民也不想打回去问，免得两边都不舒服。但是这次，他却不小心忽略了这个乖乖听话等手术的患者。

蔡为民不知道怎么安慰女孩，只能看着眼前的姑娘释放情绪。

叶子胳膊肘紧紧捂住嘴巴，身体止不住地抽搐，她克制着哭号的冲动，生怕被诊室外的父亲刘波听到。

"不要紧，来得及。我去和院总协调一下，咱们争取今天就办住院。"蔡为民温柔地说。

叶子赶忙道谢。

"谢谢蔡医生，俺们家是小地方的，很多事不懂，需要什么您就开口。"

蔡为民摆摆手，叫她快去办手续。

叶子想了想，留下了那只王八便跑出去，父亲在后面小碎步跟着，丝毫不在乎蔡为民在后面呼喊。

蔡为民无奈地和那只王八对了个眼儿，拿起电话小声说了起来。

"弟弟你帮我个忙，今天明天只要有床位就把病人收进去。哎别别别，也千万别影响江主任的病人，谢谢，谢谢谢谢。"

尽管江河无数次和他说，愿意给他一个手术日，有需要特殊照顾的患者可以早点做手术，不过他还是一再拒绝。他跟了葛峰十来年，太清楚葛峰的性子，因此一直努力和江河保持一定的距离。

看完门诊，蔡为民便跑到小卖部，把门诊收获的东西（包括那只王八）送给了小卖部老板，刷饭卡买了一块现烤的面包和一瓶矿泉水，这就是他全部的晚饭了。他吃完便来到手术室的躺椅上等待手术，刚要躺下去，突然想起什么，又拨了个电话，确定刘波这次真的办好了住院，才放心了一些。

蔡为民在躺椅上熟门熟路找好差不多的姿势，瞬间就睡了过去。刚过四十七岁生日的他头发早已灰白得非常"资深"，不合身的刷手服因为姿势蜷曲而上扭下绞，肚皮和内裤边顾不上雅观，通通见了光，连脐毛都出来颤颤巍巍凑热闹；裤子也属实短了些，吊起一大截，黑色丝线袜大摇大摆乍现着，仔细看，还挂着大小不一的毛球。如果是不认识的人经过，一定会将他认作一个护工师傅，怎么也想不到这竟是一个有着知名学校硕士学位、做到副主任医师的"外科专家"。

2

上海最中央的酒店顶层酒廊是著名的网红打卡地点，只有满足几个条件可以进来：购买年费五千元的黑卡、入住每晚最低三千元的酒店、消费最低五千元的酒水。

酒廊里最迷人的居然不是酒的味道，而是覆盖整个区域的一种香水味。这种味道很多人第一次闻会着迷，第二次闻会上瘾，然后就会想着闻第三次、第四次。从某种程度上说，这也是金钱的味道。

在这里，你可以像城市的主人一般领略赛博朋克感的上海，站在城市之巅向下看着蚂蚁一般的芸芸众生，会感觉自己是这个城市的至高存在，是众星捧月的精英，是掌握规则的主宰。

高大的男人正站在这里，他脱下自己的外套给女人披上，从后面一手环绕住女人的腰。

"起风了，凉。"

身着露背连衣裙的女人幸福地笑着，摸了摸男人的手。

"肖医生就是最暖的衣服哦。"

相比于笑，肖飞更善于不笑，让其他人感受不到他当下真实的好恶。肖飞是土生土长的上海人，成绩优异一路跳级加保送进了交大医学院，毕业后就在上海众合医院工作到现在，一直跟着葛峰。他前三十八年的人生全是春天，除了因为粗心偶尔拿了个第二名就自己撕掉考试卷子这种小插曲之外，没有任何阻碍。

他穿着定制的衬衫、西裤，梳着上海复古的油头，中间的发缝修剪得笔直，戴着牌子小众但考究的手表，完美地诠释了一个精英男人应该有的样子。

"要是一直能这样就好了，可你总是太忙，要么忙单位，要么忙那些狐狸精。"女人的语气娇嗔中掺着点阴阳怪气。

脚下的城市像一个灯泡，里面的一切如同钨丝一般此起彼伏地亮着。

女人是众合医院的一名护士，这阵子江河执意要在病房做气管镜，但以前的惯例都是送到呼吸科那边做。做气管镜实在麻烦，又不赚钱，而且江河规定以后每个病人都要做，她就更气了。

"孙院长和吴处长肯定不会给他们这个机会，这乱了规矩，让呼吸科很难办。所以我听说是用不符合院感规定的理由给他们否掉了，没想到居然还在偷偷做。"肖飞道。

女人说，护士们私下和护士长商量好了，就说气管镜一天只能做一次，然后要消毒四十八小时。这样的话，一周顶多做个两三次。

肖飞点点头，轻轻把女人转过来面向自己，一只手搭在她的肩膀上，另一只手轻轻抚摸她的脸。他仍然是没有表情，但这已经算是他的温柔时刻了。

女人拉着肖飞回到座位。

肖飞坐下后，他的手指随着酒吧音乐的鼓点轻轻敲击着修长的腿，仿佛整个人与音乐融为一体。

升任手术室主任之后，肖飞算是进入了中层干部的圈子。前段时间在院长办公会上，他提议对胸外一科和胸外二科两个科室的人员进行调整。理由是经过了几个月的磨合，江河和葛峰团队都各自有一些人员上的问题，及时调整能够减少内耗，让效率进一步提升。葛峰对肖飞的提议十分满意，最重要的是，这项关于人员调整的提议也得到了孙问川的大力支持。他认为没必要刻意让员工不开心，只要保持两个科室人员稳定，适当的调整是可行的，因此设置了一项规定：只要员工同意去对方科室，科主任也同意，就可以执行。这项举措并未公开，只有管理层才知道。

女人听肖飞说了这些事，问了一句："你们这样搞事情，人家江河能同意吗？这是公开挖墙脚，如果胸外二科的医生都想去胸外一科，只要葛主任一点头，岂不是全过去了？"

肖飞摇摇头。

"不会这样的。两个科室要稳定运行，都到一个科里肯定不现实，院里不会同意的。所以我提出人员要保持平衡，我们的目标是拉来蔡为民。"

女人眼睛眨了眨。

"你真是坏到骨子里了，你们是想让蔡为民过来，进一步动摇胸外二科的军心。其他人只要表示过想走的意思，即使没有走成，江河和他们之间的关系都会更微妙。就像我碰到你这种渣男，肯定也要有所保留。"

女人用叉子假装做出凶狠的表情，但依然可爱，还带着点撒娇的意味。肖飞默许了她的解读，只是意味深长地补充了一句："蔡为民还有更大的价值。"

她明白和肖飞相处的分寸感，没有多问。

"虽然老葛总骂你，但对你确实不赖。手术室主任这么重的担子也交给你了。"

肖飞冷笑道："老葛能有今天，都是我一步步给他打下来的。但他还是拎得清的，该给的还是给的。他之所以相信我，也是因为我不像吴晨飞那样自私自利。"

吴晨飞，女人听过这个名字。之前那人和肖飞都是葛峰的学生，是葛峰事业上的左膀右臂。可就在早些年，葛峰和吴晨飞居然闹到了相互举报的地步，最后的结果是医院开除了吴晨飞，现在他已不知去向。

"胸外二科来了个陈彦豪，他每天啥也不干，但江河还挺器重他的。你们要挖他过去吗？彻底让他们打起来。"

肖飞听完笑了笑。

"北京来的那几个人，一个都不能要。龙森浩会开几个刀而已，其他什么都没有，不足为惧。陈彦豪那个家伙是有点儿机灵，但是也就是个小住院医师。江河一个人成不了什么气候，到那时我们就接管科室，让江河他们三个带一个医疗组，勉强赚点钱。那时江河的主阵地就是出去'飞刀'，这种人不会愿意挤在科里打架的。"

女人听着肖飞讲述精心设计的剧本，好像自己也成了剧本中胜者的一方。在她的印象中，肖飞从没夸赞过任何人，因为他坚信自己是最优秀的。在她看来，他并非狂妄，如果换个人有他这样的成就，恐怕只会更加目中无人。肖飞能这么年轻就混到副主任医师、副教授，确实和他的眼界是分不开的。女人对这种强者向来没有什么抵抗力。

3

蔡为民在手术间门口正洗着手，胸外一科医生王国礼也来了。他个子不高，和蔡为民年纪相仿，很瘦削，显得脸上皱纹格外多。看蔡为民认真刷手，王国礼问了句："蔡教授这是刚下台，还是准备上？"

蔡为民转头，像看到老朋友一般憨笑回了声："国礼啊，有日子没见了。我刚下手术，过来帮帮忙。我自己的手术还在后面排着呢。"

王国礼皱眉，"你帮谁？还是那个龙森浩吗？"

蔡为民点点头。

"不像话啊，你比他大十来岁吧，怎么还让你给他扶镜子？"王国礼有点替蔡为民不平。

蔡为民心生一丝暖意，道："没有没有，都是一个科的兄弟，互相帮帮忙。"

王国礼转头和一起刷手的小兄弟交代了一句，甩了甩手上的水珠，就搭上了蔡为民的肩膀，两人往旁边没人的地方慢慢走去。

"老蔡啊，最近开会时说的事你听说了吧。葛主任昨天还说，当时分家的时候医院没给够名额，把你放到胸外二科实在不好意思。你要是想过来胸外一科呢，就和葛主任申请下，葛主任就把你要过来。"

蔡为民心里很激动。几个月前的一天，空降了一个科主任，原来的科室一分为二，结果他留在了胸外二科。虽然和龙森浩同是科室的副主任医师，但他的地位却像龙森浩下面的一名主治医师甚至住院医师，有时还要帮龙森浩的患者开医嘱、换药、拔管子。龙森浩经常把他当下级医生一样指导，说是指导，其实就是口无遮拦地批评。虽然蔡为民也认为龙森浩批评得有道理，也在虚心学习，但日复一日的，这面子上，怎么挂得住嘛。

"这……能行吗……我担心最后不但没过去，江主任这边也得对我不满，我这日子就更难了……没准儿再过几个月葛主任就把两个科统管了，省得挪来挪去了。"说着，蔡为民又露出了憨憨的笑容。

王国礼拍了拍蔡为民的肩膀，临走时留下一句话："今晚葛主任组织胸外一科吃饭，喝点自在酒。你如果有意的话，也一起过来。齐家酒楼，晚上七点，牡丹厅。"

蔡为民没有回复，回去继续刷手。他不断回想王国礼的话，内心竟有了一丝欣慰，原来葛峰的心里还装着他。许久，他才发现自己胳膊都举酸了，水哗哗响着。

他想去吃饭，但今天还有一台刘波的手术。想到之前已经耽误了三个月，蔡为民心里有一些愧疚。看着已经饿了一整天的刘波躺在走廊一侧，仍然没有房间可以手术，他走过去拍了拍刘波的肩膀打了声招呼。刘波先是一惊，然后根据声音认出是蔡为民，爬起来就要道谢。

蔡为民心里很不舒服，默念道："人善被人欺，会哭的孩子有奶吃，确实是真理。"

在手术室的总护士台，蔡为民努力把全部力气都用来堆笑，"妹妹们，谁帮哥哥看一下,快三点了,能不能分个台[1]啊?我这个手术特别简单,就常规做个肺叶。"

护士们面面相觑,"谁让你们科排那么多手术呀,不会少排点吗?现在没房间,也没人。你去问护士长吧。"

蔡为民忙问护士长在哪里,护士说在开会,让他三点以后再问。蔡为民当然知道,过了三点,早八点班的护士们肯定都洗好澡准备下班了,再求人家留下加班,是绝对不可能的事情,留下的是中班和夜班护士。但中班护士人手有限,夜班护士要兼顾急诊,都不一定指望得上。

蔡为民有些气,但是又不好发作。

"妹妹们帮帮忙,三点多问的时候护士肯定准备下班了,我这个……"

蔡为民的话还没说完,肩膀就被一把搂住了。他转头一看,是陈彦豪,正眯着眼睛冲着他笑,轻轻用力把他拉到一旁。

"老哥,如果想分台,你这个搞法肯定是不行的哦。"

蔡为民本就不擅长和护士们交流,一直看肖飞他们还经常能分台成功,自己却从没成功过。他之前也想过求助陈彦豪,但总不好意思开口,这是陈彦豪第一次主动和他说话。

蔡为民无奈道:"我也知道不行啊,我这不是走投无路了吗。以前我也不要求分台的,都是随缘。但今天晚上约了事情,家里孩子要升学考试,晚上……请校长吃饭。"

蔡为民善于把一个特别正常的事情用最小声音说成皇家机密一样,他撒谎的时候,声音更是小到几乎听不到。

陈彦豪讲了讲自己的观察。

"早班护士都是早上七点半上班,三点半下班,所以每天的手术会尽可能平均排到每个房间,尽量保证三点半以前手术结束,大家差不多都能下班。所以要让他们帮你分台,就意味着必定有人要加班,谁都不会乐意的。我算过一笔账,护士多上一台三个小时的手术,能多赚不到五十块钱。你觉得一个上海女孩会选择五十块钱还是准点下班?"

蔡为民笑着摇摇头,"是啊,不会乐意的。她们甚至会选择交五十块钱买个准点下班。"

---

[1] 手术间有多个做手术的手术台,由护士长负责分配安排手术台,给不同的手术大夫做手术,叫分台,就是分配手术台的意思。

"那么你分台的理由就不应当是你自己想早下班,你应该把问题转化成护士们的工作分配问题。"陈彦豪一针见血地说道。

蔡为民感觉自己已经听不懂了。

"我给你举个例子哦,你看咱们那个房间,今天排了六个手术,那么护士肯定没办法,要干到夜里十点了,到时候就是等夜班护士来接班。但是如果今天刚好有真的急诊呢,他们就只能去接急诊,所以咱们房间的早班护士就要从早上七点多干到晚上十点多,她是不是更想把病人分出去几台手术同时做?"

蔡为民对这个倒是理解的。

"那么麻醉师呢,今天如果分台成功,一个主麻一个人同时管两个房间,是不是也能早下班?所以我们现在的问题是,麻醉医生、外科医生、咱们房间的洗手护士都愿意,就卡在手术室巡回护士上,那只要洗手护士能找来一个巡回护士帮忙就好了。我们现在就是一个利益共同体。一位著名的老人家曾经说过,人会形成小团体的!一个人可能是狗,但是一群人可能是狼。"

蔡为民听到这儿,使劲拍了拍陈彦豪的肩膀。

"弟弟也不早点帮帮你哥哥,那你说咋办,我听你的。"

4

已经下午四点了,十八号手术间仍然很忙碌。洗手护士方兰像小蚂蚁一样抱着几包一米长的大铁盒子放到台子上。巡回护士陈兰正在核对病人、配抗生素以及准备开台的程序。

急诊班的一组护士过来询问是否需要替。

陈兰轻声温柔地说:"不需要,我们就加了一台。手术不大,我们自己做吧,谢谢哦。"

见方兰困得眼睛都睁不开了,陈兰转头对她说:"胸外二科买奶茶了,你去喝吗?"

方兰立马就醒了过来,但旋即又沮丧起来,自己已经洗完手了。陈兰马上帮方兰把衣服解开,让她赶紧去喝,还不忘嘱咐几句:"就去外面配餐间里找写唐彦名字的,几杯都是咱们的,先挑自己喜欢的喝。"

看着因为减肥而犹豫的方兰,陈兰又补了一句:"你不喝胖点,会显得我胖哦。"

方兰小跑出去，正巧碰到陈彦豪迎面叮嘱："不着急，你慢慢喝。"

麻倒刘波后，陈彦豪开始导尿，又熟练地帮病人贴电极片。

陈兰忙说这个护士来就行。

陈彦豪对陈兰笑道："好姐姐你歇着吧，你看我还挺专业的吧，奶茶喝好了吗？"

陈兰道了声谢，利索地摆放托手架，不忘问陈彦豪位置需要怎么调整。陈彦豪一边说没关系，一边把托手架的位置调整到最舒服的状态。

"这台做什么？做肺叶还是就拿吻合器做个楔形切除掉？"陈兰试探道。

"肺叶，很快的。"

"哦，蔡医生做得也快咯？"声音里明显有些不信任。

"快的快的，有我在都快的。晚饭我也订好了，忙好吃完饭再走，也可以直接拎回家热热再吃。"

陈兰笑着说了句加油，好奇陈彦豪是怎么说服护士长的。

护士长一向护犊子，不会随便同意分台，这点陈兰很清楚。光凭一顿晚饭和几杯奶茶，肯定收买不了护士长，陈彦豪的筹码一定更大。不过她也明白，这缘由陈彦豪是不会说的。

蔡为民这时小跑着进来，不好意思地说："抱歉抱歉，来晚了。"

"没事，来得及，蔡哥，我们刚要给患者翻身。"陈彦豪说道。

蔡为民听了就要动手，却被陈彦豪一把拦住。

"蔡哥，你是主刀，你不要翻病人，有师傅呢。"

正说着，一个工人师傅走了进来，和陈彦豪两个人喊着号子就把患者摆成了侧卧位。陈兰顺势把垫子塞在病人胸下方，又用几个带子把病人捆牢固。

喝完奶茶的方兰也回来了，整个人的精神明显抖擞了些。陈兰帮她穿上手术衣，然后拿了一副七号半的手套给陈彦豪，一副八号的手套给蔡为民。陈彦豪知道，陈兰只有对新来的医生会问一句手套型号，问过这一次，后面都会准确无误。

蔡为民又像间谍传递情报一样压低声音对陈彦豪说："谢谢弟弟，这次买东西多少钱，我给你。"

陈彦豪摆摆手。

"蔡哥，咱们是一个科室的。你的手术也是咱们科室的手术，谁排前谁排后，都是大家轮着来。不能说最后一台就要负责买吃买喝，因为最后一台也不想当最后一台啊，应该是第一台的人负责买吃买喝，你说对吧？"

"那第一台的都是领导,怎么能让领导买吃买喝。我们能在这个点做上手术已经是谢天谢地了。"

蔡为民很有仪式感地拿起超声刀和吸引器,开始游离血管。

陈彦豪眼睛从上到下扫了一下,便心中有数。

"蔡哥,你别这么紧巴,松弛一点。"

蔡为民点点头。

"静脉很韧的,你用钳子扩一扩不要紧的。"

蔡为民用钳子伸进去轻轻扩了扩,动作很慢,也很碎。陈彦豪并没有催,只是默默扶着镜子观察。

"对,漂亮,这样入口就打开得很充分了,现在要弄出口。要把钳子反过来,转一百八十度,然后再往下扩。"

蔡为民手里的蛇头钳,特别适合做血管周围组织的顿性分离。但现在,蔡为民已经把它翻成了自己从来没用过的头朝下形态,一时卡在那里不敢下手。他反复确认:"这样?真可以?我弄了?"

"不放心的话,你可以先轻一点扩。对,就这样。我用镜子给你照清楚。"

蔡为民自己都没有想到,一个轻轻的动作,就撕开了一片新天地。

"所谓做血管,就是要做入口和出口。入口就是等下用直角钳掏血管时进入的地方,出口就是让钳子出来的地方。最标准的方法就是擀面杖法,把这根血管当作一根擀面杖,把它推过去再碾过来,尽量让它的入口和出口保持贯通,或者只剩下一层浅浅的薄膜。这个时候掏血管是最安全的。来,直角钳子。"

蔡为民的内心丝毫不抗拒,他从旁边方兰手里接过直角钳,伸进静脉的入口。以前,他经常要在这个地方卡半个多小时。然而这次,他刚刚伸进直角钳,就感觉钳子像钻进一个空旷的洞口,顺着他掏出来的间隙自然地滑了过去。

看不到直角钳钻到哪里去了,他一时又有些慌。

"别着急,你用吸引器的头,把肺稍稍一扒,对!看到了吗?"

蔡为民当然看到了,只是一个小小的动作,就四两拨千斤一般让肺的静脉绷直了。他一下就看到钳子尖正顶在自己刚刚掏出的出口位置,只隔着一层蝉翼般的薄膜。他轻轻把直角钳的"嘴巴"张开,直角钳一下就从出口钻了出来。

蔡为民甚至兴奋得微微颤抖。定了定神,他更自信地操作起来,手中的直角钳从下方钩住了手指粗的静脉。

"这个要带线吗？"

"带！七号线两根。"

方兰已经掌握了节奏，她通常在陈彦豪说话时就已经帮蔡为民准备好了器械和用具，因为陈彦豪任何事情总会想在前面。蔡为民刚接过线，陈彦豪已经配合陈兰拆了吻合器，并安装好白色的钉子。此时的蔡为民还在紧张地关注台上的局势，没有听到下面都发生了什么，只是觉得一切都很顺心。

"弟弟，吻合器能过吗你觉得？"

"当然能，你这个血管分得真是漂亮，很流畅，也很充分。你用刚刚带的线把血管提起来，下面就会有个超级大的洞，钉子一下就过去了，试试就知道了。"

蔡为民深吸一口气，比画了几下都找不到合适的角度，陈彦豪见状直接帮他把吻合器弯到合适的角度再递给他。蔡为民把吻合器再放回胸腔的时候，发现手中长柄吻合器的头部像一把弧形的圆月弯刀一般，吻合器顺着手臂送进去的角度，一下就抵达了血管的入口处。他左手轻轻提起静脉，再往里一送，吻合器薄薄的"下嘴唇"就没有任何阻碍地滑了进去，从静脉后方露出头来。吻合器完整地"含住"了血管，他信心满满地捏动扳机，牢牢地咬住。

蔡为民打开保险栓，捏了三下，松开了吻合器。这时的血管已经被离断，两端都有三排整整齐齐的钉子。

陈兰和方兰二人看到手术的进度，也很愉悦，这明显比她们的心理预期要好上太多。在陈兰眼里，这还是蔡为民第一次这么丝滑地完成一台手术，没让擦汗，也没搬救兵。

"哎呀，弟弟你要是早来就好了，我也不至于糊涂这么久。他们都叫我菜医生，是太菜了的那个'菜'。我想学也没地方学，去看手术的时候他们总是轰我。"

"蔡哥，你要多看看龙哥和江主任的手术咯，看一遍顶看别人十遍。其实你的解剖功底和手术理解一点都不差，现在就是缺胆子，不够自信。如果你大胆一些的话，相信会有一天和龙森浩一样优秀的。"

蔡为民连忙摇头。

"我是不指望啥了，都这把岁数了。别给病人捅娄子，别给江主任惹麻烦就谢天谢地了。"

陈彦豪正经地建议道："我建议你再自信、大胆一些。你这么想，如果稳稳当当地磨蹭完一台手术，没有什么问题，护士、麻醉医生会认为你是个好的外科大夫吗？不会的，他们会认为你很菜。而且，手术真的是越慢越安全吗？不一定吧。如果你敢走出这一步，逐渐学会处理复杂情况和突发的意外，也许短时间内会出问题，但是放长远看，哪个牛的外科医生不是这样成长起来的？真的出了问题，江主任也会帮你救场的，你怕什么？"

蔡为民的心像被榔头重重地敲了一记。他处理好最后一根血管，放好管子，看了一眼表——用了一小时十五分钟。在这之前，他最快的手术也至少做了三个小时。震惊之余，他心中有莫大的欢喜和兴奋，脑子里不断复盘刚刚的场景。

现在六点多，他下台去赴宴的话，时间刚刚好。但他此刻居然犹豫了。

这时，有人从电动的手术门挤了进来，跑到陈兰的边上借东西，一副着急忙慌的样子。

"我那屋出血了，正止血呢，我先把东西拿过去，等下你不忙的时候帮我再拿几个血管阻断钳过去好吗？"

"出了多少血呀？"

"两千多了！"

台上的王国礼仍在做着最后的努力。

他用左手拿钳子夹住纱布从出血点移开，右手准备用钳子去夹住出血点，结果整个视野瞬间喷满了血，镜头一片模糊。几人慌乱起来，赶忙用纱布擦镜头，却又没擦干净，刚放进去就只能回来再擦一次。

原本只是一个洞在喷血，但因为王国礼右手的钳子没有夹准，导致现在三四个洞同时在喷。吓得他赶紧用夹着纱布的钳子狠狠顶住出血部位，然后用吸引器把周围的血吸走。出血暂时停止了，但他心里明白，只要稍一松懈，血还会喷涌而出。

"还是叫葛主任过来帮帮忙吧。"肖飞在台下提议道，说着便拨电话。

"哦对，我估计葛主任这会儿正开车去齐家酒楼呢。"他连拨了几遍都没成功，突然想到了原因。

"要不阿飞你上来帮我一起搞一下，咱们是不是得开胸啊？"

肖飞没有立马上去，只是还在拨手机。"我还是得叫葛主任。"说着，便举着电话走出了手术室。

肖飞刚一出去，王国礼的心就沉了下来。

他哆哆嗦嗦地和旁边的巡回护士说："给葛主任再打个电话。麻……麻醉输……

输血输上吧，多要几袋血……这个我给夹撕了，要阻断也缺只手啊，快给我再叫个人过来啊！"

看着王国礼在台上嘶吼，巡回护士和下面的医生也赶快跑出去叫人。没一会儿，门口突然传来了一阵爽朗的声音。

"老王？什么情况？"

江河两三步就走到台前，他看了一眼切口，又看了一眼腔镜的位置以及腔镜中纱布压的位置。

"江主任，"王国礼难为情地点头示意一下，"总干这块稍微有点出血，我等领导过来帮一下吧。"

"哦，第一支动脉靠近总干的位置出血，这个位置因为太靠近根部，不太好在腔镜下控制。你介意刀口稍微大个五厘米吗，我上来帮你搞下？"

江河用请示的神态看着王国礼，指了指外面，意思是自己要不要去刷手。

王国礼有些为难，他看看下面的病人，又看了看监护仪，支支吾吾犹豫着。旁边的麻醉医生看不下去了，"这个病人血压都有点维持不住了！"

王国礼长呼一口气，下定了决心。

"那就谢谢江主任了。"

"好，先按着别动，让陈兰帮我把那套阻断钳拿过来。"

江河去水池子刷了一下手就赶忙过来穿好衣服。他个子不高，但是走路带风，很快就站到了病人的背侧，这是他平常做开放手术所习惯的位置。腔镜手术通常是像王国礼一样站在病人的腹侧，所以两人刚好不需要交换位置。

"你压好就行，出血不要紧，输一输就行。输液速度稍微控制一点不要太快，现在不会再有快速的失血了，千万别灌成肺水肿。好的，撑开器！"

手术的节奏前所未有地加快了，这是王国礼第一次感受到江河的手术风格。他呆若木鸡地站在那里，看着对面的人一边和风细雨地同他聊天，一边和台下的麻醉医生讲着今天听来的段子。不知不觉，江河手底下已经大开大合把切口延好了。

"再来一副手套。"

护士递给他，江河在手套外面加戴了一副手套，一只手拿着吸引器，另一只手用胸腔钳夹起组织。

"来，烫。"

王国礼一只手压住出血点，另一只手到处乱摸，直到护士把电刀塞到他发抖的手里。他用电刀烫了钳子的把手处，通过导电把钳子夹持的地方烫断。一个人不断夹住组织深入，一个人激发电刀，三下五除二就把动脉总干表面的纵隔胸膜打开了。

"江主任，为啥戴两层手套呀，有什么特殊手感吗？"

"这不是吃过亏吗，有的手套是假冒伪劣产品，上面有破洞，有一次直接给我手烫了一个泡。戴两层手套，这个手套再假冒伪劣，两副手套在同一个点破的概率也极低了对吧，哈哈哈哈！"

江河说话不影响干活，手里已经推、拉、顶、切把场面打开了，然后他用一把薄薄的组织剪直接在血管的表面游离。

这操作可把王国礼吓得够呛，如果再捅一个口子，那更是神仙难救了。

"这里只能用薄剪刀了，你知道为什么这个地方会出血吗？"

"是我太不小心。"

"不是不是，如果你觉得出血是因为自己不小心，那你下次还会遇到出血。手术成功与否和小不小心是没关系的。你摸摸看，这下面都是硬的。这下面都是钙化淋巴结，患者以前得过严重的结核，所以组织间隙很窄。腔镜确实不太好处理，只能用薄剪刀一点点处理。这把剪刀是我自己专门找人磨出来的，太薄了容易断，太厚了根本塞不进去。这种剪刀磨出来一把要废掉十把。"

王国礼看着江河手里的家伙，感慨要把手术做到出神入化，一把神兵利器是关键，但神兵利器也得在高手底下才能发挥作用。谁还不会磨剪刀呢，为什么其他人就想不到呢。

江河拿起直角钳从右侧肺动脉总干的下方一把掏过，掏的时候还不断发出"哟""呵""嘿"的声音给自己配音。接着，他另一只手带了个双七号线把血管提起，然后用最常用的几把血管阻断钳，选了一个舒服的角度，轻松进去把动脉的主干夹住了。

他又环视了一圈，发现还有一根静脉没有断掉，也三下五除二断掉了。

王国礼被这几下操作搞得心服口服，不住赞叹。

"嗐，这都是多少个晚上、多少次出血磨出来的。但咱就是得接着干，这就是咱的命。"江河说道。

"江主任您究竟师承何人呀？"

"我师父啊？没名气，但确实是个好大夫，比我还能在临床上磨。你们有闻过糖尿病人的尿吗？他闻过，苹果味的。每个人的尿、大便是什么样子、什么味道，他都要亲自看过、闻过才作数。所以他查房的时候从来不听小大夫汇报，觉得那些都是在诱导他犯错误的。他总是亲自看、亲自问、亲自摸、亲自闻。"

王国礼突然想起医院的一个传言：江河治死了自己的老师，在医院混不下去才跑出来的。对此江河从没在任何场合反驳过，看似还真有些可能。不过没想到的是，一个主任级别的医生，说话这么随意，赤诚又果敢，跟个侠客似的。

"你松开手试试吧。"江河拍拍王国礼的手。

长时间的压迫，让王国礼很难注意到自己的手指头已经有点僵硬，想放又放得不是很顺利。拿开纱布之后，果真没有再出血，动脉总干已经被完全阻断住了，刚刚喷血状态下无法修补的洞，此时变得清晰可见。

江河指了指出血的地方，顺势把下方巨大的结核钙化淋巴结清扫掉。右肺上叶此时就只有这根破洞的血管和身体相连了，但江河没有修补这些本就要切掉的血管，而是拿起腔镜下切割吻合器，直接一枪干断了这处连接，连切开带缝合一举两得。三排钉子非常牢靠，他打开阻断钳，也仍然没有出血。

江河在台上对王国礼比了大拇指，再指指外面。

"我先下去咯？"

王国礼看着这十分钟不到的完美操作，一时愣住，回过神来说感谢的时候江河早脱了衣服拿起电话走出去了。

走廊里再次响起他爽朗的笑声。

5

蔡为民没有去赴宴，回到家刚好是晚饭时间。

胡燕华有些诧异，问他为何今天这么早回来吃饭。

蔡为民喜笑颜开地说："这不好久没吃老婆做的饭了。"

他看老婆孩子吃的明显是剩饭，想到他们平时大抵也是如此，一时鼻子有些发酸。

胡燕华嘴上骂了一句，一头扎进厨房里去。

她与蔡为民是大学同学，毕业后也到了同一家医院工作，做了几年临床之后，为了照顾孩子，她毅然辞去了内科的工作，专攻科研，在医院有自己的实验室和团队。胡燕华聪慧机敏，这些年也算小有成就。只不过成就再大，经费再多，她也从未动过别的心思，只是把实验室交给几个博士后帮忙打理，自己抽出时间陪孩子、做家务，专心为蔡为民这个外科的副主任医师做好后勤保障。蔡为民几乎从来不在家吃饭，但胡燕华也会给他留好门，在餐桌上放一些简单的食物。蔡为民最惭愧的一点就是，明明胡燕华混得比他好，却从来没有让他操心过家庭和孩子。

而此时上初中的女儿也有点愣神，她印象中的爸爸从没在这个点回家吃过饭，所以也赶紧把自己的成绩单和奖状拿给蔡为民炫耀。蔡为民仔细检查着女儿的成绩，发现竟然门门都近乎满分。他听着女儿讲班里的那些八卦，发现自己已经好久没有和女儿聊过天了。两个人细细碎碎说着话，厨房里叮叮当当忙活着。

胡燕华再出来的时候，双手已经端着蔡为民最爱吃的淮北牛肉汤面，面上七七八八放着不少配菜。她顺便给女儿也端了一碗，把剩菜倒进自己碗里。蔡为民见状连忙把自己碗里的牛肉都拨给妻子，两人相视一笑。

胡燕华做饭也是一把好手，用她自己的话说，做饭不过就是做实验，按照步骤一样样放东西就是了。蔡为民端着手里这碗面，感觉家里欢快的气氛就像过节一样，而这仅仅是因为自己回家吃了晚饭。这些年，他周一到周日基本在医院，每天就在医院凑合一日三餐，总担心回来给家里添乱。直到今天他才明白，这种"添乱"似乎更让妻女二人感到快乐。他不禁开始思考，这些年他到底都在忙什么，都是为了谁。

"你回来也不说一声，早点说我们也好改善改善伙食。"胡燕华给他拎来一瓶啤酒，打断了他的思绪。

"下次，下次一定……"蔡为民赶忙附和着，自己倒了一口酒一饮而尽，喝着喝着就喝出了眼泪。胡燕华和女儿担心他碰上什么事了，但是也不好意思多问，就劝他赶紧吃饭。

蔡为民用纸巾擦擦眼睛，又顺势擦了擦眼镜。

"爸爸今天高兴，今天爸爸觉得自己不菜了。"蔡为民一阵苦笑。

胡燕华在医院也听说过丈夫在外科的处境，只是一直没有挑明。她从来都逢人便说自己的丈夫是外科有名的一把刀，还不断把各种途径找来的患者介绍给他。她闻言拍拍蔡为民的胳膊说："瞎说什么呢，你从来没菜过，不用理会旁人，你就好好干你的，我们娘儿俩都是你的粉丝！"

女儿温柔地拍拍他的手。

"爸爸，咱们这个'蔡'，不是菜狗的'菜'，在上海话里我们是精彩的'彩'啊，这你小时候告诉我的，你忘了啊！"

"对对，我们是精彩的'彩'。"

蔡为民又倒了一杯酒，一饮而尽，接着借口有件急事，举起电话就往外跑。跑到楼下，他实在忍耐不住就落泪了。

对于一个中年男人来说，总是需要一个绝对安静的地方，独自消化情绪。他觉得自己配不上妻女对他的好，觉得自己要支棱起来，不能再像过去一样软弱。他想起刘波，想起叶子，想起自己不敢和同事发生争执，想起自己总要做个老好人，担心别人讲他坏话。但现在他明白了，最后受屈的不只是自己，还有自己的家庭，自己的患者。

自己跟了葛峰十多年，要提副高的时候，葛峰却让他等等，他觉得是自己能力不行。他做手术做到半夜，被护士嫌弃，葛峰连句话都不帮着说，他觉得是自己能力不行。他写了篇文章终于发表了，觉得给科里又增加了一篇文章的积累，葛峰却笑他是靠老婆，他还是觉得是自己能力不行。但只有一面之缘的江河，就肯上来帮王国礼救场、肯给他一个手术日、肯先收他的病人，这样的主任，难道不值得让自己换个思路吗？

一个人可能是狗，但一群人可能是狼。

王国礼疲惫地走下台，把病人送到监护室。看到病人口唇还有些发白，又叮嘱了住院医生及时告诉他今晚复查血的结果。确定引流管没有异常之后，他便想着去小超市买瓶水。一场战斗，往往在当时不觉得累，结束之后才有直击灵魂的疲惫，这个时候的人不会想吃东西，只会想豪饮一顿。

刚刚，葛峰在电话里对他一顿臭骂，说科里有人为什么要找江河上台帮忙，为什么不找肖飞。他也没有力气再去解释，只是等葛峰发泄完了就挂掉电话。

他内心也清楚，这种级别的出血，别说肖飞，就算葛峰来了，也至少要开一个三十厘米的切口，出几千毫升的血才有可能解决问题。更何况，肖飞也不会想帮他。之前科里有个副主任手术时出了事故，葛峰和肖飞都没出手，后来那个副主任也被调走了。虽然葛峰在训话时总会说"要团结"，但大家都明白，所谓的"团结"都是自带前提的。

王国礼浑身黏黏的，一副汗湿透了再晾干之后的样子，头发十分蓬乱，眼神也没了光泽。他浑浑噩噩地走进小超市，旁边刚好有人站着，也像在挑选商品。他转头一看，居然是陈彦豪。

他有一点吃惊，感觉对方不怀好意地笑着，像是专门在等他一样。

"王主任好，这个东西，是江主任留给你的。"

陈彦豪像是蓄谋已久在这里等他一样，从背后拿出一个小盒子，上面还贴着一张纸条，写着：宝剑赠英雄，江河。

"江主任说了，送别的你也不稀罕，送这个给你，刚好能用上。"

王国礼轻轻打开盒子，发现是一把薄剪刀。这把被特别磨过的剪刀仿佛开了刃的刀一样锋利，他只是轻轻摸了一下，手上的皮便被划出一个细小的口子。

接下来的一周里，发生了很多事情，让麻醉科、手术室的群众吃足了瓜。

"肖飞也不知道是怎么得罪葛主任了，最近葛主任一见面就骂肖飞。"

"大概是上次王国礼手术出血那次肖飞没上吧，结果被人家胸外二科主任救场，太丢人了吧。"

"那可不，结果王国礼跟江河看对眼儿了，提了申请说去胸外二科。葛峰找王国礼骂了半天，但是当时的换人规则也是肖飞提的啊，只要对方科主任同意人家就能过去。江河都准备好横幅了，给我笑死，横幅上写着：'欢迎胸外一科王国（送给我们的）礼（物）！'"

"这次胸外一科真是搬起石头砸自己的脚了，蔡为民也没去成胸外一科，据说还答应去搞肺移植了。"

"那么大岁数，能学会吗？"

"你笨哪，又不是真要他干什么，据说只要去培训，就能给科室拿到肺转移的资质。只能说这下子江河真是把人给整服了，自己胸外二科的人没走，胸外一科的人倒过来了一个。"

"气管镜呢，最近还是胸外二科在做？"

"你还不知道哪！呼吸科不借给胸外科气管镜，结果据说胸外科有个病人术后因为没吸痰，差点儿出事。那帮外科的铆上劲儿要干架啦！"

"呼吸科简主任不是说坚决不同意吗，医务处也不会允许啊。"

"这下，真是铁板撞铁板了哦！"

第 6 章 | 医生的晋升

"北京是北京，上海
是上海。"

1

呼吸科的护士，罢工了。

起因是胸外二科想自己做气管镜，需要占用呼吸科的地盘、护士和设备。

有个呼吸科的护士在吃饭时候随口说："多点业务不好吗，多点钱赚哩。"然而一个染了蓝发、矮矮胖胖的护士却骂她糊涂。

原来，气管镜本身的收益其实很低，前前后后的准备工作会增加护士的工作量。更何况，胸外二科做的气管镜以吸痰为主，收不了耗材和治疗的费用，林林总总算下来，做一个气管镜，只会多赚两块钱，几乎是义务劳动。于是几个护士对胸外二科声称气管镜在维护。

结果，蔡为民的患者刘波术后出了状况，约不上吸痰，拖成了重度肺炎。蔡为民被逼急了，只好到行政楼找院长告状。

一开始，护士们倒也并没有那么齐心协力，顶多算"一哭二闹"，要不是因为看似最老实的蔡为民都冲过来骂人，他们也不会闹到"三上吊"的地步。护士们干脆表示以后胸外二科约的病人一概不受理。医务处处长吴军赶快出来调停。

呼吸科的主治医师陈平怕事情闹大，提了个主意：检查胸外二科那些医生的资质，如果没有本院认定的资质，就不能独立开展气管镜。这一点确实成了护士团队死死咬住的关键。

双方在行政楼对峙时，江河马上解释道："我们原来在北京都培训过。我，还有龙森浩和陈彦豪，都有资质！"

"北京是北京，上海是上海。"吴军顿了一下，"在我们这里，肯定要重新认证，毕竟你那个资质没有上一级单位的认证，就只能代表医院级别，不能代表市级和国家级，所以我们医务处也要把控风险。你们的气管镜就按规定预约给呼吸科做吧，呼吸科也要积极配合。"

蓝发护士上前一步道："对啊，我们没拦着你们！来我们这儿预约不就完了吗？以前葛主任的病人不都是这么操作的吗？你们自己做，一个人一个做法，我们怎么配合啊？"

蔡为民气呼呼地说："我们试过好多次，总预约不到合适的时间。我那个患者手术后非常虚弱，去做气管镜要先坐电梯再爬到八楼，准备的氧气枕头都不够用，赶紧去病房抱了个氧气瓶拿过来才续上那口气儿！就是因为眼巴巴地等着你们来床旁吸痰，但四五天都不来，所以才得肺炎了啊！"

"那你们就约上午，以后上午固定给你们做！"蓝发护士赶忙转移话题。但话音刚落，就被姐妹们制止了。

"不能的，上午我们要做全麻气管镜。"

"这个不能答应，我们就是每天按流程预约，周一、三、五下午都能做。"

"周五不行！周五下午要开会！"

护士团队一时间陷入混乱。

吴军也发现，这些护士确实变着法地想减少预约的次数、压缩预约的时间。于是他问了一句："那如果患者周五时发生了紧急的情况，等到下周不是憋死了吗？"

这句相对公正的质询也让江河等人义愤填膺起来。

护士队伍里有了不同的声音。有的人认为紧急情况胸外二科也可以去 ICU 吸痰，有的人认为可以临时加做一个气管镜。本就不够团结的护士团队瞬间变得分崩离析。

看着护士们七嘴八舌议论，江河便冲吴军讥笑道："看到了吧，这些人能保证我们的医疗安全吗？你知道想加个气管镜有多难了吧？"

吴军有些尴尬，也许真相确实如江河所言。

或许想让队伍再次凝聚起来，蓝发护士提高了音量说："江主任，凭良心说，我们真的一直在帮你们科。我们护士嘴上说不能临时加，可是之前哪次没同意？

你们是怎么做的呢？有时候，明明答应下午一点半做气管镜，但你们说下午要手术，一点就必须做。有时候，你们过了一点半也不来，我们护士中午不吃饭不休息等着，你们嘴上说病房里有事耽误了，实际上居然不慌不忙出去聚餐了！而且，您科里有一次用镜子之后，镜子上明显有牙齿咬的痕迹。一根气管镜二十万，我们修理起来也非常棘手，这个情况之前从没发生过。"

护士说话的时候，陈彦豪仔细观察，看到阿毛的脸微微抽搐，瞄了一眼龙森浩。阿毛是不会自己做气管镜的，那就只能是……龙森浩这个货，八成是不拿人家的设备当回事，被人抓住了小辫子。

这时，一个非常平静的声音从队伍里传来，是呼吸科简主任。他说话时声音不大，但听起来很是诚恳。

"我们呼吸科一直以来都负责气管镜室，从我之前的主任开始就是了。胸外一科的葛峰主任和我们一直配合得很默契，以前也没有约不上气管镜的情况。我不知道两个胸外科有什么差别，为什么江主任这边就想要自己做气管镜？"

龙森浩解释道："我们科以大手术为主，所以做的血管吻合、气管吻合都很多，术后的气道管理非常重要，是要吸痰以及观察吻合口情况的。"

眼看又要扯到两个科室的差异问题上，这讨论就没完了，吴军赶紧踩了"刹车"。他强调器械损坏的问题确实比较麻烦，还提出让呼吸科尽快安排流程，解决认证资质的问题。

陈彦豪发现，吴军处长也挺有脑子的，他的目标才不是帮胸外二科解决资质问题，而是希望通过这个学习或者评估过程，让两个科室多接触磨合。也许最后的结果就是气管镜还归呼吸科做，只是预约会更及时，不会再出现患者没人管的情况，这是医政管理部门的底线。

简主任义正词严地说："其实，我们还是很想和江主任合作的。我们科里讨论了一下，决定用这个方式来进行资质的培训和认证，吴处长看看行不行。每个要做气管镜的医生先来我们这里，看我们医生做一百台，再在我们医生的指导下做一百台，然后才能用我们的资源独自做气管镜。"

江河听到这个数字，胡子都气歪了。同时，另一边的蓝发护士也要发作，但被旁人劝住了。

"刚刚护士同事也说了，气管镜损坏是个问题，所以在资质办理好之前，我们就先不外借气管镜了。护士们呢也消消气，先回去工作，问题咱们慢慢再探讨，好不啦?"

说完,简主任环视一圈,等待别人的意见。吴军点头表示赞同,护士们也安静下来,胸外二科的医生们左顾右盼,然后齐刷刷看向陈彦豪。陈彦豪吓了一跳,思考了片刻,在所有人目光的注视下,走上前轻轻说了句。

"我同意简主任说的,我愿意做第一个去学习的人。"

2

"这帮货就是故意恶心我们,他们什么水平我还不知道?还看他们做一百例,也好意思丢人现眼!"

江河一度沉浸于给王国礼救场的胜利中,可才兴奋两天,又再次碰了壁。但是他发泄归发泄,也慢慢理解了体制内工作是需要讲程序和章法的,不能急,也急不来。在陈彦豪的安慰下,他安心去做手术,把事情交给陈彦豪处理。

"人不能接受变差……"

陈彦豪默念着这句话。

现在的确进入了僵局,陈彦豪自然知道不能被对方牵着鼻子走,不然即使完成了所谓的资质认证,对方还是会想出新策略来刁难。气管镜室的设备和人员虽然是医院的公共资源,但也是呼吸科自己经营多年积累下来的,于公于私都不会让其他科直接抢走。既然问题爆发的根本原因是护士做气管镜赚不到钱,那直接让他们赚到钱不就完了吗?可这钱又由谁来出?出多少?怎么给?都是问题。

在北京,科主任说话一言九鼎。财权逐级上交,事权逐级下放。因此,位置代表一切,凡是领导的指示,护士即使有些意见,也不敢说罢工就罢工。

需要一个突破口!

办法永远不是等出来的,利益的协调也不是摸索想出来的,而是在实际的接触中摸索出来的。

想着想着,陈彦豪找到了气管镜室所在的医技楼八层。

医技楼是专门进行各类检查的场所,每一层都有各自的功能,例如B超、气管镜、胃肠镜。由于地板经常会出现患者的呕吐物、引流物、排泄物等,这栋楼的地板都是一水儿的绿色碎花图案,从禁脏这一点来看确实有效。

进入气管镜检查室,门口接待台里坐着一位护士,正看着手机。对面是一排游戏厅街机一样的四五台机器，正播放着动画。一个病人坐在机器前面的凳子上，跟着动画的指令吸入麻醉药物进行雾化[1]。

陈彦豪认出这个患者之前找江河看过病，后来不知为何没有在胸外二科做手术。陈彦豪翻了翻接待台上面的病历，发现他果然是在胸外一科做的手术，但没写来做气管镜的具体原因。

往里走进去向左转，陈彦豪看到一个个分割的小房间，每个房间里有一张或者两张铺着蓝色一次性治疗巾的检查床，这会儿都空着，还有屏幕和电脑等。房间外的水池上挂着一排气管镜，陈彦豪数了数，十五根气管镜，每根价值在二三十万元，再加上几百万元一个的显示器，这个地方确实值钱。他意识到，对于呼吸科来说，即使不做气管镜，这也是家产。胸外科来这里做气管镜，就像是农民进地主家攀亲戚借钱。

一个地中海发型的医生走进来，瘦瘦的，口罩松松垮垮只盖住了嘴巴，整个人显得有些不精神，这是呼吸科的陈平医生。见陈彦豪来了，他似乎知道是为什么事，随意打了个招呼，脸上没有一点表情。这时，蓝发护士进来送东西，看到陈彦豪理都没理，只是侧了侧身子从他身边走过。

"你一直负责做气管镜哪？"陈彦豪抛出个话题想和陈平攀谈。

陈平轻轻"嗯"了一声，继续在电脑上输入患者的信息。

蓝发护士已经把患者引导到检查床上。患者有些气促，说平躺着会喘，请求将床摇高一点。护士冷冷地说了句这床动不了，然后转身去接电话，留下患者平躺着大口喘粗气。

"你还要管病房吗？"陈彦豪继续追问。

"有需要就去。"陈平就差把"不想说话"四个字写在脸上了。

尴尬的气氛让陈彦豪开始左顾右盼。他注意到桌子上有本翻得很烂的高级职称英语书，一个保温杯，还有一些记录用的册子。册子上记着名字和号码，还有些标记，像是记录工作量用的。

病人喘气的频率越来越快，陈彦豪觉得有些奇怪，便上前把心电监护仪接好，把血氧夹子夹在患者食指上，和陈平一同看了一眼监护仪。

"血氧只有八十多，咋呼吸衰竭这么厉害！"

---

[1] 雾化的作用是让麻药被气道充分吸收，就能减少一些由气管镜造成的刺激感。

陈平刚要让护士开始准备,见护士在打电话,也没张嘴,举着一根气管镜,站在病人头侧等着护士打完电话。

陈彦豪赶忙跑到电脑前翻阅患者的检查结果,一个小时前做过的血气分析显示:氧分压 68 毫米汞柱,二氧化碳分压 54 毫米汞柱——这是严重的二型呼吸衰竭。他又看了一眼患者今天早上的片子,左肺像是被揉成团的一张纸,糊在肺门上。这种严重的肺不张[1]会导致血液虽然流过了肺,但并没有进行气体交换,使得血里的氧气迅速被稀释。总之,一切的指征都在表明:再不抢救,患者就要死了!

陈彦豪对护士说:"快开始,这病人等不了!"

护士这才发现这边的情况,赶忙放下手里的电话,小跑着过来。看了一眼监护仪上的数值,也皱了皱眉。她赶紧准备好东西,在镜子的管路上面用酒精纱布消毒、盐水擦干,再涂上润滑油。接着,陈平赶忙把气管镜捅进患者鼻孔。

陈彦豪紧张地盯着屏幕,要求护士加大氧气浓度,把鼻导管改成面罩扣在患者嘴巴上。听到护士说没有面罩,陈彦豪大吼道:"去找!"

陈平也点点头,护士没说话就快步走开了。

屏幕上,气管镜像一条小蛇爬行在幽暗的洞窟,穴壁上有无数的黑色断剑插在墙壁上,那是鼻毛。小蛇在三条小沟里选了最宽的一条,也就是下鼻甲的沟壑,然后向内部爬去。由于这种刺激会给人一种天灵盖被摩擦的酸胀感,患者开始剧烈扭动起来,直到小蛇抵达舌根,才明显放松了些。随着小蛇从舌根后充满唾液的隧道一路向深渊里下潜,患者的吞咽动作导致唾液模糊了镜头。陈平操纵小蛇摆了摆头,蹭了蹭脑袋,视野立马清晰了。继续往深处走,一张竖起来一开一合的"嘴巴"拦住了去路。"嘴巴"里面,就是小蛇此行的目的地——气道。随着护士推动麻药,小蛇像是射出毒液一般将麻药喷洒在声带上,引得患者一阵剧烈咳嗽。半分钟后,小蛇趁着声带张开时,猛地向前一挺身子,试图钻进狭小的"嘴巴"里,可是患者又是一阵子咳嗽,屏幕再次模糊。把镜头蹭干净后,小蛇又进行了第二次尝试、第三次尝试,但都失败了。患者的咳嗽越来越声嘶力竭,双手拼命到处抓着,试图把医生的手打开。

"别动了!再动更进不去了!"陈平脑门上都沁出了汗珠,他扭动着身子,不停旋转着气管镜,想让气管镜尽快干净起来,准备再次突破声门。这是操作气管

---

[1] 肺不张:指各种原因导致的肺的一部分结构塌陷,进而导致肺的含气量减少,可影响气体交换。

镜难度最大的环节，由于声带只有在患者吸气的时候才会打开，因此必须稳准狠地笔直钻入。否则，气管镜就有可能钻到气管旁边的食管中，导致镜头污掉，更不利于进入。陈平正是卡在了这个环节，患者持续的扭动和咳嗽也确实增加了难度。

陈彦豪瞥了一眼监控：血氧70%，心率140次/分。

陈平用余光看了一眼，赶忙把镜子撤出来，把面罩扣在患者嘴巴上。患者呼吸的时候发出"哎哟哎哟"的声音，两个眼角都是眼泪——这都是气管镜刺激导致的结果。

"得送ICU了，血氧撑不住啊。胸外一科这么严重的病人，医生都不来陪一下。"陈平埋怨道。

"他在边上诊室会诊呢，我看到了。"陈彦豪赶忙补了一句。陈平没说什么，病人似乎也没有余力去关注其他，只是剧烈地喘息，像一条搁浅在岸上奄奄一息的鱼。

看着监护仪上的血氧保持在80%多，心率稍微下降到120次/分左右，陈彦豪突然想起孙慧跟他讲过的一句话。

"当大夫，经常是背水一战，绝处逢生。"

他拍拍患者，像哄小孩子一样说道："别着急哈，慢慢大口喘气，等痰吸出来就好了。你这个鼻腔太窄了，我们这次不从鼻子进了，把嘴巴张开。"

患者边喘气，边给陈彦豪竖个大拇指，表示接受。

"你现在就负责喘气，如果实在受不了，就拍拍床示意我们先停下，等你喘一会儿再继续，明白了吗？"

患者狠狠点头。

"联系胸外一科的大夫，让他联系ICU提前准备！"陈彦豪用命令的口吻对护士说。

此时，陈平像是多了一丝底气，他重新在气管镜的前端擦了擦润滑油，把它放进患者的嘴巴里。

"二十毫升盐水准备好了，你放心伸进去。"陈彦豪的声音显得平静且严肃，他想起了曾经孙慧给他演示过的救场，也是从嘴巴进去的。

这次，小蛇从一个更宽大的空间向下走，由于没有鼻腔的束缚，东倒西歪地爬行着，居然一下子就深入咽喉处。因为没有鼻腔稳定下盘，这条蛇明显像喝醉酒一样晃悠，想瞄准声门的洞口看起来更加困难，但好处是患者没有那么抗拒。陈平眼睛都不敢眨，对准气管开口，顶住声门处，在患者因为被碰到声门而反射性咳嗽的时候，"嗖"地让气管镜蹭了进去。

此时，屏幕上显示小蛇像是钻进了一头鲸鱼宽阔的肚子里，气管软骨环像一道道拱门，上面全都是黄色的黏痰。患者的咳嗽轻了一些，但是血氧却更差了，降到了65%。

陈彦豪喊道："痰太黏了，我冲水十毫升！陈老师你吸走！"他知道，如果不用水冲，又长又黏的痰会瞬间堵住气管镜，所有的过程又要重来一次，而患者不可能再忍耐下一次了。

一股清泉喷射而出，患者剧烈咳嗽了一阵。陈平立刻按下吸引按钮，只见痰液被稀释之后，刺溜溜地顺着气管镜和引流管流了出来。

连着吸了半分钟，画面中的小蛇一个劲儿地吞着痰液，痰液收集罐里已经越来越多条状的、絮状的、泡沫状的黄色浑浊液体，给人一种满满的成就感。与此同时，患者血氧逐渐上升到85%，心率也在下降，监护仪提示心率的音调逐渐从尖锐转向低沉。

陈平已经不慌了，慢慢变化气管镜的位置，继续施展"吞食天地"的神通，碰到黏痰堵塞气管的地方，就冲水后再吸。等气道的每一处都看起来干干净净了，才麻利地拔出气管镜。

患者"哎哟"了一声，感叹道："痛快了，痛快了，我的娘亲哦！"

3

一整个下午，陈彦豪看陈平给三个病人做了气管镜。他认认真真地做了个登记本放在气管镜室里，填上患者的姓名和病案号，然后拿过去找陈平签字。陈平也不知道应该是怎样的程序，随手就签了。签完后，他对陈彦豪笑笑，然后拿自己的保温杯呷了一小口。

见陈平态度明显缓和了不少，陈彦豪便上前攀谈。

"陈老师，你现在还出门诊、管病房吗？"

陈平让陈彦豪坐下，话匣子终于打开了。

"我啊，没什么出息。简主任不让我去病房了，我就做做气管镜，然后一周出一次门诊。现在收病人不归我管，病房用药的收入也不分我，我也一把岁数了。刚刚你这招挺不错，以后碰到紧急情况我也试试。"语气有点惭愧。

陈平又喝了一口保温杯里的热水，有点不好意思地跟陈彦豪解释为什么呼吸科这么抗拒胸外二科使用气管镜。原来，医生们也不爱做气管镜，一点也不赚钱。简主任之所以让他占着气管镜的坑，是因为有前车之鉴。兄弟医院的一家呼吸科，曾经把操作气管镜的权力给到外科，随后外科组建了自己的气管镜团队，自己取病理，把病人直接收到外科化疗。这就打破了医院外科和内科的平衡，内科没有了肿瘤患者，就只能收些秋冬季肺炎的患者，还有外科手术之后因为床位不足无法安排的患者。时间一长，内科的病人越来越少，临床缩水之后带来科研、教学实力的全面下滑。慢慢地，那家兄弟医院就以外科为主了，内科主任连硬气的资本都没有，整个科室非常沉闷，医生们纷纷跳槽离开。大家认为，内科的衰落都源于当初那个错误的决定。

陈彦豪并不完全认同陈平的结论，因为笔记告诉他，一个科室的兴起和没落是多方面的结果。就像汪道贤所说的：医院是一艘大船，船员们是在船上做水手还是耍杂技，既是各凭本事，也是市场喜好的选择。这也提醒了陈彦豪，人只相信自己看到的教训，而这种教训是会传染的。陈彦豪心中有数，还是把话题引到陈平身上。

"我们在北京也常做气管镜，但从来不取病理，只是术后吸吸痰。不过既然领导们讨论好方案了，就先按咱们定的规矩办吧。陈老师，有件事我不知道该不该问，为啥您一直没提副高呢？"

陈平无奈地笑笑："是我不想提副高吗？"

"因为缺课题？没有的话，是不是也有其他路子，比如出去援藏援疆，回来也能升。"陈彦豪问道。

陈平摇摇头，和陈彦豪讲了实情。原来，课题这种事根本轮不到他。一些课题的申报，一般人根本没时间准备，即使准备出来了，课题申报书的质量也上不去。

陈彦豪仿佛看到了突破口。

"那也就是说，如果给你个课题，你是不是也能升？"

陈平把嘴里的茶叶啐到了保温杯里，说道："说得倒是容易。虽然副高的要求就是一个课题，但我这边没有研究基础、没有项目、没有钱，还没有学生，怎么发文章？简主任都好多年没拿到课题了，更何况我了。我只能熬，希望熬到五十岁时，医院能给我提个职称到退休吧，没办法了。"

"呼吸科其他人呢，也都提不了吗？"

"我是一步没赶上，步步赶不上，当年我带的师弟师妹现在都一个个升了副高。"

陈彦豪连忙安慰道:"职称又不代表临床能力。"

听到这话,陈平发自内心地开心。其实他是科里少有的博士,专长就是呼吸系统疾病治疗,对于呼吸道的管理一直很有经验,然而现在因为职称问题,被发配到气管镜室,自己摸索着做气管镜。他无数次申请回病房,都被简主任拒绝了。简主任让他在气管镜室想想课题的事情,只要带上简主任一起拿课题,提了职称,就能回病房工作。陈平心里明白,干脆放弃折腾了,自那之后再也没去找过简主任。

陈平对陈彦豪有了些好感,便拍拍他的肩膀说:"虽然有规定,但以后你们科的病人你过来做就好了。我帮你和护士说说。"

"好呀好呀,就怕简主任不愿意呢。"

"嗐,他也是耳根子软,人倒是不错。这帮护士他也管不住,只能护犊子。他现在也没空管这些,今年搞的几个课题都挂了。听说医院有要求,连续几年不拿课题,就得走人。"

陈彦豪清醒了,心中默念:人会形成小团体。

"如果简主任和你一起拿一个课题,对你们两个都有好处?"

"当然。只需要一个第一完成人,课题是上海市级的就行。可是像我们这种三无科室:没资金、没学生、没前期基础,能拿到才怪呢。"

"那也未必。"

4

一个月后。

"胸外二科报的是什么嘛,你看他们的申请书了吗,笑死我了!"丽莎招呼圆圆来看。

圆圆也不知道陈彦豪葫芦里卖的什么药。这次是一个上海市的课题,每个医院限五项申报,所以要先在院内选出五个。一般情况下,这五个报到政府那里的课题都会过关。这样也可以减少政府的工作量,不需要自己再花精力组织评审遴选,所以权力就下放给了各家医院。医院要建立一套看起来公平、透明的评审机制,尽可能把好的项目推出去,给医院引来经费,算作科研处和医院的业绩。如果要照顾一些关系,也必须他们的能力真的过硬才行,顶多给些信息上的指导,不然不但钱拿不到,还可能会收到来自各处的举报信。

这次申报的项目里，内科和眼科的三项都是王炸项目，毫无疑问地占据了三个名额。因为上海市的资助计划包括了消化和呼吸模块，消化科、肝胆外科、胸外一科、胸外二科还有呼吸科参与竞争剩下的两个名额。

和其他洋洋洒洒的申请书相比，胸外二科的课题页数是最少的。丽莎之所以笑，是因为胸外二科这样做显得有点自取其辱。她敏锐地注意到里面的一句描述，对圆圆说："哟！孙院长不是说不让科室自己存标本吗，他们怎么还存？你是他们科的行政助理，这事是不是得管管？"

听到这话，圆圆知道丽莎已经不是刚来时那个"傻甜白富美"了，而更像是孙院长安插在院办的一只"眼睛"。私存标本其实是每个外科都在做的事情，因为大家越来越意识到：标本为王。标本在，科研就在，所以标本有着不可估量的价值。

但是，自从肖飞上任手术室主任之后，就联合孙院长进行全院标本库的建设，叫停了一切在手术室私下取标本的行为。

"他们也是最近才叫停的，那些标本没准儿是以前存的。不让人家用，难道直接扔掉吗？"圆圆解释道。

丽莎"哼"了一声，把胸外二科的申请书放在最下面，穿起衣服下班了。

按照目前的情况来看，孙院长的肝胆外科应该有一个名额，是做肝移植的项目；胸外二科和呼吸科的项目都与气管镜相关，但胸外二科明显是个炮灰；呼吸科的本子比以前强了很多，但是和胸外一科的"胸腔镜前期基础"相比还是有些差距。单纯从本子的质量来看，应该还是要给肝胆外科和胸外一科的。

圆圆看着桌子上的一摞申请书，默默祈祷有奇迹出现。

接下来的评审结果，让所有人都大跌眼镜。

办公室里，葛峰正穿着西装马甲衬衫三件套，坐在椅子上皱眉头。肖飞站在门口，等葛峰示意了，才坐到旁边的沙发上。葛峰的办公室是江河的两倍大，他将隔壁的休息室和办公室打通了，因此胸外一科比胸外二科少了一个住院医师的休息室。

"好端端的，怎么让呼吸科拿走了这个课题？"

肖飞表现出一副从容的样子，脸上没有一丝不悦的神情，好像早有对策，说道："不要紧，这对我们来说不是坏事，其实我们本来可以拿到的，只不过我放弃了。"

"你放弃了？"葛峰主任的声音开始上扬。

肖飞点点头。"其实，这次孙院长的本子也不是很硬，最后在咱们两家中选一个，总不能让孙院长出局。"

"我说的是为什么没干过呼吸科！你跟我绕什么弯子？！"葛峰把材料往桌子上一甩。

肖飞不紧不慢道："葛主任，没想到蔡主任的老婆胡燕华来做评审了。其实，本院的人是不能做评审的，要避嫌，特别是胸外二科还参评的情况下。但是领导们觉得反正胸外二科也没戏，再加上胡燕华是上海市的评审专家，所以才把她列为评委组长。"

葛峰自然知道胡燕华在科研方面有点实力，帮医院拿了不少大项目，这也是他命人拉来蔡为民的主要原因。如果有这样强大的学术领头人加盟，就可以把学生派到她那边去做做实验，发点高分文章，再用标本一起合作。只是没想到不但没拉来蔡为民，连王国礼都弄丢了，还连锁反应导致失掉了科研项目。

"胡燕华说今年主要资助的就是内镜相关的项目，所以呼吸科的比较适合评委口味。评委里面也有咱们的人，说胸腔镜也算内镜，但被胡燕华直接否掉了。那人还说，咱们的实力强，前期基础好，呼吸科连标本都没有。结果胡燕华说，这是代表医院去拿项目的，所以要集医院之力。胸外二科有存下的标本，刚好可以给呼吸科用，这样呼吸科前期的科研基础就更全面了。"肖飞解释道。

葛峰不悦道："申请书的最新模板，不是最后才给呼吸科的吗？他们怎么知道改模板了？"

项目课题的申请书在最后一天的夜里临时更改了模板，来不及改模板的科室都被形式审查筛掉了，可呼吸科居然像早就做好了准备一样。

肖飞叹了口气说："不清楚，但您也不用太在意。呼吸科出去，其实也不是坏事。您想，呼吸科和胸外二科本就因为气管镜的事情势如水火，现在让呼吸科用他们的标本，属于杀人诛心啊。而且，我们的目标是半年后拿回胸外二科，只要不是他们通过，咱们稳住局势，最终不还都是咱们的？现在我和孙院长设立了新规定，卡死了他们的标本，以后您是胸外科的大科主任，所有的标本，未来都是咱们的。"

鹬蚌相争，渔翁得利。想到这里，葛峰才松了口气，给肖飞递了杯水。肖飞赶忙站起身欠着身子接过水，又端正坐好。

"胸外二科，最近势头还挺猛。那个龙森浩，我看过他的手术视频，比你稳当。"葛峰按了按肖飞的肩膀。

这时，肖飞一直微翘的嘴角终于耷拉下来，脸色变得难看，不再说话。

葛峰也自然观察到了这种沉默，皱着眉头教育道："你别老不服气，你之所以有今天，又是什么上海精英又是什么手术室主任，还不是我给你一步步求来的。别老觉得自己牛，你要知道，把你换成别人，也一样。"

肖飞立马稳住心神，说了句："是的，葛老师，我知道了。"

5

"大家想清楚！你们不发声，镜子坏了赔钱的是你们自己，做气管镜忙得下不了班的是你们自己！"

漫长的沉默。

"我可以不管，但是如果真的过来了，我可以做，但是我是为了大家着想！这件事简主任必须给我们一个合理的解释！"

又是漫长的沉默。

"别人出点钱就干，你们是真的缺这点钱吗？你们是乞丐吗？"

终于犯了众怒，无数呼吸科护士站起来指责她。呼吸科的医生如陈平等人都出来缓和气氛，但简主任仍然一言不发，他明白，这位护士之所以生气，是因为呼吸科医生集体倒戈同意让胸外二科做气管镜了，而医生集体倒戈八成是因为前两天宣布的临床试验项目立项公示。

简主任得知拿到项目的时候，也是非常激动。诸多的不顺瞬间烟消云散。气管镜的事情也做了妥协，表示按照胸外二科的计划做。

简主任明白，陈彦豪之所以帮他们写本子，还是为了气管镜，但这个课题是一个无法拒绝的筹码。他和陈彦豪约定，如果课题拿到了，一百万元的经费里，七十万元归到呼吸科，剩下三十万元劳务费要留给做气管镜的护士。按照一台气管镜两百元的标准给到护士，假设每天做两个气管镜，一年共计七百多台，三十万元足够做两年了。他原本对课题不抱希望，没想到课题居然真的通过了，他对陈彦豪瞬间佩服得五体投地。他之所以同意这件事，还有一个更关键的前提：陈彦豪主动表示，胸外二科用气管镜只做吸痰，不取病理。

现在，陈平有机会晋升为副主任医师，简主任也获得课题完成了指标，护士也拿到了补偿。钱像一场春雨滋润了土壤，弥合了呼吸科内部产生的裂隙，即便是有人反对，也翻不起什么风浪。

圆圆问陈彦豪："你们为啥这么执着，为了个不赚钱的气管镜费了这么大一圈劲。"

陈彦豪嘚瑟道："什么叫不赚钱的气管镜，用处可大了。首先，胸外科没有气管镜，就少了最重要的一个术后康复武器。刘波当时如果早些吸痰，也不会几乎是连着吸了一周的痰才慢慢好起来。另外，如果要开展肺移植，气管镜本身也重要。"

其实，陈彦豪更看重的是陈平。因为两个科室关系的缓和，简主任和陈平二人都已经同意，如果胸外二科要组建肺移植团队，陈平可以作为呼吸科的主治医师加入，他的专业就是呼吸系统疾病和气道管理，再合适不过了。

来到上海之后，陈彦豪有一种如鱼得水的感觉。昨天宣传部刚接到一波对上海众合医院胸外二科的表扬信。原来之前来做手术的刘波，看似是个普通农民，实际上是一个全国有名的贫困村的村委书记。他兢兢业业地带领村民脱贫致富，刚被评为脱贫攻坚先进个人。中央派的记者去采访时，旁人说书记刚做完手术就回来工作了。记者敏锐地嗅到了新闻点，就拍摄了刘波的手术切口，发现胸口上居然只有一个洞洞。这篇报道引起了大范围关注，原本想突出村干部的敬业，但百姓却更关心一个手术做完后创面居然可以如此微小，术后恢复还这么好。随后，一条报道蔡为民手术精湛的新闻，让上海市众合医院的胸外二科立刻成为大热门。门诊天天爆满，江河、龙森浩和蔡为民临时加了门诊班，给患者义诊，一下子收了一百来个患者。

看着一封封表扬信，看着科室运作已经逐渐走入正轨，陈彦豪想着自己也该去拜访一下那位不知是否还在世的"阿祖婆婆"了。

手机铃声"呱呱"叫着，来电人显示"老头儿"，陈彦豪没好气地挂掉了。

第7章 | 医学不分中西，医生才分

"管他白猫黑猫，能抓到老鼠就是好猫啊！"

1

松江是"上海之根"，在不远的过去，这里叫作松江府，而上海只是"上海县"。现在，松江区由"上海之根"转为"上海之肺"，大片的绿化带在恰当的修剪下，几乎覆盖了湖泊之间全部的土地，一条条干净的柏油马路弯弯曲曲地将这一切衔接起来。

陈彦豪与唐彦坐完地铁坐公交，终于来到了松江。陈彦豪想碰碰运气，完成赵步理给他的任务——找到笔记中"阿祖"的住处，并且烧掉笔记。

他内心自然是不舍的，因为笔记的字迹不清晰，现在还没有看完，可前几天赵步理又催他了，言辞中有股奇怪的味道，还关心他近期有没有碰到什么邪乎的事情。陈彦豪一听就明白了，肯定是赵步理知道些什么事没告诉他，不然也不会好心给他这么一本神奇的笔记。他往后扫了扫，这本笔记中有大量的人物关系图，涉及政府机要、商界巨擘的把柄。例如有个叫作谢督军的人，招了个男宠当"小妾"，住在一个名叫"清心阁"的公寓里，那"小妾"平日用"芳华仁丹"保养身体。还有一个药商因为和政府官员走得很近，囤积了大量的抗菌素原材料，然后故意挑起军阀间的矛盾，就盼着打起仗来发一波财。诸如这般的"黑料"不胜枚举，赵步理自己不留着，而是交给他来烧掉，陈彦豪推测他必定没安什么好心。

陈彦豪觉得，这本笔记在那个时代很可能是一个破坏力巨大的武器，只要掌握里面的信息，不管是揭发举报、敲竹杠、偷窃抢劫，总有无数的办法可以巧取豪夺。然而近一百年过去了，物是人非，那些拥有无上权力的人早已是一抔黄土。因此，这本《无名草堂》对陈彦豪来说最有意义的，恰恰是那些看起来毫无用处的信息，它记录了一个名叫汪道贤的商人、一个名叫方鸿铭的外科医生，以及一个叫作阿祖的《申报》记者在上海滩的奋斗史。这些故事让陈彦豪对那个时代产生了向往，甚至对当下有了新的体悟。上海虽然不是原先那个上海，但人仍是一样的人。

人性，就像是一只寄生虫，一个人死了，就爬进另一个人体内。人会死，但人性不会变。

陈彦豪靠笔记里一张画得十分写意的草图去寻找汪道贤老宅的位置，根据笔记记录，那也是阿祖后来居住过的地方，叫作"无名草堂"。他想想也知道希望渺茫，将近一百年了，经历了风吹日晒和火热运动的洗礼，一间老房子会存下来吗？但侥幸心理告诉他，兴许它真的避开了一切纷争，安静地守在那里，等待百年后自己这个"救世灵童"的到来呢？

按照草图所示，他们轻松找到了一处名为大仓桥的所在，这座三个门洞的灰白色拱桥，安静地架在河上。河两旁一水儿黑瓦白墙的两层小楼，小楼间偶尔插着一棵孤零零的老树，像是小城的哨兵，阻挡着时代的滚滚车轮。南方的房屋不像北方那样红砖绿瓦、热闹非凡，总是清新寡淡的黑白二色，在雨水的冲刷下形成有梯度的灰色。唐彦在路上看到离大仓桥不远处有一处别墅，在灰白颜色中显得尤为突出，红色的、绿色的大色块装饰着精致的庭院，颇有唐代遗风。

二人顺着河边向上游前进，走了一个钟头才来到河流的大拐弯处，看到一片住宅群。陈彦豪正端着图不敢确定，唐彦一把抓过图往一旁的黄土坡跑去。原来这旁边有处小山，直勾勾地平地而起，像是被从哪里移过来的。唐彦爬到山顶，喘着粗气把图往面前一摆，下方河流如玉带般从青山间的缝隙中钻出来，从自己脚下绕到身后，整条河反射着耀眼的日光，这景观和图上一模一样。河流分出几条支流，每条支流两旁都是黑白色小房，像是将河岸描了边。他兴奋地对下方的陈彦豪比了大拇指。

走过一座小木桥，两人挨家挨户"搜索"起来。遇到往来的扛着农具的村民，两人便上前交流，几番沟通下来，得知村里没有上百岁的老人。

两人数了数，村落共有三十四户人家，其中二十余户都明显有人迹，门口晾晒着衣服和谷物等，因此他们首先将精力放在大门紧锁的八处宅子。接着，陈彦豪又排除掉五处，因为这五处宅子的门面富丽堂皇，而汪道贤一直借住在上海黄老板的宅邸，此处也不是汪道贤故乡，他不会选择在这里衣锦还乡。剩余的三处，院墙高筑，木门都脱了漆，透着一种神秘感。

还没等陈彦豪琢磨清楚如何"私闯民宅"，唐彦便三步并作两步蹿上院墙。陈彦豪暗自惊道："只知道好使，没想到这么好使。"

唐彦描述了一下院子的布局，听唐彦说院里的屏风上写着"财源广进"，陈彦豪便摇头认为不是。唐彦只能又跳下来，如法炮制翻到第三处房子上，他已经明显有点累，试了几次才扒住墙沿。唐彦只是和陈彦豪描述几句，陈彦豪便下意识判断出——就是这里！

唐彦翻身进去，掸掸身上蹭的灰，从里面打开门。陈彦豪怀着不安和激动的复杂心情走进去，怕这里不是，又怕这里真是。无论如何，他都希望阿祖依然在世，但这无异于是一种不切实际的幻想。

这是个约二十平方米的小院子，空空荡荡的院子中间是个废弃的养鱼池，往里是一座二层的小楼。整个院子里没有一处颜色和装饰，但也没有太多蛛网，像是有人来打扫过。奇怪的是，墙壁上有小朋友用粉笔画的涂鸦，最矮的地方是些圈圈线线，半人高的位置有人和动物的图案。右边的墙角处修了一处葡萄架，上面只有枯枝，架子下面放着个凳子，旁边的柜子堆着许多书和报纸，以前的主人似乎喜欢在这里阅读。

此时的阳光刚好适合阅读，陈彦豪便拿起旁边的一本书翻开，他觉得自己像被一道神秘的光线击中了，无法按捺住心中的激动和惊讶，手都抖了起来。这是一本手绘的解剖图谱，但字迹像是机器印刷的一般。再翻开一本，是一本药理笔记，画着无数的草药及其药理特性。又翻开一本，是一本关于寄生虫的英文书，书籍旁边，是一沓厚厚的申报，按时间顺序摞好，一九二八、一九二九……陈彦豪看着看着，感觉自己像是回到了一九四九年之前，和院子的主人坐在同一个位置，感受一样的阳光、一样的风。那个人摸着他的脑袋说："你来了。"

陈彦豪整个人被一种遥远的联结击中了，眼眶湿润了起来，甚至讲不出是激动或是感动。这种接触历史的感觉，不像是简单举起一块恐龙化石，而更像是站在兵马俑前，仔细观察，发现上面有一个小小的指纹，那是数千年前一个先人的痕迹。

这一切，居然，都是……真的？！

远远看着陈彦豪这种过于突兀的变化，唐彦没有讲话。半响，陈彦豪像是回过神来，他抹了抹湿润的眼睛，从包里掏出一个墨绿色的破旧本子，翻了翻，眼中闪过决绝的神情，嘴角轻轻上扬，掏出怀中早就准备好的打火机，点燃了笔记，扔在地上。唐彦在一旁莫名其妙地看着，陈彦豪却不为所动，任凭笔记在火光中翻腾。

幽蓝色的小火苗"咔咔嚓嚓"悲鸣着，跳跃在陈彦豪坚定的眼神中，像是两个老朋友在沉默中对视着告别。笔记陪伴了陈彦豪几个月的时间，教会了他很多关于医院、社会、人性的知识，加深了他对医学和这座城市的理解，陈彦豪发自内心地感激它。

虽然不知道赵步理为何要求他在阿祖的故居烧掉汪道贤的笔记，但从笔记中，陈彦豪隐约能感受到二人非比寻常的情感，以及阿祖对汪道贤人生轨迹的关键影响。

火光中，陈彦豪似乎回到了一九三二年上海暴发霍乱疫情的时候。当时，汪道贤试图采用北京协和医学院公共卫生教育先驱兰安生创立的"兰安生模式"，在上海建设护士联防队伍，每个队伍由十名护士组成，负责一定区域内的患者的隔离和疫情的预防。只是当时的卫生部门羸弱，只能由警卫局来强制进行隔离和联防，方式是可想而知的粗暴，连死者的尸体也不允许任意迁移，均由防疫委员会负责，保证"既染者得救，未染者知防"。这自然引起了当时上海居民的抗议和反对。眼看计划就要破产，阿祖在《申报》上刊登了一篇感人肺腑的文章，硬是帮助汪道贤稳住了舆论。上海民众开始自发配合抗疫，慢慢地，疫情缓解了，政府的英明形象也越发深入人心。如果说汪道贤是上海众合医院的"面子"，那阿祖姑娘必然是其良好的"里子"。

陈彦豪觉得这本笔记已经帮他够多，既然自己答应了，那么就如约烧掉它。

让我烧，我就烧！

火光越来越小，陈彦豪震惊地发现，笔记只是褪去了一层墨绿色的外壳，显得有些灰头土脸，并没有成为一团黑炭。陈彦豪不可置信地捡起仍在发烫的本子，打开笔记的外皮——里面竟完好无损！

什么？防火涂料？！

陈彦豪会心一笑。不知是私心作祟，还是感受到了冥冥中的天意，他突然生出一个想法：如果烧过就算是死过，那现在就算是涅槃，也许可以继续把汪道贤和阿祖的故事看完，说不定……

算起来，阿祖如果在民国十五年时应是十八岁，那么就是一九〇八年生人，今年是二〇〇九年，活到一百零一岁并非完全没有可能。也许阿祖搬家了，或者富裕了之后住进了什么豪宅，又或者出国了呢。如果真的能碰到阿祖，是不是可以问问她和汪道贤之间究竟发生了什么？陈彦豪越想越兴奋，恨不得今晚就赶紧读完笔记上所有的文字。

离开旧宅的时候，陈彦豪在墙角发现了一个盒子，里面有几颗药丸。它们明显已经干裂发硬，像石头一般，闻上去隐隐有股草药味。陈彦豪取了几颗药丸，又往包里装了一沓子《申报》带回去研究。

二人返回大仓桥的时候，已是黄昏。

唐彦带着疑惑，憋了一路也没好意思问。陈彦豪像是猜出了他的心思，便解释道，曾经有一个北京的医生交给他这份笔记，希望他交到一个叫阿祖的人手里，如果找不到这个人，就在她的坟前或者故居烧给她。

"笔记里有什么？"

"有很多民国时期军阀、政要、商界的机密，不过对于现在，它不过是一本日记故事。"

"难怪我总觉得你说话像个老妖怪一样。不过你说话的样子，跟我们公司的'胖经理'挺像的。"

唐彦去找厕所的时候，陈彦豪便一个人在大仓桥上静静看傍晚的日头在火烧云里洗澡。迟迟不见唐彦回来，他一转头，视线顺着大仓桥向一旁拾级而上，发现唐彦在那座有些唐代遗风的别墅门口。

陈彦豪走过去，发现唐彦正拿笔画这座房子的素描。

"嚯，你还有这手艺！"

唐彦讪笑道："我从小就喜欢建筑，也喜欢画画。但是考不上建筑系，家人又不想让我学美术，就只好画些自己喜欢的屋子。这个别墅我极为喜欢，就过来随便画两笔。"

两人正说着，别墅的门突然开了。一个头发花白的男人走了出来，他看起来五六十岁的样子，高个子，方脸，左眼角有一小块褐色的斑，一张脸不怒自威，挺拔的身体和刚毅的侧脸显得气度不凡。他穿着一身运动服，戴着跑步专用的防滑眼镜，像是要去跑步。

"你们是谁？来我这儿干什么？记者吗？"

陈彦豪立刻想起来了，他曾经在照片和报道中见过这个人，却从没见过他穿便装的样子。

这就是吴帆啊！那个掌握了肺移植资质命运的吴帆啊！他为什么会在这里？这是他家？他不是在浙江的医院吗？在上海有房产？陈彦豪心中立刻闪出无数个疑问，赶忙上前解释。

吴帆立刻退后几步，说道："你们想干什么？我报警了啊！"

陈彦豪这才注意到，自己和唐彦两人灰头土脸，拎着大包小包，在人家门口鬼鬼祟祟的样子，确实像两个流浪汉。

陈彦豪赶忙自报家门："我是江河团队的医生，来松江这边办事。"说着，他从包里掏出工作证件。

见吴帆放下一些防备，陈彦豪抓住机会，立马将医院筹备肺移植培训团队的决心和进展向吴帆和盘托出，希望能获得他的一些好感。

吴帆皱皱眉头。"怎么只有几个副主任医师和呼吸科医生，护士和麻醉医生都没有吗？"

陈彦豪赶忙解释："马上都有的，这些都不难。"

吴帆冷笑着摇摇头。"不难？最难的就是这些，你们还是太小看这件事情了。说实话，我对你们的江河主任印象非常不好，感觉他不是个踏踏实实干事的人，咋咋呼呼，不靠谱，干什么都凭想当然。手术其实不是难事，难的是团队的协作和配合，不然可能手术做完了人却活不了，既毁了器官又毁了病人。江河这人技术还过得去，但眼里没团队，这就不是肺移植团队带头人应该有的样子！"

面对吴帆犀利又刻薄的批评，陈彦豪连连点头承认错误："是我表达有误，只是说这几位队友都有意向，我们还在筛选。吴主任您放心，我们江主任来上海绝不是来玩玩的，是务必要将肺移植做成的，我也是专程从北京过来帮江主任把这件事做好的。"

听到这句话，吴帆的表情舒缓了一些，他点点头，又看向旁边的唐彦。唐彦被吴帆刚刚的样子吓到了，一直还没有主动介绍自己，便赶忙向前一步，介绍自己是新瑞基因的医药代表。

听到这里，吴帆多了一丝警觉，"你们这是做什么？你们到底是怎么知道这里的？"

眼见误会又要出现了，吴帆一定以为两人是专程来贿赂的，陈彦豪便强调了一遍两人只是来松江办事，从未知道吴帆的住处，也绝不会向他人告知。但是吴帆的眉头却皱得越来越紧，觉得这话里确实有了些威胁的味道。人与人之间如果没有信任，说什么都是错的。

吴帆打量一下两人，唐彦一身黑色背心短裤上浸了雪白的汗渍，陈彦豪则是蓬松的头发上沾了些枯枝，这两人在这荒郊野岭，在这松江城，能办什么事？

吴帆对二人下了逐客令。

"你们尽快离开吧，回去告诉江河，今年的学习班我只能接一个，十一月截止，目前已经有几个团队报名了，肯定会择优的。如果想做成的话，你们还要准备好ECMO[1]团队。"

"ECMO 团队？！"

陈彦豪心中暗自发火，这家伙怎么说变卦就变卦，坐地起价啊！七人团队已经让他焦头烂额了，哪里再寻一个 ECMO 团队去？他刚要顶嘴争辩一番，突然想起汪道贤起初做团队时的隐忍，只得立刻收拾好表情，点点头。

"没问题，谢谢吴主任，我们一定尽力而为。"

2

盲人按摩店里，陈彦豪在台子上哼唧了两声，从刚才的睡眠中醒了过来。在老板娘的印象里，这家伙之前来过几次，好像每次都是来睡觉的。

陈彦豪回想起刚才的梦境，觉得无比真实。在梦境中，他看到一个人，正背对着他在书桌上写字，落款处写着一九三七年十月十日。

那人在笔记上筹划着，将云南白药和盘尼西林这些物资，一部分交给国民党军队，一部分交给八路军。陈彦豪仿佛看到这个人打开了仓库，仓库里满满的都是储备药物，进口的、国产的比比皆是。那人对旁人说道："鸿铭，战争开始了，我们唯一比日本人有优势的，就是物资储备。十年前我们赢了那场官司，覆灭了龙虎仁丹，一鲸落，万物生。现在，我们把上海的药业垄断了，尽管你一直骂我奸商，但我还是扛下来了，这才有今天咱们中国自己的医院和药厂。"那人又和一个姑娘

---

[1] 体外膜肺氧合技术（extracorporeal membrane oxygenation, ECMO），是一种体外生命支持技术，能为急性严重心肺衰竭患者提供心肺支持。作为一种资源密集型治疗，ECMO 需要一个多学科团队的参与，通常由经验丰富的医疗专业人员组成，因此使用成本非常高。

说:"等战争结束,如果我们还都活着,就和鸿铭一起去我们的老地方,盖一个草堂,冬天看雪,夏天赏雨。那地方不如就叫作——'无名草堂'。"

陈彦豪醒过来,顿时觉得五味杂陈。当年的汪道贤,真的是一位理想主义的战士,他集全天下的资源于一身,但从未误入歧途,心里始终装着的都是国家和民族大义。后来这本笔记是由方鸿铭保管的吗?方鸿铭用笔记做了什么事情呢?

笔记中的秘密似乎不是当下最要紧的,陈彦豪一想到肺移植团队的组建还有许多人员没有到位,现在又要找 ECMO 团队,就头疼得要命。ECMO 团队供不应求,只有顶尖的机构才能培养出一个,难道院长会为了影子都看不见的肺移植,就去外面挖一个团队过来养着吗?

而且,近期科室的业绩也不容乐观。他本以为保持现状到年底,业绩的流水应该能增加 50%,但是没想到胸外一科竟然开始搞起了针对,在医院里不但逢课题便抢,逢经费便拿,就连手术台次也不放给胸外二科。病人来胸外二科手术,总是没有好的台次,便生出些怨言,一来二去,病人竟再次向胸外一科汇拢。哪怕是在熙熙攘攘的上海滩,患者也不是无限的,你多接一个,他可能就少接一个。

看到陈彦豪醒了,老板娘问道:"哟,你也是众合医院的呀。"

陈彦豪惊讶地发现自己兜里的胸卡被放到了脑袋旁边,便问:"您能看到?"

老板娘点点头。"能看到些光亮,但主要靠摸,之前也有客户的卡是这样子的。在医院当大夫好啊。"

"我觉得你们这儿比我们医院的推拿科还专业。"

"那肯定啊,推拿科那都是些什么人,他们按得好不好都有饭吃。医保能报销,你们觉得便宜,那里也不愁没人去,谁还肯好好给你用力气按?我们都是玩命按啊,还得跟客人聊天,按一会儿就直冒汗。"

陈彦豪知道,老板娘确实按得很卖力,经常按到后一半会开始打嗝。

"你们这里也算中医系统,以后没准儿国家就把你们收编到医院里了。"

"得了吧,我们才不算哩,盲人就只能干点儿这个,靠手吃饭。"

就在这时,小姑娘跑过来撒娇,"我考试考了全班第一名,妈妈给我买个新笔记本呗,旧的本子正面都记满了。"

"不行,本子反面还没用。"老板娘有点不悦。

"正面是记笔记的,反面是画画的,能不能再买一个,下次一定都记满。"小姑娘委屈的语气里带着哭腔。

老板娘从兜里摸出两块钱，小姑娘抽着鼻涕拿过钱就走了。

"哎，现在什么都死贵，上个学也不省心，一会儿要交这个赞助费，一会儿要买那个册子。我家那口子也是，天天往医院没完没了地送钱……"

老板娘说着，手上的力道不由自主地重了些。

"对了，我问问你，癌症到底过人不过人哪？"

陈彦豪知道"过人"指的就是传染，忙解释说癌症没有传染性。他转头问老板娘的丈夫是什么病。

老板娘看四下无人，思考再三，小声说了实情："下面那东西长了癌了。"她求陈彦豪不要向别人乱说，似乎很是难堪。

"睾丸癌？"

老板娘摇摇头。

"阴茎癌？"

老板娘让陈彦豪小点声，哭丧着脸道："这家伙以前看着还人模狗样的，没想到竟生这毛病。听说这毛病不干净！我才知道这家伙原来不是好人，肯定是到处去玩儿染来的！"

"现在呢？手术了吗？需要帮忙联系医生吗？"

老板娘摇摇头，一副无所谓的态度。"切了，找了一个齐大夫，说是什么专家。你说，这病是不是嫖来的？"

"这可真未必，得病的原因很多，性伴侣多只是其中一种可能性，你老公的包皮长不长，割没割过？"

老板娘翻了个白眼，说："长得都能织毛衣了。"

"包皮过长，里面积攒的包皮垢也会导致得病。"

"他天天喊，说他这辈子只跟过我，我没信他，难道真是冤枉那家伙了？"

"做手术切了多少？"

"发现得早，没有都切，切完还剩半个头。虽然大夫说他还能干那事，但他还是哭，说这辈子要当半个太监了。"

"那得化疗、放疗，这毛病好治，复发的少，治完就还是好人。"

"当真能活？他们都说得了癌就等死，早死晚死的事儿。那他能活这个数吗？"

老板娘大喜，用手指比了个"2"，陈彦豪否认了。老板娘又比了个"1"，陈彦豪笑笑说："虽然没看到病人的情况，但正常情况下有八九成的概率能活，存活率比肺癌、胃癌都高。"

老板娘仿佛找到了参考系，说道："我那二姑就是肺癌，十来年了，真的没事，我家男人这毛病原来比肺癌还好？"

"只好不坏。"

老板娘"唰"地流下泪来，一只手按摩，另一只手揉眼睛。陈彦豪感觉后背湿湿凉凉的。心想这盲人只是眼睛不行，但眼泪却一点不少，生活已经那么苦了，哭出来总是好的。

"你老公在哪儿？"

"怕传染给孩子，他去桥底下卷席子睡去了。"

"在化疗期间，最重要的就是营养和保持清洁，免得白细胞低的时候严重感染，快让他回家。这毛病隔三周输一两天化疗药就够，中间二十天都没事，别把自己当病人，正常生活，干点儿轻省的活儿就行。"

老板娘继续慢慢倾诉。其实她也心疼丈夫，天天都睡不着觉。丈夫不舍得去旅馆，就睡在桥洞底下，自己每天做好饭摸着路去桥底下送饭。丈夫怕传染，远远让她放下饭盒就回去，拿回来的饭盒用开水烫了再盛新饭。她的丈夫，眼睛是好的，模样也不错，就是小时候被车轱辘轧过，腿脚稍有点残疾。在外人看来，二人的结合其实算是她高攀了。现在她一个人带孩子，又要忙生意伺候人，还欠了亲戚朋友一屁股债。

"孩子学校要开家长会，我不想给孩子丢人，以前都叫她爸去，现在……"她再也忍不住，哭了起来。

陈彦豪赶忙坐起来，说："时间到了，别按了。早点儿让大哥回来，下次去众合医院泌尿科的时候，报'陈彦豪'的名字。我和他们打声招呼，床位上照顾一下，早点把放化疗做完，好好过日子。我们医院大夫都挺好的，放心吧！"

老板娘哭着道谢："小伙子你人真好，其实你们医院的大夫真的挺好的，对我们特别客气，也不嫌我们。上次来这儿按摩的那祖孙俩好像都是你们医院的，说是麻醉科的。那个女孩的外婆好像当年是什么麻醉的一把手，叫叶……叶什么来着。"

"叶新？！"

"是啊，她说她成宿睡不着觉，我就给她按摩，烤烤艾草。我寻思她们是做麻醉的，自己给自己麻醉了不就睡着了。她每周都来找我，我们确实治不了病，但能让人舒服点。"

"大姐,她下次来的时候,你能帮我给她一张纸条吗?"

老板娘不明所以地点点头。陈彦豪穿好鞋,走到前台,要了笔和纸,写下了几个字。旁边的小女孩正红着眼,撇着嘴,低头用橡皮擦笔记本上的字。陈彦豪留下一张红色钞票算作按摩的钱,又掏出五十块钱塞在小姑娘手里,对她眨眨眼睛。

他心想,她们按摩了我的心,谁来按摩她们的心呢?

3

傍晚,一处西郊别院。

几个头发或花白或稀少的人在争论着,一些年轻人围着观望。在正中间,有一个瘦瘦的小老太太,佝偻着背坐在红木椅子上。这位老人名叫叶新,曾经是上海众合医院麻醉科长达数十年的领头人,此时她八十岁上下,早已退休,但仍然目光如炬。她边喝茶边听台下的争论,偶尔会关心一下哪家医院的领导换了谁,之前的领导去哪儿高就了。

这处位于西郊的小院子,因为距离上海城区较远,所以并不算值钱,装修也只是平常,对于一个曾经叱咤上海麻醉界的领军人物来说,这样的房子有些普通了。不过,住在山脚下,旁边有河流和小森林,门前还有一片收拾得非常整洁的菜园,老太太倒也十分享受。

"胡主任,可能你们科已经很少自己看核磁片子了吧,叶主任这个核磁片子多少有点儿问题,你看下丘脑区。哦对,你们可能都不知道哪是下丘脑区了……"一个男人,主任模样,很热的天还穿着西装和皮鞋,傲慢地向对面一个相似岁数、穿着得体的女人讲。

被称作"胡主任"的女人不失礼貌地笑笑,说:"是啊,邱主任,我们精神科也只会看看报告,肯定是不会看片子的咯。还是你们神经内科的大夫牛咯,只管发现问题也不管解决问题!"

邱主任并没有理会她的阴阳怪气,单刀直入地说:"所以叶主任还是应该去我们科室住一住,把电解质、风湿免疫的指标都复查一下。另外,我们最近的科研成果之一就是肠道菌群在神经营养中的应用,所以调节肠道菌群也可能是个治疗方向。"

"叶主任已经去你那里住过两次了,还是没有什么结果,有没有一种可能,这就不是你们神经内科的病。"胡主任讲话有些娃娃音。

"叶主任不去我们那里，难不成关到你们精神病院里去？"

"精神科能治好病，神经内科能治好什么？要么不用治，要么治不好！"

胡主任眼看说不过，转身向叶新旁边的小姑娘说："赵敏老师，还是带叶老师去我们那里试试吧。我们最近引入了脑电的检测，可以做做睡眠监测，看看是不是睡眠节律的问题。另外，我们还成立了专门的睡眠中心，发现很多患者不是脑子的毛病，而是能通过调节生物钟的节律解决。叶主任如果到我们这里，肯定按照超级 VIP 照顾。"

被唤作"赵敏"的小姑娘只是礼貌地笑笑，不说话。她穿着黄色的短袖和短裤，短发很是干练，眉眼中有股子凌厉。

邱主任笑道："那不就是用安眠药吗？先用褪黑素，再用劳拉西泮，我们也会用。你们精神科难道当年没学吗，一切精神类疾病都要在排除了器质性疾病的基础上才能诊断。"

"现在明明没有器质性疾病的证据。你们神经内科、消化科、内分泌科、肾内科、呼吸科都查了一大圈了，不是什么问题都没有发现吗？"

"还没查完，怎么能说没有？"

"还有什么科你们没查，中医科吗？"

这时，管家前来和叶新小声耳语，叶新闻言，便懒散地打了个哈欠，和旁边的赵敏使了个眼色。

"今天就先到这里，各位主任上楼用餐吧，我外婆很感谢大家，说难得有点儿困意了，想先上去睡一会儿。"

几位主任面色略难看，礼节性地道别后离去。赵敏回到叶新的房间，正要询问她为何这么快下了逐客令，就看叶新正望着手里的一张纸条出神，上面写着——

芳华仁丹。

这时，敲门声响起，进来的正是陈彦豪，赵敏眼睛都瞪圆了。陈彦豪像老鼠见了猫一样，本来一副昂首挺胸的样子立马收敛了起来。

"你来这儿干什么？外婆，这是你找来的？你别信他呀，他满嘴没一句话是真的！"

听赵敏说叶新是她外婆，陈彦豪觉得医疗圈子真是太小，太容易冤家路窄了。

有一次，陈彦豪在手术室没带毛巾，就想要一身干净的刷手服当毛巾用，但门口的阿姨不情愿给他干净的衣服，他只好随口胡编了个理由说自己是麻醉科赵敏的男朋友，替她拿刷手服。之所以是赵敏，是因为他上一台手术就是赵敏做的麻醉，想着麻醉科一般地位高些，门口阿姨不敢得罪，果不其然，门口阿姨想都不想就拿了一套衣服给他。陈彦豪没多想，随意地点点头，拿起衣服就跑。本以为是件小事，没想到手术室立刻传得满城风雨，说麻醉科最泼辣的赵姑奶奶居然有了男朋友，而且就在这个医院，有人从阿姨的描述中猜了出来，就是陈彦豪！

赵敏到处寻他讨个说法，陈彦豪近期一直在外奔波杂事，绕着手术室走，才没有被她抓住。没想到，今天居然自投罗网！

"你还敢找上门来？！"

"赵老师你别急，上次的事是我不对，今天来是有正事……"

"你能有什么正事！"

"敏敏，先别无理。这位应该是陈先生吧，电话里不方便说，你能告诉我，你从哪里知道的这个东西吗？"说着，叶新打开纸条。

陈彦豪神秘地笑道："叶老师好，这是我从一本家书当中看到的，您小时候也见过汪先生吗？"陈彦豪这是第一次和人谈论起汪道贤，心情很是激动，希望在现实中找到汪道贤和阿祖遗留的痕迹。

"不认识，汪先生，汪什么？"

陈彦豪愣住了。

"我只记得我小时候睡不着觉，一睡觉就做噩梦，阿爸带我去药店求药，那时候药厂有一个叫蒋先生的，拿给我一个药丸，正是芳华仁丹，我吃了之后，马上就来了困意，特别安稳地睡了一觉。现在我老了，又犯了那个毛病，要么睡不着，要么半夜惊醒，所以你真有这个药吗？"

陈彦豪心里猜想，"蒋先生"定是汪道贤行走江湖用的化名。他尴尬地笑笑说："没有能吃的了，但是祖上还传下来一丸，您可以看看是不是这个味儿。"说着，他举起怀里用纸包住的一颗青黑色药丸，递给叶新。后者睁大眼睛，颤颤巍巍地接过来，用鼻子闻了闻。

旁边的赵敏看不下去了，说道："这黑不溜秋的药丸是什么东西？难不成是中药吗？"

陈彦豪无奈地点点头。赵敏被激怒了，像只被踩到了脚的鹌鹑一样跳起来。

"你是哪里的大夫？你到底认识不认识叶主任，我们怎么可能用中医？"

"怎么,'中医'在你家是敏感词吗?"

"废话啊,我们医学世家,我外婆,我爸爸妈妈姑姑姨夫一家子全是协和毕业的,你和我讲中医干啥?"

"怎么,协和的医院没有中医科?"

"你明知故问!协和有中医和我们信不信有关系吗?"

叶新缓缓睁开眼睛,眼神中透射出神采来,她按按手示意赵敏坐下。

"我这辈子麻倒的人,恐怕比你们两个小家伙见过的人都多哦。没想到自己现在睡不着了,果然大夫都要得自己科的毛病。这个药丸的味道,很奇怪……"

陈彦豪心想,坏了,莫非这个药不是芳华仁丹?

"我小时候吃的是金黄色的,你这个是黑色的。但奇怪的是,气味居然很像,这个味道我一辈子都不会忘,就是它!陈先生,如果你能做出它,我愿重金求购,决不食言。"

陈彦豪恍然大悟,想起《无名草堂》里的一段话:

"昔日,我于芳华仁丹处方内添一味药,乃自美利坚进口之咖啡因。其色遂由金变褐。芳华仁丹可醒脑,盖咖啡因之效,若无此药,不过安神药耳。"

陈彦豪连忙说道:"叶老师,我这个……是芳华仁丹的……半成品。"

"胡编乱造!把我外婆当傻子,小心吃不了兜着走!"赵敏没好气地说。

"不得无礼,陈先生这丸药虽不知道来历如何,但我信他。而且,我并非不愿用中药,只是作为西医,大家都默认我只能用西药。管他白猫黑猫,能抓到老鼠就是好猫啊!"

陈彦豪突然想起笔记上的另一句话:

"芳华仁丹有用乎?龙虎仁丹有用乎?无非人之欲望投射于幻想。异于鸿铭之手术刀,药可慰人心。"

看到赵敏用怀疑的眼神看着自己,陈彦豪说道:"我家长辈说,其实中药和西药没那么水火不容,医学不分中西,医生才分。中国人少有明确的信仰,但信天命,也就是'老天爷'。'老天爷'是中国最好的医学图腾,代表着天人合一,道法自然。是愚钝也好,是迷信也罢,至少它能安慰人心,虽然并不科学,但也算是一种活法。这活法未必就比浑身插着起搏器、气管插管和除颤仪的死法更低级。"

叶新拍着腿大喊:"正是,正是!蒋先生也是这么说的!一定是他了!"

听到这里,陈彦豪才放松下来,又追问了一句:"当年的蒋先生是不是问过你一句话，问你长大后想干什么？"

叶新突然激动得说不出话来，颤巍巍地站起身。

"是了！是了！我这辈子最大的遗憾，就是没有能够告诉蒋先生，我想成为的，就是他这样的医生，而且，我做到了！"

看着叶新老泪纵横的样子，陈彦豪深受触动，赶忙走上前，扶老人坐下。

"陈先生是蒋家的人吗？"

"我……姑且算是族人吧。"

"你刚才明明说的是汪先生！"赵敏立马发起攻击。

"你还说你们家不吃中药呢！"陈彦豪傲娇地还击，又挠挠下巴和叶新坦白，"可惜除了这丸化石一样的药，没别的库存了。"

"那你还说什么呀，骗人吗？！"

"行啦行啦……你们两个小家伙。陈先生你别见怪，我想你既然来了，也许还有别的办法？"

陈彦豪点点头说："药确实是没了，但方子我倒是碰巧有，得想个办法去煎药。"

赵敏马上跳出来。

"你又没有成品，又不会煎药，也不是学中医的，我们凭什么相信你啊？你随便找个阿猫阿狗给的方子就来骗我们，皇帝的新衣啊？"

陈彦豪没有管赵敏，只对叶新说："我确实没试过这个方子，也不懂中医，但……"

他郑重地许诺："我一定会把这个药尝试做出来，也会亲自帮您试吃。"

叶新认真地道了谢，收了情绪，平静地问道："所以价码是多少？"

"我不要钱。"

陈彦豪知道叶新是麻醉界的领军人物，虽然已经退休，但必定还有些盘根错节的关系。所以他向叶新提到江河团队要进行肺移植团队建设，需要麻醉科医生，又讲到自己被吴帆凭空刁难，需要再找一个ECMO团队。这两件事都和麻醉科关系最大，他希望叶新能出山帮个忙，兴许有希望搞来这些人。

叶新听了几句就知道了个大概，知道陈彦豪不为钱财而为团队，心里更是赞赏。她拉过他的手，喜爱之情溢于言表，一边的赵敏被气得眼歪口斜。

"吴帆那边我倒也熟络，他就是个认死理的人，你不必和他计较，这两件事我都可以帮你。"

第 7 章 医学不分中西，医生才分

"谢谢叶老师！药的事，我定当尽力！"

叶新笑着叹了口气道："无妨，告诉你的父母，我叶新感谢蒋先生当年的照顾，没有他，我也不会选择当医生。"

陈彦豪在叶新的起身相送下匆匆告辞了，他担心自己晚走一步就会被赵敏拦下生吞活剥。

夜深了，按摩店里，老板娘又在忙碌着，趴着的男人赤裸着上身，后背上有一些拔过罐的印子。男人让老板娘翻翻他的兜，老板娘随手一摸，竟摸出十几张红色的钞票。

老板娘惊讶道："哪来的？咱可不兴偷啊！"

男人笑了笑，"什么偷的，我借了一个老哥的三轮车，每天在地铁站拉人，还能捡捡那些白领手里的瓶子卖，一天不少挣。我想好了，早上晚上咱们店里生意也少，我就去拉活儿，还能多挣上一份钱。凑点钱就买辆自己的车，车钱半个月就能挣回来。"

老板娘一边哭，一边爆捶着男人的身体。男人憨厚地笑着说自己真的没碰过别人，老板娘笃定地点点头。

"你给我老实待着，好好治病！孩子考试拿第一了，明天你去给她开家长会！"

这时，小女孩冲进来说道："妈妈，我想让你去给我开家长会。学校人多，爸爸去了对身体不好！"

老板娘看了看男人，难为情地跟女孩解释："妈妈看不见，也不识字，脑子还不好使。"

"没事，我喜欢你给我开家长会。"

小女孩开心地挥舞着手里的笔记本，笔记里的每个字都踩着画被擦掉的痕迹。

第 8 章　医生和护士谁大？

"想做成事情，还是要进入体系内部，而不是在外面讲无效的程序正义。"

1

刘芳气喘吁吁地爬上三楼，她身材有些饱满甚至臃肿，里面吊带裙的带子在身上勒出了几条痕迹，外面套了一件淡蓝色的轻薄纱织披肩，背着一个朴素的女士提包，穿着凉鞋。她脸上化着全套妆容，棱角分明的线条在圆润的脸庞上勾勒出凌厉的眉形和鼻翼，使她在自己周围释放了一层有距离感的保护层，让人不想与之搭讪，下意识和她留出一米的安全距离。

上海众合医院手术室的护士长刘芳，今年三十八岁。她走进位于幼儿园三层的教导主任办公室，明显已经不是第一次来。

这里已经站了几个人，刘芳赶忙表示抱歉，然后没好气地看了一眼坐在小凳子上的瘦小女孩。小女孩对面坐着一个小男孩，他的眼睛显然没有消肿，睫毛上还挂着眼泪，脑门上也肿了两个包。

旁边蹲着的徐小敏正是小男孩的妈妈，她看到刘芳来了忙打招呼："姐，没事没事，我也是刚到，老师们都处理好了，敦敦没啥事，咱回去吧。"

刘芳闻言，转头便一把拎起小女孩，后者明显想哭，紧咬着嘴唇，浑身颤抖。旁边的老师赶忙来劝阻，小姑娘还是被刘芳拎到半空，头发都散乱了。刘芳歇斯底里的状态让旁边的敦敦都有些害怕。

"你说！你为什么打人？！"

小女孩名叫朵朵，她始终不说话，一副不认错的样子，眼泪刚出来就用手抹掉了，然后侧过头看向一旁，回避了刘芳凶狠的目光。

"我问你话呢！你这是第几次打人了？！你以后还上不上学了？！"说着，刘芳便扇了朵朵一巴掌。朵朵再也憋不住，哇一声哭出来，老师赶忙上去拦住。刘芳把她扔在后面哭，自己走到徐小敏和敦敦面前鞠躬道歉，表示让敦敦去众合医院的儿科检查检查，医药费她来出，又和几位老师承诺以后一定好好管教孩子。

"也别管教太严了，朵朵也没坏心，就是有点儿太好强了……"

一个老师面露难色地当着两位家长的面讲出了这次争斗的缘由。原来，小朋友们会在一起种小草，种子发芽之后，老师们就让同学们用小尺子测量小草的高度。结果敦敦的小苗稍微高上一些，朵朵的是第二高，于是她就用手偷偷去压敦敦种的苗苗，敦敦拦了一下，朵朵就急眼了，说自己的就是最高的，她推开敦敦，还在敦敦脑袋上补了两拳。

刘芳听了之后也是气血翻腾，强忍住脾气，连连道歉。徐小敏眼睛一转，拉着刘芳的手捏了捏，然后鞠躬和老师们告别。

"那个，我们都是在医院上班的，朵朵妈妈那边也特别忙，我们就先把孩子带回去了，给你们添麻烦了！"

说着，徐小敏接连扯了刘芳衣服几下，两人便领着孩子走了。

回去的时候是徐小敏开车，刘芳陪着两个孩子坐在后排。刘芳明显更亲近敦敦一些，而对于亲生女儿没有好脸色。敦敦似乎有些怕刘芳，倒不怕朵朵，两个孩子已经忘记了先前的矛盾，在车上玩闹起来。刘芳真的怕了，她还记得有一次别人拿了朵朵的东西，朵朵就抄起边上的杯子，趁那人蹲着玩的时候，静悄悄走过去朝人家后脑勺砸，幸亏及时被老师拦住了，不然后果真的不堪设想。她想着想着，人就呆住了，一副很失落的表情。

徐小敏从后视镜看了一眼，讲起吴侬软语来："哎哟，姐姐你别往心里去，小孩子哪有几个不皮的啦，越聪明越皮的。朵朵那么聪明，在他们班厉害得很，我听老师说朵朵都会背乘法口诀的，英文讲得也好。"

她夸归夸，心里还是有股子优越感，因为敦敦的存在，并没有给自己的生活带来很大压力，也不知道敦敦是因为管得少才乖，还是因为乖才管得少。

敦敦三岁就开始和徐小敏分床睡，那时徐小敏的妈妈还能从家里过来帮忙照看，做饭，收拾屋子。但敦敦四岁的时候，徐爸爸脑梗之后半身不遂，外加老年痴呆，徐妈妈只好回去照顾。徐小敏还有个弟弟，到现在没工作也没对象，跟爸妈住在一起，每天就在屋子里打游戏，也不管生病的徐爸爸。徐小敏气得说了他几顿，但没有改观，只好作罢。好在徐妈妈心里拎得清，说把房子留给弟弟，让徐小敏把自己的房子和钱都看好了，好好过日子。徐小敏虽然看起来冷漠，但每年也要给弟弟三四回钱，因为他总会找徐妈妈要。

刘芳忙叹气道："这孩子随我，要强，但是她又随她那个爸，急得很。"

朵朵听到爸爸，委屈地说了声想爸爸了，刘芳凶她："你想什么想，要他干什么？"

徐小敏赶忙打断道："朵朵妈，别当着孩子这么说，有话好好讲，总能好的。孩子啊，都是一阵一阵的，这一阵还什么都怕得要死，下一阵就天不怕地不怕。朵朵，以后玩的时候找比你大点儿的去玩，敦敦他小，也不懂事，你跟他玩没意思的！"

听到这话，刘芳才确定徐小敏心里还是有疙瘩的，但她也能理解。徐小敏生下孩子没多久，老公就车祸死掉了，为了孩子她什么都做得出，更何况别人在她宝贝儿子脸上下手了。此时的徐小敏在刘芳眼里更像一只独立养育幼崽的母狮子，她的笑里有一丝危险。

"听见了没有！你以后离敦敦远点！"说着，刘芳便从包里偷偷拿出一个厚厚的信封，放在身后的坐垫上。徐小敏眼睛向后视镜瞟了一下，没吱声。

"姐啊，我送你回家还是回医院哪？"

"回医院就行，我把孩子放办公室待一会儿，手术室全是事，我得回去处理一下。"

徐小敏声音放小了一些，试探着问道："刘老师，我听说肖飞现在去手术室当主任了，手术室主任也得听你的吗？"谈到工作的事，徐小敏特意换了称呼。

"手术室主任比我大，我现在也听肖主任的。"刚发生了这样的事，刘芳也不好意思像在医院里一样端着。

"哎，我也想见一眼肖主任呢，我虽然是做基因检测，但手里也有几个帮朋友代理的产品，刘老师要不帮我和肖主任提一嘴，我去拜访下？"

刘芳护士长的身份像是醒了过来，她紧闭着涂了明艳唇彩的嘴唇，眉眼低垂，思索了一番，低头看着孩子说："我其实和肖主任也不太说话，我怕我帮你捎个话，反而影响了你，那就不好了。"

徐小敏迎合两声，车好像开得更慢了，好在两个孩子互扮鬼脸的玩闹减轻了成年人间的些许尴尬。

徐小敏自从赞助胸外二科惹怒了肖飞后，就一直没机会接触到他，发消息打电话都得不到回复。她最近代理了几款产品，如果能像以前一样撬开肖飞这个关键节点，让手术室采购一批，今年的日子就好过太多了。老公死后，她发现那家伙生前居然欠了别人一大笔钱，她把家底掏空才还上。这好不容易缓过来，觉得收入还算不错，就又置办了个大一些的房子让孩子生活舒服些。现在失去了肖飞这条"大腿"，她恼怒陈彦豪忽悠自己，害得她被房贷和生活开销压得喘不过气。

她自然在意刘芳孩子欺负她的心肝宝贝，可奈何刘芳是手术室护士长，她不敢得罪，只能通过苦肉计试图获得些同情，没想到刘芳实在是拎得清，让她吃了闭门羹。

刘芳是把丈夫踢出家门的。她发现丈夫养小三，要求离婚，丈夫不同意，她便干脆房、车全都不要，只要求带走女儿，丈夫一家欢喜得很。刚离婚没多久，她的事业就腾飞了，一下子升了手术室护士长。她的脾气是出了名的不好，对护士十分严厉，也正因为如此，手术室几年都没有出现过落了钳子、切错了左右、输液输错的事故。

徐小敏自知与刘芳相比，她学历比不过，专业能力比不过，运气也比不过，顶多模样强点，会耍点嘴皮子。刘芳这个模样，不缺男人追。可惜，刘芳恨男人。

到了医院，刘芳带着孩子连道歉带告别，下车的时候探着脑袋和徐小敏说："后座上有点儿东西，是给敦敦检查用的，顺便买点儿好吃的。"

徐小敏着急地说"不要"，刘芳装作没听到，关上车门拉着孩子走了。徐小敏打开车门远远喊了声"护士长"，等刘芳走远了才钻进车门发动车子。她瞥了眼后座上的信封厚度，心想刘芳出手还算阔绰，缓解了一个月的燃眉之急，可这下个月的口粮呢？

敦敦在后座上玩着自己的手，沉浸在自己的世界，他永远乖巧得不用人管。过了一会儿，敦敦突然撒娇地说："妈妈，你今天真漂亮！"

徐小敏装作生气地骂了一句："小骗子，跟你爸一个德行！"说着，她又拨了肖飞的手机。

仍然是无人接听。

2

从叶新处回来后，陈彦豪一直在研究如何做出芳华仁丹。按照笔记的说法，芳华仁丹的配方是绝对保密的，日军间谍一直将夺取芳华仁丹配方及工艺作为主要目标，正是汪道贤和中共地下党合作才使它免于落入日军之手。

芳华仁丹最关键的五味药，分别由不同的药房保管，你不知道我的，我不知道你的，其制作工序按照采购、炮制、选配等步骤分解下去，制药工各司其职，互不通信，各岗位完成原药后，才按照汪道贤的总方操作，合成一味芳华仁丹。这并非汪道贤想要藏私，而是担心某一药房变节，令药方流入日本人之手。

笔记上虽然记载了全套配方，甚至还有工艺细节，但要制出来可不是件容易的事。

首先，原材料就是个难题。人参、鹿茸、灵芝就不必说了，更重要的是那些根本看不懂的东西，比如千里光、自然铜、骨碎补、绞股蓝、鹿角片、龟板胶、鬼箭羽、冬凌草、望江南、花蕊石、青礞石、虎杖、猫人参、赭石、磁石、珍珠母、徐长卿、紫贝齿、寒水石、木馒头、蜀羊泉、官桂、翻白草、全蝎……仅红蜻蜓一味辅药就难倒了他，他连红蜻蜓都没见过，更不知道去哪里捉。

其次，工艺上也很难达到要求。既然是丹药，那就要找到一个能"炼丹"的大师。笔记上记载，芳华仁丹总共含九十九道大工序、三百六十道小工序，经过四十九天才能炼制成功，这中间包含了煮、蒸、爆、土埋等工艺，还要通过银器升炼，运用烧炭法、火燔法、水浴法等工艺对药物进行炮制。陈彦豪咨询过众合医院中医科，那里只会煎制一些简单的汤药，将药方上不同的药物煮熟，再用一定的方式混合，这与笔记上所说的工艺要求相差甚远。虽然陈彦豪对这些讲究并不笃信，但药毕竟是给人吃的，自己也要试毒，如果不按配方，谁知道最后会搞出什么毒药。

虽然完成这个任务有可能帮他直接解决麻醉科医生和ECMO团队两个最大的难题，但他也只能先暂时搁置，因为这周末科室的大会就要举办了。他这段时间主要的工作就是联系酒店、看场地、联系会务公司以及与企业联系赞助费的落实和转账发票事宜，甚至详细到专家如何接送和安置，晚宴该邀请谁，什么人安排酒店单间，什么人只需要报销车马费……还好有圆圆帮助他，缓解了一些压力。在与医院行政有关的程序上，圆圆总能使出四两拨千斤的巧劲儿，比如跳过冗长的流程直接盖章、请领导前去发言等。

陈彦豪总是小看医政系统里面的雷区分布，常常碰壁。医务处、后勤保障处、教育处明面上归几个副院长分别负责，但实际都归孙问川统筹，而人事处、科研处、宣传处、院务办公室的权力在院长这边。孙问川和秦院长，谈不上谁的职权范围更大，一切取决于实事。几个科室的归属，其实也是相互制衡的结果，例如教育处是非常重要的部门，负责研究生分配。对于导师而言，多一个学生，就多了个几乎免费的最强战力，一个博士生在文章上的产能比五个毕业后的职工都要强。但是为了平衡资源，就不会允许有一方同时掌控教育处（人员分配）和科研处（经费分配）。所有部门里，只有组织处从来不是吃素的，它站在医院更上层的视角，自然都能看得清这些关系，因此它不归属于任何一个院长管辖。

　　进到手术室，陈彦豪三下五除二褪去全身汗湿的衣物，钻进一套合身的蓝色刷手服里，走到一个办公室门口敲门，看没人回应，他便在门口等候。陈彦豪记得上次找刘芳是因为护士绩效分配的事，当时他称是院办圆圆提出的建议，她果然就同意了。这个女人给他的印象很凶，好像她在看人时总会用仇恨的眼神。

　　刘芳刚走进病房楼，迎面就走来一个男人，她没有停下脚步，男人便满脸堆着笑，紧紧跟上。

　　"有事吗？"刘芳一脸嫌弃地问道。

　　男人赶忙递上一张准备好的名片，非常客气礼貌地半鞠躬。

　　刘芳看了一眼名片上的名字——李有才。

　　她用冷漠的语气讲道："我说了，我不感兴趣。"

　　说着，她把名片拍在男人身上。男人没接住，名片掉在了地上，他笨拙地弯腰捡了起来。

　　"护士长，我以前也是做医生的，但是我觉得做保险真的很适合你现在的生活状态。你人脉也足，转型起来并不困难，还可以兼顾家庭和工作，我是真的……"这个胖墩墩的男人穿着衬衫西服，在极热的天气依旧打着领带，腕上戴着一块看起来价值不菲的表，一本正经的形象让他的话显得十分正式而诚恳。

　　"请你不要再说话，否则我叫保安了！你以前也是医生，那就请你尊重我，也尊重你自己。"说着，刘芳便头也不回地走开了。

　　男人一脸笑呵呵地站在原地，所有的恶言恶语攻击在他身上就像陷入泥里一样，溅不起一个水花儿。刘芳的脸上也没有因此留下任何的痕迹，她大步流星地进了手术室，从门口阿姨的手里拿过专属的大号手术服，来到自己的办公室门口，看到了陈彦豪。

陈彦豪马上收敛了姿态，表明来意。

刘芳刷开门禁，命令道："单子呢？给我，在门口等着。"她正要进门，只见一个矮个子的小护士跑过来，还没站稳就开始小声抱怨起来，护士长听到是说肖飞坏话的，便指了指不远处的护士台，让她小点声。陈彦豪在一旁不敢说话，静静看着。

"肖飞到底要干什么嘛，他非要把江河的那把剪刀放在公用的剪刀库里，说进入手术室的器械，不管是医院的还是自己的，都是公用资源。我要是真把它拿给别人用，江河能没意见吗？如果坏了、丢了，或者想用的时候刚好没有消好毒，肯定还是骂咱们哪！"

刘芳指了指陈彦豪，"这剪刀不就是他们胸外二科的吗，问他咯，他说行就行。"

陈彦豪思索了一下说："可以，先放着吧。我去和江主任汇报，让他看情况来协调，就不给咱们老师添麻烦了。"

刘芳瞥了他一眼，点点头，给护士使了个眼色。等护士走开后，她推开门，用稍微缓和一些的语气唤道："你跟我进来吧。"

陈彦豪跟进办公室，见里面只有一张办公桌、一个书柜和一个小沙发，没有北京各科护士长标配的午休床，只有一点点化妆品的味道提示他这是个女人的办公室。

"单子给我。"

陈彦豪送上已经填好的手术直播文件，刘芳仔细检查之后，在几个地方适当做了些修改和补充，整个过程一句话没说，也没有一点表情。

"护士长，上次江主任说的事情，想问您这边有没有什么进展呢？"陈彦豪试图打破沉默。

"说了不行，调不开人。"刘芳冷漠地说了句，手上丝毫没停，非常仔细地检查着单子的明细。

"就分个护士跟我们去培训一下就好，至少……"

"不行，不要讲话。"

修改好，签好字，刘芳把单子推了过来。

"好了，拿去医务处备案就行，直播的时候最多只能进两个人调试设备，人要带给我看一眼，我不在的话找彭老师。"

刘芳示意陈彦豪离开，然而陈彦豪接过单子，又不知道从哪掏出一张日程表。

刘芳看了一眼，皱了皱眉，她在"主会场演讲嘉宾"栏里看到了自己的名字，前面的题目还空缺着。她纳闷，一般主会场都是留给重量级的嘉宾，比如各大医院的科主任或学科带头人，很少会请护理人员在主会场发言。整个名单中，和她并列的其他专家无一不是各地胸外科的领军人，这个安排让她感到意外。

"什么意思？"

陈彦豪笑了笑。

"没啥，就是江河主任想请您做上午的一个演讲嘉宾。他觉得护理，特别是手术室护理在胸外科患者快速康复的过程中价值很大，所以才让我来邀请您的。费用和其他专家一样，题目我们不管，您想讲啥告诉我就好。"

刘芳看了看单子，摇了摇头。

"不用，帮我谢谢你们江主任，我们护士都是配合医生的，上不了台面，别影响办会的质量。我们自己也办会，犯不上揉到一起去。"

陈彦豪摇头。

"怎么能说影响办会质量呢？只有您来了，质量才能上一层楼呢。我们需要点儿新鲜的内容，有价值的内容，护理就是有价值的内容！"

刘芳板起脸来。

"你们不需要用这种方式来逼我，我和你们江主任说了，调人去做肺移植的事我没办法协调，现在一个人都挪不开。你们要不就去找人事处招人，放在我这里定向给你们做肺移植。"

陈彦豪安静地等刘芳说完，又等了几秒，才开口。

"护士长您放心，如果我们就这么点儿出息，也不值得您花心思努力了。我们这次就是单纯邀请您参会，这和肺移植是两件独立的事情，毫无关系。这次邀请您，主要是我们定的主题比较特殊。"

"主题？"

"没错，我们定的主题叫作'回归本质，水准原点'。"

起初,陈彦豪和江河提出这个想法时，江河很震惊，上一个建议"回归医学本质"的人还是赵步理。江河是陈飞漱的徒弟，自然对老协和传统十分推崇，他的成长过程中也融入了和赵步理一样的"笔记教育"，虽然他从不拒绝新技术，甚至很推崇新技术，但他也认为新技术应该永远为人服务，而不是让人困在技术里。因此，对他来说，"回归本质，水准原点"这个主题实在太好了。

陈彦豪和刘芳说，在当下微创手术大行其道的环境下，他希望这一场会可以撇开那些陈词滥调，不要鼓吹医学不切实际的"伟大进步"，要着眼于患者的真实需求——什么该做，什么不该做，胸外科能解决什么问题，而不是宣扬"哪个术式在统计学上减少了几毫升出血"这种噱头。

陈彦豪似乎对刘芳的拒绝早有准备，掏出一张复印的老照片。照片上是一个全身穿着白衣的女子，胸前戴着一朵看不出颜色的花朵，一头乌黑浓密的秀发盘起来，头戴一顶一道杠的护士帽，面带笑容，稳重大气，手端一个证书卷筒，上面系了丝带。这张老照片的左侧，用毛笔小楷清晰地写着："兹有学生汪文娟，系江苏省吴县人，现年二十岁，品行端正，成绩优良，特此证明。"

"我查过，您是新中国成立以来这家医院最年轻的护士长，当然，一九四九年之前的几个护士长要更年轻。"

"这是汪老师啊！"

见刘芳认得，陈彦豪便得意地将照片递了过去。

"不知道您有没有听说过，上海众合医院刚刚成立的时候，其实是护士领导医生的。为什么我们管医疗叫作'care'（关怀），不叫'cure'（治愈）呢，因为护士才是始终接触病人、获取病人需求的人，只有少数需要手术和用药的人才接触医生。当年上海出现霍乱时，都是护士先去接诊，主导医疗行为的。"

陈彦豪向她提到一个叫作兰安生的人，是当时北京协和医科大学的一名教授，他认为医院工作的领袖应是护士，而不是穿着白大褂站在手术台前等待病人被抬上床的医生。

刘芳激动地点点头，她似乎很久没有与人进行这种讨论了。

"现在的护理模式其实不好，其实护士并不是天生就要服务于医生，就像是女人并不应当做男人的附庸，夫妻应当平等合作。这才是我们找您来发言的意义，换句话说，希望您来'震场子'，不是坐镇的镇，是震撼的震！"

陈彦豪也是学舌汪道贤的原话，《无名草堂》中写道——

"医护之交，似于夫妻。夫妻之交，始于情爱，耳鬓厮磨久之，而消弭于米盐，由此情趣之事变为权之倾轧。所谓长久之交，不过强弱进退磨合之态。妻子之歇斯底里未必癫狂，许是丈夫持久之暴力或冷落，护士之小题大做未必无理，许是医生之自私懒惰教人不可忍。"

陈彦豪对此深有体会，在北京时，血气（动脉血）都是护士采，而到了上海，血气就是医生采。没有永远和谐的医护关系，能不能营造出尊重和让步的氛围感，就看双方的造化了。

"好！演讲的事我同意了！"

"您放心，一码归一码，这件事和肺移植是两码事，我绝不会拿这个来谈条件，再提我是猪！"陈彦豪边说边笑，也把刘芳逗笑了。

刘芳知道肺移植这事确实不容易，各个科都在推诿，这正是体制内工作的特殊之处，做任何工作都很难，不过一旦将工作开展起来，稳定性也非常高。

"你就想，做一件事其实就是一个找到每个角色的需求，并且协调到各方满意的过程。都说体制内效率低，但很多民营医院高薪聘我，我都不去，因为我始终相信在中国想做成事情，还是要进入体系内部，而不是在外面讲无效的程序正义。"

陈彦豪赞同，说道："人终究是一种需要服从纪律的动物，干的事情越大，越需要严格的纪律。"

刘芳嘲笑陈彦豪说话像个老家伙。她想了想，在日程表上写了个题目，又看了看下方的手术演示安排，疑惑道："这次手术展示只让龙森浩和肖飞做？不让你们江河露两手？那这手术演示花的钱不是白花了吗？"

"水准原点嘛，不但要推护理，还要推年轻人，这是传统。"陈彦豪耸耸肩，"而且，肖飞做手术室主任，您作为手术室护士长，这关系也很奇怪。但俗话说得好，朋友的那啥就是那啥，那啥的那啥就是朋友，没错吧？"

看着陈彦豪故弄玄虚地嬉皮笑脸，刘芳又一个白眼飞了过去。

3

张利杰在病房住了几天了，他是个戴眼镜的斯文老人，每天早晨都会在病床上看报纸，下午三点午睡醒后，会自己泡一杯咖啡。他对护士也非常客气，甚至还会在其他患者从手术推车挪到病床上的时候主动搭把手。

他唯独对阿毛总是挑剔，会嫌弃他没有把检查安排得严丝合缝，多耽误了一天，会讽刺他抽血比护士抽血疼，甚至还会埋怨他没有把咖啡粉磨好等。阿毛也不解释，他明白自己在这位对全世界都温柔以待的老人眼里，做什么都是错的。

阿毛忙完病房的事儿就奔去手术室，在电梯里碰到了子浩。

子浩质疑陈彦豪和阿毛都是住院医生，凭什么陈彦豪刚回到临床就直接当主治医师来用,而阿毛却遥遥无期地做着住院医生,每天就是写病史、换药、扶镜子、办出院这些打杂的工作。

"江河有问过你晋升主治还差什么吗?"

"没有。我不着急,多学学没坏处。"

"我已经拿了院里的一个课题,要升主治了,你学历出身样样都比我好,咋混成这个样子,猪脑子啊。"

阿毛只能笑着承认,反夸子浩长得帅,能力强。

最近,陈彦豪回到了临床,学起手术来有模有样,即使不行也不逞强,会找龙森浩来帮忙,手术发生意外了也不妄自菲薄,而是和上级医生一起总结经验。他没事就去看龙森浩做手术,说龙森浩的手术才是精品,比江河心思更纯粹。

在阿毛心中,陈彦豪是一个让人嫉妒不起来的人。有时江河不知病人来历,就让陈彦豪先上台手术,但如果这个病人是其他住院医师谈来的,陈彦豪都会主动说清楚,不抢别人的手术机会。重要的是,陈彦豪来了几个月,大家伙儿的钱袋子明显鼓起来了,手术机会也多了。更何况,陈彦豪还要负责筹办学术会议,同样是一天二十四小时,他却过出了七十二小时的感觉来,阿毛打心眼儿里生出些佩服。

"你这怎么搞的,会不会啊?!哎!真的是!起开!"

阿毛呆站着,手里的一个手托被戴着豹纹框眼镜的护士一把拽走,他不好意思地笑着说:"我不太会拧这个。"

护士拉着脸,嘴里骂骂咧咧道:"自己的手术都不自己弄,还好意思让我帮你,你怎么不把工资给我呢?"

阿毛闻言便道歉,突然肩膀被后面的人一把捏住,他一转头,只见陈彦豪一脸怒气就冲了上去。

"摆体位本来就是要医生和护士配合的,不会怎么了?你教我们不行吗?好好说话不会吗?"

阿毛赶忙拉住陈彦豪。豹纹眼镜护士没好气地看了一眼两人,把已经被全麻的病人身上的固定带绑好,转身便吼。

"我哪没好好说话了!"

眼看两人马上就要干起架来,洗手护士方兰把豹纹眼镜护士拉走,阿毛也紧紧抱住陈彦豪。

阿毛把陈彦豪拉到一旁小声说:"咱们不是还要请手术室护士去做肺移植吗,

别得罪人家了。"他知道陈彦豪很少有脾气,这次也是为了自己。阿毛心里很暖,嘴上却说不在意,习惯了。

陈彦豪摆摆手说:"放心吧,脾气只是工具,不是结果。我们不与人交恶,但也不惯着她们。"

近期手术室的戾气很重。就像蛐蛐会因为一根狗尾巴草的挑逗而斗得你死我活——在空间狭小和资源有限的前提下,设置一个规则,生物就会为了资源战斗。手术室也是一样,自从肖飞担任了手术室主任这个凌驾于护士长之上的罕见职位之后,手术室就变了天。陈彦豪提出的按手术难度系数结算绩效的方式被废除了,现在,手术量和手术台次是重要的考核指标。因此,在眼科这种手术轻松的科室,护士赚得盆满钵满,工作热情空前高涨,即便是从早干到晚没人换班的护士也会说上一句:"不用人替!"反观胸外二科这种手术不知道做得多大、多久的科室,护士非常吃亏。但总体而言,两个月来医院整体的手术效率远超从前。

肖飞的改革让一些护士对他的好感幻灭了,认为他是个没人性的资本家,但也有更多的护士发自内心支持他,特别是方兰这种没后台、没背景的小护士。这是因为他发布了一个新规则:假如一天八小时班没有上够,就从年假里扣掉相应的时间,例如一天只上了三个小时班,年假就扣掉五个小时。这让无数的"方兰"欢欣鼓舞,让油滑的"老护士"们苦不堪言。陈兰对此倒并不感冒,因为她原本也不挑活儿。

在过去,"老护士"会提早探听出哪些房间的手术结束最快,所以经常能早早下班。方兰没得选,经常从早上七点干到夜里十一点,第二天早上七点又要上班,她的家比较远,大晚上回家也不安全,就蜷在值班室凳子上凑合一宿。以前,方兰只能忍受这种不公平,但现在,"老护士"们如果没把一天的班上满,年假就没得休,也就不再耍小心机。人总是越闲越懒、越忙越勤快的,总体来说,手术室的活力被激发出来,"老护士"们习惯了,也没那么爱抱怨。方兰倒是愿意主动帮她们加班,但性质就从以前的"被迫"转变为"尊老"的个人行为。对她来说,活少和钱多,总能占到一头。

方兰二十多岁了,之前那种上班的作息,一年到头都见不到几个男人。现在钱多了,时间也多了,性格偏内向又不爱说话的她也出去见了些男人,虽然还没有谈成,但起码有了希望。

戴豹纹眼镜的护士刚好就是一名"老护士",跟陈彦豪拌嘴之后,她找理由和旁边的陈兰换了房间,现在房间里又是熟悉的陈兰、方兰组合。陈兰问陈彦豪刚刚的情况,听到答复以后呵呵一笑,说年轻人好好干活,别置气。等陈彦豪与阿毛铺好手术巾上台的时候,陈兰也忙完了手里的活儿,唠起了家常。原来戴豹纹眼镜的护士以前工作特别卖力,人也和善,但在医院久了,人真的会变。她以前是个热心肠,但总是被人占便宜,想给医院做点事情,却发现哪里都是铁板一块。原本有热血、有雄心,但慢慢地,她也就疲倦了。

陈彦豪深以为然,肺移植事业的万里长征还没开始走,现在连人都凑不齐。他眼睛看着屏幕,越看越晕,扶镜子的阿毛永远不会把视野调整到操作的中心。

"喂,你干吗呢?这两天心不在焉的。"陈彦豪皱着眉头打量阿毛,"是不是……纵欲过度了?"

阿毛笑出声,一对眉眼弯弯的,微胖的脸上看不到一丝皱纹:"没有,最近太忙了。"

又过了一会儿,阿毛的大脑还是像掉线了一样,陈彦豪见提醒了几次都没好,干脆停下手里的工作让他调整。一来二去,阿毛不好意思耽搁时间,也就招了。

原来他女朋友的爸爸张利杰住院了,就住在胸外科。但他们家条件很好,"准岳父"有些瞧不上他。

陈彦豪大笑道:"怎么可能,你是个大医院的外科大夫,这么好的女婿谁会瞧不上?"

阿毛幽幽地嘟囔了句:"她爸是卫健委的……"

陈彦豪闭嘴了。

张利杰是卫健委的一个小科长,虽然仕途平平,没几年就要退休,这辈子也没什么大的建树,但在医疗系统里浸润多年,对医院的生态非常熟悉,自然知道医院里面的层级关系。阿毛在医生里确实只能算平凡,往好了说叫安于现状,往差了说就是缺乏拼劲和闯劲,更没有自己的一技之长,这样的医生在每个医院都有一大把。在蔡为民那个时代,医生少,竞争不激烈,现在每一届都有那么多博士毕业,学历在医院只是个入场券。因此,阿毛未来如果还是这样混日子,那一辈子也混不出个样子来。陈彦豪感慨,医生在普通人眼里有光鲜的滤镜,在上层管理部门眼里可能什么都算不上。

有一次,张利杰做饭的时候发现拿不动锅,没想到老婆居然觉得很轻,便觉得有些受挫。过了一阵子,他又觉得拎不动米,女儿却能轻易拎起来,更觉得自己不中用。后来，阿毛第一次上门拜访，第一句话就是："为什么叔叔眼皮抬不起来，是不是肌无力啊，要不要去查查？"他觉得未来女婿实在没情商，对阿毛生不出好感。

虽然嘴上不屑，但张利杰第二天就去检查了，果不其然，胸部CT发现一块肿物，应该就是胸腺瘤。因为打听到江河的手术很厉害，他便找阿毛帮忙联系，唯一的要求就是低调些，自己向单位只请了一周假，让阿毛务必帮他早些出院。

陈彦豪心中生出一计，结束掉眼下这台肺楔形切除术，提醒阿毛早点回到办公室，他脱下手术衣先走了。阿毛仔细地缝好皮，自己欣赏了一下，十分得意。还是医学生的时候，老师夸他的手有天赋，所以他没事就去练绣花、缝被子，有动物实验的机会都主动报名。他一直想象着有一天能够成为一名手术达人，只不过一直觉得抢机会太不符合他的风格，只希望顺其自然，先认真对待自己的每一次缝皮，以后一定有机会缝血管。他妥当地和师傅一起把病人搬运到转运床上，迈着外八字的步子走回办公室。

此时陈彦豪已经集结了副主任医师、住院医师、主治医师等包括蔡为民在内的七八个医生，阿毛皱着眉头张着嘴，陈彦豪笑着说："还愣着干什么，毛教授，带我们查个房呗！"

蔡为民小声嘀咕了一下，阿毛才恍然大悟。陈彦豪见他还有点担心，说道："放心，我见习的时候碰到纠纷，主治医师躲起来了，我就假装主治医师去调解，根本没人认得出来。你记住，后面跟的人越多，这大夫在病人眼里越牛，这是铁律。"

阿毛里面穿着刷手服，外面披着白大衣，胆怯地走出去，时不时回头看看后面跟的人，倍感压力。陈彦豪在后面侧着踢他一脚，让他端起架势来，他只好学着龙森浩和肖飞等人的样子，收起笑脸，换上一副生人勿近的冷漠假面。在陈彦豪"走快点，话少点"的小声提醒下，他像演员一样进入了角色，从一号床开始挨个查起，惯用的语言就是"挺好的？挺好，挺好"。有时，他会让患者咳嗽一下，然后看看患者引流瓶里还有没有漏气，这是胸外科查房的关键点。

很快就查到了张利杰的房间，他正在看报纸，见这么大一帮人走进病房来，便赶快收起报纸。阿毛按陈彦豪说的，从房间刚进门的病人开始查起。一些患者有问题反馈，比如疼、伤口换药、引流量多等，旁边管床的医生会站出来汇报几句，阿毛只是频频点头。众人走到张利杰病床旁的时候，陈彦豪主动汇报了检查结果。

"手术排得如何了？"阿毛问道。

"周五就手术。"回答的时候，陈彦豪用眼睛的余光看了一眼患者，果然一侧的眼皮有些耷拉，符合重症肌无力的表现。

"这个，多关照点儿，我家里人。"阿毛按照陈彦豪教给他的方式讲了台词。众人纷纷点头，簇拥阿毛走出屋子，留下张利杰独自迷惑。

旁边床的患者纷纷恭维。

"你这还认识大夫哪，关系挺硬哪！"

"大夫是你什么人？居然亲自关照。"

"一个亲戚。"张利杰支支吾吾地说。

"这么年轻有为的教授，该不会是女婿吧！"

他尴尬地点点头，应承着众人的奉承，脸上有了些笑意。

"这小子，看着有点儿模样……"

4

葛峰喜欢到松江钓鱼，坐在江边，看太阳从东方出来，从西方落下，便是惬意的一天。他爱钓鱼，也爱打高尔夫，都属于既不会伤害到做手术的手，也能和人约在一起聊工作的活动。

这爱好和胸外二科的人形成了明显的反差，江河喜欢骑自行车，一天能骑两百公里，龙森浩喜欢滑雪和拳击，似乎这两个人从来都没有担心手会折断，也没给手买个保险。

肖飞穿着一身运动装束跑来，叫了声"葛主任"。

葛峰举着鱼竿，没有回头看肖飞，像是知道他来了一样，竿顶上有个小铃铛，正微微地抖动着，像是有鱼在挑衅。

"这么快就跑完啦？年轻人有机会就多活动活动，看你也不谈个对象，我替你着急哪，介绍的那些你也看不上。"

"没有没有，葛主任，很感谢，但我现在想好好搞事业，不想分心。"

葛峰没有说话，像是在等待。肖飞瞬间领悟了，私下里叫"师父"才妥帖，问道："师父，钓几条了？"

"胸外二科那个会，我一直说不抢人家风头了，但孙问川非要让我顶上去，说咱们也是胸外科的一分子。也对，都是自家胸外科办的会，咱完全不出现，也不合适嘛！"

肖飞笑笑，说道："那些医药代表说他们愿意再多支持一份资源，让您也上去讲几个主题，主要是觉得您得给医院撑住台面。"

"所以我还得去参会，安排又得调了，愁死了！我那天得开三场会！"见肖飞不作声，葛峰接着说，"但我也想明白了，咱们不但要上，还必须把杆子给立正了，让他们知道谁才能代表众合医院胸外科！"

他把鱼竿猛地一拽，开始收线，不一会儿的工夫，一条小鱼就浮出水面，他笑着把小鱼从鱼钩上取下来，扔回水里。

"这鱼钩，是无损伤的。"

肖飞道："师父仁心仁义，胸外一科从一个小科室，现在做到业内一块牌子，包括我自己能有今天，都是师父您一手栽培起来的。"

葛峰把鱼饵上好，一个寸劲儿把鱼钩狠狠甩出去。

"我们不用抢人家的风头，就把咱们自己的讲好。上来进修的外地医生，是真的来看本领的。我打下的那些江山要让给你们，你们也得有本事才能拿。"

肖飞知道葛峰在暗指"飞刀据点"，自从江河抛弃"飞刀"，专心医院业务，做"飞刀"的机会就释放出来很多，葛峰也拿到一些。他附和道："没错，您看胸外二科那个手术，虽然猛，但是学不来。现在这个环境，风险又高又不赚钱，人家也就鼓鼓掌，不会真的请他回去'飞刀'。人家喜欢的，是咱们这种又快又麻利的。"

葛峰笑道："就让他们去讲他们的手术，咱们不跟他们比，咱们就讲射频消融，这个技术咱们做了有小一百例了吧，你把幻灯片好好做做，尽快交给我。"

肖飞痛快地应下来。

"对了，到时候你上去做手术演示，我不上去了。"葛峰说。

肖飞愣住了，有点不解。手术演示是一项勇敢者的游戏。演示得成功，四面八方的地方医院都会请他去"飞刀"。他知道，不是葛峰想通了给年轻人机会，是他自己怕。葛峰是最早把微创手术开展起来的，作为徒弟，肖飞一直是佩服师父的，特别是师父手上的悟性和条理性，完全不输给江河。可自从葛峰当上了科主任之后，就不想再在复杂手术上折腾了，反而觉得那些手术本不该做。

一个人只要有了更容易的选择，没有必要还在刀口上舔血。

"说来也怪，那个陈彦豪说会议的主题是回归传统，众合医院的传统就是支持年轻人，这小屁孩怎么知道众合医院这么多历史和八卦。"葛峰说道。

听到陈彦豪的名字，肖飞不由得有点厌恶，葛峰并未察觉，继续说："陈彦豪说，历史上的上海众合医院，宁可老人吃不上饭，也要支持年轻人。所以那小子就提议手术展示环节让两个科室各出一个副高，做个简单的手术。龙森浩那家伙手底下确实有点儿东西，但要是做常规手术，他未必比你强多少，所以我就要求找两个常规手术的病人，一方面不涉及手术难度越级，另一方面也是你走出去的机会。"

听到"未必比你强多少"的时候，肖飞心里有些不服，气血翻涌。对他来说，这确实是一次难得的机会。他也确实想成为"空中飞人"，而不是在众合医院这个说大不大说小不小的地方默默无闻。

"他们科出病人的话，万一出了个特别难的……"

看到肖飞突然不自信，葛峰点点头，说："陈彦豪那小子鬼心眼子很多，所以我要求他们把手术演示的患者拿出来一起讨论，把基本的资料过一过，也是对患者负责任。"

肖飞放心下来。

"陈彦豪那个家伙，确实很烦人。"他借机抛了一句。

"对，咱们有没有可能把他给弄过来呢？他的机灵劲儿要是放在咱们这儿，应该还挺好使，以后公司的事情可以都甩给他，你安心开刀就好了。"

肖飞一下子变了脸色，自嘲了句："外面的狼不如自家的狗吧。"

葛峰瞥了他一眼，眯着眼笑了笑。

"嗨，我就随口瞎说，我这边有你了，也不需要他。努力把你扶起来，我以后可以安心在松江退休钓鱼了。过阵子，我还要把你送出去，学习达·芬奇机器人，然后让孙院长批一台。你就带着人敞开了做手术。这个时候必须占先机！"

肖飞点点头，表情仍然很淡漠。

"你再跑会儿？"葛峰又拉上来一条小鱼，熟练地扔了回去。

肖飞会意道："好的，葛主任，我先去了。"

"哦对，"葛峰向后环顾了一下，见四下无人，一边给钩子上鱼饵一边讲，"你和公司的那些人熟，让他们帮忙把江河那些转账记录啥的，给咱留一份，有备无患嘛。听说陈彦豪那小子和公司的人走得特别近，肯定有问题。害人之心不可有，防人之心不可无，懂我意思吧？"

肖飞用手指了指自己的手机，说了句"放心吧"。见葛峰不再说话，便转身跑走了。

偌大的松江雕塑公园内，葛峰无数次地挥竿、提竿、扔掉小鱼，循环往复着，没人能见到他嘴角一丝若有似无的笑。旁边缓缓走来一个人，是冯公子，也拿了鱼竿。

"葛主任，你没事吧。"

"少安毋躁。"

第9章　高精尖还是大规模？

"只有披荆斩棘，刀口舔血，才有可能绝处逢生。"

1

酒店的大厅早就站着许多穿西装的人，他们是来自公司的医药代表，站在自家的展台前吆喝。这片展区设置在主会场门口的过道，所以专家们进入会场都会经过，展区根据公司赞助的金额不同，位置也会有所不同。如果展台中间传来一阵骚动，一定是来了位顶级学者，这时无数代表便围上去，为公司赢得一次刷脸的机会。

唐彦穿了一身宽松的西装，看起来更像是雇来的演员，而不像一个真正的医药代表。徐小敏则像蝴蝶一样辗转在一朵朵鲜花的雄蕊上，全身珠光宝气，散发着浓烈的香水味道。

唐彦发现陈彦豪现身之后，便紧紧跟了过去，逃避不擅长的迎来送往。

"小豪哥，有人要搞你啊！"

唐彦一副很急的表情，跟陈彦豪讲有人私下打听陈彦豪收钱的证据，甚至打探到唐彦这里来了，有些代表过来套他的话，想找陈彦豪的黑料。唐彦让陈彦豪一定小心一些，如果有什么把柄在谁那里，一定告诉他，自己块儿大，至少和人家讲理的时候有点威慑力。

陈彦豪让唐彦别急，自己心里已经有了盘算。唐彦见他眼睛眯了眯，心里突然觉得放松了些。

陈彦豪小声问唐彦："我这边交代给你的资源送得咋样了？"

"按你说的，点评嘉宾和大会主持都给了，专家也签好字了，晚上吃饭和活动的地点也讲了。除了有几个说晚上有事的，大多数人还是会去，名单马上发给你。"

陈彦豪说了句"辛苦"，感慨唐彦是个好帮手，这种事总是能细心地安排到位。晚宴安排在黄浦江边，离酒店有段距离，以免让其他人撞见会尴尬，显得厚此薄彼。陈彦豪拜托江河亲自给几个学科带头人打电话进行邀请，也把某个院士要来吃饭的消息和对方说清楚。毕竟谁请客不重要，吃什么也不重要，重要的是谁来。相比而言，上海的饭局既能熟络感情，又不会喝到太晚，兴许饭桌上还能定下些战略合作意向，因此大家倒也不排斥。

筹备了接近三个月的会议终于如期开始了。经过了第一轮、第二轮、第三轮的通知，到访人数着实不少。

今天下午算是会前会，正式的大会在明天，院长、院士和各专家的学术报告也在明天，其中也包括刘芳。会前会的重头戏是陈彦豪别出心裁设计的手术演示直播，一百多位来自二、三线城市或者县级医院的医生也对这个最感兴趣。当然，手术演示中大家最期待的不是谁的手术有多牛，而是看手术现场的"意料之外"。成功的手术千篇一律，出意外的手术才各有不同，如何处理事故和救场，才最能看出主刀的真功夫。

听说今天的主刀不是江河和葛峰，很多人失望了一下，毕竟很多传闻说葛峰手术一般，而江河却是有名的"一把刀"，也有人说虽然江河做得猛，但是论常规手术，葛峰做得又干净又漂亮，步步为营，比江河的更适合学习。虽然没有看到期待已久的"山河对决"，但大家的关注度并没有降低，因为出现意外的概率更高了。

演示手术前的准备期间，江河和葛峰按照约定各讲了一个专题。

江河讲的自然是疑难手术经验，台下的人大多都举着数码相机"咔咔"拍摄，不时发出由衷的赞叹声。

之后，葛峰上台讲述了胸外一科近半年来的射频消融技术，台下拍照的人更多了。

唐彦对陈彦豪小声挖苦道："这么简单的技术有啥好学的。"

陈彦豪摇摇头解释道："越是门槛高的技术，传播难度越大，当大家的接受度低时，它的合理性也会受到质疑。一群不会做疑难手术的人凑在一起，一定不会承认自己不行，而是会用一系列指南来证明：不是我不行，而是你本身就不该做。相反，一项容易习得的、经济效益高的技术，势必会成为市场的宠儿。射频消融技术刚开始发展，虽然有效性还有待证明，但它还是能解决一些问题的。"

看到陈彦豪对射频消融技术并不持否定态度，唐彦也仔细听起演讲。

葛峰讲完，陈彦豪不禁鼓掌，他发现自己小看葛峰了，葛峰并没有吹嘘自己的技术有多么复杂高深，而是从细节讲了射频消融技术的实际操作环节，这给人一种明确的信号：葛峰并不会藏技术，而是希望大家真的能学会技术，并且带回去开展。

江河虽然也是这样想，但他即使再努力表现出想教会大家的意图，也终究会给人一种炫技的优越感。

内行看门道，外行看热闹。当唐彦看着两个科室主任各自讲解的时候，陈彦豪已经根据葛峰所描述的内容，大致计算出了射频消融治疗技术涉及的人力消耗、床位周转、收费标准，与传统手术相比，射频消融技术的临床应用优势十分明显。他的佩服又加深了，葛峰真是将医疗生态看得十分通透的人，找到了医院、医生、患者共赢的平衡点。射频消融适用于有小结节，但身体状态又不太好的老年人，不仅与手术并不冲突，还是很好的补充。全国各地医院对这项技术的开展目前刚有如火如荼之势，而葛峰早早抢占了先机。射频消融未必能够明确到底是不是肺癌，却能烧掉一个结节，看起来意义有限，但总比冷冰冰的一句"回去观察"更能解除人的心病。陈彦豪明白，心病未必不是病，解决心病也未必是交智商税。方向比努力更重要，选中风口比精进技术更能快速产生回报，葛峰实在是体制内最好的"投资人"，而非只是外科医生。上海这座城市没有傻子，人们都懂得并非越高精尖的治疗就越有效，疑难复杂手术有精进的闯劲儿，简单处置也有退一步的从容。

正当台下观众热烈交流的时候，陈彦豪叫设备技术人员切换了视频信号。重头戏手术演示终于要开始了。两台手术同时进行，像是游戏比赛时的1比1对决，两个手术画面会分别显示在大屏幕的左、右两个分屏上，突出同台竞技的感觉。

此时，意料之外的事情发生了。

屏幕上只有一台手术，另一边显示未连接状态。所有人都能看到，一台手术的画面已经清晰地显示肺组织的结构，两把器械与电凝钩正在胸腔内肆意飞舞。

陈彦豪的表情僵住了。

"这动作，不是龙森浩啊！这是肖飞！龙森浩又干啥去了？！"

2

肖飞庆幸他在手术前重新读了一下片子。

明明说两台手术都属于常规手术,但他这一台的病人竟经历过化疗。化疗可能增加患者组织的水肿粘连,极大增加手术难度,这么重要的情况,在汇报病史时,住院医师居然丝毫没有提及。肖飞认为,这一定是胸外二科故意搞出来的,希望他出洋相。

"为什么这个桃子是白色的呀?"

当时他正在看片子,突然,有个小女孩从旁边钻出来,指着画面中的 CT 图像问道。肖飞从她的长相上,猜想这应当是护士长的女儿。小女孩朵朵直勾勾地盯着他笑,让他凭空生出了些好感,便唤她过来一起看片子。小姑娘蹦蹦跳跳着跑来,爬上他的腿,乖巧地坐在他怀里。肖飞饶有兴致地给朵朵讲起了片子。

"这不是桃子,这是人的心脏……"

朵朵听得入迷,听了一阵子后,居然能指出屏幕上的血管和气管。肖飞没教过孩子,却觉得朵朵比他教过的一些住院医师都聪明得多,他赞许地摸摸她的脑袋。朵朵欢喜得直抖身子,咯咯地笑,猛地在他胸前咬了一口。他痛得叫出声,险些把朵朵甩下去,赶忙一把抱住。

刘芳走了进来,看到朵朵坐在肖飞腿上,两人正在看片子,她惊讶地把朵朵抱走,笑着说:"你俩真是一个敢教,一个敢学。"肖飞向刘芳夸赞朵朵聪明,还指着片子问朵朵,心脏、血管、气管,她果然都认得。刘芳惊讶地和肖飞解释说,朵朵从不和任何陌生人亲近,见面就咬,没想到和肖飞如此投缘。肖飞捂住胸口的牙印,只说是缘分使然。

经过这个插曲,再加上隔壁手术叫了暂停,即便觉得自己被摆了一道,肖飞也觉得心情大好。先发者可以按照自己的节奏进行,这种不紧不慢的心态对手术来说尤为重要。不就是化疗后的病人吗?瞧不起谁呢?他腰板挺得笔直,隔着宽松的手术衣也能看出笔直的肩峰。正得意着,胸外一科的住院医师提醒他手术前做个气管镜确认一下,他觉得是在耽误时间,便拒绝了。

肖飞明白自己唯一要做的,就是当着一百多号人的面,展示一次右肺上叶切除手术,这对他来说不算什么,闭着眼睛都会做。他不需要做得太快,也不需要有什么神乎其神的操作,只需要展示出胸外一科手术"标准化""流程化"的特点。

这种操作才是很多进修医生最为推崇的，因为学得会，适于普及。

龙森浩，你就慢慢玩吧！

此时，隔壁的房间完全是另外一幅景象。

"我说不行就是不行！手术演示我也不管，这肯定不能开始手术！"

喊话的正是刘芳，她正一边骂着人，一边拨着电话。

"喂，我手术室刘芳。胸外科护士长吗？你们演示的这个患者，叫……张利杰，你们不知道他手上有金属戒指吗？手术前为什么不摘下来？哪个医生同意的……我不管哪个医生同意的，进手术室时身上不能有金属物品……什么？你不管？你们护士自己的问题也不管吗？出了问题谁负责？！"

对面把电话挂了，气得刘芳也摔下了电话。

"病人是谁推进来的？！"

方兰被吓得赶忙道歉，这时阿毛举起了手。

"是我求方兰推进来做的，她不好意思得罪我们，就让我们开始了。护士长，你别怪她，这患者是我一个熟人，所以我……"

"熟人？熟人更不能这么草率了！"

如果换作其他患者，阿毛必定站在墙角，不会像现在这样被夹在护士和患者中间。他有些无地自容，又不好躲起来，只好并着脚含胸站着，两只手攥在一起放在身前，像一只犯了错误的泰迪熊。

一个冷静的声音悠悠传来。

"是我要开始手术的，这不要紧，我不用电刀就是了。"

龙森浩一副无所谓的态度，让刘芳一下就炸了。

"你们说得好听哦！万一止不住血需要紧急开胸的时候你怎么办？你和江河说，这手术要么停，要么找家属过来签字把戒指给锯掉！"

阿毛解释道，在术前，他也曾经沟通过，可张利杰没同意。

当时，阿毛一看到张利杰就心里发怵，不知道怎么开口，好不容易暗示要摘掉戒指，张利杰便说这戒指是父母所传，曾保佑过他父亲在战场上平安归来，是万万不能摘的。得知会影响手术，他便不高兴地说："你们不会用别的办法解决吗？这么大的医院，这点儿事办不到？年轻人思想不要太僵化，要学会变通。"张利杰打电话问了一圈，回来便教育阿毛说其他医院都不用摘戒指，这流程有问题，还说医院不能总把自己方便放在第一位，而应该把人民群众的切身利益放在第一位。

阿毛觉得这堂思想教育课是在敲打他，一时间竟也妥协了，没想到还没有麻醉，就被护士长叫停了。

此时台上的张利杰戴着手术帽，身上盖着厚厚的被子，露出一个脑袋，一对眼睛咕噜噜地像追光灯一样，谁说话便把瞳孔对准谁。刘芳举起他的手，仔细查看戒指。这是一枚颜色有些斑驳的金色戒指，不知是锈迹还是掉漆，明显已经嵌到了肉里，远端指头的肉有些肿胀发紫，必定是先前尝试摘戒指时出现了血流不畅。

"老先生，你这个真的取不下来吗？"刘芳问道。

"能取倒是能取，但他们取了半天也没成功，手都肿了。也不早说哪，早说我昨晚就好好试试了，至于现在这么着急吗？"说罢，张利杰瞪了一眼阿毛。

阿毛低着头道歉："对不起，要不把这个锯了，我买一个更贵的赔给您……"众人也不知两人关系，只是惊讶这医生居然做到这个份儿上。

张利杰哼了一声道："这戒指现在哪里能买到！"

阿毛很是愧疚，他不知道戒指值多少钱，不管多少钱自己都愿意花，只希望手术不要被耽误。他跑出门给陈彦豪打了电话，简单讲明了情况后，只听陈彦豪回了句"马上去办"。

龙森浩从橡胶手套上剪下一片，努力把橡胶片从戒指中穿进去，起到隔离的效果。

"你看，这不就得了嘛，不接触就不会形成回路，造成烧伤了。"

刘芳正在准备润滑液，嘲讽道："说得简单，你能保证不变位置吗？而且，这手指头肿胀加剧了，以前就有戴戒指手术最后截掉手指头的，到时候谁负责？你们谁再给我叫下家属，家属不签同意书就没法锯戒指！"

龙森浩耸个肩膀说："我觉得没事的，戴了一辈子的戒指，万一家人很在乎咋办？"

刘芳像是被戳住痛处一般，骂道："什么叫家人，这和家人有什么关系？我妈手术的时候，玉手镯取不下来了，我立马拿锤子就给砸了。你是外科大夫，都不懂电外科安全吗？这种安全问题你们不在意，我们不能不在意！"

时间已经过去了半个小时，会场的屏幕上依然只有一个手术画面。肖飞灵活地操作着器械，他已经处理完了几支回升支血管，正在用器械商赞助的新款吻合器将血管一根根打断，动作流畅又轻松。

会场的人开始纷纷议论起来。

"这也太费钱了,我们都用线结扎。这么小的血管也用钉子,大医院真的是不差钱!"

"是大城市的患者不差钱吧!"

"丝线打结又慢,对技术的要求又高,一根线在计费的时候还不到一毛钱,也就我们这些医院还老老实实打结!"

可肖飞听不到这些讨论,即使听到了也不会在意,在他眼中,为了省几千块钱而让患者冒风险,是愚蠢的善良。胸外一科,历来不会吝惜钉子,在他们的认知中,安全第一,效率第一。技术的进步才带来医学的进步,天天抗拒新技术,跟原始人没有什么区别。

"怎么回事?需要我回去帮忙吗?"唐彦看信号一直没切过来,关切地问道。

"没事,一点小问题,护士长正在帮忙解决。"陈彦豪眯起眼睛,仿佛虽然发生了些事情,但一切还在他的掌握中。

主席台上的江河一言不发,不停地看手机。葛峰心情却很好,一边不痛不痒地批评肖飞的瑕疵,一边听着嘉宾对肖飞技艺的点评。

"葛主任讲射频消融的时候不藏私,教徒弟也不藏私,真的是细节见人品哪!"

"手术越是常规,越是能看出真功夫,化疗后的病人还能做得这么顺,肖主任手底下是有功夫的!"

"葛主任的要求也太高了!名师出高徒啊!"

龙森浩的手术间内,却是另一个画风。龙森浩搬了个小凳子坐在一边,乖巧地看着刘芳小心翼翼地取戒指。她细致地等待润滑剂渗入戒指与手指中间,虽然嘴上喊着要锯戒指,手底下却一点也没有放弃尝试的意思。

"你接着说,我还真挺感兴趣,还有什么不能做的?"龙森浩似乎早把手术演示忘得一干二净,像个小学生一样好奇地问个没完。

"你们到底有没有学过啊!真服了你们这些外科大夫,手术做得牛别的就不管了吗?!"她刻意强调了一下医生"手术做得牛",仿佛是说给张利杰听的,又继续说,"像什么假牙、起搏器之类的,都要在手术前拿掉或者处于关闭状态才行。还有些人的文身里面带汞,汞也是金属啊,所以有个家伙背后文了一条大青龙,手术后变成一条烤熟的大黑龙。真不是我吓你们,你们做这么多手术,再小的事故概率乘以足够大的数量,就都不是偶然,是必然!"

张利杰赶忙点点头,说自己早就让大夫把戒指摘掉,可大夫不听他的。刘芳心里赞叹，领导不愧是领导，一件事正着反着都能说。

刘芳每次快把戒指撸下来时，总是差上那么一点，张利杰也有些吃痛，但努力忍着。两个人一个像孕妇，一个像接生婆，这戒指的表现就像临盆的孩子已经露出了头，但身子就是出不来。

"以后碰到有戒指的患者，先找我们，别自己乱搞！"

陈兰见状也在一旁帮腔："对呀，护士长也是为你们好。手术是治病的，如果病治好了，手指头又没了，谁受得了？"

就在这时，门打开了，阿毛站在门口喊道："家属说了，可以锯！"

张利杰一脸不可置信，刚要坐起来，就被刘芳按了回去。

阿毛有些惭愧地说："问过家属，患者的老婆说，说……"他拨通电话，打开免提。张利杰抢过手机用上海话刚问了句"嗯？"，对面的上海话夹着脏话立刻骂了过来。

"你给我锯掉那没用的破玩意儿！安全要紧！要什么劳什子的破戒指，那玩意儿看着就难看，早想给你扔了！我跟你讲，你能有今天，都是我伺候出来的，不是那玩意儿保佑出来的！"

张利杰刚要辩解，对方一点不给机会，继续骂道："你赶紧把那破玩意儿锯了做手术！赶紧出院！你忘了你单位还有事吗！拎不拎得清啊你！"

张利杰被说得哑口无言，只听电话里的声音还是同一个人讲话，但是态度却发生了一百八十度的转变。

"大夫们哦，谢谢你们哦，帮我们老张好好做手术哦，那个戒指我说了可以锯，我和女儿都同意的，都签字的哦，谢谢你们！"

阿毛接回电话，说了声"谢谢阿姨"，正要挂电话，突然听到电话里传来另一个熟悉又温暖的声音。

"谢谢阿毛，爸爸就拜托给你们了哦！"

听到这话，阿毛郑重地回应了一声。他这阵子上上下下打了无数的招呼，甚至觉得即使是自己的父母生病，大概都不会尽心到这个份儿上。没想到还是发生了这个插曲，他觉得辜负了女友的信任。

阿毛之所以提议安排这台手术进行演示，也是因为相信龙森浩。他心里觉得龙森浩比江河更稳当，选择手术演示，就默认了是龙森浩主刀，避免了和江河解释的尴尬。阿毛对龙森浩有莫名的崇拜，他甚至不需要告诉龙森浩这个病人与自己的关系，因为龙森浩无论给谁做手术都会追求极致。他有些不好意思地回头看看张利杰，发现此时的准岳父居然和自己一个样子，像做错事的狗子一样，眼珠子一上一下躲闪着。

这时，刘芳用手指灵巧地攥着戒指不停旋转和扭动，戒指缓缓地在皮肤上以肉眼几乎不可见的速度移动着，像一只刚出生的蜗牛一般慢慢滑过了最大的指关节。张利杰大声地喊了声"哎哟"，戒指从手指上滑了出来。

"出来了！"几人不禁兴奋起来，刘芳不知是因为兴奋还是用力过度，脸都憋红了。

"我就说嘛，没有取不下来的戒指！下不为例！"

"干得漂亮啊！以后有东西我们早点儿找你帮忙。"龙森浩也追了句。

"什么叫早点儿找我？让你们护士长好好管管，摘好了再过来，把我当什么了！在我这里就不可能戴着东西做手术，我们护士不懂治病，但也要为患者负责呀！"

见龙森浩还要还嘴，刘芳把戒指直接摁到他手里。

"你还跟我犟什么犟！还记得你要手术演示的吗？"

龙森浩想起来了。没错，他确实忘了。

住院医师消毒完毕，铺上治疗巾，连上胸腔镜，设备人员第一时间把信号传了过去，直播大厅的屏幕上终于有了第二个手术画面。

江河压制住焦虑的心情，和龙森浩打了一声招呼。

龙森浩丝毫没感觉到所有人都在等他，无所谓地说了句："哦，江主任好，各位同道好，我们准备开始。"

他并不知道，对面那台手术开始了一个多小时了，大部分工作已经做完，只剩下一根血管和一根气管需要处理。

唐彦叹了口气说："太不公平了，那边都快结束了，葛主任都开始铺垫收场了，等肖飞结束，估计大厅的人就要走掉了。"

角落里的陈彦豪笑了笑，说："放轻松，好戏才刚刚开始呢。"

3

"什……什么？……完了？"

一个穿着短袖衬衫、皮鞋白袜的肥胖男人刚走回大厅，抬头一看，愣住了。

"龙森浩那边的信号怎么还没恢复啊！"

"开始又结束了，你亏大了啊老冯！叹为观止啊！"

肥胖男人听到手术已经结束，惊讶得脖子伸得老长，说道："不可能吧，我就去蹲了个坑，这才十五分钟？"

"对，十来分钟，一个废动作没有，超声刀都没用几下，钳子扒拉扒拉就全扒拉开了。真是开了眼了，真牛，我服了！"

肥胖男人赶忙坐下，急着问有没有手术回放，得到否定的答案之后，又急着问怎么来这边进修。

会场上掀起一波询问进修流程的小高潮。

葛峰本想说点什么，忍住了。江河也没说什么，这样的结果，说什么和不说什么，都不会带来任何改变。坐在下面的一百来号人都看过做手术，这种流畅度和熟练度意味着什么，不用说也知道。

"我就说吧，龙森浩这家伙的技术完全不在我之下了。"江河哈哈大笑，引得台下也是一阵爆笑，紧接着是一阵猛烈的掌声，一方面是给龙森浩，另一方面是给江河的气度。

反观另一边的屏幕上，肖飞已经卡在某个地方很久了。组织的水肿、粘连的确给手术带来了不小的难度，钳子从前面、后面都捅不过去，他窘迫的样子在大屏幕上一览无余。

江河下意识地发言："这个位置还没完全打开，有一层很韧的外膜，钳子没进到气管的间隙里去。瘤子侵犯得有点厉害，手术在腔镜下不太容易弄，不如开胸之后直接断了就完了。"

葛峰并不回应，甚至不知道自己该不该过去帮肖飞。他看着肖飞对助手的训斥和对护士的抱怨交替进行，台风荡然无存。

此时肖飞正用一把剪刀试图剪出一个间隙。直播镜头推得很近，剪刀柄上清晰地刻着"JH"两个字母，正是江河磨过的薄剪刀。这把"神刀"在肖飞手中并没有展现出神威，像一条鱼一样嘴巴张张合合，但就是咬不住组织，显得尤其笨拙。

"结束了吗？"

导播信号中传来龙森浩清亮质朴的声音，语气就像问"吃了吗"一样没有一丝情感，是龙森浩结束手术后来到了肖飞的手术间。

肖飞感觉如芒在背，更加专注地用直角钳掏气管，但因为找不到安全的操作界限，不敢贸然下手。

"嗯？这个病人气管看上去不太对啊。"

龙森浩没有看手术的进度，而是去看了片子，接着再三要求麻醉医生借他一根气管镜。麻醉医生不情愿地从仓库里找给他，他抹了点油，直接把气管镜从气管插管的地方放了下去。

"你暂时停几秒钟，我就看一眼，怕刺激气管的时候有咳嗽反射影响到你。"

"马上就好了，就差把气管掏出来了。"肖飞嫌弃地解释，像被侵占了地盘的雄狮，但看到龙森浩没有留给他商量的余地，而且已经把气管镜捅了进去，也只好停下来。

龙森浩仔细地看着气管镜，在一个地方停留了十几秒。

"啧啧……这个病人得做袖切[1]啊，上叶气管开口还是白的。之前做过气管镜没？"

台上住院医师支支吾吾的，想必是没有。

"下次这种偏中央型的肺癌，化疗后在病房可以不做气管镜，但手术中也必须看一眼，听到没？"

住院医师没说话，想起陈彦豪之前特别向他交代过，自己也已经提醒了，是肖飞自己不乐意听。毕竟是手术室主任，他也不敢得罪，只得自己背了锅。

葛峰反复看了看表，已经四点多了。

"这个得做开放式手术了吧，开胸做个袖切就好了。两个手术差别有点大啊，看来江河主任信任肖飞，给他安排了难些的手术，感谢江主任厚爱啊！"

江河懒得和他打哈哈，都是内行明眼人，这话说得明显输不起。

葛峰认定这是江河或者陈彦豪的故意安排，但觉得龙森浩也不能怎么样，如果开胸，没有胸腔镜的录像设备，手术直播也就停止了，算不上输。在其他人眼里，两人顶多算旗鼓相当，最多只能说手术难度不一样。

"这种手术，我反正还是老老实实开胸的，我看江主任你做袖切也是开胸的吧，如果强用微创去试，安全性和根治性没法保障。"

江河回应道："那可不一定，我做袖切确实只开胸，因为我觉得舒服，但是龙森浩要开胸还是微创，那是人家的本事。"说着，他便问龙森浩要不要开胸。

---

[1] 袖式肺叶切除术（也被称为袖状肺叶切除术、袖型肺叶切除术），简称：袖切。部分肺癌患者癌变位于一个肺叶内，但已侵及局部主支气管或中间支气管，为了保留正常的邻近肺叶，避免做一侧全肺切除术，可以切除病变的肺叶及一段受累的支气管，再吻合支气管上下切端，临床上称为支气管袖状肺叶切除术。

"为啥要开胸？"

龙森浩幽幽地飘来几个字。江河得意地瞄了葛峰一眼，仿佛龙森浩这句话打的不是自己的脸，而是葛峰的。

葛峰摇摇头，叹气道："年轻人有点冒险精神肯定是对的，但这种手术还要微创，牺牲安全性，本末倒置了啊。"

不只葛峰，场下的质疑声也此起彼伏，有人不断强调气管缝合张力过大容易出事故，还有人要求两位主任立刻回去救场。

龙森浩完全听不到场下的骚动，哪怕听到了，也会选择性耳聋。"来，我看看。"正在最后一次尝试的肖飞，不知是累了还是心气儿没了，竟然放下钳子退后半步，让龙森浩站到主刀位置。

龙森浩没有在肖飞卡住的地方做任何探索，而是直接把肺翻过来，从后面开始操作。他拿起分离钳在气管的后方简单扩充一下，拿起超声刀"嘀嘀嘀"地操作起来，这正是肖飞曾经想做但又不敢做的操作。

肖飞有点担心，随着龙森浩的超声刀不断激发声音，会不会突然有一股血柱爆裂出来。他甚至紧张地希望超声刀不要再前进了，眼看着高温就要把临近的动脉烧出一个大洞，这种感觉很像看别人的车冲向山崖，会不由自主地身子后倾，闭上眼睛。担忧的事并没有发生，他暗暗心里喊了声"胆子真大"。

龙森浩喊了声"剪刀"，肖飞下意识道："这里有江河那把剪刀。"觉得龙森浩也不一定搞得定，最后还是要江河开胸回来救场。

"那把剪刀居然在这儿，刚才想用还找不到哩。"龙森浩拿过剪刀，又摇摇头说，"不行，这把剪刀弧度不行。"

肖飞愣住了，弧度不行？

"差一点就不行了，我也不知道差在哪儿，反正就是不行。"

龙森浩并没有测量过，但经验已经让他形成了肌肉和意识的直觉，这种细微到极致的差别是肖飞从未想过的。

龙森浩拿着普通的组织剪，在最紧绷又最危险的大动脉旁轻轻剪了两下，气管和动脉之间的连接就像扣子被崩开一样，瞬间出现一个疏松的洞。

只有披荆斩棘，刀口舔血，才有可能绝处逢生。

肖飞明白，剩下的操作就不难了，龙森浩用剪刀剪的这几下，就像解数学题时画了一条优雅的辅助线。龙森浩用他最擅长的分离钳扒拉几下，抄起一把直角钳，滑进去，画一个圆弧，翻手腕，直到从视野中看到钳子的尖端顶着一个蝉翼般的薄膜，便毫不犹豫地直接顶出来，分离结束。

"牛，上缝合枪吧？"肖飞服气了，一点辩解的欲望都没有，文无第一，武无第二，输了就是输了。

"不上，这个要剪开缝。"

龙森浩用剪刀把气管的近端和远端剪开，就剩下一根孤零零的右肺尖前支动脉。他问护士患者已经用了几个钉子，护士说八个。他皱皱眉，摇摇头，要了一根4号线来结扎。几个流畅的动作后，用直角钳打了结。标本离体，他剪下一段切缘让护士送去冰冻病理，然后拿起一根几十块钱的 3-0 proline 线[1]，一端交给对面的助手，自己从另一端缝了起来。

在会场观看直播的人，看他一针针地缝，反应从开始的集体不屑，到吃惊，再到鸦雀无声。

葛峰借打电话的机会出去了。即使挑剔如葛峰，也找不到任何一个点来攻击。龙森浩每一次进针的位置和针距都恰到好处，而肖飞即使在开放手术下也未必比龙森浩缝得更好。

二十多分钟后，缝合结束，会场瞬间爆发出一阵掌声，江河掩饰不住地大笑。

"太牛了！龙森浩用腔镜缝合器比我用筷子都好。"

"这哪是腔镜缝合器，这就是个普通缝合器啊！"

"江河的手术我也看过，但我觉得龙森浩这手术比江河还稳啊！"

正当江河得意地听着下面的人夸赞龙森浩时，视频直播中传来消息，他听到手术室里之前送走的切缘标本病理结果回来了，是阳性！

整个直播间陷入了沉静，但是大家理解，这说明病变即使在化疗之后，还在向中央气管延伸。冰冻病理的价值正在于此，帮助医生及时了解患者情况，从而在手术过程中获得更满意的切除结果。如已经做好袖式切除手术，往往在术后采取补救放疗的方案，这是很多医院常见的做法，患者家属也能理解。但在手术演示中，最好还是多切一段，再重新吻合，只是要花上不短的时间。

龙森浩没有说话，淡定地用刀片划开缝线，又用剪刀在近端切下来一个环形圈，相当于又向根部多切除了一部分。

---

[1] proline 线，即为普理灵不可吸收缝合线。

"你多切一点吧，万一又是阳性，不是又要重新切除。"肖飞出主意道。

"不行，往中间切得越多，吻合气管的张力就越大，血运发生问题会影响愈合。"龙森浩冷漠地摇摇头。

在龙森浩眼里才没有什么手术演示，只有"怎么才是当下最优解"这一件事。第一次切缘阳性的情况时有发生，再来一次，一般就没什么问题了。

肖飞觉得龙森浩真是没脑子，明明是好意要帮他收场，嘴上嘟囔了一句："再切一点差不多了，再多切，接不上了。"

龙森浩随口说了句"不会接不上的"，便找地方坐下，开始闭目养神，竟然就真的坐着睡了过去，丝毫没有意识到台下还有一百多号人在看着他。

刘芳走进手术间，了解了情况，替换掉巡回护士。

病理结果需要等三十分钟，会场里的人也在这漫长的等待中度过，他们知道，这次结果无论如何，直播也要结束了，已经傍晚了。

报告又出来了，还是阳性！

陈彦豪暗示江河结束会议，因为晚上的应酬同样重要，争取盟友对科室肯定是有好处的。

"不好意思啊，我们在松翠楼准备了晚饭，咱们不等他们了，先去吧。"

手术室里，直播设备人员开始收拾东西准备撤退，只剩下几个人在痛苦地等待。肖飞又羞愧又无奈，自己开始的手术，虽然没搞砸，但也没成功，这时也不好意思离开，直到接到葛峰的电话，才咬咬牙下了台，表示还有事就先走了。龙森浩一脸无所谓，他亲手送了第三次切缘，脱了衣服走下台，找了个垫子，靠着墙闭着眼又不说话了。

阿毛送回张利杰之后也来到手术间，听闻整个过程之后，更是崇敬龙森浩，他替换了台上的住院医师，洗好手上了台。

刘芳看龙森浩的眼神也多了一丝欣赏。第二次送切缘的时候，她见识到龙森浩"切缘全送掉"的选择，好感抵消了金戒指事件引发的不悦。

"第三次还是阳性怎么办？"刘芳问道。

"继续再切一段，然后只能缝到隆突上去了。如果第四段还是阳性，就真的没有办法了。我看过这个人的肺功能，做右全肺切除还是不太好。"龙森浩被刘芳的问题叫醒了，淡定地回答。见有人问起手术，他便兴致大发，仔细解释了左全肺和右全肺切除的细微差异，也不管刘芳能不能听懂，只管自己说得爽。

手术室的电话铃声响起，刘芳接通电话后，眉心流露出不悦。

"我是手术室护士长，我们把切缘样本送过去你们就做，难道医生希望切缘阳性吗？你如果胆子大就直接报个切缘阴性，后面如果是阳性你自己出来负责任！"

龙森浩听见吓了一跳，感叹道："嘻，咋这么大火气。"

刘芳一个白眼过去。"我发火的时候你咋不这么说？"话虽不那么好听，但语气里有些上海话的婉转。

挂下电话，刘芳告诉了龙森浩结果——还是阳性。

"切缘三次阳性，我服了。"说罢，龙森浩又切下一块组织，让刘芳全部送去病理科。

所有人又一次进入了等待状态，助手饿到发呆，龙森浩在墙角闭目养神，而刘芳看着龙森浩，心里又多了几分欣赏。

"你们男人里，难得还有个靠谱的。"

龙森浩一副无奈的样子，回应道："和男人不男人有什么关系，是个大夫不就应该这么干啊。"

刘芳沉默不语。

第四次切缘的结果出来了……

终于，是阴性。

4

周六的会议如期召开，几个院士都来为江河站台，葛峰也只能充当配角，但令众人没想到的是，几个讲座里最受欢迎的，居然是一个来自护理人员的讲座。

刘芳回到家的时候，已将近晚上九点，刚一进门，就听到朵朵站在墙角背古诗的声音。"不敢高声语，恐惊……恐惊……"朵朵背着背着就卡壳了，急得要命，重复了几遍也没想起来，眼泪瞬间扑簌出来。家里请的小时工在旁边安慰着，看朵朵妈妈回来了，也不敢说啥。

刘芳让小时工下班，后者欲言又止，拍了拍朵朵的肩膀，道个再见就离去了。刘芳单膝跪在朵朵身旁，帮她顺了一句："恐惊……天上人，就是天上的人，比如神仙呀，玉皇大帝呀。"朵朵如释重负地点点头。

刘芳亲了一下朵朵的额头，紧紧抱住她，突然的亲密让朵朵有些闪避。刘芳发现自己这种抚慰反倒吓到她了,轻轻说:"没事,我们今天不背了,妈妈哄你睡觉好不好?"

"好……"朵朵颤抖着大哭起来,像小树袋熊一般挂在刘芳身上,委屈和欣慰同时涌上来。刘芳笑着把她抱到床上,轻轻拍抚着。

"妈妈,我还能去医院见那个电脑叔叔吗?"

"电脑叔叔?"刘芳刚要问,便明白了,"是肖飞叔叔吧?"

"就是那个高高的,抱着我看肺的叔叔。"朵朵说完,便磨着刘芳给她讲"电脑叔叔"的故事。

刘芳一手抱着朵朵,望着天花板,娓娓道来。

"这个叔叔叫肖飞,现在是妈妈的领导,但比妈妈小两岁。刚进医院的时候,他还是个小不点儿,在医学院里的成绩是他们班的第一名。有人说,成绩好的人进了临床有可能也是高分低能。可是他进了临床之后就整天泡在医院,问诊不熟练就一个劲儿地问,查体不熟练就一个劲儿地查。那时的妈妈在手术室当护士,肖飞无论多晚的手术都会干到最后,从来不拈轻怕重。不到一年下来,在中期评定的时候,他又是第一名,大家这才服气了。他的眼睛里有一股劲儿,只要想干,就必须干好。事实证明,他只要想干,确实没有干不成的。就这样,肖飞要毕业了,所有科室的主任都在抢他,但他最终选择了胸外科。当时所有人都觉得肖飞选错了,可几年过去,肺结节患者越来越多,证明了他的判断。但是啊,他现在越来越自负,什么建议都听不进去了……"

转头,朵朵已经睡着了,她便轻轻走去洗漱。镜子中的自己,虽然年龄的气息是掩盖不住的,但显得尤为自信从容,嘴角到现在都挂着笑,她甚至不记得以前为什么每天都有发不完的脾气。

就在今天,令她没有想到的是,自己临时兴起准备的"电外科"内容会这么受欢迎,各家医院的护士长都发来祝贺和赞美。自己下面的护士对自己也有了更多笑脸,不像之前肖飞空降手术室主任的时候,看她都是一副幸灾乐祸的样子。作为领导的自己在业内名气越大,她们的腰杆也会越直。她不得不承认,这次她欠了胸外二科一个很大的人情。

她想起龙森浩的话,确实,干得好不好和男人不男人有什么关系?回想起和前夫的往事,简直是一场噩梦,那是一个只顾着自己快活、眼里永远没有家庭的无能男人,把一切失败都归结于妻子没有给他足够的支持。刘芳想了想,自己为何要因为一个男人就否定全天下的男人。不是所有男人都像前夫一样无能且自私。

一直以来，刘芳反复强调干活只有好与不好，没有男人和女人。正是因为够"泼辣"，比男人还强硬，她才当得了护士长，镇得住这么多女人。而肖飞的到来，正是给她的一记重击，让她失望地认为医院还是认为男人比女人更适合做领导者。

她隐隐希望自己手下的女护士不仅要和男人平起平坐，还要比男人更强。曾有个叫唐彦的小伙子在她手下当护士，身体好，又肯吃苦，但她不愿意重用，最后人家走掉了。现在想想，如果自己能抛弃男女有别的观念，也许手术室会更强吧。男女有别的"别"，应该指的是差异或者不同，而不代表强弱，应该合作，而不是竞争。她碰到龙森浩后才发现，龙森浩根本不管别人是男是女，考量的是能不能把事情做好。所以刘芳意识到是自己在认知上刻意强调了对立，而不是互补和配合。

一想到龙森浩一次又一次送切缘，一次又一次缝气管，她被这种执着和认真打动，她心里一块坚固的铁板松动了。她又想到陈彦豪和她讲的"兰安生"精神，突然觉得胸外二科这种尊重护士，也把护士当作实力相当的伙伴一样认真看待的团队，她理应给予支持。最近，陈兰和方兰二人一直在做胸外二科的手术，刘芳原本觉得胸外二科太累了，想让所有人轮着去，但二人却乐在其中。昨天的手术演示之后，胸外二科在全医院都像是封了神一般，医院里到处都在聊手术演示中龙森浩的执着。

一天，刘芳告诉陈彦豪，方兰想去肺移植团队，这可把陈彦豪兴奋坏了。但是刘芳也强调，如果方兰去做肺移植，胸外二科在待遇上必须对她好点。陈彦豪开玩笑说，保证不但待遇好，连对象也给她解决了。

接着，陈彦豪居然问她医院里有谁懂得做中药丸，刘芳告诉他，呼吸科的陈平爸妈家里就是开中药房的。陈彦豪听了之后更兴奋了。她越来越搞不懂陈彦豪在做什么，但她下意识觉得，这家伙能成事！

看着熟睡的朵朵，刘芳的眼神里流露出一丝温柔。她听着窗外的蝉声，望着小窗户外的月亮，享受此刻难得的静谧。

女人啊，始终是女人，有这个性别特有的敏感和细腻。护士，始终是护士，有这个岗位必需的严谨和温柔。妈妈，始终是妈妈，是孩子的老师，更是孩子的依靠。过于强调"平等"，其实是放弃了自己作为女性最大的优势。也许，自己的生活，未必要永远拒绝男人……

与此同时，城市的另一个角落。肖飞猛地把门摔上离开了，只留徐小敏在床上不知所措。

这是她第一次，也是唯一一次，看到肖飞硬不起来了。她以为是肖飞倦了，便安慰几句，可肖飞却像被羞辱了一样，愤怒地穿起衣服走了。

徐小敏得知肖飞今天心情不好，好不容易成功联系上他，喜出望外地觉得自己抓住了机遇，没想到肖飞却……

或许肖飞是真的累了。但如何才能找到下一次机会，他什么时候还会找上自己，还会不会找自己？徐小敏突然心生一计。

我们仨

民国十五年，八月十二日

"鸿铭，这边有领导的各种喜好，你看一下，到时候你需要什么我们便去找他！"

"放屁！"

"鸿铭，商界的线我铺好了，只要你帮李老板推荐一下他的这个药……"

"放屁！"

"鸿铭啊鸿铭，王总司的女儿想请你帮忙看下发热，你就去一下！"

"放屁！"

"鸿铭我送你的王八……"

"吃了。"

"……"

我和鸿铭刚刚相遇，就在湖边碰到了阿祖，于是我们三人就聊起了天。阿祖从来不知我和鸿铭的聊天都是这个风格，开始的时候还想劝架，后来就一个人不停地笑。

阿祖不知道是谁家的姑娘，今年十八岁，入职了《申报》当实习记者，最近在做的调查就是关于中日仁丹之争的，所以才会到百乐门采访些素材，希望查到龙虎仁丹里的秘密去揭发。我知她是初生牛犊，所以我必须帮她一把，不然她很快就会成为上海滩码头上一具再普通不过的无名浮尸。

我们仨，一个是刚刚因所谓的医疗事故被停职的医生，一个是刚刚进入社会不谙世事的少女，一个是满身铜臭的商人。聊到最后，因着酒精的作用，鸿铭也放声唱起了歌，阿祖居然跳起了舞。这便是我们仨的第一次聚会。

民国十五年，八月十五日

　　有人落水，我因水性好，把人救了上来，鸿铭和我二人立马展开救治，大娘苏醒后，鸿铭发现她有杵状指，提示肺病，这大娘是我们青帮里一个黄包车夫的老婆，所以拉来了我的医院。

　　北平的官司使鸿铭整个人很涣散，据说是给一个大人物做手术，出了点问题。大人物倒没说什么，还帮他打圆场，可北平的新闻报社却不放过他。我看他消沉得很，便让他为那个大娘做肺手术，最终确诊为肺结核病，根除了结核瘤。

民国十五年，八月十八日

　　大娘康复后，许多黄包车夫带人前来我的医院就诊，一传十，十传百，医院门庭若市，鸿铭乐此不疲。我偷偷规定，以后每拉一人到医院，给车夫车马费三银圆。

　　任何形式的口碑传播，都离不开实打实的疗效，我之前总希望以派发传单的形式进行，效果不佳。最终我发现，那些底层的员工不容忽视，如他们认可医院，则大众认可；如他们嫌弃，则大众嫌弃。

　　"我们的医院，从民众中来，也服务于民众。"

民国十五年，八月二十九日

　　我们仨，真快乐啊。今日三人结伴去泛舟，鸿铭即将北上，依依惜别，也祝愿阿祖明年成功考入北京大学，届时由鸿铭代为照顾。

　　我与鸿铭之所以是难兄难弟，是因为我二人父辈皆因相似的命运被倾轧。他父亲因中医行医被殴致死，而我父母则在西方医学传播过程中被异徒杀害。鸿铭此时因为手术失误暂时离开，我却因自己不可告人的原因，彻底放弃行医。在这个时代无论是行医，还是如我这样的医务生意人，多少都有点救国情怀。

　　如果说我不撞南墙不回头的性子随父亲，那么我一切温柔的品性都遗传自母亲。我五六岁时，父亲在教堂中进行一些创口清理等的工作，而母亲就趁病患住院的时候为他们护理身体，每日早上和晚上，都会为病人读福音。开始时，病患经常抗拒，但是听上几天之后，会如同听故事一样问后来怎样了。小小的我虽然顽劣，但也会在一早一晚搬板凳坐在台阶上安静地听。

可惜那时候的国人无法接受自己的孩子被送到教堂这样的私密空间内。一天，有人举报教堂里有个秘密的手术室，会把人的器官摘出来拿回西方去卖，还有人提出了更可怕的想法，说这是"采生折割"，把小孩子泡在罐子里进行神秘的仪式和诅咒。但那个时候的我完全不懂，我只知道他们带走了父母，那是我最后一次见他们。

国人之愚昧，令我无数次为父母的献身感到不值。可他们的献身又不是以回报为目的的，他们是为了信仰。我有时会嫉妒，母亲会撇下我给生病的孩子读福音，她说这些没有父母的孩子，也希望和我一样被疼爱。那时我便知道，当医学有了缘由，才是意义，而当医学成了单纯的科学，就将剥夺我们内在的灵性。中国人许是不需要来自西方的"缘由"，但属于国人自己的"缘由"又是什么呢？

就在今天，阿祖给了我和鸿铭一个答案。她说中国人不需要医学中的科学，但医学，可以做中国人的"老天爷"。鸿铭用手术刀做中国人的"老天爷"，阿祖用文字做中国人的"老天爷"，而我，是用钱做中国人的"老天爷"。

民国十五年，八月三十日

我刚刚把阿祖送回住处，她便用一场惊悚的表演演绎了中国人离不开"老天爷"。

当阿祖今天再次出现在百乐门的时候，我以为她又是来做采访的。近期百乐门也陆续有顾客染上虎列拉，但是来人仍是络绎不绝。警局的朋友告诉我，最近感染的人数太多了，一片片的人死去，我的那些诊所也都关闭了，员工一个接一个倒下。今年的虎列拉，比民国八年有过之而无不及。

日本人的龙虎仁丹这段时间卖得很好，他们宣传，所谓虎列拉是贫民的毛病。因为贫民吃不上龙虎仁丹，所以缺乏必要的维生素，没有了免疫力，还抓住一个吃芳华仁丹染上虎列拉的人大做文章。

整个上海都在不可控地进入一场巨大的瘟疫之中，我深知，这场瘟疫将不论富贵与贫贱地杀死所有人。这时丢掉生意无所谓，但我们现在需要的不是吃药，是隔离！

我想尽了办法也没法让他们理解"传染病"这个概念，每当我们一开口讲"菌"，就会有人笑我们被洋鬼子骗了！我尝试采用兰安生兄的防疫理念，也召集了护理团队。可无人响应，人们看不见菌，便认为菌不存在，认为虎列拉是人做了坏事，老天爷降下的责罚。

今天，阿祖在这么热的天气里，居然穿着白色的貂皮大衣出现在百乐门，留一根貂尾甩在身后，脸上也涂着浓厚的妆，完全脱去了学生的稚气，成了当晚不输红玫瑰的艳丽存在。

她学着红玫瑰的样子走上台，在大家以为今晚上了新节目的时候，她突然倒在地上，翻着白眼，口吐白沫。我紧张得心跳都要停了，她居然自己又站了起来，眼睛里放着邪魅的光。

直到顾客当中有人提到"胡门"的时候，我才猛地意识到有什么不对。

顾客中越来越多的人大喊："胡门，胡门，拿法了！"

这时阿祖对着麦克风，用一种我从没听过的声调邪魅地笑着，这个声音挠得我心里发痒发慌，甚至后背都冒起汗来。

"本仙家在環牙洞府修行一千五百年，已可位列仙班，实在感慨人间疾苦，感叹人之愚钝，因小姐虔诚求解，特来助你们一程，还人间当年对本仙家一场大恩，此后两不相欠。"

我看到有些人已经腿软蹲在了地上，如果不是担心别人嘲笑，恐怕他们早跪下了。阿祖这明显是被北方那边的"四大门"上身的样子。传闻这叫作"当香差"，这不是自动、情愿的，而是被胡门的"仙家"附身，进而做出胡言乱语、疯狂攻击的举动。

"此场疾苦，皆因东海祸起，有人私动本仙家师傅在三千五百年前于东海封印的一只有五千年道行却未渡劫成功的乌贼精。乌贼精借机逃了出来，并在东海产出无数子嗣，当子嗣入人口，便会导致上吐下泻，直至成为人干，巨大的冤魂是乌贼精最好的养料。但乌贼精为何会从东海到此地，应是人间出现孽障。"

我已经明白了阿祖的"诡计"，这个矛头直指日本人。

阿祖拿出一个香炉。

"汝等凡人，将此香置于家中吸其十四日方可百毒不侵，让体内乌贼精子嗣被烧灼殆尽，待上海无一子嗣存活，众生方可白日出行。顶门大开，福寿齐来，香烟高起，五路进财！福至心灵，仙家妙用，救苦救难，慈悲永庆！"

说着，便抓香火向心口点了三点，朝天空一撒，眼睛一闭，朝一侧躺了下去。

数人突然跪下，齐声喊："虔诚！"

我赶忙冲过去，抱起阿祖离开这个是非之地，我要把她送到松江老宅去避避风头。那里交通信息闭塞，肯定比她家安全多了。我把她安顿好才返回住处，确定没有被人盯上。

我问她为什么这么傻，这不是公然与日本人为敌吗。她却问我，这能帮到我吗？

这个傻孩子。

第 10 章 | 医生是人还是机器？

"医生做久了，必定会犯错，只有系统可以让错误和损失的概率都降到最低。"

1

陈彦豪看着眼前的笔记，这可真是一本"死亡之书"啊。

这些信息但凡在那个时代被别人看到，死的又何止几个人，也许关键的战役中，胜利的天平就会向另一侧倾斜，而现在我们所生活的世界也许就全然变了样子。如果中国没有自己的药厂和医院，那么在日军发起突袭的时候，中国的伤亡会更严重，那个时候再想去购买药物这种战略物资又谈何容易。想到这里，陈彦豪对笔记主人的敬意又增了一分。

陈彦豪感觉龙森浩最近像是疯了一样，一直把他按在手术室不让出来，一天从早泡到晚。他一方面感受到了龙森浩的严厉，另一方面也对自己飞速的进步感到愉悦，当手术达到一定数量的时候，对手术的紧张感就会转为一种掌控感。这天接台手术，他抽空来 Time 喝了杯咖啡，翻出圆圆给他的本月胸外一科和胸外二科的台账，只是看了几眼，嘴角就翘了起来。

这是全方位地赶超啊，自从王国礼加盟，再加上气管镜的频繁应用，以前胸外一科的院内病人，大多数来了胸外二科。但这些只能是让胸外二科摆脱原先的差等生的标签，真正让胸外二科有机会超越胸外一科的，还是后面发生的事情。

陈彦豪还记得，当胸外二科给肿瘤内科转了十多个病人也看不到一点回音的时候，阿毛还吐槽过"这帮白眼狼"，圆圆也曾经说过，陈彦豪完全可以自己搞化疗，收益很可观，但胸外二科像是一直在坚守着什么约定一样。可后面慢慢地，放疗科的一些医生也开始把自己熟悉的人介绍给江河。而江河等人也没有辜负这些医生的期待，一个一个的手术非常成功，手术后也很大方地将病人转回原来的大夫手里继续治疗，这让胸外二科的"科缘儿"越来越好，甚至慢慢衍生出多学科门诊，江河常常与肿瘤内科、放疗科的主任坐在一起讨论患者应当先去哪科再去哪科。

结果就是不只是肿瘤内科，就连放疗科、监护室、骨科也都开始往胸外二科介绍患者，在当月的业绩报表上，胸外二科的"业务增长量"已经达到了60%，胸外二科的效益第一次超过了胸外一科！

只要后面几个月保持这个数字，下半年的增长量超过50%问题不大。陈彦豪看完之后，将两张台账撕了又撕，扔进了垃圾桶里。

不知道为什么，肖飞手术室主任的职位也被撤了，手术室一把手的位置又回到刘芳手中。有传言称肖飞搞的动作太大，惹到了太多利益集团，特别是孙院长自己也很难受，再加上葛峰本就没想让肖飞做领导，就干脆把他撤了。

陈彦豪自上次从刘芳处打听到了陈平家的祖传中药铺子之后，特地去拜访了一下，果然让他发现了惊喜。陈平作为家里的长子选择了西医，而家中老二则是继承了铺子，采买中药、方剂煎制及丸药工艺都有涉猎，于是陈彦豪像捡到了宝一样，把芳华仁丹的配方毫无保留地给他看了。陈平弟弟比陈彦豪大不了太多，花了十来分钟的时间便将几百味药材悉数标记完毕，大多数是铺子里就有的，少数几种是需要买的，还有极个别的是没听说过的，类似于"夜阑湖的蟾蜍"等。但陈平弟弟也说，这种古方很多时候夹杂了不少故弄玄虚的成分，例如"原配蟋蟀"，实在找不到其实用普通蟋蟀替代也未尝不可。陈平弟弟将炼制工艺也研究了一番，说虽然复杂得有些离谱，但尚能按照步骤操作，只不过如果不顺利的话，需要不断地测试和调整，也许花费的药材量要远超几丸药的药材量。陈彦豪马上意会，表示钱不是问题，陈平弟弟笑着拒绝，说这个方子看着非常有趣，陈彦豪只需要把药材报销了即可，人工费免了。如果这个药确实好，以后当成个生意，再许给陈彦豪两成的股份。陈彦豪笑着答应了，也没有太过在意，心想这个药只要别吃死了人就好，效果先放在一旁。如果"芳华仁丹"真的能有效果，说不定以叶新老大夫的人脉和影响力，麻醉医生和ECMO团队就解决了。那么，目前缺的人，就只有……ICU医生和ICU护士。陈彦豪从未想过，居然自己离凑齐团队，就差最后的一个科室——ICU。

"咦，你为什么哭丧着脸？"

这时，陈彦豪发现唐彦插着兜走过咖啡馆门口，他看到陈彦豪，丧气地坐下，眼睛还有点肿，显然是刚哭过。

"怎么？和方兰闹别扭了？"

陈彦豪听说了，最近唐彦和一个女生走得很近，正是准备加入他们肺移植团队的手术室护士方兰。两人起初在医院做同事的时候就认识，只不过唐彦是钢铁直男，方兰又不善言辞，两人几年也没说过话。陈彦豪像个老父亲一样，天天操心两人的事，上手术的时候一听说方兰这两天身体不舒服就赶紧告诉唐彦，让他去买红糖水和布洛芬。

唐彦摇了摇头，说真的碰到了点麻烦事，特地过来找他咨询咨询。陈彦豪坐定，听唐彦讲述了起来。

唐彦最近接了个客户，是一个老爷爷，老伴得了尿路癌，转移到了肝脏，主管医生让做基因检测，说如果检测出变异就能使用有效的靶向药，能多条生路，让老爷爷和唐彦对接商量。那天下着大雨，他接到老爷爷电话，问他要多少钱可以救老伴。唐彦劝他说，如果检测发现了突变基因，可能每个月的药都要万把块钱，而且检测也不便宜，必须做全套的检测才行。而事实上，发生突变的概率并不大，要么查完之后没发现突变，要么发现了突变用不起药，总之，唐彦没有丝毫保留，希望让老人家想清楚再做决定。

但老爷爷沉默了大概一分钟的时间，问唐彦能不能带他回家一趟，因为身上钱不够了。唐彦说可以等等再交钱，先走上流程。但是爷爷说不行，不能欠他钱。于是唐彦骑着小电瓶车去病房接上爷爷，发现对方是个很爱笑的矮瘦老头。他们来到一个非常破旧的城中村，走进一个只有二三十平方米的房间，屋内布置得简单整洁，桌子上还有一盆枯萎的花。爷爷从床底下翻了很久，唐彦想回避，但是家里也没多大地方，于是唐彦就假装去上厕所。

爷爷告诉他说："没事的，孩子，我们家没什么钱了，都在这儿了。"爷爷把钱拿出来数了数，数出一万多块，找了一块干净的布包好，哆哆嗦嗦地拉起唐彦的手放上去让他握住，说："孩子，老太太就拜托给你了。"唐彦毕竟也学过医，发现老爷子的帕金森病也不轻。

唐彦忙解释说，这个钱要签合同之后转到公司的账号，不用直接交给他。老爷爷说，没事的，这么大雨过来陪他回家的，一定是个好孩子。唐彦又解释说，这个钱只够做基因检测，但是突变的概率很低。老爷爷还是眯着眼睛笑着说，老太太人好，命就好，一定能发现突变的。唐彦还是过意不去，说万一真的发现突变了呢？老爷爷又笑着说，老太太人好，命就好，总会有办法的吧，一切都拜托唐彦了。

唐彦马上追问他们的子女在哪里，想和子女说清楚，好让老人不要有太高的期待，免得人财两空，唐彦其实打心眼里不想挣这份钱。

"孩子啊，走了，走得比我俩早，"老爷爷看了一眼唐彦，自豪地讲道，"清华毕业的，去年带队去汶川支援，他还是个领队，管好多人呢，可惜去了就没回来。过去了，不是坏事，这是个好孩子，我们没白教育，没白教育……"

唐彦说他当时听得一直想哭，又怕显得不专业，说自己只是个医药代表，希望老爷爷再和医生确认下，把钱花在给老太太买吃的喝的上面可能更好。老爷爷终于不再坚持了，他说他就信唐彦，如果唐彦真的不让他测，他就不测了。唐彦明显从老爷爷的眼神里看到了些失落，于是又不忍心打击他了，先收下了钱，让老爷爷等他的消息。

他回来的路上就下定决心，直接给这患者进行全免费的基因检测，但是全免费的基因检测问题也很多，所以才来找陈彦豪商量。

陈彦豪听完，感觉面前这个穿黑衣服的小伙五大三粗又感情细腻，越发可爱了。他假装嫌弃地问："那全免就全免，又不是扣你的钱，你哭丧个脸干什么。"

唐彦叹气道，没有想的这么简单，公司的免费基因检测面向的是以前没有接受过治疗，又准备入临床试验的患者，但是这个患者以前接受过介入治疗，所以无论基因检测结果如何，他都不可能进那个 HELP 研究的实验组，都只能自费买药。公司才不会相信代表的"好心肠"，反倒认为代表薅公司羊毛，或者有人私下收了患者的"红包"。唐彦甚至还想，如果基因检测真的发现突变，能不能给老奶奶直接弄到实验组呢，所以他就想……

陈彦豪拿着冰块直接砸到唐彦头上。

"所以你就是想伪造她以前没接受过治疗？你真是学好不容易，学坏一出溜啊！"

唐彦吐了吐舌头。说归说，唐彦的进步还是有目共睹的，虽然没少和陈彦豪学坏，但他特有的真诚是很好的武器。胸外二科的人都很喜欢唐彦，每次门诊，他总会等到最后，帮科里收发快递，甚至替科室的老师做些幻灯片。

基因检测代表最大的好处就是，单子经常是跟着代表走的，毕竟各家用的机器和设备都完全一样，存在差异的只是产品的设计和后期的分析，但这些对于临床医生和患者来说可谓毫无差别。唐彦把江河这个科室的份额从空白变成100%，这和他聪明机灵、办事妥帖有很大关系。就连江河都说，小唐是自己人，有要求尽量满足人家。

"嗯，所以我很难过，我又想帮他，又感觉会害了他，让他白白信任我一回，最后要么钱白花了，要么以后钱不够买药，怎么都是个悲剧啊！所以我也想冒个险，大不了被公司扣钱呗，但你也知道，这个老奶奶住的科室，正好就是孙院长的地盘啊，他对这些事情很上心的，我怕我根本糊弄不过去。"

陈彦豪心中盘了一圈，没有想到什么更好的主意，手机突然响了。

"这件事你让我今晚好好想想，明天给你答复，我要出去一趟。"

唐彦赶忙站起身，从包里拿出一个袋子，交给陈彦豪。

"怎么，开始学会对我行贿咯？"

陈彦豪说着便打开包裹，愣住了。他看到的是一身衣服。

"这什么啊？"

唐彦有些嫌弃地耸了耸鼻子说："你身上一直有股怪味你都不觉得吗？你有洗过衣服吗？"

陈彦豪一下被问蒙了，闻了闻自己的衣服，说了句："没有啊？我是不怎么洗衣服，但是我觉得也没什么味道吧，我这个人有体香的。"

唐彦不好意思再说什么。"你穿这个衣服吧，你把你衣服脱下来给我，我给你拿回去洗掉。还有你鞋是多大的，四十二码可以吗？要不咱俩换换，你的我给你拿回去刷掉。"

陈彦豪猛地站了起来，假装拿起电话："喂，110吗？有人要搞基。"

2

河边这条路的尽头，有一个老式的消防局和一个地区型的急救中心，有三五辆急救车二十四小时待命。

急救站门口站着一个二十出头的小伙子，他留着短发，手臂上还有一道十字架的刺青，穿着急救人员的工作服，看到陈彦豪就小跑着过来。

"陈医生好！有日子没见啦！托你的福，我爸恢复得可好了！"这位叫阿欢的小伙子十分礼貌。

阿欢的爸爸两个月前在胸外科住过一段时间，最开始是因为肋骨骨折，在上海一家区医院做的手术，但是手术后发生了严重的脓胸和肺部感染，区医院甚至无数次下了病危通知，也不敢采取积极的手段，就每天眼睁睁看着白细胞往上走。阿欢是开急救车的，问了几个自己送得比较多的医院，都不愿意接收。不知道家里人怎么认识一个叫孔卫国的人，这人声嘶力竭地劝他们去上海众合医院找一个叫江河的教授处理，就差亲自把病人背过去了。

　　于是阿欢去了江河的门诊，江河只说了一个字"来"，阿欢就把爸爸送了过来，直接住到了ICU。经过几天的吸痰和抗感染，抱着死马当活马医的心态做了一次脓胸的开窗引流术。手术之后，阿欢父亲的胸腔里塞满了纱布条，足足有二十块。江河说，这手术再晚做一周，心包里全是脓，心包积液能直接给人憋死。

　　江河每天都会亲自换药，把发臭的纱布条夹出来，再换上新的塞进去，体温和白细胞没两天就控制住了。换了半个多月之后，才交给了阿毛等人来换，纱布条也不臭了，换药频率也下来了。于是让他出院，在家由儿子阿欢来换药。

　　阿欢一开始看到敞开的胸腔也哆嗦，现在已经可以熟练地换药了，因此他也自嘲是半个外科大夫。江河说，这种情况需要换药半年，然后做胸部改造手术，将背阔肌带着蒂挪过来填进胸腔这个大洞，消除掉所有残腔，就不会再产生脓胸，然后把腿和臀部的皮肤削下来剪成"邮票"贴到移植的肌肉上，让皮贴合之后慢慢生长。这种改造计划固然流程长，但至少人活下来了。

　　阿欢一直寻思着怎么答谢，直到陈彦豪来找他，他虽然也不知道陈彦豪的目的是什么，但他下意识觉得，陈彦豪一定不是来求财的。和胸外二科的医生打交道久了，他觉得这个科室的人都很实在，甚至相对而言有些缺乏技巧。但对患者家属来说，这是实打实的好品德。

　　"其实我今天找到你，确实有点不好意思，我之前记得听你提起过，你在急救中心上班，我们这边刚好有个事情想请你帮忙。"

　　"嗯，有什么是我可以帮的，可以直接讲给我哦，我义不容辞！"

　　"帮我们送走一个人，去江西。"

　　"送人？我明白了，活人还是死人？"

　　"两者之间。"陈彦豪严肃地说。他似乎很难接受自己将人简单定义为这三类，但这种分类，确实是他与阿欢最简单的沟通方式。江河这边做了那么多大手术都好好的，没想到一个常规的小手术却出了大问题，因此陈彦豪必须提前准备好。

陈彦豪递过一个信封，说这是酬劳，阿欢看了看，说出的话却让陈彦豪大吃一惊。

"陈医生，我可以帮你，不过这个钱还是让患者联系我们自己出吧，你出这个，不当不正的不合适，更重要的是，这……这不太够……"

陈彦豪本计划是一番推辞，没想到是这个结果，哑然失笑，本是凉爽的天气却冒出一脑门子的汗。听了阿欢的解释，他才明白了个中缘由。

正当陈彦豪略尴尬之时，阿欢承诺："陈医生，你们是我家的救命恩人，这趟活儿如果要跑，你找我，我个人给免费，我就把其他兄弟的费用用你这些钱结算一下，油钱和过路费你让家属出一下，早点下决定，这样免得状态实在太差的时候，路上容易出问题，到时候还得再增加花费。咱们都知道，上海市政府规定，死人是不能离开上海市的，否则要立案审查，并且就地火化。虽说，这送临终病人返乡本就是急救车的业务之一，但还是周全些好，你看咋样？"

陈彦豪知道是自己把事情想简单了。看到阿欢如此熟悉又懂门道，自然放心不少。他也仍然需要做家属的工作，毕竟作为主管医生，在任何时候劝家属把自己的病人拉走，都是一个十分痛苦的决定。但他与赵步理向来不同的一点是，他能够抽离出个人情绪，只思考如何解决。然后再找一个僻静的地方和舒服的时间，去消化那些无能狂怒的情绪。

陈彦豪突然体会到了"青帮"在这个时代的存续。现代社会不可或缺的摩托车、出租车、公交车、急救车……车夫的江湖一直都存在。

"阿欢，你了解青帮吗？"

"这我不太了解，但是都说我们跑活儿的祖师爷就是青帮的，所以大家出来跑生意，也都讲个义气和规矩，不抢活儿，不挑活儿，能谋财，但不能害命。"

这话更加深了陈彦豪对于《无名草堂》里描述的"青帮"的认识。这个城市接受底层的存在，而这座城市巨大的财富，让底层都有着渺茫但切实存在的翻身的可能性。黄老板在成为巨擘之前，也不过就是个黄浦江边的黄包车夫罢了。

陈彦豪无比坚信，自己需要这样一个"青帮"的伙伴。看话已经说敞亮，便不顾忌更进一步，陈彦豪收起了笑容。"你能帮我们拉来更多的车祸外伤病人吗？"

阿欢听了之后，一副不理解的表情。"虽然我不知道你是做什么用，不过我确实负责你们医院这个片区，还有其他七八家医院，自从把我们急救队从医院分离出去进入急救中心这个编制之后，将病人拉到哪个医院确实有些新的规矩，但也有些自由度。"

所谓的规矩，是根据医院的特色和专长定的，有些医院擅长治疗心血管疾病，那么心梗患者就优先送过去，有些专业特色是普外科，那腹痛患者就优先送往这类医院。而众合医院的优势科室是眼科和泌尿科，所以眼睛被炮仗炸了或者肾结石的情况就往这里拉得多。

阿欢问陈彦豪有什么目的，陈彦豪没有多说，只说会按照市场的标准补给他。于是阿欢说了个数字，陈彦豪惊讶了一下，但还是一口应下。

"好的，我知道了，那么我接下来如果遇到有严重车祸的病人，就给你们医院了哦！你们江主任和龙主任都那么强，送给你们，我其实还挺放心的。"

陈彦豪又多问了一句，其他医院也会向他要病人吗？阿欢点点头，说只要大夫技术好，敢收敢做，他宁可送到这类医生手里，也不愿意送到一些爱搭不理的医院，感觉那才是浪费了病人的时间和信任。

"但是，你们胸外科的医生，为什么会要严重车祸的病人？"

陈彦豪眯着眼睛笑了笑，阿欢也就没有再问。

3

陈彦豪穿着一件干净的米色T恤和灰色运动裤，走进医务处，看起来确实年轻了不少，衣服上淡淡的洗衣液的清香让他感觉很舒服，又有一股子说不出的别扭。

透过玻璃，他看到最里面独立办公室的吴军处长正在眉飞色舞地和什么人说着事情，便小心地问了旁边的一个小姑娘，能不能调取医院的摄像头监控数据，有个家属想要看。小姑娘摇摇头说自己看可以，但是调取监控给家属看，要走调解流程，得到吴军处长的审批。

门开了，吴军刚好走了出来，陈彦豪自信地走了上去，和吴军打了个招呼。吴军自然也知晓这位同事，热情地问了句有什么需要帮忙。

陈彦豪简单讲述了一下情况之后，便和吴军提出要调取监控给家属看，吴军摇摇头说这个需要副院长同意才行，而且还只能是负责医疗的孙副院长。

陈彦豪双手插兜，自信道："当然，我就是已经和孙院长打过招呼才过来的，我这么上道怎么会坏规矩呢，你说对吧？"

吴军笑着看陈彦豪表演，忍不住问他，是在哪里和孙院长打过招呼的。陈彦豪信誓旦旦地表示："就是刚刚在六楼国际部花园那里……"

"是吗？我怎么不记得？"

从吴军的房间里面缓缓走出一个人，不是别人，正是孙问川。

陈彦豪瞬间哑火了。孙问川和吴军相视笑笑，吴军没有什么恶意地用手指戳了戳陈彦豪，便回去工作了。

"怎么，要么就去你说的地方，我看看你能不能让我按你的剧本演一遍？"

陈彦豪尴尬一笑，点点头。

两人随即一同走到了六层。这是上海众合医院的门诊国际部，算是特需医疗，来这里就诊的多是在上海生活工作的外国人，或者购买了商业保险的人群，门诊的费用很高，但环境比普通门诊要好很多。这里的医生不按期坐诊，而是点名制，哪个患者想预约专家的门诊，专家同意了就可以来。这里的护士也都至少能讲一嘴流利的英语，碰到日本人、韩国人、法国人……也会有一些会小语种的护士能够交流，再不济还有专业的翻译。

位于六楼的天台小花园里有一些遮阳伞和桌子，可以买些咖啡和面包来这里食用，这里唯一不如 Time 的地方就是私密性差，总要抬头和同事们打招呼。二人走到花园的边缘，扶着栏杆，向下俯瞰整个医院的楼群，众合医院仍像一只巨大的寄生兽，无数的触手还在向外延伸。陈彦豪赫然发现，旁边有一栋写字楼也挂上了众合医院眼科的牌子。

让陈彦豪惊讶的是，孙院长居然认识自己这个刚来几个月的外来户。在北京，他混了很多年，都不确定院长、副院长认识不认识他这个小员工，在那里似乎神仙有神仙的道场，老百姓有老百姓的市集，两边各玩各的。

而这不是他第一次近距离地接触孙问川。记得有一次他在手术室食堂看一个人长得像他，却又觉得一定不是他，原因是他自己在食堂的桌子上吃饭，来往的人居然没有人围着他一起吃饭，更没有人跟他打招呼。后来才知道，那就是大名鼎鼎的孙问川。陈彦豪在那时才第一次觉得，北京和上海的医院，骨子里的气质是不一样的。

孙问川恭喜了胸外二科近期"业绩"翻倍，称这和陈彦豪的努力是分不开的，大家有目共睹。陈彦豪知道他是打官腔，开门见山，直接把话题引到目前需要解决的问题上来。

胸外二科有一个患者叫丁怡，是个上了年纪的阿姨，肺手术做得本来特别顺利，回病房后她的丈夫在一旁照顾着，晚上还好好的。第二天星期六凌晨五点的时候她丈夫叫她都叫不醒了，值班医生立刻赶到，作为主治医师的陈彦豪也奔了过去，一伙人立刻开启抢救，拍了头颅 CT 提示大面积脑梗死，便追问病史。丁怡的丈夫觉得是自己没照顾好，吓得不停地哆嗦，说丁怡两年前也曾经有过类似的情况，有一次半夜打麻将之后解手的时候摔倒在了厕所里，胳膊撞骨折了，但她意识还是清醒的。所以陈彦豪临床确诊她这次应该是脑梗死急性发作，便紧急联系了介入科做了血管支架。情况好不容易稳定住了，但第二天瞳孔还是散大的状态，神经内科的医生和家属说，尽管病人已经接受了最快的介入取栓治疗，但因为梗死缺血的面积太大，丁怡的大脑还是受到了不可逆的损伤，已经是植物人状态，基本没有救回来的可能性了。

丁怡的丈夫听完大夫的说明差点吓晕过去。丁怡的儿子一家都还在国外，听到这个消息就立刻准备回国的签证和机票手续，即便是这样，也不确定能回来见妈妈最后一面。

陈彦豪讲述的时候尽可能地平静，并且尽可能通过一些细节来展示这家人是非常善解人意的，例如"这家患者把费用都补齐了""一分钱也不拖欠医院""目前对我们也很配合"等。

但是，昨天丁怡的儿子和陈彦豪通话的时候，讲了他们的一个疑虑。他说，他听爸爸讲过，医生的手术和抢救过程真的都非常尽心，对江河主任也很感激。只不过让他爸爸一直没法释怀的，是一个特殊的细节，他爸爸说只要看一眼监控，就能让这件事翻篇，不然他没法原谅自己，也没法原谅医院。如果不给他看，他就要通过起诉来调取监控。陈彦豪觉得没必要搞到敌对的状态，尽可能大事化小。

孙问川疑问道："是什么细节，非要看监控才能确定？"

"老先生觉得，护工师傅送丁怡去抢救的时候绕了好久的一段路，又上又下的，明明是可以直接推过去的。他也不知道是哪里听说的，还是护工给了他什么样的暗示，就坚定地觉得是自己没有给护工红包，导致护工的态度恶劣，故意绕路。如果是因为这样导致拖延抢救时机的话，他不会原谅那个护工，也不会原谅自己，如果自己当时不那么小气，就不会成这样了。"

孙问川安静地听完了整个过程，看了看表，双手背到后面，抬头看着天空讲道："你听说过工厂的流水线吗？你知道对于一个流水线来说，最关键的是什么？"

"稳定性。"

"九十九分，"孙问川故意卖了个关子，但也不等陈彦豪提问，"最关键的是，简单和稳定，上面的管理者觉得稳定，下面的执行者觉得简单。"

陈彦豪点点头。不知道为什么，他觉得眼前的孙问川给他一种非常熟悉的感觉，似乎在哪里见过，他不服气地道："那按你这么说，肖飞不是你的人吗？他不是也把手术室搞得更像流水线了吗？不还是被秦院长换下去了。还不是因为他不得人心，秦院长这边的刘芳护士长更有人情味儿吗。"

"孩子，你犯了两个错误：第一，咱们都是医院的人，不存在谁是谁的人这种说法。第二，肖飞搞流水线还是没想明白，太急功近利了，而且可不是被秦院长换下去的，是我的决定。"

"什么？"

"因为它增加了系统的复杂性，这可不好。系统只有足够的简单，成本才是最低的。复杂的规则短时间看似会很好，长时间会出现别的问题。现在正在搞医改，我也在参与，医改的重点就是要做均质化的、标准化的、流程化的服务。"

"那搞一套流程，把人都当零件，就解决问题了吗？"

"医院之所以规定调取监控有严格的流程，那是因为流程虽然会阻拦你，但它也会保护你。如果医疗行为绝对透明化，医疗就会好吗？医生和患者之间就会相互信任吗？满意的医疗结果处处都好，但是结局不好的医疗，你真让患者家属拿着放大镜看，总会发现些问题，而那些和结局无关的问题也都会让他们反过来找你麻烦。"

"那我们怎么知道这是与医疗无关的问题？"陈彦豪提了问题之后自己也觉得无解。

"你说得都对，可医疗不像餐厅，弄个玻璃窗户就能证明干净。真的让医疗透明了，你猜医生是更敢冒险还是更想保守？最后是谁买单？这事说不清楚，我也不想说服你，但一切行为，都有相应的代价。只要你调监控，本来不要闹的家属也有了闹的理由，这不绝对，但这非常现实。"

陈彦豪坚定地认为，应当具体问题具体分析，这个患者他真的有需求，而且他真的相信这家人不是无理取闹，只是满足老人的一个心愿，真的证明没问题了也就过去了。见孙问川一脸事不关己的态度，陈彦豪反问："是不是当站在云端做了管理者之后，就真的听不到地面上的哭声了？"

"当然能听到，我也是一名长期在一线工作的医生，我每天开的刀比你只多不少，所以你不用把我放在你的对立面。但你要知道，医生做久了，必定会犯错，只有系统可以让错误和损失的概率都降到最低，美国管这套标准化的流程叫作临床路径。遵循标准化流程，才能最大限度降低犯错的成本，也能保证医疗质量。系统的价值和一两个病人的哭声相比，孰轻孰重，你也是聪明人，想必不需要我多讲。"

陈彦豪摇摇头。

"你说的我都懂，但是作为医生，我没法拒绝我眼前每一个活生生的人。你说的系统性，可以是系统性的胜利，但也一样会是系统性的摆烂。当每一个人只为系统服务，而不是为眼前的病人服务，病人在他眼前就不过是个毫无意义的螺丝钉。你究竟是个医生，是个专家，还是个精明的商人？你永远在追求利益的最大化和成本的最小化，所以我是不是可以叫你，披着政府派外衣的，资本派呢？"

面对陈彦豪咄咄逼人的问询，孙问川大笑，气势上丝毫不弱。

"那你呢？你帮江河干的事情，都是费力不讨好的，手术的难度高、风险大、收益小，我也知道你像一个商人一样到处圈钱，但是你们搞的事情又像是平均主义那一套。用你的话来说，我应该叫你，披着资本派外衣的，政府派？"

陈彦豪也大笑，两个人似乎此时一个代表了人性，一个代表了机械性，一个左，一个右，两个人却都不反感这种标签，一起笑起来。

孙问川收起笑声点点头。

"孩子，你说话很直，这在医院算不得好事，但我倒也喜欢。用你们北京话讲，'今儿个开心'，这样，我们不如赌一场，我同意你调监控给家属，如果对方看了监控之后反而选择了打官司，就是我赢，看了监控之后就确实不闹了，算你赢，如何？"

"没问题，赌什么？"

孙问川沉吟了一下。

"你赢了，我职权范围内的事情，你提一件事。"

"虽然我人微言轻，但我也一样，一言为定。"

二人握手，眼神中有一样的坚毅。

4

这家伙确实在绕路啊！明明直接就可以穿过去的，但是非要先下楼过去再上楼，然后再下楼再上楼，人家家属说得一点没错！

陈彦豪跟孙问川分开之后，跑到医务处拿了批件，去保卫科自己先完整地看了一遍监控，希望能心中有数。他的记忆又跟着摄像头里面推车的轨迹，回到了惊险刺激的那一天。他仔细看了几遍之后，陷入了沉默，不知道把这个视频给出去之后，又该怎么解释，他一时间想起了孙问川意味深长的笑。

陈彦豪发现，有些摄像头是坏的，拍不到一些刚好在拐角处推车的影像。旁边的保安解释说，一般都是上法庭的才调监控，所以一年用不上几次，难免有的时候这里坏那里坏的。陈彦豪苦笑着放大了图像，终于看清楚了那个工人师傅的模样，是个秃头，戴个金链子。陈彦豪记得在手术室见过这个师傅，于是告别了保安，来到了手术室更衣间。

上海众合医院的手术室里面会以不同的颜色区分工种，医生穿蓝色刷手服，护士穿粉色的，麻醉医生穿绿色的，而工人师傅则穿灰色的。去领取不同工作服的地方也不一样，灰色刷手服是工人师傅在特殊的地方领取的，不像医护麻的衣服就放在手术室的前台。

陈彦豪来到了洗浴室门口。果然不出所料，洗浴室外面挂着一套灰色的刷手服，里面传出了洗澡和哼歌的声音。

他取下灰衣服，脱下自己的衣服挂在上面。他知道这个点儿肯定是师傅要下班了，脱下的衣服也不会再穿，通常是当毛巾用来擦干身子。他麻利地换上灰色刷手服，喊了声没衣服咯，用这个蓝衣服擦身子哦！里面传出了个声音说："行嘞！"

走上位于四楼的手术间，陈彦豪直奔护工经常聚集的区域，门口堆满了接手术用的平车。他进去，发现师傅们居然都挤在这里。

"我就说不抛不抛！册那，侬个戆大！"

"落袋为安咯！"

陈彦豪装作一副新人的样子蹲在墙角，师傅见怪不怪地问了他叫啥，然后就拉他一起看股票，抽烟。这个地方有个窗户，成为工人师傅们抽烟谈天的一个自在空间。

陈彦豪感觉自己就蹲在《无名草堂》里记载的那个码头集装箱上，工人师傅们打牌，买股票，抽烟，饮酒，不亦乐乎。每个人虽然看似粗鄙，但都很真诚，对他也没有排挤，像是只要来到这里就成了兄弟。他也发现了自己的目标，那个戴着金链子的秃头师傅，脸颊上像是被无数的烟头烫出了一个个坑洞，有一道很可怕的刀疤，后脖子的皮打了几层褶子。此时牌局正十分激烈，他有些上头，嘴里骂骂咧咧，看准机会狂笑着甩出几张牌，口水从缺了的门牙中间飞了出去，可惜还是被下家死死压住。他嘴上立刻骂了几句，边抽烟边偷瞄下家的牌。

这个时候广播连着叫了几遍，而且语气越来越急躁。秃头男人嘴里骂了一句，把牌塞到旁边的一个围观者的手里，摇晃着身子嘴上用上海话慢悠悠地吼了一句。

"上～工～咯～！"

陈彦豪"腾"一下跟了上去，装作一副新兵蛋子的样子在一边安静地走，秃头男瞟了他一眼。

"嗯？小老弟今天刚来的？你怎么这么小？自己干还是替你爸干的？"

"替我爸，他刚办完手续身体就不太行了，我先来替他几天，老哥你怎么称呼，我帮帮你，也跟你学学。"

秃头听了这话，走起路来摇头晃脑的。

"嗐，好学的，叫我张师傅就行了，你呢？"

"小陈，小陈。哦对，张师傅，他们让我去外面接病人，我这推什么床过去？"

张师傅摇摇头，一把搂过陈彦豪肩膀，小声嘀咕："我跟你说啊，外面病房的活儿，路不好走，家家屁事又多，经常要打架吵嘴的哦！"

陈彦豪尽快引入正题："那张叔，他们让我现在送一个病人从胸外二科到什么介入导管室，我这从什么路过去啊？"

秃头突然有点惊讶，皱着眉头疑问地"嗯"了一声。

"他们咋又送那儿了，我这前几天刚送过一个啊，他们科怎么最近净出这事！"

陈彦豪像一只伪装成兔子的狐狸，说："我也不知道，前几天你咋走的，教教我？"

"那天难走得很，现在好一些了，你就下到四楼从长廊一路推过去，到门诊再直接下地下一层就到了。"

"你的意思是当时不好走？"

"是啊，前几天，我记得……应该是周六吧，准保没错了！前一天周五嘛，刚子晚上跟人家打架送医院去了，我替他的班，结果周六一大早就给我薅起来！他们刚好四楼检修线路还是什么，有个拐角的地方重新布线来着你晓得伐！我就只能从四楼先去行政楼那边，再从行政楼下到一楼去到门诊，这一圈给我累死了，那个老头子还骂骂咧咧的，我一边推一边还要和他吵。"

"吵架？那个老头子怎么惹到你了？"

"哎哟，我当时就是推门的时候重了点！那个门就弹回来了嘛，然后就弹到老太婆床上了，根本就没碰到她，老头子就不乐意了，当着那么多人面问我这里是不是有什么规矩。我当时也是急着推啊，我就说该是什么规矩是什么规矩啊！但是我晚上回去一寻思啊，他的意思是不是说我想要拿他东西啊？！"

陈彦豪这才恍然大悟，难怪那个老爷爷一直这么大意见。

"那咱们这边工作，到底是收不收？"

张师傅摸摸自己的秃头。"人家给呢，那你也就拿着呗！就每个月三千不到，你说能干啥，打发乞丐呢嘛！兄弟们来这儿的都是图续个社保，偶尔混包烟，混一二百块钱的，那就知足，但是你说人不给，我们哪要过啊，又不是说靠这个去拿人家一把，真的要是给人家磕了碰了或者耽误了，我们这也犯不上啊！不跟你吹牛哦，我家里十套房子出租，收收租子就好了呀，他说我拿这个刁难他，怎么可能嘛！"

张师傅说师傅们对所谓的"打点"确实是个佛系的态度，该拿的不推让，不该自己拿的也不惦记啊！只不过这个报酬体系让他们不乐意干病房的活儿，走得远，还要跟人打交道，所以他们不乐意推病房的病人。张师傅说他宁可和以前一样去码头搬集装箱，搬人规矩多，也容易出事。

陈彦豪明白了，张师傅嘴巴硬一些，心还是好的，只不过在胸外二科医生友好态度的衬托下，显得蛮横无理了些，使得患者丁怡的丈夫产生了误会，认为是自己没有打点到位。这些师傅更喜欢的是在手术室整理房间，轻省又踏实，一天撑死干上七八个小时，剩下的时间和弟兄们抽烟打牌，总比在家里自在。虽然从收入级别上是社会底层，但这些人既不彼此嫌弃，又不向上惦记，相处起来很是舒服。陈彦豪想，如果找到四楼检修线路的证据……

"你等下看看我整理手术房间，看一次你就会了，简单得很哩，就是手术室里这些婆娘总叽叽歪歪的，你稍微慢点她们就要拿大喇叭喊你哩，烦得很，你看……"

张师傅一转头，人已经不见了。

陈彦豪此时赶忙走下楼，冲回到保安室。

他重新找到了那一天的监控，他没有看张师傅推车走过的路线，而是找到了那个拐角的过道……

怎么是雪花？

陈彦豪突然明白了，原来重铺的这块线路就是电路啊，此处的监控也没了，这下怎么都说不清楚了……

他下到二楼 ICU，又来看丁怡。

"你咋又来了？"侯莹莹和他打招呼，现在她负责胸外科的床位，陈彦豪还记得自己刚来的第一天就认识了这个护士，也感慨她强大的人脉网。确切地说，是个八卦网，全院的八卦她都清楚，这就使得很多人和她关系熟络，算是个社交王者。陈彦豪甚至还惦记把她忽悠进肺移植队伍，可惜她那边也不放人，只能无奈等机会。

"你那个病人今天尿少了你知道了吧？速尿推过了，出来的也不多，你看看是联系透析还是和家属再说说。"侯莹莹几句话把现状点明，陈彦豪心中暗暗称赞。护士懂得未必少，很多时候是给医生留点面子。

陈彦豪又走到床边，看着丁怡的眼睛半睁着，眼睛由于脑积水的缘故有些向外突出，上面裹着一层黏糊糊的泪水，可能是吸痰的时候刺激的。丁怡没有了手术前的慈祥和端庄，嘴里叼着一根气管插管，几天没有进食，导致皮肤很干，完全没了光泽，像一层枯树皮，头发也像枯枝蓬草，散乱在身下。

他拿起旁边的手电筒，准备看瞳孔。

"左边三毫米，右边一毫米，和早上我刚接班的时候差不多。"侯莹莹简单干脆地回答。

陈彦豪又点点头，说道："莹莹姐，你不干医生真是可惜了。"

侯莹莹不语，继续去写自己的护理记录，直到看到陈彦豪又掏出手机。

"你不会又要放吧？我可受不了那个啊，我听不了，你先等我出去再放，你放完叫我回来。"

陈彦豪无奈地叹气道："这个患者，她爱人可宠她了，手术前，两个六十多岁的人，在病房楼道里手拉手遛弯，护士们都羡慕死了，说自己老了的时候，估计只能花钱雇人和自己拉手逛街了。术前谈话的时候，我就只觉得她是个很可爱的老太太，现在才知道，她搞了一辈子文学，还会陶艺，会美术，我看过她老伴给我展示的作品，她真的是很有想法的艺术家。她老伴一边放照片一边哭，生怕别人不知道他夫人有多优秀。"

侯莹莹临走之前趴在门上问陈彦豪："那这个病人你们最后打算怎么办，以后有啥能改进的吗？"

陈彦豪摇头，"没有，该干的都干了，就是脑梗发作，也第一时间处理了。外科大夫最悲伤的事情，就是一起事故也并不能带来更多的进步和反思，赶上了就是赶上了。"

"那你们这个患者请脑死亡小组过来评估了吗？"

陈彦豪苦笑，"评估干啥，做移植吗？这可不敢，毕竟是个肿瘤病人，不适合移植。再说了，病人家属本就在憋着火气了，再给人家把器官取走，这杀人诛心的，换我也接受不了啊！"

陈彦豪边说着，边打开了手机，侯莹莹赶忙跑开了。

陈彦豪小声说："我也知道没用，可我还有什么办法呢。"说完便叹了口气。

手机开始播放一段录音，一个小小的空间里，有六张床，其中包括老太太在内的六个病人都安安静静地听着，七个人流下了眼泪。

5

医生办公室内，阿毛正和一个医生坐在一起开医嘱，只不过他是在录入，另一个医生在口述。阿毛满脸不高兴，偶尔还翻个白眼叹口气，旁边的男医生像是察觉不到一样，继续对着屏幕，指挥着阿毛。

"毛医生你把这个感染筛查帮忙重新开一下好吗，你看哈，老太太这个乙肝和丙肝都做过了，就是没有做艾滋和梅毒这两项，你帮我就开这两项就行。嘿嘿，自己人，照顾照顾！"

"那这个得一项项找，我们这是组套，大家看起来也都方便，不然还得来回找，都能报销，差不了多少的，方医生。"

"我知道，你就敲 HIV，再敲个梅毒，对，你看，这不就行了吗，就查这两项，还有这个生化我们刚查过了，你把生化帮我们取消掉，就查个急诊肝功能、肾功能，都敲进去就可以，你不要把肾功能全查了，你就查肌酐，对，再加个尿素氮。凝血的话手术室其实就看 PT[1] 和 D-二聚体，你把凝血的其他项目给我们也删掉。"

方医生仍然在一页一页地看着检查单，但凡能省点的他都会和阿毛进行一番软磨硬泡，心电图和下肢静脉超声他也拒绝做，刚好龙森浩经过，阿毛便请示了一下龙森浩，龙森浩说必须做，方医生才不敢再争辩，但和阿毛说，不用开，他等下带着丈母娘去 B 超室做，不用花钱。

直到满足了全部要求，方医生才心满意足地走了。阿毛赶紧把门一脚踹上，开

---

[1] 凝血酶原时间，是指在缺乏血小板的血浆中加入过量的组织凝血活酶和钙离子，凝血酶原转化为凝血酶而导致血浆凝固所需的时间。

启了疯狂吐槽模式。

"都是同行，所以我这才说给他照顾照顾，我去，他真当这个医院是他们家开的了，那他咋不自己去做手术呢？开个医嘱我开了一个多小时，一块钱都不肯多花，他咋干神经内科呢，他咋不去财务呢！"

"这人是咱们医院神经内科的？"一个矮个子的住院医师问道。

"是啊，我都要疯了，每一项检查能省就省，我还是第一次见有把化验单都拆开一项项输入的。这病人是他丈母娘，今天入院的，和龙主任说今天就要手术。但是检查根本还没做齐。他总说，没事的，不用做了！"

"嗐，我跟你说，你可多长个心眼，越是这样的病人越会出事。这从一开始就不信任医生，如果以后真的出问题了，且搞你呢！"

"那我能怎么办，领导都不在意，陈彦豪又一直在忙楼下ICU的那个患者，我也找不到他。"

正说着，方医生又进来了。

"嗐，我老来你们是不是都烦我了，嘿嘿。"方医生看起来有点不好意思地说，他看了看周围人多，就小声说，"毛医生你能出来一下吗？"

阿毛出去的时候，方医生看旁边没人，小声和他商量。

"毛医生你们今晚有几个人参加手术啊，我帮你们订饭。"

阿毛惊讶这家伙居然开窍了，便数了数说，有龙主任、他自己、王国礼，然后麻醉有两个，护士两个。

"哦……"方医生自己算起来，"那护士和麻醉他们是不是晚上都有饭呀？"

阿毛一下看出他又不愿意多出钱，心里开始冒火。"但是今天晚上是加班做，这些护士三点半本来就该下班的，没事，你不订饭也没关系的。"

方医生眼睛滴溜溜转了下。"那这样，我到时候把饭放在龙主任办公室好了，给你们三个订上，其他人我也不太熟悉，订得不合适了人家也不乐意的，你们费心啦！"说着便往阿毛手里塞了一张卡，阿毛正要推托，发现，咦，这不是医院工会刚发的中秋节卡吗，能换一桶油和一袋米。

方医生刚要走，又"通知"陈彦豪，他丈母娘手术后不去重症监护室，而是去国际部的特需病房，说自己已经打好招呼了。阿毛不用想也知道，肯定是磨了特需的主任，住在那边享受更好的护理。方医生还告诉阿毛，第二天不要拍片子，他自己看过之后会开的，让他们看好胸管什么时候拔就行，其他的事情交给他做。

阿毛满心的怒火终于憋出一句话来："你这还……真是不拿自己当外人呢。"

方医生似乎没有听懂阿毛话里的嘲讽，甚至当成了一种赞美。"没有没有，在医院待了十来年了，哪里都还算熟，自己能做的就不劳烦你们了。"

这个时候，病房的护士急匆匆地跑过来找到阿毛，说道："阿毛，你那个患者咋听不懂话呢，她刚才吃饭了啊？这不是马上就要手术吗？还能做吗？"

阿毛知道，这个病人就是方医生的丈母娘，可护士并不认识方医生，一个劲儿地吐槽着。

"这病人怎么这么糊涂啊！我和她说了不吃饭，但是她自己泡了个面，说不能吃饭，吃点面，不然肚子太饿了！还说没有抵抗力做不了手术的！还教别的病人也吃，你说这病人怎么这么大主意啊！她怎么不自己当大夫去啊！"

阿毛第一次看到方医生露出尴尬的表情，但方医生还是笑着摆手。

"不要紧，等下我给她下个胃管，等手术前给她吸吸，麻醉科那边我也找了他们主任来麻，不要紧的，自己人，照顾照顾。"

看到是自己医院同事的家属，护士翻了个白眼说了句"那我不管了"，阿毛忍不住地劝："方医生啊，我知道你是好心，想尽快手术，可是你这样万一出点什么事咋办？就不能挪到明天再手术吗？我们还可以排个更好的时间。"

方医生连忙摇头。

"那可不行，我都和那么多人说好了，今天就把事儿办了吧，不然拖到明天我也是一堆事呢，忙不开啊。"

就这样，方医生扬长而去，留下阿毛和护士二人。

"真是不是一家人，不进一家门啊，也许就是这老太太这样，才给这女婿逼成那样的。阿毛我建议你小心点哦。医生那可绝对是最难缠的家属，这全都他们家自己搞的，万一出点什么问题，那到时候是打官司啊还是私了啊，他到时候跑了怎么办？再说了……这也不是他亲妈呀！"

阿毛听到最后一句心领神会，护士已经去帮忙准备胃管了，他赶忙去拨了龙森浩的电话，得到的答案仍然是手术继续进行。他不死心，又拨了另一个电话，只不过，连续拨了几次都没拨通。

因为电话一直在占线。

"我说了不是恶意篡改，就是合理化的解释！你咋就听不明白了呢？"陈彦豪正在电话一头大声讲，另外一头的声音略平淡克制，但也明显能感觉话语里的针锋相对。

"这不是恶意篡改是什么？你让对方进入某个不适合他的临床试验，那就损伤了另一个可能进入的患者的权益啊。"

"你不懂临床吗？你难道不知道他有没有做过之前的治疗差异并不大吗？而且那个研究本身就设置得太死板了，这么严格他们能入组几个病人，不如多入一些，降低一下入组的条件！"

"我是不懂临床，但我也做过药，跟过研究。这个研究已经启动了，任何在研项目的终止和修改都需要通报全部单位的，就算不告知患者，也需要由伦理委员会对方案进行重新评估。陈彦豪，你越线了，这不是你一个医生该说的话，你不能因为想给一个患者用，就乱来啊！"

"我不是乱来，我发现你最近怎么总是跟我杠？"

对面没有声音了，陈彦豪又小声地试探了一句："圆圆？"

"我听着呢，但是我觉得你现在越来越过了，为了一个医药代表的病人，你至于吗？你只顾眼前这个病人，你有没有顾及江河，有没有顾及医院的名声，有没有顾及你自己的前途？你就算充好人也要有底线。"

"那你说这个病人咋办？"

"咋办？按规矩办啊！定的流程干吗使的，不就是要遵守的吗！如果人人都破坏规矩，那还怎么做事，所以孙院长这边才提出无论是临床还是管理，都要做 SOP（标准化操作流程）的！"

陈彦豪沉默了几秒。

"你为什么最近总提孙院长，你不是我……"陈彦豪卡住了一下，"你不是我们科的行政助理吗？"

"我不管是哪个科的行政助理，我也是院办的工作人员，我的职责是保障整个医院能够安全、平稳地运行，而不是专门帮着哪个科室占便宜，更不是帮着做违规的事情。"

"这样说，你也支持孙院长要搞的那套临床路径了？"

"我当然支持，这有什么错？"

"好的，我知道了，就这样吧，我自己想办法。"

陈彦豪挂断了电话，瞬间觉得心里空落落的。他立刻意识到自己的确错了，而且错得很离谱，但又不好意思直说。他突然发现，他一直以来在上海混得风生水起，也许并不是因为他所谓的情商与机智,一方面是有《无名草堂》给他出的这些主意,另一方面哪一次不是圆圆帮他微妙地处理了和行政的关系?这才让他有一种无往不利的错觉。他觉得,照顾自己兄弟的患者,本是他作为强者的权力,但他又不得不承认,孙院长和圆圆所说的流程和标准,才是正确的。

陈彦豪发了一条道歉的短信,觉得自己刚才话说得伤人,却又觉得应该当面澄清才对。

很多次他都觉得圆圆会在他们聊天的时候突然间不发表意见了,直到今天他才发现,圆圆只是碍于情谊没有当面戳破而已。是他变了,变得以自己的滑头为荣,而不是基于专业的精进;变得以为自己无所不能,而不是联合团结更多的人。但圆圆自始至终都没有改变过,她一直坚持的是做正确的事。陈彦豪一直误认为圆圆会无条件地支持他,但今天发现,圆圆支持的其实是一份正确而有意义的事业,而并非他陈彦豪。

他们只是恰好,恰好一起走了一段路。

6

第二天早晨,丁怡的老伴和儿子给陈彦豪发来信息,说昨天下午看过监控了,今天想找他正式谈一次。

陈彦豪心里惴惴不安,他在洽谈室等家属上来,这是一个小小的房间,中午的时候会被护工师傅用来休息,环境不太好,但是好在有个摄像头,洽谈的时候如果发生什么事情,还可以有个凭证。

第一个敲门进来的是丁怡的丈夫,他神情比较淡漠,后面接着跟进来了一个年轻人,陈彦豪从长相上判断,这一定是患者的孩子,眉宇间有丁怡的影子,身上也有一股相似的书卷气。

"陈医生好。"两位跟他打了招呼,有礼貌地坐下了,远不是陈彦豪猜想的剑拔弩张的态势,至少感觉可以心平气和地谈话。

"我估计你们昨天下午去看了监控了,但我其实也去了解了情况,我是想和你们再解释一下的……"

"不用了,陈医生,哦对了,我是患者的儿子,我刚从国外回来。"年轻人非常礼貌克制,"我昨天下午刚到的,陪我爸爸看过那个监控录像了,谢谢你。"

陈彦豪叹了口气。老爷子一直一言不发，用手捂着脸，儿子不在家的这些天，他一直努力扛着，现在孩子回来了，顶了半边天，他也终于可以放松些了。

"我爸爸一直讲这个手术过程医生们都很尽心，他就是对那个护工有意见，所以其实他这样要求，我自己都觉得是有点无礼的。但是当时电话里也和你说了，如果不让老人家看一眼，我觉得他确实是没法过自己这一关的，非常感谢你。说实话，昨天看完那个转运的过程，我确实是越看越生气的。一个大医院，这么紧张的抢救，居然在路上耗费那么长的时间。"

"其实……我去调查过了，他们真的没有这个意思，也没有绕路……"

"没事的，陈医生，我是做人力资源的，我认为在发生问题的时候，你能不逃避地面对我们，直接解决问题，这样的医生我一定会尊重。我看完这些监控的第一想法就是，我们不闹，我们也会把所有费用补齐。但是那个工人师傅，我们也是不会原谅的。而且如果真的打官司，我们大概率会赢，光是工人绕路耽误时间的问题，也大概率会减免掉不少医药费的。但是……"

年轻人掏出手机来，放了一段录像。

画面里，有个人正在用手机在丁怡的耳旁播放语音。

"陈医生，真的很谢谢你，我代表全家谢谢你照顾我妈妈……"说到这里，年轻人站起来鞠了一躬，难忍眼中的泪水，陈彦豪忙站起来，等他坐下自己才坐下。

陈彦豪想起几天前，他们开了个电话会沟通当下的情况，沟通了大概有两个小时，陈彦豪前前后后把所有问题都一并做了解释。最后，丁怡的儿媳妇哭着和陈彦豪说："陈医生，我看网上、书里都经常有那种植物人醒过来的奇迹，说是……说是给他们听最亲近的人说话可以刺激他们醒过来。奶奶最喜欢小孙子了，她一直心心念念看完病出国来帮我们带孩子，小孙子也可想可想奶奶了，陈医生您能帮帮忙吗，我让宝贝录几句话发给您，您给她听听可以吗？"

说到最后，已泣不成声。

陈彦豪自认为做外科医生已经做到"心狠手辣"的境界，也见过无数次患者子女跪求医生救爸爸妈妈的场景。但是儿媳妇对于婆婆的这种心疼和照顾让他心软。这种超越血缘的情感，更说明这本该是多么温情的一家人啊！本该享受怎样的天伦之乐啊！

所以，陈彦豪嘴上说的是"这个东西没有用"，身体却很诚实地出现在ICU里，第一次放的时候就把侯莹莹惹哭了。

当时侯莹莹正给丁怡吸痰，陈彦豪就冷不丁地放出了语音。

"奶奶，你醒醒吧，我想你！"

"奶奶，你什么时候过来陪我玩啊！"

"奶奶！奶奶！你怎么不跟我说话啊！"

侯莹莹眼泪噗地就涌出来，嘴上骂着"讨厌啊你，我听不了这个"，就放下东西冲了出去。陈彦豪什么也没有说，因为他也早已经破防。

"与其说是在帮助一个陌生人做一件毫无意义的事情，不如说，是让自己接受自己已经在尽力了的事实。"陈彦豪当时心里想。

"陈医生，我调取了四天的画面。你每天都要去放两次，上午一次，下午一次，我们都知道没用，但你还是这样做了，感谢你和我们全家一起相信奇迹。今天早上我也去里面看妈妈了，有个短头发的护士和我讲，你每天都去给她听语音。但是，我觉得妈妈很痛苦，插着管子，也不能说话，我在想万一她真的人清醒了，发现身体不能动，那要多害怕啊。所以我今天来，也是和家里都商量过的，我们刚刚把欠的钱都补齐了，而且也不打官司了，只和你说一个请求……"

陈彦豪听过之后，说没问题，他已经帮忙联系好了，找了一个叫阿欢的人，是急救中心的人，也是他们这里的一个病人家属，可以放心。丁怡的儿子听了之后，对陈彦豪更是感激，反复道谢之后才扶爸爸离开。

这家人留给陈彦豪的最后一幕是父子二人围在老太太床边啜泣。

恍惚间似乎看到小孙子也来了，虎头虎脑的样子，扑到床上喊："奶奶我来啦！"丁怡仿佛又像手术前那样，满面红光，抱着孙子亲个没够，儿媳妇在一旁唤孩子下来，不要弄痛奶奶，丁怡拉着儿媳妇的手说："闺女你辛苦了，咱们回家吧。"这幅画面上的光慢慢散去，剩下的是两个无助的男人。

陈彦豪离开了，他相信阿欢会陪伴这一家人，回家。

他自己来到六楼的花园，却发现孙问川早早就等候在了这里。

"家属联系方式给我，我可以帮你安排一下，舒服地给送走。"

"不用，我已经联系好了，下午就走了。"

陈彦豪此时居然没有一丝丝"赌局"胜利的喜悦。

"愿赌服输，我答应你的事情你现在说也可以，以后说也可以，你把握好机会，任何事情，只要我能做到都可以。"

一个明显有纠纷倾向的患者看了视频居然没有闹，孙问川之前没有想到自己会"输",但他认定陈彦豪一定会把这个所谓的"兑换"留到之后,虽然是"戏言"。

"我现在就要兑换。"

这又一次超出了孙问川的预判,而当听说了陈彦豪的诉求之后,他紧皱眉头,有些不悦。

"尽管我们之间的赌局只是个无意义的玩笑,但是你就这么小看一个副院长对你的许诺?你确定以后不会后悔吗?就为了帮一个医药代表?"

"怎样,能解决吗?"

"这自然不是什么大事,虽然患者不能入我们的 HELP 研究,但可以入不严格限制前期治疗的研究项目,我们也可以参与其他医院做的项目,我给你介绍过去便是,药物的费用全免,如何?"

孙问川把对接人的联系方式发给陈彦豪,之后就急匆匆地走了,走的时候留下了一句话。

"这次是你赢了,但这也只能证明你是个有爱心的人,我的观点仍然不会变,对于个体来说,任何个别和例外都是合理的;对于系统来说,稳定性才最有价值,你以后会知道的。"

陈彦豪远远地看到,有个人远远地望了自己一眼,然后便和孙问川一道走了。

是圆圆。

陈彦豪留在天台,他发现自己怎么都想不到的解法,居然对于孙问川来说,也就只是个简单的资源置换。

"人人都渴望权力!"

而令他心服口服的是,孙问川的权力,是来自专业上的登峰造极和行政职务的水到渠成,没有一样靠耍机灵和钻空子。

7

一个老爷爷正牵着一个老奶奶的手散步,两个人像小朋友一样,有说有笑的。看到唐彦来了,两个驼背的老人笑得格外灿烂,纷纷向唐彦欠身示意,唐彦立刻鞠躬还礼。唐彦明白,老奶奶一直不知道病情,所以他也没有多说什么。

他从包里取出爷爷的布袋子,交到爷爷手里,一时不知道该怎么说,但是突然就想起了自己许久未见的爷爷和奶奶。

"检测结果出来了，真的有突变，治病的事情也解决了，院长帮忙处理的，这个钱也都不需要了，很快就会给您安排。"

爷爷有些震惊，拉住了他一只手，激动地摇晃起来，说道："老太太，我就和你说吧，我们碰上好人了，碰上好人了啊！我就相信这个孩子，这个孩子特别棒，这个孩子和展豪一样棒！"

奶奶听到之后拍拍爷爷的肩膀，笑着落了几颗泪。

唐彦看着爷爷奶奶牵着手伴着夕阳走去的背影，想到要不是陈彦豪神通广大搞到了其他医院的临床试验名额，老爷爷一家最有可能的选择就是把房子卖掉，给老奶奶买药吃。两个人也许寄人篱下，也许租了间更小的房子，也许回到乡下。

唐彦感谢老爷爷无条件地信任他，但老爷爷和他说的最后一句话，让他心里又暖又疼。

"孩子，我们是幸运的，是老天爷保佑的，但你告诉我，我们小老百姓，不无条件信任你们，又有什么办法呢？我们和你们讲道理，和你们谈判，我们有这个能力和资格吗？还不如选择信你了啊，孩子！"

唐彦听到这种朴实的大实话，再也没有推托，而是拍了拍老爷爷的手说："爷爷，您信我吧，我一定不让您失望。"

老爷爷走后，他激动得又赶忙用手机给爸爸打了个电话，讲了这个故事，说他自己帮到了一个老爷爷，感觉真的开心，唐彦说："这工作真的是能帮助到人的，不丢人啊，爸……"打着打着，对面的人哭了，他自己也哭了。

唐彦知道了这个消息那天，就约陈彦豪晚上喝酒。他飞奔着赶到了约定的酒吧，只见陈彦豪已经到了，一个人歪在椅子上，确实正穿着自己给他买的衣服。

唐彦单膝跪地做了个拜服的手势道："大哥，受我一拜！"但只见陈彦豪面无表情，他便觉有些不对劲，坐了过去，问了句："怎么了？是不是穿我买的衣服感觉太帅了，我对你太好了？"

"病房死了个病人，今天刚死的。"

唐彦不敢再多开玩笑了，小心翼翼地自己倒了杯酒，和陈彦豪碰了一下。

"我最近光顾着那个脑梗病人了，昨天那个自己医院神经内科医生的岳母我都没怎么看，就知道当时火急火燎地加了个手术，没想到他们连检查都没做齐，昨天做的手术，今天早上肺栓塞死了。"

"我们一下午都在抢救，轮流做心肺复苏，按了三个小时，家属一直不放弃，最后江河和患者女儿谈了俩小时，终于放弃了，人拉走了。"

他又猛饮了一杯，唐彦赶忙帮他续酒。

"当那个女儿问，为什么就那么着急呢，为什么就不做齐呢，人家女婿早撇得一干二净了，他闭口不提是他说要自己找人去做检查，但最后懒得去了。现在人家有医学知识，就一口咬定手术前可能就有栓子，只不过没有做检查就没有发现，还说如果发现了人家就不做手术了。"

唐彦也跟着说："这人马后炮啊。"

"越是自己人，就越不该在这些事情上马虎，住院程序上可以照顾，但是医疗流程怎么也敢省呢。唉，这死亡率一下子上去了，估计也要赔钱，业绩也受影响，一个月的努力化为泡影，这图什么啊？！"

"啊？自己医院的也要告你们吗？"

陈彦豪摇摇头，说："本来是要告的。家属咬定手术中也出了问题，比如断错了血管，或者手术中大出血，都已经闹到了医务处。"

"这可咋办？！"

"还好龙森浩一直有手术录像的习惯，居然随手拿出了个手术录像在医务处播放，这么漂亮的手术，几个学医的都看傻了，患者女儿看了就直接服软了，这才作罢，转头就骂老公。"

陈彦豪把一小杯不知道是什么的白酒扣在鸡尾酒中，一饮而尽，唐彦吓到了。

"所以人家说的没有错，要相信系统的力量，相信个狗屁人啊！狗都值得信任，人值得信任吗？！"

说着，陈彦豪双眼已经迷离。唐彦轻轻拍拍他说："豪哥，大多数人还是值得信任。如果你不是真的想帮我，你本就可以把我随便打发了。那个老爷爷也是因为信我，而我也信你，那个老奶奶才有活命的机会啊。"

"你错了，你这个事情，是孙院长一句话解决的。他说得对，临床路径是最能够避免犯错的方式，立足专业，才能让更多的人获益，而不是满足于自己靠小聪明救了什么人之后的扬扬得意。"

陈彦豪说的声音很小，很平淡，很冷静，更让唐彦感到一阵害怕，他甚至不知道该如何安慰，因为他自以为能够安慰的话，陈彦豪自己也都明白。

"今天发了公示，国家卫生部颁布了医药卫生体制改革的红头文件，要大力发展临床路径，要将全国五十个医院作为试点，推广一百种疾病的临床路径，我们医院就是其中一个试点。孙院长不仅仅是我们医院的临床路径负责人,更是国家卫生部临床路径的执笔人之一。"

唐彦自然知道孙院长并没有站在江河这一边,因此这并不算什么好消息。

"圆圆今天也被聘为医务处的副处长。所以,你说我是什么?我整天蹦跶,最后我能做什么,我什么也做不到。以后谁还要关心复杂的病人,谁还要关心病人除了治病之外到底他妈的还会在意什么?谁还要搞肺移植这么费力不讨好的事情?有什么意义吗?"

随着陈彦豪的脏字越来越多,唐彦也明显感觉到陈彦豪眼神中已经慢慢失去了神采。他知道,陈彦豪只是在发泄情绪,他还会继续做他认为有价值的事,只是要给他一个发泄的机会。

他搀扶着宕机了的陈彦豪,按照之前帮他寄过快递的地址走到了他的家中,这是一个上海随处可见的公寓楼。他敲了敲门,家中无人。公寓的管家看到了也过来帮忙,打开了陈彦豪的房间,一起把他送了进去。

直到进屋,唐彦才是真的震惊了。

一张平板床上面是一条很薄的被子,一张桌子上面有台电脑,衣柜里只有两件衣服,其中还包括他们第一次见面时那套衣服,除此之外这个家里空无一物。

这哪里是住家的屋子啊,这是……牢房吧?

这时,陈彦豪的手机响了,是阿毛打来的,但陈彦豪已经不省人事,唐彦担心有什么重要的事,帮他接了电话。和阿毛讲明情况后,阿毛带着哭腔和唐彦说:"龙哥……龙哥今天手术的时候,手突然抖了起来,我以为他是低血糖,但是他在手术室直接宣布,以后不上台了,他要专心养病。"

唐彦大吃一惊,忙问是什么病,阿毛说了最后一句话,让唐彦整个人也跌入了冰点。

"渐冻症。"

第 11 章 | 不干医生还能做什么？

> 每一个来这座城市的人都怀揣着自己的梦想，只不过大部分人都活成了别人梦想的背景。

1

陈彦豪一直是周二下午出一次门诊。

门诊的病人通常来说都不会很多，但是陈彦豪的门诊次次都有四十几个，无论是来开检查，还是来复查，总是有很多粉丝一样的患者认准了周二下午，陈彦豪总是要解释自己没有迷魂汤。

有唐彦在，陈彦豪就将一部分需要做基因检测的病人筛选出来交给他，唐彦会非常认真地和每一个患者讲他的病情为什么需要基因检测，后面有什么药物可以使用，检测的几个套餐各有什么价值。唐彦未必是讲得最好的，但是他讲得真诚，服务态度极好，患者的体验也很好。

陈彦豪也让唐彦试着接点其他产品，但唐彦一直坚持不做其他，只把检测做好。而且唐彦不像其他检测公司的代表那样，报告出了给医生和患者就没事了，他是能将每个基因突变位点所对应的药物和病情进展说得明明白白的，比大多数医生都要强。而患者即便最后没有在他这里做检测，还是会有无数问题问他，比如什么时候复查，医院旁边可以住哪里，他也从来不恼。久而久之，这些没有做过检测的患者也推荐了很多患友来找他，他的业务反而多到做不完。

"有唐彦真好啊！"

陈彦豪就做不到，这已经是下午因为"肋软骨炎"退的第七个号了，一样的毛病、一样的"无须处理"让陈彦豪一直劝自己耐心地和患者沟通。他甚至感慨,人类的本质的确是个复读机啊!陈彦豪碰到旗鼓相当的对手能聊到第二天天亮,但没法做重复性的工作,特别是面对缺乏分寸感的患者。他越发觉得当医生这个事情实在不适合他,他宁可待在手术室里,也不愿意在门诊遭罪。

近期他投入临床的时间更多了,现在最迫切要解决的是产能问题,龙森浩已经彻底不上台了,王国礼和蔡为民两个人做自己的手术可以,江河这边的手术还是不敢直接放给他们做,而其他主治医师也还没成长到独当一面的程度。

以前龙森浩在的时候,他一个人就能解决80%的手术,江河只上一些院里打过招呼的或者疑难的手术就足矣。而现在江河岁数也不小了,远不如龙森浩体能强劲,每天十几台手术也的确吃不消,这样高强度的工作量刚干了两天就患上重感冒了。他也不敢歇,但凡放松一点,业绩的压力就扛不住了。

在所有的主治医师当中,陈彦豪不但起点高,悟性也强。江河说,陈彦豪没有那么重的思想包袱,更好教。因此他目前已经能独自掌握肺叶切除、肺段切除以及食管的手术,能胜任绝大多数的基础手术。陈彦豪想到前阵子龙森浩对他的魔鬼训练,也许对方早知道有这一天,心里突然有了一丝感动。

龙森浩还给陈彦豪安排了些动物试验。陈彦豪说,自己和器械公司也很熟悉,自己找一个就行,却被龙森浩鄙视了。龙森浩联系了个原来在北京时候熟识的器械商,告诉陈彦豪自己一直在他那里训练,设备和教练都很专业。而且这个老板现在就在上海。

陈彦豪按照龙森浩的指示去了,才傻眼了,这哪是动物实验房啊,这是国家级训练基地吧。各种设备器械应有尽有,还有专业的护士和教练在一旁指导实验动物的区别,除此之外还有模拟仿真设备,可以像打游戏一样模拟一台手术。陈彦豪去了一次之后,就发现自己脱胎换骨了。临走的时候还被发了一个卡,说是每年有五次训练的机会,欢迎他一个月之后再来。

陈彦豪还有个好帮手——阿毛。阿毛虽然自己不会那些高精尖手术,但是跟了龙森浩那么久,已经完全掌握了龙森浩手术的套路,和陈彦豪配合起来也非常默契。陈彦豪不但有帮手,还有个严厉的老师。龙森浩虽然不上手术台了,但是一直是陈彦豪身后的一双眼睛,在他不断地敲打和磨炼下,陈彦豪更是精进神速。

陈彦豪一时间有些失神,完全陷入手术后的复盘当中,直到发现有个人坐在患者的座位上,他才赶忙从系统上找名字,却发现没有新增的患者。

"你好，是有什么不舒服？"

陈彦豪看着屏幕找着名字，看都没有看"患者"一眼。

"我听网上的人说这样可以让孩子休息休息，上个厕所喝口水，又不会被病人投诉。"

"患者"的声音低沉苍老，陈彦豪看着屏幕就闭上眼叹起了气，冷笑道："我说老爹，如果没有你的话，我应该是可以下班了，你没见后面已经没有病人了吗？"

"哦，第一次，不太熟练，你不感动吗？"

"当然感动哪！谢谢父亲大人千里迢迢放下手中的大生意前来照顾这个不争气的儿子的'生意'！"

陈峥平面对这样的调侃向来不为所动。

"小豪啊，家里面现在就我和你大哥两个人，生意忙得很，我这身体也是一日不如一日了，全靠你大哥顶着，你说我这也不敢去看病……"

看到陈峥平一副病恹恹抹眼泪的姿态，陈彦豪冷笑道："行了爸，这套词骗骗别人还可以，在咱们家就算了吧。"

听到这话，陈峥平也立马收起了演技。"哎，你瞧瞧，你都不努力配合一下，等我真死的那一天，我看你是不是还这副铁石心肠。"

"我是医生，强得很，而且你没那么容易死。"陈彦豪冷冷地说。

陈彦豪是为了躲他才跑到了上海，却没想到陈峥平追了过来。这毕竟不是什么"黑粉"，是自己的亲生老爹，又不可能报警，他就只好受着，一副死猪不怕开水烫的架势，争取劝退陈峥平。他就不明白了，人家家里出个当医生的都觉得是光宗耀祖，只有他爹觉得是个坏营生，自己家里人以前是被医生坑过吗？什么仇什么怨啊？

"儿子啊，你清醒一点，别一根筋了。你的脑子用在医学上还是太浪费了，当医生得能熬得住，不能冒进，我早说了不适合你，你非不听。这医生啊，书呆子来当才好，你想想你一个小学三年级就可以赚到几万块的人，干什么医生啊！"

"凭啥你想让我干啥，我就得干啥？"

陈峥平也不恼怒，循循善诱道："所以你现在要分清楚一件事情，你到底是抗拒做生意这件事，还是抗拒我为你做决定这件事。"

陈彦豪像是被说中了一般有些不悦。

"的确，我当初改你的志愿是我不对，我觉得你学医太浪费了，读个商学院，马上出来就能干活了。但你不是我，你也不知道我的压力，我一个人供你们两个读书，我也得考虑什么时候你们能自己养活自己啊！"陈峥平说。

"医学怎么不能养活自己了？我现在不是把自己养得挺好吗，我不当医生了还可以做医药、医疗器械、医疗媒体，我甚至还可以搞医疗投资、养老地产，再不济我还可以去卖保险。为啥你就没有想过，我如果从专业上达到医疗领域任何一个方向的天花板，都比我现在直接做家里那点生意要好得多？"

陈彦豪这次是认真的，他想到孙问川不费吹灰之力就解决了他抖机灵办不到的事情，更加坚信专业的重要性。陈峥平也愣住了，和小儿子当年因为看了个什么动画片就想当"船医"而选择学医这种滑稽的理由相比，他这次靠谱了很多。

"能和家族生意结合起来才好，一家人就要整整齐齐啊！那你赶紧给我当上什么医院的大官，把所有的耗材物流都让你爸爸和你大哥来做！"

"对，一家人整整齐齐地进去局子里踩缝纫机，那个时候我一定好好孝敬你。我要是真的上位了，我第一件事就是和你们断绝关系，不然迟早有一天被你们坑死。"

"其实家里的生意……好吧，你好好工作吧，爸爸的话你再好好想想，缺钱的话记得叫我。"

"哦，对了，爸……"

"嗯？怎么？"

陈彦豪想到了什么，但又觉得时机还不成熟，忙说："算了，没事。"

陈峥平便戴上帽子，提着一把长柄的黑色雨伞起了身。

陈彦豪望着父亲离去的背影，看着那身熟悉的中山装，心里其实是有些感动的，父亲老了，也不再执着了。细想想他觉得父亲说的很多话也没有错，他的确之前当医生总在混日子，手术也不好好上，门诊也懒得跟，总想搞出个发明专利却又无从下手。只有这些天，他才脚踏实地地感受到了作为医生被临床工作充斥的平凡的快乐。于是那个困扰他许久的问题又浮现在脑海中。

"不干医生，又能干什么呢？"

2

上海众合医院的病房都是八人间为主，一个三十几平方米的房间里一边摆着四张床，中间有个不算宽敞的过道，过道上有家属叽叽喳喳地聊天。床边配有帘子，嫌弃人多嘴杂的人已经把帘子拉好了。房间内配有一个卫生间和小阳台，生活的氛围感很足，无数的内衣内裤正晾在阳台，整个病房里也常常飘着一股浓郁的饭香。

"我跟你说，得这个病嘴必须得壮，你得吃啊，你不吃哪行啊！"一个阿姨指着另一个床上瘦削的患者和他的女儿说道，眉飞色舞，"我跟你说，他们大夫才不管这些，他们都说不用不用，也不给弄吃的，就让饿着，哼！"

阿姨说罢又走过去，说起悄悄话，薄薄的嘴皮子上下碰碰就补了几句话。

"你知道为什么？我跟你说，他们才不想让你这么快好呢，你这么快好了他赚谁的钱去？你一直住这儿他们才能一直给你开药啊。你想啊，饭才几个钱，输液多老贵啊，我每天都下去查查账，一查真的吓一跳，你知道就给我们伤口换一块纱布，消毒都不消的，就收三十，三十够我吃一天饭了！"

对面的患者和女儿都吓一跳，说："这么贵？我说大夫怎么天天给我们换药，这么大医院的医生也看得上这份钱呢？"

阿姨眼睛斜着上下忽闪了下，发出一声"切"。"我跟你说，这天下医生都一个样！他们也不让我们吃油的，我在网上查，人家都说得补营养，哎哟喂！你说这不吃带荤腥的，这伤口拿什么长啊，拿白菜豆腐那能长上吗？到时候伤口裂开了又得接着住，我这伺候着婆婆，回家还得去弄小的，我哪有那钱那工夫啊！"

"啊？那你……你婆婆吃啥？"女儿不解。

"吃啥？该吃啥吃啥呗，偷着吃不跟大夫说不就完了，不然他又得说你！刚给她去楼下炖的鱼汤，都是今天现杀的鱼，老新鲜了！我跟你说，这必须舍得花钱，不花小钱，就得花大钱！这个医院黑，边上的鱼汤店也一样黑，但是我这守着病人我也去不了别的地方啊，不然在我们家那儿，买条鱼炖汤那能要几个钱！"

姑娘看着自己身旁胸上插着一堆管子的患者有些为难。"那爸，你吃吗？我要不也给你买点去？"

患者张开嘴说话，但是只能出气儿，听不见声音，像个风箱一样。他边指着自己的喉咙边摇头道："大夫……说……不能吃……说还没长好呢……说让先喝水……"

阿姨又撇嘴，"你就吃吧，你别管那些！"说着便热情地把自己中午领的饭拨了一点到碗里，递给他们。

突然，后背传来个温柔的声音。

"嘿嘿，阿姨，这确实不能吃呀。"

阿姨转头看去，是个白胖白胖的中年男人，穿着衬衫和西裤，衣着非常干净得体，肚子没有很大，胖得非常均匀。那阿姨眼尖，看得出他戴着块价值不菲的表，见他反驳了自己，阴阳怪气道："哟，您哪位呀？"

中年男人憨笑几声，回头指了指阿姨的婆婆。

"这个阿婆我猜想应该是做了淋巴结的清扫，所以大夫才不让吃油腻的，是怕发生乳糜漏。您刚给她吃了鱼汤，我估计您一会儿就能看到这个引流管的东西变浑浊了，但是也别怕，一般饿上一周输输液过渡一下，就恢复了。"

阿姨不屑地争辩："你别扯，乌鸦嘴啊你，我们这都喝了一中午了也没事。"

中年男人没有狡辩，继续道："那这个叔叔呢，我刚才听声音，应该是手术或者之前的病导致喉返神经麻痹了，以后也许能恢复，但是现在这种状态下，声门是麻痹的，活动也是迟钝的，食物吃进去，小心呛咳，进到肺里，可就要成误吸性肺炎了。"

患者的女儿好像认出来他了。

"哦你！你不是刚才给二十七床推销保险那个？我好像听他们说起过。"

病房里的帘子也都纷纷拉开了，大家似乎也都听过这件事情，说病房里刚来了个卖保险的，只是在走廊里待了会儿就卖出一单，刚才就在二十七床那里直接把钱收了，合同签了。一群人叽叽喳喳讨论说卖保险太赚钱了，也有人说卖保险的太能骗钱了，刚来病房这才几分钟，就赚了一大笔佣金。

"你一个拉保险的，在这儿胡说八道什么！"阿姨很是气愤自己的权威遭到了挑战，毕竟他当着自己的婆婆数落自己，这不是暗指她对婆婆不上心吗。

"是啊，你又不是大夫，你们保险公司是不是跟大夫一伙的啊，大夫开完了刀，叫他们来卖保险，然后他们肯定私下里再分成什么的！"

"说得对啊，我们家里亲戚之前也被忽悠买了一堆保险，买完了后悔了想退钱，说退不了，结果真得了病，可严重了，保险公司却说那个不算重疾，一个子儿都不赔，太缺德了这帮人！"

看到自己被围攻，中年男人仍是憨笑着，无奈地摸摸头，走出了房间。一连串的骂声对他的心情似乎没有造成什么影响。

此人正是从北京孙慧团队离开许久的李有才。几年的工夫，他鬓角白了一些，身材没太大变化，还是圆滚滚的，却比以前爱笑了，像个小佛爷。

没过几分钟的工夫，楼道里就传来一片骚动。"护士，你快去看看十三床！"

护士站中午值班的两个护士赶忙奔过去，只见那个说不出声音的患者，正在频繁地倒气，满脸憋得通红，任周围的人拍打后背，他也尽量配合着咳嗽，但是似乎越来越没力气。

护士见状，一个赶忙给戴上了吸氧的导管，另一个跑开去叫医生。

戴上氧气导管之后，患者还在喘，护士戴好了心电监护仪，监护仪上的数字显示，心率 130 次，血氧饱和度 85%。患者处于严重的呼吸衰竭状态！

除了患者的女儿在身边帮他使劲拍后背之外，其他人在一旁无奈地看着，也有的出着主意，而刚才那个让吃饭的阿姨，正把自己的帘子拉住躲在里面。

李有才不知道从哪儿钻了出来，几步迈上前，先是用力叩了几下后背，力道明显比患者女儿大，患者女儿一时也是手足无措，就怕拍得太重了把患者伤口震开，但明显自己更不敢做什么，只能看着李有才抢救爸爸。

拍了几下之后，患者终于咳出了一块东西，应该是刚吃下去的一块肉，气促也立刻好了一些，血氧饱和度也恢复到了 89%，李有才稍稍松了一口气，他左手搂住患者的后脖子，右手大拇指压住他的胸骨上窝狠狠向内一压，患者立刻做痛苦状。旁边的女儿也仿佛心灵感应一般猛地一哆嗦，手伸过来又停在半空，因为李有才的动作看起来流畅又专业，她下意识相信李有才是有些本事的。患者挥舞着手臂试图推开李有才，同时不住地咳嗽，嘴里接连冒出一串米饭粒和蔬菜，甚至都掉到了李有才的手上，他也不嫌弃。

李有才一松手，患者喘上几口粗气，脸色瞬间从青紫变得红润。这个时候，龙森浩和陈彦豪都闻讯赶来，看一群人围着十三床，上前查看情况。

李有才转过身，看到龙森浩大喜。

"哟！你们果然都在！没事了！但是这个患者可能要吸吸痰，再提提抗生素级别，刚才食物误吸了。"

龙森浩一看吐出来的菜就明白了，说着就要冲患者的女儿发火，那个女孩正缩着肩膀不敢说话，而李有才一把将龙森浩拽走。

"行啦行啦，没事就好啦，咱喝酒去。"

说罢，他又向旁边的帘子下面瞥了一眼，收住了自己的坏笑，轻轻拍了拍那个阿姨紧闭的帘子。

"我说大姨啊，你家婆婆这个引流颜色变了，等下护士估计会来找你了。"

"妈呀！这怎么回事？！"

帘子一下子拉开了，阿姨赶忙跑到床的另一边拿起瓶子，引流管里果然变成奶白色的均匀浑浊液体了。阿姨脸上红一阵白一阵的，赶忙问："这怎么办，要不要紧？"

李有才装神弄鬼地说了句："没大事，我说了，也就多住一周，一周的时间准好。还有，别再喝汤了。"

3

办公室里，李有才正四处打量，嘴里发出啧啧的声音。

"不错不错，都有自己的办公室了，牛啊牛啊！"

陈彦豪看着他把戏演完，说了句："李有才师兄，这个戏稍微有点过。"然后说让他先把手上的表摘下来才更有说服力。李有才低头看了下，哈哈大笑。

"哦，这个啊，假的！唬人的，几百块！"

虽然龙森浩一个劲儿嘲笑李有才打肿脸充胖子，但陈彦豪知道这块表可不是几百块的地摊货。他从小见过的金银首饰数不胜数，身边也总不缺师父提点他，帮爸爸跑物流的时候还亲眼见过造假的手艺，一个从武昌发到乌鲁木齐的货，老先生刚上车就开始刻章，下车的时候刻好了，真品留下了，赝品送出去了。陈彦豪觉得这不是好生意，做了几次小生意之后就没兴趣了。

他发现眼前的李有才和以前全然不同了，在北京的时候李有才嚣张跋扈，而且见钱眼开，一个典型的凤凰男。现在被人嘲笑还不反抗，足见内心是真的不在乎，穿戴也许只是他做保险的一种工具。

"那你咋到我们科来了呢？"

李有才指了指龙森浩说："我这不是来给他送钱的嘛！"

龙森浩一脸无辜，仿佛什么都知道，又什么都不知道。

李有才帮他解释，说当年自己下海去做保险的时候，第一批先坑的是身边的人，像孙慧、龙森浩、赵步理，都没有逃过他的洗脑，成功购买了保险，龙森浩当年是最惨的，买了八十万的保额，每年几万的保费支出，让龙森浩都觉得有些肉疼。可这交了两年，龙森浩就逐渐发现了自己有些问题，经过反复的检查才确认了是一种特殊的运动神经元病——渐冻症。最近这几天据说问题严重了，龙森浩发现自己手抖得厉害，也就彻底放弃挣扎了，找神经内科又给自己确诊了一下，这不李有才就来送赔偿了。

"我这大师兄也挺行的哈！总共交了三万多保费，这直接八十万到账了，可以啊！这个单子你签个字，我这就去申请手续，估计过几天就到账了。"

陈彦豪听着李有才轻松的语气，却怎么也笑不出来。他知道，只有两人交情深到一定程度，才会在外人面前无所顾忌。也就是医生，才会在谈论生死和疾病的时候显得这么随意。

陈彦豪看着穿着手术衣清瘦的龙森浩和微微发福、穿着西装的李有才，两个人签字的画面，不由得感叹：风水轮流转，命运总拿好人开玩笑。

陈彦豪虽然听到龙森浩生病的消息也颇为震惊，但迅速理解了为什么龙森浩能这样放下北京的一切，为什么会来上海帮助江河做肺移植，可能就是认清了现实，选择将人生最后一段生命燃烧，实现他心里"最后的使命"。

阿毛从知道这个消息之后，一蹶不振了好几天。他那天喝醉了酒，大喊着："这个毛病生在我身上都要好过生在龙森浩身上！我只是个废柴，得个病也不会影响这个世界一分一毫，但有的人却能做太多事！"阿毛一直认为，龙森浩只要不得病，以后必定成为一个伟大的可以记入史册的医生。于是阿毛四处去替龙森浩求医问药，一会儿撺掇龙森浩查个血，看看是不是重症肌无力，一会儿又让他做个肌电图，看看是不是自身免疫病，一会儿又想带他去看中医……

李有才看字已经签好了，抬头问龙森浩："那你还在上海待着吗？还是早点开始你的环球旅行？"

龙森浩眼神闪烁，半晌之后才说："再等等吧。"

陈彦豪自然知道他等的是什么，如果真的能在龙森浩彻底离开前，把肺移植的资质拿到，也不枉龙森浩的一番决心。这时，外面有护士说准备好了，龙森浩走出去，说还是要给那个呛咳的病人吸个痰，陈彦豪自告奋勇就要去，被龙森浩按住。

"我自己去，每一样学会的本领，都要最后再亲自告个别。"

看着龙森浩离开，陈、李两人陷入了沉默，一时间有些尴尬。陈彦豪便问起李有才是怎么进入保险行业的。

"这个就说来话长了……"

李有才辞职之后，正走投无路，在家做全职煮夫，一个以前做保险的朋友来他家里堵门找麻烦。李有才发现，自己在落魄的时候，以前的朋友可是说翻脸就会翻脸的。

他了解了情况，说是一个客户在申请理赔的时候，公司认为这个客户有骗保嫌疑，拒绝赔付。客户认为保险公司刻意刁难，闹了一阵子。一调查，才发现这个客户之所以当年买保险，是因为她的父亲当时得了肺癌，所以她自己也去医生那里做了个体检，没有发现啥大问题，就买了保险。然而她两年后真的得了肺癌，申请理赔的过程中，保险公司通过调取记录，发现她在购买保险前的一个月刚好去门诊看过，门诊的一个医生给她写了个"孤立性肺结节"的诊断，导致她这个行为涉嫌骗保。公司认为，她明知道要出问题才临时买的保险，这是不能赔付的，只能退还她交过的保费，保险合同结束。这不只相当于保险白买，保险公司还保留向她反向追责的权利。而这个"门诊医生"就是李有才。

病人气死了，她明明没有发现身体任何问题才买的保险，却一下子被扣上个骗人的帽子，她只能一边准备做手术，一边处理纠纷。她义愤填膺地回去找当年的医生，却听说这个医生已经离职，这下子似乎坐实了这是一场由医生和保险代理勾结的骗局。于是回去找到保险代理发了一通火，控诉了那个叫"李有才"的医生，保险代理这才跑来找了李有才。

李有才求了赵步理，赵步理想了些办法帮他找到了当年保留的纸质病历记录，发现他确实在这个患者的病历上写了个"孤立性肺结节"的诊断，他才回想起当时的情形，似乎确实是有这样一个患者，他本想写个"胸痛"的诊断，但是患者强调没有胸痛让他不要乱写，就说是觉得自己有结节才来就诊的，干吗要写"胸痛"，李有才就顺势写了个"肺结节"，却没想到给自己和患者带来这么大的麻烦。

一不做二不休，李有才联系医院进行病案修改，还帮助患者重新挂号，并找赵步理出手出示一个诊断调整的证明，再让保险代理回到公司去找核保部门扯皮，总算是将问题解决了。

保险代理也有些不好意思，毕竟之前她用那么难听的话骂李有才，便和他说："之前我和你说的话，你别往心里去，你要是不舒服，也可以再骂我一顿。"但李有才并不在意，说自己就是个废人了，还有啥在意不在意的，凑合活着吧，别再给别人添乱了就行。

那个代理下一句话，却改变了李有才的人生轨迹。她说："要不，你也来做做保险？你有医学背景，还是大医院的副主任医师，你在医院里混得咋样外面的客户谁知道？而且你讲医学知识，肯定比我们讲得生动多了，要不要试试？"

李有才想着自己正好也没有工作，就去试了试，至少给家人买保险还能省个佣金的钱。去了之后刚好赶上这两年金融危机，但行业的区分度一下子大了很多，撑的撑死，饿的饿死。李有才就刚好属于站在风口上的猪，一下子就成了一个标杆式的人物。他是著名医院的外科副主任医师，做过中层干部，直接被一个业务总监看中，全力培养，没两年就成为公司晋升最快的业务总监。公司因为要在上海这边开拓市场，就把李有才安排过来，李有才顺势把老婆孩子也接了过来，重新开始生活。

　　"你从医生到保险代理有落差吗？不会天天被人家骂？"陈彦豪问。

　　李有才笑道："我这干了保险之后，最大的武器就是脸皮了，每天不被人骂骂就不舒服。我还能说啥，人家问题解决了就行，被骂又不会掉块肉，你看我这个圆圆乎乎的肉都是我自己一口口吃来的，我可舍不得费力气跟人吵架把我的肉吓跑啊。"

　　"那你女儿呢？也在上海读中学了？"

　　李有才得意地点点头，"这女儿是最给我省心又给我争气的，女儿成绩也特别好，现在快上中学了，说以后也要报医学院，给我激动坏了。现在条件比以前好了，日子虽然也算不上富裕，至少不紧巴。出来工作时装装样穿得人五人六的，回家就还是裤衩背心跤拉板！"

　　李有才只有在说到女儿的时候，满眼的骄傲才会迸发出来，但说到自己的时候，淡化了自己曾经全部的光环，就像一个平凡的中年男人，过着柴米油盐的生活，和陈彦豪印象中那个不可一世、唯利是图的形象形成了鲜明的对比。陈彦豪自小就没有穷过，他对这种竭尽全力改变人生境遇，跌落谷底又爬起来的真诚非常敬重。

　　"听说卖保险的可赚钱了？"

　　李有才认真地解释："这个呢，看人，如果是想要把团队做大的，那就也需要投入很多成本，其实也算是另一种公司体制内的创业，和在医院做事情是一样的，也需要组织很多人，来完成一个复杂度更高的事情。保险和医疗最像的一点就是，都需要做好品牌，为了品牌，就会有更多你看不见的投入，如果想做好一份事业，那也要平衡自己的钱袋子和公家的钱袋子。换句话说，赚得多，也得舍得投资。"

　　"那你为什么要把家挪来上海呢？之前不都在北京安家了吗？"

　　李有才继续道："其实我觉得，上海更有做生意的氛围，也就是契约精神。讲得更明确一些，就是在前面大家把撕破脸的结局都在桌子上聊明白了，后面再扯皮的事情很少，推进起来特别快。在北京，常常前面大家嘻嘻哈哈都是兄弟，后面做到一半，一涉及担责任，或者要出钱的时候就开始耗着，拖着拖着事情就黄了，太耽误事儿。"

陈彦豪笑着表示认同，每一个来这座城市的人都怀揣着自己的梦想，只不过大部分人都活成了别人梦想的背景。只有陈彦豪来这里是逃离，似乎没有什么具体的梦想。

"而且保险，终究还得讲个游戏规则，越是富人越爱买保险，而穷人爱买彩票。富人已经有钱了，才会开始在意财富的下限，而穷人下限已经很低了，他们唯一能博的是财富的上限，而没有那么多可失去的，这是完全不同的两种心态。并不是富人一定比穷人多读了多少书，或者多了解了多少道理，正所谓光脚的不怕穿鞋的，正因为拥有，才害怕失去。"

听到这话，陈彦豪立刻想到了龙森浩。正因为拥有了一切，所以在失去的时候，才格外让人唏嘘。他叹口气道："好在有八十万托底啊！也够龙森浩去过自己想过的生活了。"

李有才点点头，说："在北京的时候，每一轮实习的同学都见过那个躺在干部楼的渐冻人。据说到现在他已经躺了十七年了。他家里孩子多，没有一个希望放弃治疗，就这么耗着，他自己也没能力说放弃。他只要活一天，家里的孩子就能持续地拿钱，太可怕了。所以龙森浩说，这病没救，也不治了，等完成组建肺移植团队这个心愿，就去环球旅行。龙森浩最后就这么一个执念了，你好好帮帮他。"

说完，李有才便告辞，说还得去帮刚刚谈好的那个客户做下后续的方案。

陈彦豪突然好奇起来，"还做什么方案，这种保险我理解不是一笔钱给到位了就行了吗，他不是都付完钱了？"

李有才点点头，"对，说得没错，但这只是客户的最低层次的需求，你要想做得好，你就得把客户当自己家人照顾，我这后面还要教她怎么先用好自己的医保，比如医保门诊的起付线和报销额度都有限，她可以找你们在病房多开三个月的药，病房不但医保报销比例更高，还能多开一段时间，更不占用门诊两万的额度。我还要带她去申请大病医保，这个后期还能再进行二次报销，需要自己花的钱就更少了！我们公司给的保障，她可以留到更需要的地方去花，这精打细算才是过日子啊。你估计是没穷过，你知道现在白菜多少钱一斤吗？"

看着陈彦豪目瞪口呆的样子，李有才轻轻把门关上。

这个时候，陈彦豪突然灵光乍现，露出一张狐狸般的笑脸。

"把李有才这家伙挖过来干ICU啊！现在不就差ICU的人了嘛！"

4

陈彦豪下意识觉得，李有才的到来将带来质的飞跃。

自己是个单细胞动物，狼性强，但是得罪人也多，就容易被人联手搞事情。在一个这样庞大的医院工作，人际交流是非常重要的，也是必需的，做事少不了以柔克刚。李有才，也许将是团队重要的润滑剂。

但接收一个从北京的医院离职，并且已经进入商业领域的副主任医师重新回归医生队伍，在上海似乎还没有过这个先例。不过，只要上海众合医院肯破格聘用，后续就不存在任何阻力。更何况外科学的毕业生进入重症监护室本身就是稀松平常的事情，只要进入之后再接受一定的专科培训就可以。所以陈彦豪的这个思路，如果不考虑李有才的个人意见以及人事处的程序，确实可行。

不用问，这个点子受到了江河的大力支持。陈彦豪心想，这也就是江河才能有这样的胸襟。

接下来第一关是游说人事处。这自然是陈彦豪出马，轻松拿下了。陈彦豪去的时候，看安处长不在，稍等了她一会儿，其间刚好碰到一个以前辞职去创业的医生回来，想要重新做医生。从人事处办事人员的话语中陈彦豪知道，这医生已经不是第一次来求了，但医院觉得，你说走就走，想回来就回来，这是做梦！那个男人一直哭诉自己家里孩子老人生病，创业失败，房子也赔光了，现在就想有个稳定的收入来源去交医药费。但即便如此，人事处也没有松口。人生漫漫，有些决定可以做很多次，但有些决定只有一次机会。

这座巨大的寄生兽是有生命力的，它能提供稳定的环境让你活着，但它也是有情绪、有脾气的，有自我意识的！

其他行业从业者是无法中途转为一个医生的，也很少有医生到了其他行业，还能再重新做回医生的。虽然行业只是规定，离开临床行业超过多长时间需要重新考取执业医师执照，没有规定一定不能回归。这才是很多人即便对这个行业嘴上不满，真要到离开的那一天也会恋恋不舍的原因。

安处长回来，拉着陈彦豪的手就进去了。陈彦豪掏出了几张黑白照片，都是自己配过文字的。虽然都是笔记里的复印件，但陈彦豪一波一波拿出来。安处长喜出望外，说这样一来，展览用的材料就差不多都够了，热心问道："最近科里有什么需要帮助的吗？"

陈彦豪便说了李有才的事情。安处长笑笑说，院长也说过，说是江河给院长打过电话了，只要对医院好的事情，她都会帮忙。陈彦豪笑笑，问这个文化长廊准备办在哪里？看安处长一副发愁的样子，陈彦豪又说："要不，我给咱们再拉点赞助？到了启用的日子，再办个庆典？"安处长说陈彦豪尽管去办，谈得差不多的时候，她去和院长请示。

第二关是劝说李有才。但强悍如江河，却也有一股子社恐体质，不愿意亲自去问，只让陈彦豪去打探虚实。陈彦豪探听过李有才的口风后回报，李有才认为自己愧对患者，犯过不小的错误，不太适合继续做这个行业。

江河又给赵步理打电话，寄希望于李有才能听赵步理的劝。不过赵步理沟通之后也遗憾地告诉江河行不通，李有才一家已经过上了相对富足稳定的生活，不太想再重归临床一线，丢掉来之不易的相互陪伴。

江河孤注一掷，拨出了最后一个电话，也是他半年来从未联系过的那个人，孙慧。孙慧听了之后说了句"神经病"就冷冷地挂掉了电话，江河心里更是窝火，对着电话想骂又不敢骂，确认电话已经挂瓷实了才喊了句"他妈的"。

陈彦豪、龙森浩等人都安慰江河一切随缘，他倒是铆足了劲儿决定死磕到底，说自己一定有办法说服李有才。

关键还在于，江河虽然搞不定，但是能让所有人都知道他在搞，还丝毫不觉得丢人。一个大主任低三下四地去求一个离职做保险的人回归医生行业，他却乐在其中。

在手术室开刀的时候，江河还会突然开玩笑似的冒出："我要是给他送几瓶茅台，让他知道我们这儿也能赚不少钱，是不是比较符合他的口味？"

他每天像个小喇叭一样，传得天下皆知。可始终没有真正将李有才约出来聊一次，这可就便宜了葛峰。

医院不远处有家"舟山渔村"。医院下班晚，外科下手术更是没有准点儿，这里距离医院只有步行十分钟不到的路程，下班来吃个饭就显得没那么费劲。这里的舟山带鱼是一绝，桌餐的规格和收费也都合理。更重要的是，这里的大堂很小，餐馆把大多数的桌位都做成了包间，隔音效果也好，是谈事情的好地方。

葛峰、李有才、肖飞三人到了之后，已经吃了几圈菜，酒过三巡，三人都有些微醺，进入状态。葛峰一看已经晚上八点，便开始进入了今晚的"主菜"部分。

"李兄啊，咱也不客套了，来了上海就是朋友，咱们喝着，你随意！"

葛峰说罢便一口饮尽一杯酒，李有才笑嘻嘻地陪了一杯。肖飞举起杯，发现葛峰和李有才都没有和自己碰杯的意思，自讨没趣地抿了一口。酒虽好，对他来说也不过是杯酒而已。他自从发现自己最近那方面状态不佳，也控制了饮酒。这让他很痛苦，仿佛成了失去超能力的超人，想着不忙的时候找个外面的医院检查一下。

再加上被免去了手术室主任的职务，也苦不堪言。他以前想办个事情，无数的人会抢着帮他办。可现在他只是让同事帮他寄个快递，对方都推三阻四。他在手术室主任的位置上得罪过的人，像是把那种被欺凌过的情绪传染了出去，让所有人对他都带着敌意。在手术室想找护士给他分个台进行手术，护士不理他，麻醉师不理他，他先是发火，后来好好说，再到后来也变得像小医生一样求人家。就连他想去申请个院内的课题，院里也不给他，要么说他太年轻了，还需要多历练，要么说他年龄超了，要给年轻人机会。他就觉得自己的年龄也是个玄学，可以同时满足"不够资历"和"不够年轻"。他自认为没有犯过滔天的罪过，可没有上到那个位置之前一切都还是好好的，但自从自己下来，仿佛就坐实了他是被弃用的一样，任谁都可以踩上一脚。这种坠落感让他异常痛苦，就好像玉帝将他的法力收回，从神仙贬成了凡人。

葛峰虽然带了肖飞来，却一晚上都把眼睛放在李有才身上，"小李啊，我知道，你当年就是北京的，也是江河夫人的高徒，我听说江主任有意招你过来？这是好事啊！"

李有才摆摆手，"那不能，我这是戴罪之身，回临床让人笑话了，就干点辅助工作，给大家做点服务工作，过过小日子，也没什么大的抱负！"

说着，便又饮一杯。李有才给葛峰瞬间满上，再自己添上。

"我觉得不妨事，谁还没有年轻过，而且我听说那也不是什么大错误，是你自己放弃的，不是医院开除的你。我跟你说哦，这个差别可大了去了，如果是医院开除的，那档案写上一笔，神仙难救咯！但只要是自己走的，无论当年发生什么，都无从查证啊，只要没有人盯着你举报，都不妨事，不妨事啊！"

葛峰酒力一般，这时的讲话已经略显真诚，说起话来有上海人特有的腔调，摇头晃脑的，细细品，又能品出一点点傲慢。

"我几斤几两我还是清楚的,谢谢葛主任抬举。"说罢,李有才仰头又是一杯。

肖飞在一旁看着,觉得有趣,这李有才果真是个土老帽儿,嘴上说着不喝不喝,见到好东西了就挪不开眼了。

"不喝了不喝了,今天喝到位了,葛主任您这太客气了,我不行了,肖主任您别开了,哎哎哎,哎哟你看你们,真的是,这我哪好意思。我这半辈子了也没喝过几口这么好的酒,都泛黄了,都是有年头的啊!葛主任要不这样吧,下次我请!必须给我这个机会!"

葛峰笑笑拍拍李有才手臂,示意他接着喝。肖飞顺势看了看李有才手腕上的表,看上去像是一块绿水鬼,但做工劣质,一眼就知道是仿的,和李有才全身散发出的土气如出一辙。

肖飞拍着李有才后背喝酒的时候,摸到李有才的衬衫,从手感上也确定是个地摊货,所以所谓的"业务总监"必然也是掺水的,他想起一个去了北京的同学对李有才的评价——

"用尽全力让自己看上去像个人物。"

又喝了几轮,李有才看上去已经有些飘忽了,白嫩的脸上红扑扑的,近四十岁了,皮肤依旧是很好,可见近期没有了临床的工作,保养得不错。他一个劲儿地打着嗝,脸上洋溢着人畜无害的笑。在肖飞看来,北京那个地方出来的人都一样,让人喜欢不起来。李有才的笑让人很难不嫌弃,陈彦豪的笑让人很难不提防。

肖飞又想到龙森浩,一方面他为龙森浩感到唏嘘,另一方面又觉得这个医院不会再有人和他争风头。他和葛峰一起听到龙森浩生病的消息,葛峰虽然脸上表示出痛心的样子,但私下说:"这下胸外二科要没戏了,让江河一个人顶,是根本顶不住的。"所以葛峰和肖飞商量,让李有才也过来,在人力上和心理上给江河一次打击,让他翻不过来身。

"你是个人才,国家培养个医生不容易,真的要流失了,这不是你的损失,而是国家的损失,是医学的损失啊!我又要说句不该说的了,我只能说之前的环境不适合你,之前的人不会用你,把你给荒废了,但是如果来我这里,我怎么对肖飞,我就怎么对你!"葛峰说。

李有才看看肖飞,看他做出一副欢迎的样子,又露出勉强的表情,解释道:"葛主任,我也是非常感谢您的好意,可是我也有难言之隐。江河主任找了不少人劝我,可是我现在心思都在我女儿身上。我爱人得病了,最近需要不少钱去治,我要操持家务，还要照顾女儿，又当爹又当妈的，我如果再去临床，根本兼顾不过来，所以我才干着保险，有一单没一单的不要紧，只要一家人能过日子就行。"

葛峰猛拍桌子。

"不要紧！我和你说，你就放心来我这里，你如果觉得到胸外科没法顾家的话，你就来重症监护室。监护室的工作都是排班的，一周你就顶多上四天白班，我和监护室的主任说，你就管我们胸外科的病人，你看如何？我还有五年退休，到时候你也一定能混出个名堂来了，那时你的家庭可能又缓和过来了，你又可以追求事业的高点了！你的保险，我看也不要停，哪个医院的领导都没有硬性规定员工不能推荐保险嘛！这是利国利民的好事啊！我也从你这儿买保险！就这么定了！"

李有才听着，默默地喝了三杯酒，眼圈说红就红了。

"我女儿总和我说她对不起我，她说都是她和她妈妈拖累了我，当年要不是为了给她报课外班，我也不会一门心思去搞钱，如果现在不是为了照顾她，我也不至于做这种被人天天骂的工作。我女儿一直的梦想就是去学医，她想要完成我所谓的没完成的事业。她真的特别懂事，也特让人心疼，她干吗要这么懂事呢，她就像个小姑娘一样好好生活，想买什么买什么，以后想干什么干什么……这不是挺好吗……"

说罢，李有才竟呜咽了起来，肖飞也没想到，一个整日嘻嘻哈哈的胖子，生活居然这么糟心，虽然在同事眼中他没什么大本事，但也不失为一个好爸爸、好丈夫。这一身劣质假冒的产品，还有佯装出来的体面，背后却是这般艰辛。可肖飞仍是不希望这样的人加入他们的团队。虽然他已经失去了团队成员像以前那样的绝对服从，可对他来说，这只不过是暂时的，等他重新上位，一切都会照旧。他最不能容忍的，是李有才这样一个变数的存在，就像曾经的吴晨飞那样。他认为葛峰就应该把所有资源都给他，毕竟他才是一直忠心耿耿的，而且葛峰的一切，都是他创造的。

过了许久，葛峰拍了拍李有才，李有才像是大梦初醒一般。他看了看手里的酒杯，又猛地灌下一杯，狠狠点了点头。

"葛主任，我……我来！"

葛峰得意地笑笑，举起杯便和李有才碰上了。

"那我可先说好，你来我这里，如果江河那边让你去做什么……"

"按过去的说法，您帮我赎的身，我自然是您的人！"

"哈哈哈，好！"

说罢，葛峰喝完酒，接了个电话。

"哦，金处长啊，你也在这儿呢？我过来我过来，哦？冯公子也在你那儿呢？这家伙，通敌叛国啊，好嘞好嘞，我寻你们去。"说着就出去了，留下肖飞和李有才二人。

李有才两眼泛光，看肖飞也没有要搭理他的意思，自斟自饮起来。不一会儿，一个男人走进来，正是金处长，他应该是和葛峰走岔了。金处长先是和肖飞打了个招呼，碰了杯酒。转头看到李有才，忙问是谁，肖飞便介绍说，是江河之前在北京时团队里的人。

金处长眼神里划过一丝狠戾，"江河团队……"，他举起手里的白酒瓶，说了声："来的都是客啊！喝一个！"便准备往李有才杯里倒酒。

李有才推开金处长手里拿着的酒杯，也喊了声："来的都是客啊！"便举起旁边的一瓶酒，直接拧开，和金处长手里的酒瓶碰在了一起，喊了声："干！"就把剩余的酒一饮而尽。金处长惊呆了，面子上挂不住，也把手里剩的酒一口喝掉，跟跟跄跄地走出门去。

李有才像是没事一样，马上转身给肖飞敬上一杯酒。

"肖主任，以后请多指教！"

肖飞应下，一饮而尽。"表不错哦。"

"呵呵，还行，还行。"李有才讪讪地笑着，并没有解释什么。

"话说，干保险到底能赚多少钱啊？"

"我们也就是三四十个点的提成，看着挺多的，不过也是看天吃饭，有几个月还行，多数的时候也就是守株待兔。自己的亲戚朋友都鼓捣完了，如果再没有什么转介绍的，那就只能熬着了。来了我才发现，这公司都不是招我们来卖保险的，而是通过各种'内部小道消息'吸引我们自己买的，所以我们不是猎手，我们就是个猎物啊！"

肖飞呵呵笑了一声。

"那我跟你买保险，你是不是能给我便宜点？哦不对，你们做保险的，是不是就吃那点回扣，要是便宜了你吃什么！呵呵。"

听到肖飞轻蔑的笑，李有才脸上立马堆上一层层的笑容。"肖主任说笑了，我就因为回扣这事出的问题，现在哪还会碰这个。"说着一副难为情的样子。

李有才这诚恳的话术让肖飞认定，这家伙只是个蠢货，北京的人，大多数都是如此木头脑子。这个时候服务员过来问买单的事，肖飞也喝了些酒有些上头，拍着桌子就骂回去："你刚来几天啊！有你这么上桌问买单的吗？你给我把你们经理叫过来！"

服务员是个小男生，被骂得直哆嗦，赶忙道歉就往外走。李有才跟上去小声嘀咕了几句，服务员连说"谢谢"。肖飞把李有才叫回来，轻蔑道："嗐，你别介意，这一看就新来的，一点数没有，你不用管。"

李有才喏喏地点头，肖飞又傲慢地讲起话来。

"我听说你们是不是也搞搞小动作，帮人做做假证明什么的，比如找自己人做个 B 超先发现个瘤子，不出报告，然后买了保险过仨月再出报告什么的，这个能捞不少钱的吧，呵呵。"

"我们不敢，肖主任。"

"呵呵。"

肖飞摆着一副臭脸，希望让李有才知难而退，而李有才像是看不到一样，自己喝着剩下的一点酒。

"喝啊，肖主任，好酒别浪费了。"

"没兴趣。"

"呵呵，那就便宜我了。"

5

当江河再次询问的时候，江河发现李有才已经准备在人事科办手续了。

他破口大骂，说李有才"狗改不了吃屎"。甚至他第一次冲到葛峰的门诊和葛峰拍桌子，无论陈彦豪怎么拦也没有用。葛峰只好摆出一副无奈的态度，说这也是人家自己的选择。

到后来，两个人当面吵起来，险些就要动起手来。葛峰也丢掉了一贯的格调，和江河一样脸红脖子粗。医务处的吴军也过来调停，而见吴军来了，陈彦豪不知道从哪又钻了出来，提出了一个更为大胆的想法。

"按之前的说法，两个科室要动态平衡，那李有才去了胸外一科，有本事就把肖飞换过来胸外二科。"

这一个可笑的说法提出之后，江河也像是看笑话一样叉着腰看葛峰，两人也都是在气头上，导致葛峰听到"有本事"三个字居然都没有说"凭什么"，而是说了一句非常昏的气话。

"换就换！"

吴军立马拍板定了调子，说肖飞不能换，称李有才的事情，院里还要开会再研究，毕竟是个特殊的例子，要走一些流程，和卫健委还要商讨，看怎么走人才引进的路子。吴军让两个主任停止争吵各自回去工作，这场闹剧才收场。

但是肖飞听到之后气得脸都绿了，一句话没说。葛峰也是发现自己中了激将法，和肖飞小声解释："等招到李有才，半路就让他滚蛋。"

肖飞已经不信葛峰的话了，嘴上应承着。

他认为自己有今天，都是靠自己，但是自己的一切被夺走，都是因为葛峰。现在的他再也没有"分台"的特权，因此他在手术室等着晚上的手术，估计要干到夜里了。甚至连平常最好心肠的陈兰都装作看不见的样子，宁可帮胸外二科的王国礼等人分台，也不会帮他。

其实这种日子他很久以前经历过，但那个时候年轻，觉得没什么，甚至还有些奋斗的快乐。而现在经历过掌控自己的手术台，每天早早下班，到酒店恣意释放能量的快乐之后，重新过回这样的生活，肖飞整个人都是萎靡不振的，他在迁怒世界与质疑自己之间徘徊。

人，真是不能够接受变差的。

他目前唯一的快乐，虽然很奇怪，但让他很享受。刘芳的女儿晚上经常在办公室等妈妈下班，偶尔会到休息室来找他，趁他看片子的时候在他身边玩一会儿。肖飞也从来没有拒绝，而且刘芳虽然从自己的领导变成下属，又变回领导，但并没有对自己"围追堵截""落井下石"，而是与之前一样，既没有特殊照顾，又没有故意刁难。反倒是很放心女儿和他一起玩。

于是，两个人就经常在晚饭后坐在一起看手术视频，肖飞给朵朵买些零食，两个人看着电脑上血肉模糊的手术视频一起吃。肖飞还会给朵朵讲，这里是什么血管，这里在做什么缝合。讲着讲着，一个四岁多的小女孩耳濡目染，也学会了大半。在幼儿园的时候，小朋友们表演节目，其他小朋友表演个跳舞，背个古诗，朵朵表演了一个肺叶切除，怎么断血管、怎么断气管讲得头头是道。老师也都惊呆了，告诉刘芳尽量不要教孩子这些。刘芳反而觉得开心，现在只要朵朵喜欢的，她都支持。索性也不管两人，随他们去了。

这时，伴随着手机的振动，肖飞收到了医药公司主管给他发来的电子邮件，是一份录音文件。他放在耳朵上听了听，确认了这个录音足够劲爆，这就是葛峰一直让他收集的胸外二科的"罪证"。肖飞正要发给葛峰，但他猛然意识到什么。

胸外二科对于他来说，的确有些很讨厌的人，但倒也没谁主动害过他。他对胸外二科的不满，似乎更多来自葛峰。他再三想了想，还是没有直接发给葛峰，自己默默保存了起来。说到底，他看似努力让自己理智冷静，但此刻他抗拒葛峰的命令，不过也是另一种愤怒占了上风。

然而他并不知道的是，葛峰那边也收到了一模一样的录音。

第12章 | 医院的真身

"在这个体系当中没有人想过害人，每个人却都可能成为死神的帮凶。"

1

"你不把病人挪走我们怎么走啊！"

"我这病人在床上我拿什么挪啊！我挪走放地上哦！真的是！"

"现在那边全是要拉的人！我得赶紧回去！你先找个地方让我把病人放下！"

"没地方！你自己不会睁眼睛看啊，屁大点的地方都找不出！"

阿欢穿着带绿色反光条的急救制服，正与一名护士大声争吵着。他帽子和身上的水还在往下滴答，整个人都像是从水里捞出来的一样，脸上淌的不知是汗还是雨水，眼睛急得血丝炸裂。急诊室现在已经被挤得水泄不通，地上全是水，工人边骂边擦着，还有的工人在往门口堆防汛沙袋。空气中全是消毒水、血和污浊物混杂的味道，不过真正让人压抑的，是一直没有停下的愤怒、争吵和痛哭。

"本市特大暴雨，滨江路中秋活动发生严重踩踏事件，目前已知伤者二百七十六人，重伤三十四人……"

这个消息像惊雷一般在上海上空炸响。上海众合医院门口一片混乱，车、人缠成一个解不开的棉线团。

此时，一个女人的声音显得尤其冷静。

"把病人放在这里吧，把急救车的床先还给人家。"

只见圆圆抱着一个折叠行军床，就地打开，行军床比她的身子还大，显得她更弱小。阿欢连忙喊了声"谢谢",确认了伤员的脊髓没有明确创伤之后,把伤员"卸货"到了行军床上,推着担架就跑走了。阿欢也没有想到,原来困扰救护车最大的问题会是"压床",他的"货"卸不掉,他就走不了。

护士看来人是圆圆,没再多说,赶忙过去跪在地上往患者身上贴电极片。

"喂,张医生,八区域又多一名外伤病人,目前生命体征平稳,但是说是胸痛腹痛!"

"喂,护士长,我们监护不够了,最后一台用完了,赶紧帮我们从病房借吧,不然下个再来没得用了!"

此刻,急诊室电话的沟通声此起彼伏。

"我说了你这个不用住院!你这个回去养就行!"

"不用,什么都不用!"

"对,我负责,我负责行了吧!"

蔡为民不停地吼着,这是圆圆印象中第一次看蔡为民失态,仿佛整个人已经处于情绪失控的边缘,这个时候病人的烦躁和医生的愤怒仿佛会相互传染。被他吼的病人旁边的家属立马就表示了不悦,强调必须留观,而且这么大雨也回不去家,让务必给腾出个病房来。蔡为民再次表示了他的病情不需要,说病房现在没床!只有气胸和血胸的患者会直接拉到手术室,其余的一律留观,甚至直接送回家!

直到他不小心说了"病房现在没床"的时候,家属就爆发了。

"你们这么大医院都没有床,那急救车拉我们过来干啥!还不如去三院呢!什么破医院!CT都没有做就说我们没事,糊弄我们吗?!"

第一拨病人来得实在太汹涌了,导致医院措手不及。本来晚上急诊的护士就不多,一下子涌进来几十个病人、上百个家属。CT机还没做几个人,一群情绪激动的家属拼命挤进来排队,结果不小心撞了一下,坏了。圆圆赶忙派人找后勤保障处的人报修,不过不知怎的,半天也没有人来。圆圆只好亲自要过电话去问,才发现根本就没人联系过后保处。

她接连打了几个电话,尽管已经是晚上八点了,她还是毅然决然将所有医务处的同事召唤回来,碰到个别说有困难的,她直接挂了电话。没一会儿,这几个人也发来信息,说自己家里事情解决了,马上过来,圆圆回了句:"谢谢,辛苦。"这时,旁边的急诊总机电话又响了,一个护士边填着患者信息边接了起来。

"喂，我们这儿真的满了，你让他去其他地方试试吧！"

圆圆听到之后抢过电话。

"喂？急救人员对吗？嗯，我们这里优先胸部和腹部外伤，其他的你们这边可以优先二院和三院这边，谢谢。"说罢便把电话还了回去，"急救电话我马上安排行政人员接听，在这之前，一定不能对外表示拒诊，明白吗？"

护士还没争辩，不远处又爆发了争吵，圆圆循声走过去，发现是医生和工人师傅在与一个人推搡，那是一个穿着红绿粉三色休闲西服、戴着粉色框眼镜的女人，看上去也已经年纪不小了。她旁边床上躺着一个男人，眼睛正呆呆地望着天花板，张着嘴喘气。

圆圆拉住旁边的人一问，才知道这女人是男人的老婆，但令人惊讶的是，这男人还有个"小老婆"，就是女人嘴里骂脏字的时候偶尔带上的那个"乡下人"。这男人是糖尿病，血糖太高了就发生了酮症酸中毒，整个人现在意识不是很清楚，但是生命体征比较平稳，只要等血糖缓慢降下来，酸中毒被纠正就没事了。医生想把他从抢救病房挪到留观病房去，这个女人不同意，说是"乡下人"不懂事被医生骗了，这么重的病怎么能挪出去。旁边人说完前因后果，还不忘看一眼床上的男人，心里像是在说："就这，他也配？"

圆圆明白了，往前又走了两步，只听医生岔开话题问女人："他平时吃的什么药？"女人不耐烦地翻个白眼道："都是那个乡下人给他弄的，我怎么知道咯！"

医生又劝她，说他这个病情相对平稳了，现在急诊有个人需要上呼吸机，但是这个患者不需要呼吸机，问能不能把床位让给别人。女人冷笑一声道，她老公出去之后有个什么三长两短怎么办，急诊室肯定是技术最好、保障最全的地方。"别人怎么样跟我有什么关系，是你们医院要解决的问题咯！"说着便把工人师傅的手从床上扒拉开，自己一屁股坐在患者床上，"哎哟哟，我心口也不舒服哩！这是不是心脏病哦！等下我不舒服你还要抢救我哩！"

旁边又来了一个女人，身材很丰满，穿着比较朴素，看三色西服的女人坐在床上，也不敢靠近，从另一侧走到男人旁边，给男人擦了擦汗。小声说了句："姐，要不咱还是……"三色西服的女人瞪了她一眼，她也不敢对视，赶忙噤声，转头和众人说："我们大老远地过来，你们这大医院都是怎么对病人的，病人还在床上倒气呢，你们都要赶出去。你们撵人，我们也没办法，要么就把我们都抬走吧，让老百姓们都看看！"说着便也跳上了床，躺在男人身边，三色西服的女人也不甘示弱，躺在男人另一侧。

医生看到圆圆来了，仿佛赌气一般和她耸肩道："喏，你看，不是我们不想多接病人，我们是真的挪不动，不可能真把病人抬走吧！出了事情算谁的责任！我们那边还抢救着呢，哪有工夫和这俩女的较劲！"说着便扔下这个病人跑去另一个地方做心肺复苏了。

现在的急诊，医生严重不够用，心肺复苏超过半个小时就宣布放弃，医生还要腾出来给更可能救回来的人。尽管病人家属一再要求，医生们也无能为力，地上全是等着救命的人，医生的时间也成了一种需要抢的资源。

急诊，已经演变成了一场关于生命的算术题，每个人的生命都有可能被放在等式的一端。甚至有两个人是急救车一起送来的，来的时候家属还结伴去挂号交费，没一会儿因为吸氧的地方只剩了一个，两人的家属便打了起来。

圆圆知道，急诊太缺医生了，也太缺病床了。如果病房和监护室再腾不出地方，急诊就要崩溃了。来的人只能堆在走廊里摆着，这会出问题的。急诊室的家属们也开始变成护崽母鸡的防御模式。她知道，经过这一闹，急诊室的十六张床就仅剩三张可以使用了，而十三个人里明明只有三个人需要用呼吸机。于是，她命工人将急诊室又临时加了几张床，三色西服的女人只是嫌弃加的床离他们太近了，却也没再说什么。圆圆希望这能够缓解一时的床位压力，但她抬头向外看看，无数的急救车在门口等床位。

吴军在急诊办公室大吼："医院的规定！任何人没有我的允许，不能私自和急救中心联系拉人过来！"

生理盐水还有，但葡萄糖没有了……抗生素不够了……输液架不够了，只能用胶带把输液瓶粘到墙上，或者让家属全程举着；纱布不够用了……氧气罐不够了，转运病人等着氧气枕头打气；轮椅和平车都不够了……工人师傅不够，地来不及擦了，卫生间污水横流；打印机坏了许多，手续办得更慢了，队伍因为插队爆发争吵。

无菌钳子包只有几十个，急诊外科的医生只能无奈把一个包拆成几份用；医生不能用剪子剪线头，只能用注射器的尖端拆线，用镊子缝针；助手不够用，患者家属自己当助手；手术室不够用，急诊操作间变手术室；骨科医生用出了多年不用的脱臼复位法；孕妇快生了，堵在路上过不来；医生被救护车拉走了……

圆圆恨不得变成一只八爪鱼，游走在无数的线头之间，电话不停地打，人员不停地安排，眼神也逐渐凌厉起来。她让同事尽快统计病房的剩余承载量，让能转病房的尽量多转，给急诊的前端减轻压力。圆圆看向消耗殆尽的床位，不知道这场世界末日般的大雨里，还有多少带着全部的希望奔赴这里的人。

"哦，我们这儿……我给你看看吧，燕子！咱们还有多余的心电监护仪吗？！"

"哦……不好意思啊亲爱的，我们这里都用完了。"

"病床？病床也满的，虽然系统还有空，但是病人还没走呢。嗯行，有需要你再找我们！"

胸外科护士站，一个护士挂了电话，忙对旁边的护士说："说是因为这大暴雨，好多重病人会运过来，急诊肯定不够了，到时候要往病房塞，咱们随时做好准备吧。"

而这时的肖飞，也正在值班室，躺在沙发椅上，想尽快让自己睡过去。他在关着灯的小小值班室里向外望着，深蓝色的夜空中没有一颗星星，暴雨的声音忽大忽小，伴随着雷电声，外面的世界像被水淹了一样。而值班室里的空气中还弥漫着一丝花香的气息，是前阵子葛峰过生日时学生们买的。伴随着似有似无的花香，肖飞却躺得很是难受，心乱如麻。

江河表示要来者不拒，应收尽收。因为这事，江河还把门诊办公室主任何尚青当着众人的面骂了，说她推病人，没担当。何尚青是普外科大主任的老婆，这下肯定是结了仇了。

肖飞问葛峰要不要收病人，说科里有空床，要么稍微收几个，表个态。葛峰说让他看情况，不要勉强，肖飞立马懂了。

这个时候"有担当"只是看上去正义，但是它并非没有代价。如果大量病人涌过来，医院正常的病人怎么办，正常医疗流程怎么运转？

他看着新闻，听着同事们的呼救，看着急诊门口的急救车，内心有一种冲动，却无数次被生生地压了下去。因此他努力让自己睡过去，睡着之后，就不会再为这些事情烦心。再说，他从手术室主任的位置上下来之后，才发现自己曾经居然得罪过这么多人。虽然很少有人公开和他说，但是他明显感觉自己到很多地方，别人总是直接无视他，这让他经常觉得自己是隐形人。开始是愤怒，后来是懊悔，再到现在只剩下了麻木。

这时，他接了个电话，突然跳起来，走到护士站，看了看剩余的床位数，然后和护士说："咱们这儿还有十张空床呢，你和6518回个电话，就说胸外一科还有十张。"

护士看他走回值班室之后，先是拨通了一个电话汇报了下，最后说了句"好的葛主任"，然后熟练地拨出去6518的号码。

"喂，刚刚肖飞主任又跟我们确认过了，确实没有空床了。"

重症监护室里，护士们也是议论纷纷。

"这么大的雨，咱就等着收病人吧。"

"呸呸呸！咱们现在可是满员！医务处问我们哪个病人能转回普通病房的，咱们都一致口径啊姐妹们！都不行啊！"

"而且确实都不行啊，要转也是他们的医生觉得能转回去。"

"就是啊，这大晚上的转运，真出点啥事，那病人能乐意吗。转运都需要家属的，哦，我们现在再一个个确认谁能转，再把家属叫过来，再叫外科医生、工人师傅和我们一块把病人弄回去吗？"

"病人就去别的医院呗，那么多医院空着的。"

只有侯莹莹仔细转了一圈监护室，编辑了一条短信——

"刘芳姐，我们监护室还有八台呼吸机可以用，有十几个病人可以离开监护室的，得叫他们的医生自己来领回去，他们不主动说，我们这也没办法。"

说着便像做贼一样关掉手机，叹了口气自言自语道："陈彦豪啊陈彦豪，你们自己当英雄，却逼我当特务！算了，你们加油吧！"

2

暴雨中的巨兽像是伸出了无数亮着灯的触手，向外散发着忽明忽暗的幽光。这个巨兽的主体是一栋不高的小楼，它居于正中，与巨大的由钢筋混凝土组成的高楼触手看起来很不成比例。从天而灌下的水幕将空气里都塞满了水分子，天上是水，海里是水，中间还是水，这才使得这座城市中的巨兽现了真身，好似一只上古的深海章鱼。一条条触手此起彼伏、流光闪烁，蓄积的能量在皮肤下暗流涌动，与背景里噼里啪啦的电光交相辉映，更彰显了这只上古巨兽破海而出的气势。

这只巨兽的苏醒，正是源于这场史无前例的暴雨，惹得无数"海底动物"前来投靠……乘出租车、救护车的人，骑着自行车的人，奔跑的人。好在这座城市的立交桥不多，没有太多凹地，下水道也十分发达，即使在这种百年不遇的暴雨下，城市的街道水位最深也就一米多，也没有出现立交桥下深不见底的蓄水池。但由于伤者众多，在极端的天气下，医院这座巨兽就成了一座无与伦比的避风港。每个人来之前，都不确定这是一只足以在其背上安家的鲸鱼，还是摇晃着头顶的灯光正设下陷阱的鮟鱇。弱小的动物向来没有选择，追光始终是一种刻在基因里的本能。

不知道是先有了小鱼再有了巨兽，还是先有了巨兽再有了小鱼。总之，这巨兽长出了可以相互连接的结缔组织，有了自己对抗外敌的免疫细胞，有些鱼群还可以帮巨兽清洁牙齿，肠道的细菌也会帮助它消化。

原来，这就是上海众合医院的真身。

这暴雨的前身就像是天上长的一个瘤子，把所有的氧气都吸了去，让这座城市连续憋闷了好几天，很多人都喘不上气，甚至误认为自己得了肺病。直到今天下午，这个瘤子突然就连带着血管一起爆掉了，压也没处压，堵也没处堵。像是有好事者上了一把钳子，非但没有夹住血管，反倒扯出更大的窟窿，于是一场大出血般的暴雨就发生了，全城都处于血泊之中。人们只能期待老天爷把血出完了就好了。可整个穹隆上方的水究竟有多少，谁也不知道。对于普通人来说，这是一场可以在家里惬意打牌时谈论和欣赏的大雨，有些人甚至诗意大发；可对于另一些人，这场大雨阻隔了一切求生的希望。

随着最后一道漂亮的缝合，陈彦豪成功地修补了一根被肋骨扎穿的肋间动脉，肋骨之间的出血终于止住了。肋间动脉是一根很细的小动脉，可是它一旦出血，由于缺乏周围的支撑，还真的很难自己止住。人居然会因为自己的肋骨把自己的动脉扎穿而死亡，这是一件很蹊跷的事。与之更加不匹配的就是处理方法极其简单，只要打开一个小小的切口，将肋骨与肋骨中间的肌肉连着血管结扎就好了，就像是馄饨店老板给客户打包系的结，孩子上学在脚上系的鞋带，就是那样简单随意的一个动作就能拯救一条命。陈彦豪知道自己必须快，快一分钟，就可能少损失一些血，也少浪费一些血的库存。对这个患者来说可能不算什么，毕竟他怎么样都有血可以用，但是再往下的患者，如果遭遇血用光的情况，就一点机会都没有了。

陈彦豪有些疲惫了，这已经是他做的第七台手术了。他不断地在手术间跳跃，俨然成了一个力能扛鼎的主刀医生。他忙着关胸，让陈兰早点准备下一个病人。陈兰说外面的病人都准备好了，但是情况不太好，看看麻醉肯不肯麻。

陈彦豪看着一旁的赵敏，她也是临时从家里自己开车跑回来的，今天本不是她的班，这让陈彦豪不得不对这位大小姐另眼相看，半开着玩笑说："那有什么，她敢麻我就敢做。"

赵敏也不甘示弱道："哼，你敢做我就敢麻！"

陈彦豪笑笑，让赵敏评估一下，能麻就麻，不能麻直接推ICU。赵敏说，评估了，指标还能扛得住，不止血活不了，开刀还有点机会，让他抓紧缝，别绣花了，下个病人进来就麻倒。这时刘芳也冲进这个房间，说门口那个病人血压都快没了，还能不能麻？赵敏立马回答说："能！"她会给足输液，给够升压药，还叮嘱陈彦豪："一会儿一上麻醉，血压肯定会低，气管插管刺激出的短暂高血压也撑不住太久，你尽快开皮，还能刺激血压升一升。"

几个人都不知道外面的世界正在发生什么，只能感觉无数的病人往这里推进来，来的每个人都像是一个有了故障的机器，都需要他们发现问题，灵活地处理问题。但随着江河呼唤来的病人增加，他们知道，如果只是这样做下去，也许真正救活的人，和无奈放弃的人一样多。现在整个医院都处于一种严重失序的状态，有一小部分的人在努力干活，但是大部分事务是停摆的，这样下去肯定会出事情！

"你们胸外还有没有人，手术间还有，挪过去。赵敏，你和上级商量一下，能不能同时看两头的两个屋子，但是得多跑跑，别出事。"刘芳说道。

"我能跑！"赵敏坚定地回答。

"我们有人！"

这不是陈彦豪的声音，是江河进了手术间。他居然拄着拐。"护士长快给我们再开个房间，这个病人推过去，出血太厉害了，快快快，一分钟等不了！"

最近接连手术，再加上今晚的急诊手术，江河的腰椎间盘突出的老毛病又加重了。一个病人看江河走路如此别扭，把自己的拐杖借给了他。

刘芳冲出去和师傅叫喊着，说："先不要打扫了，直接铺单子，然后泼消毒水。"

然后她又对着护士们说："大家点数的时候就管自己台上，负责好自己这一台手术，没人能帮你们再点数，自己有几块纱布把眼睛睁大了！"

"那个小李，你去楼下和麻醉科说，把他们的麻醉药和装置了吸入麻醉药的车都推上来，气管插管这些要用的耗材统一拿上来放在我们护士站，别下去跑来跑去了！"

"小张，你去ICU再推几个呼吸机上来，直接去找侯莹莹，我确认过了，她都准备好了。把那个备用的手术室的门打开，钥匙给你！呼吸机赶紧塞进去。找副护士长帮你把那四个房间调试到能用的状态，氧气、吸引装置都试好了再推病人！给你半小时时间，好了立刻跟我汇报！"

第12章 医院的真身

陈彦豪的电话此时响了,是圆圆。陈彦豪没有管,正忙着手下的工作,只见江河出现在他身后,把拐棍靠在墙上。

"你下去,这个我来,缝个皮我还能干!"

陈彦豪忙推托,但江河立刻刷了一下手就上来了,戴手套却比平时更仔细了一些,平静地说:"现在这个医院还有更重要的事需要你干,你能干的事情,别人还真干不来。"

陈彦豪意会,赶忙脱下衣服摘了手套,接着电话就走了出去。

"喂?哦,我下来了,现在就过来,你今天倒是很关心我们嘛。"陈彦豪有些疲惫,但接到圆圆的电话心里还是很放松。

"屁话,我去了医务处也还是你们科的运营助理,你们江河这么莽,不见得有好处,能不能让他先收收自己的脾气啊?!"

陈彦豪知道,江河来之前把何尚青大骂了一顿,差点在门诊动起手来,这一闹可不是小事。普外科大主任护妻心切也加入了进来,有一些不愿意收急救患者的科室也站在何尚青那一边,显得江河孤立无援。可后面逐渐地,一些主任加入到江河这一边,认为医院应该在有余力的情况下发挥社会责任感,不能躲起来当缩头乌龟。因此两边吵得越来越凶,院长和副院长纷纷出来调停才结束争吵,然而小的摩擦仍然不断。

肾内科的主任不希望收患者,但是她们的理由也确实非常合理,病房的透析设备就这么多,给伤员用了,明天来正常透析的患者怎么办?而且护士和医生也不够,临时从家里叫,根本叫不过来人。可她直接被江河一句话噎住了:"兵熊熊一个,将熊熊一窝!怎么我们科全都在呢啊?!"肾内科主任被骂又没法还嘴,好像怎么说都是理亏。

但没过多久,肾内科的主任倒给江河打了个电话,江河本以为对方是来吵架的,已经摆好了态势,结果肾内科的主任居然说:"江主任,我有个亲戚肋骨给压断了,咱们这边能给塞进去一台手术不,谢谢谢谢哦!"

江河想都不想就说了句:"来。"

3

"陈彦豪,你们觉得医院救治病人天经地义,似乎来者不拒才能体现你们的医者仁心,但是患者来了医院,治好了,没有人会知道。可如果来的人超过医院的载量,导致医疗挤兑,而直接引发医疗事故,病人死在医院门口了,那医院领导是有直接责任的!"圆圆在电话那端道。

陈彦豪冷笑。

"我当然知道,没有金刚钻,不揽瓷器活儿,但这何尚青真的不配当医生吧,前脚发了通知说医院有承接能力,下一秒说让大家不要四处宣传,生怕人真的来了,这不是掩耳盗铃吗!"

圆圆气道:"你不理解,医院也有医院的困难!"

陈彦豪没有再跟圆圆争辩,只是说:"你知道,我们江主任只说了一句话,他说大家看着收,胸外科他顶着,让大家伙放心收、放心干,胸外科全员到岗待命!"

"我知道,江主任确实很有担当,所以我们也在尽力,我希望的是你能看到医院的努力,不要把医院当敌人。这个医院没有人想故意害人的!"

陈彦豪叹气道:"你说得对,在这个体系当中没有人想过害人,每个人却都可能成为死神的帮凶。"

圆圆沉默了。

"外伤是性价比最低的急诊,这谁都知道。特别是我们甚至不知道现在滨江路上还有多少被踩踏身受重伤的患者,我们胸外科肯定是主力军。在这种情况下胸外一科不出一个人,你觉得合理吗?我们也知道医院会在家属不在的前提下承担很多风险,但是当这个系统已经认定了风险收益比才是医疗的价值核心,那么就失去了人性,这样整个系统都会烂透,这合理吗?!即便它可以烂,我不能烂,我们胸外科也不会烂。我坚信只要尽最大的努力去做,一定比眼睁睁看着他们死在医院外面,或者被推到看不见的地方更有价值。如果每个科室都求自保,每个医院都求自保,那明天曝出死亡人数几百人的时候,上海的每一个医生和护士难道就完全没有责任吗?!"

陈彦豪一顿发泄,他是为江河鸣不平,为自己鸣不平,为患者鸣不平。

但陈彦豪还是觉得自己的话说重了,毕竟圆圆不是他的敌人。他挂了电话,是因为他已经走到了急诊,在这里,他看到了圆圆,圆圆也看到了他,这是自从两人发生不愉快之后的第一次见面。

"我……"陈彦豪正要说话,被圆圆打断了。

"我明白,你说得没错。"

这时，阿欢冲了过来，径直走到陈彦豪面前。

"豪哥，那边场面太可怕了，地上都是半死不活的人！我们拉不过来！有个小朋友直接被踩成一摊泥……有个小朋友，手被踩得没有形状了，一边哭一边往前走，找不到妈妈……我们很多同事都留在现场抢救了。我们现在没办法了，只能挑着拉，看着快死的不拉，看着就没事的也不拉，就争取挑那种不拉过来就要不行的！

"还有，我们送到医院……医院也都不一定接收啊，说床位满了，手术室满了，或者这不是他们医院能治的，让我们再拉走。我们能拉去哪里啊！

"我们有很多想救的，就……就只能放弃一个，拉一个，我和那个姑娘说我们马上就会有车过来，可是我明知道不会有了啊，救护车就这么多，外面的救护车还过不来……所以我……"

阿欢诚实地说，他违反了规定，一次拉了三个。阿欢问这里还能承接多少个，他希望是拉来之后，医院能立刻对接，不要让他冒险之后还让病人死在车里。

陈彦豪给了阿欢一个拥抱，说："兄弟，我这边和你保证，只要是与胸外科相关的，这边照单全收。你能拉多少，我们收多少！但是其他的，我们确实……"

陈彦豪看了看圆圆，圆圆也低垂下头，没有人敢打个包票。只见这时后面传来一个声音。

"其他的也都要，我们医院现在还能接受五十个重伤，一百个轻伤，在这个前提下，接收正常急诊没问题。你放心去吧，小伙子，我等下也会和指挥部汇报。"

三人一齐回头，居然是孙问川！他正左手抱着一个厚厚的笔记本，右手拿着电话，严肃地看着几人。

阿欢重重地点点头，一把抹了下脸，转身就跑。

"孙院长，您……"陈彦豪不解，在他的认知中，这绝不是孙问川的选择。孙问川的思维方式更像个机器人，理性、客观，甚至显得有些冷血。而在这样的情况下，明显维稳才是最简单可行的，没必要去犯险，获得的收益可以说几乎没有，潜在的麻烦还很多。

"怎么，就许你们胸外科热心，我们就都是铁石心肠了？"看陈彦豪疑惑的样子，他继续解释道，"你们江河说得对啊，锦上添花不如雪中送炭。我看了你给安处长的那个史料，确实，咱们医院从建院的时候开始，就是乐善好施的哟！"

陈彦豪在这一点上无比赞同。

"所以刚刚我们也没闲着，院领导一直在开会测算数据，看看我们的承载量，也和我们的兄弟单位协同作战，不是一味多收，而是要有侧重地收，有上限地收，有配合地收。你们在急诊做好前端的处理，能出去的早点出去，别让病人堆在医院了。如果是大雨困住无法离开的，我们派班车送到旁边的酒店，医院和酒店经理也都沟通好了，大堂可以借我们暂时安置下患者，都是和我们医院有长期合作关系的。另外，我也临时又从地区级的医院还有我们的供应商那里借了二十台呼吸机和十台透析设备。"

孙问川说完就接了个电话走掉了，圆圆一个劲儿地笑，陈彦豪有些酸，说道："笑什么，跟了个好领导，开心的咯？"

圆圆则是一脸不屑地说："我就想看我们眼高于顶的陈彦豪吃瘪的样子，怎么样，你想到的事情，医院领导其实一直在考虑了，他们只不过……"

陈彦豪刚要说话，被圆圆一把按下。"我明白你什么意思，我当然同意你说的，你放心去干吧。建议你把分诊这块做好，这样还能减少点病房和监护室的压力。说到这里，监护室你还得派个人过去。"

陈彦豪露出一丝狡黠的笑，"早就安排好了，还得麻烦你帮个忙呢！"

就在圆圆皱眉不解时，一个略带上海口音的声音划破静默。

"哦，大家好，我是医院超市的小侯，额……这个……我拉来了些吃的喝的，有需要的可以直接来这里拿哦，不够的话，也可以直接来我超市里拿，我在四楼。对了，这些不要钱。"

小侯话音一落，急诊室内响起一片叫好声。很多陪护的家属已经几个小时没喝过一口水了，这时才想起来喝水这件事，家属也不熟悉医院，不敢离开片刻，特别是怕自己离开之后，病人就从留观的地方被赶走。小侯这句话，瞬间缓和了急诊室里紧张又焦灼的气氛，让大家觉得这家医院并非冷酷无情。

几个小伙子过来拿水的时候，主动说有事随时叫他们帮忙。陈彦豪还注意到，小侯身后的食物没有怎么动，只是水少了很多，不只如此，水的下面还多了不少现金。

人这种动物，只有在物资丰富的时候才会收起自己本能中的进攻性，变成一种温和的、懂得相互关爱的哺乳动物。

4

当李有才穿着白大衣出现在监护室的时候，侯莹莹怎么也没有想到，陈彦豪信誓旦旦和她提到的搬来的救兵，居然是李有才。她觉得哪怕给她一个阿毛也行啊，只要能有个医生帮她执行医嘱，就凭她对监护室和胸外科的熟悉程度也能处理个大概。但最后来的居然是个保险代理人，这不是瞎胡闹吗？

侯莹莹赶忙给陈彦豪打去电话，却听见对方笑着打哈哈，说他曾经跟过李有才，他所有的呼吸机知识全是跟李有才学的，而且李有才能来，是圆圆求秦院长点名批准的，等明天再到人事处补办手续。侯莹莹不信，又打电话向龙森浩告状。龙森浩也说，论手术他从来没服过别人，但是论知识面和重病人管理，没有人能比过李有才，哪怕上海众合医院最厉害的人拎出来跟李有才比都未见得能赢。李有才上学的时候，为了让重症监护室主任对他另眼相看，在监护室住了一个星期盥洗室。每天早上五点就被清洁师傅撵出去，他把全监护室的病人信息背得滚瓜烂熟。监护室主任考自己学生的时候，学生不会，可他却全知道。龙森浩告诉侯莹莹，李有才身上有一股别人没有的劲儿，他当年为了让人认可他，什么苦都吃了，学会了很多本事，让她相信他就好。

看到龙森浩也这么说，侯莹莹才重新打量起眼前这个胖墩墩的男人，他也不知道从哪借了一套白大衣，很不合身，中间的扣子，只能敞开着，看起来像一个嘴巴，非常滑稽。

算了，没办法了，就当个医生用吧，侯莹莹心想。

正当侯莹莹想对李有才嘱咐些什么注意事项的时候，李有才憨笑着问了句洗手间在哪里，说刚路上吃多了。侯莹莹立刻满脸黑线，她实在无法想象这么个吃货能有什么用。等李有才回来的时候，她刚要说话，就被李有才打断了。

"咱们现在最重要的任务是腾地方，我刚才去看了一圈，咱们这里有五个房间，一号和二号是重病人房间，有几个明显是赖着不走的，可以腾几个。这里主要做重病人抢救和心肺复苏用，只收重病人。这两个抢救房间，你让监护室的医生重点盯着些。三号和四号房间的大部分病人都可以挪走，这里收急诊手术后的患者，我会和手术室随时沟通，能回普通病房的就回病房，这两个房间我来看着。五号房间我们收急诊来的不太稳定的留观病人，医务处给我派了两个住院医师，主要帮我一起看这个房间。"

侯莹莹愣住了，这看了一圈，就都明白了？没等侯莹莹开口问，李有才继续部署："我有两个保险公司的同事也来了，他们也都是医学院毕业的博士，无菌意识和安全意识都很强，现在转运病人也指望不上师傅，又不能不陪着，所以有他俩帮忙我们还放心些。我和医院报备过，院长的意思是只要胸外科肯负责，都没问题。有一个小问题是，我不熟悉这里的系统，所以等下我这边的口头医嘱需要你帮我补，可以吗？"

"没问题！"侯莹莹一下子就有些佩服李有才了。她觉得男人干活就是要爽气，越是能拿主意的男人，她越服。终于轮到她问问题了："可是，要是有些人还是赖着不走，那咱能怎么办哪？"

李有才眯着眼睛，肥嘟嘟的脸上只留下几个月牙形状的缝。

"咱毕竟是伟大的白衣天使，要为人民群众的安全着想，当然不能硬来！你跟我来一下。"

李有才领着侯莹莹走进五号房间，他之前看过，这个房间有十张病床，是最大的一个屋子，但是里面的患者多数是外科手术之后为保障安全来监护室"洗"一遍的病人，起过渡作用。这里的患者李有才检查过，没有什么基础病，本就该第二天一早回病房的，只不过是大晚上的两边护士都不愿意再折腾，家属也不肯冒着大雨过来。监护室之所以腾不出来，就卡在了这个环节。李有才环顾四周，看着仅有的两张床，立马变了一个嘴脸，用高了不知道几个八度的声音对旁边的侯莹莹大吼，吓得侯莹莹也一愣。

"等会儿这个房间收刚来的那些肺炎患者！你给我小心点，别再给我捅娄子了！这别的医院也是，什么病人都往外推，推我们这里，我们推给谁去！这各个都是耐药的金黄色葡萄球菌！抗生素都不咋好使，你要真给旁边的插管病人染上了，这全都出不去了！让所有医生护士进这个房间必须穿好隔离衣！这里的东西全部放进单独的垃圾袋，单独处理！听见没有！"

说着便气冲冲地走了，侯莹莹心领神会，演出一副唯唯诺诺的样子。等他走了，侯莹莹开始认真地做着标签，这时，一个老大爷从病床上腾地跳下来，推着输液架就蹑手蹑脚走了过来，像是怕旁边床听见一样，小声问她能不能给他换个房间。侯莹莹无奈地说："没有床了，要回只能回普通病房。"大爷立马点头说："回！快让我回去！"

侯莹莹一副为难的样子说："大爷，你刚才不是说你不舒服，还想观察一下吗？"

大爷一脸不屑，说这本来就要明天一早回去的，早回去晚回去一会儿有什么差别。

流言像长了翅膀的蝗虫，初看是一只，再看已是成群结队，无孔不入，通过护工、护士和嘈杂的声响传得到处都是。其他的病人也都纷纷表示，他们也回！侯莹莹心想，这李有才，还真能把不要脸用在该用的地方，好好治了治某些护士的懒筋！这个时候，少一个人犯懒，可就多一个人活下去的希望哪！

在侯莹莹开始准备转运病人的当口，李有才又带着几个住院医师开始了查房。这几个住院医师其实一开始也和侯莹莹一样，对李有才是不服的，毕竟也都听过这位"大神"的八卦。但是查了几个人下来，他们发现自己对分管的病人，还不如李有才了解得清楚。他们扎不出来的血，李有才可以从脚上的足背动脉扎，可以从肱动脉扎，还可以从股动脉扎。李有才不只管胸外二科的患者，也一样管胸外一科的患者。

李有才一发现有转运机会的，就会联系圆圆，圆圆则会联系相应的主任。一个科室回去了一两个，将近二十张床就腾了出来，监护室立刻上演了一番乾坤大挪移。

正当李有才要离开房间的时候，一个老太太拉住了李有才的手。这个老太太很瘦小，个子也矮，满脸是汗，口唇紫绀，一副营养不良的样子。李有才看病历知道，她是一个骨质疏松、在家里摔倒之后髋关节骨折的病人，卧床两周就得了肺炎，到现在氧饱和都不是很好，每天要吸痰的。

"大夫啊，你帮大娘个忙吧。听说外面暴雨厉害得很，我这没事了，让我也出去吧，我这一把老骨头了，早晚不都是个死啊！还是把床腾给人家吧，谢谢孩子了。"

李有才赶忙弯腰安慰道："大娘，您这个，是真不行，身体还没好，您先顾着自己吧，别惦记人家了！"

老太太还不死心，一只手拉着李有才的手，另一只手轻轻拍着，说道："孩子啊，没事，你听大娘的，大娘出去死不了，一想到他们住不进来我心里也难受，你打电话叫我老头子，我跟他说！我们上海人，这点事还是拎得清的。"

李有才鼻子一酸，忍住没哭，跟老太太保证，如果真的需要，再来麻烦她。大娘还是不甘心，又说："孩子啊，其实我也有点私心的，不怕你笑话，我在这儿住着，孩子们也花不少钱，儿子和儿媳妇老吵架，让我回去吧。"

李有才轻轻拍拍她说："放心吧，这里没多花多少钱，大娘，您累一辈子了，心里别光装着别人了，先好好照顾照顾自己吧。"

说着，李有才便忍着情绪走了出去，在许多人都赖着不走的时候，看到一个这样的人，在今晚这个特殊的时间点，他还是觉得异常感动。终于转完了一圈病房，他这才掏出手机，看到有五个未接来电，心脏仿佛停跳了几秒钟，他喘上一口气，赶忙打了回去。来电的是他的女儿。

"怎么了？！家里有事吗？你妈咋了？！"

"没事，爸，我这不是看你不回消息，我妈让我找你，怕你出事！我赶紧跟我妈说一声啊，你等会儿……妈，我爸没事！"

李有才这才舒了一口气，忙问她家里还好吧，窗户关紧了没，告诫她别开电视，别出门，他在医院参与抢救，没看手机，明天早上就争取回去。

"行了爸，我知道，我就和你说一声，我妈今儿状态特好，刚才还下床来着，给你熬梨汤呢，说最近听你嗓子里有痰，让你喝点。我做完作业才发现的。我跟她说你到医院上班去了！我妈特高兴，说让我给你送过去，我说这大雨我上哪儿送去啊，她这才知道下暴雨了，就让我给你打电话，担心你出事呢。"

李有才大惊道："丫头，你咋知道我去医院上班了啊？"

"我下午都听见你和一个叔叔打电话了！只不过我妈睡了一下午我也没告诉她。爸，你能回医院上班，我和我妈都特高兴，真的，你好好上班！我妈这儿有我呢，家里你就放心吧……妈，你干吗呀！我老天啊，我妈这又跑厨房和面去了呢！说等你明天回家来吃饺子！"

听着女儿银铃般的笑声，仿佛看到母女二人正在厨房里忙活，李有才实在没忍住，哽咽起来。但他强行咽了几下口水，清了清嗓子，又把电话拿远了些擤了下鼻涕，张开嘴巴深吸了一口气，说："行，你早点睡觉，别学太晚，我先忙去了。"说着便挂了电话，抽泣了几下，才勉强稳住情绪。

旁边的侯莹莹凑过来道："哟，第一次来，这么激动哪！没事，以后欢迎你常来指导工作！"

李有才一下子被逗乐了。

5

李有才终于结束了这半个小时的查房，随着他们挪走一拨又一拨的病人，陈彦豪又从急诊送来了一拨新病人，按照之前的计划分门别类安置好。病人虽然越来越多，但是李有才丝毫没有烦乱。他把思路和流程图，还有各个患者的注意事项都记载在白色的写字板上，随着病人的转运来去随时改着标记。当小医生忘记事情的时候，他总能适时地提醒，比如一个小医生忘记了给患者计尿量，再去看的时候发现果然两个小时没有尿，因此迅速补了肌酐的检查。

护士们好不容易被调动了起来。一个个氧饱和不好的、没心跳的、大出血的病人被救回来，眼看着时间过了零点，护士们却没有一个人觉得困，反而越干越兴奋，全然没有开始时候的退缩和抱怨，而是互相打着气，即使到了夜班休息的时间也没有人休息。每当一个人心跳恢复的时候，护士姐妹们大笑着鼓掌，连旁边床的病人也一起叫好。

现在的短板又到了工人师傅这一环，取血没人去，领药没人去，运病人也没人去，不是没人愿意干，是真的人不够。李有才了解需求之后，打了几个电话，居然很快就来了一帮子人。侯莹莹以为又是他的同事，再一问，发现是李有才在这家医院做的客户，甚至有的是其他科室的患者，他们居然都愿意跑来当志愿者跑腿儿。侯莹莹不得不更加佩服这家伙，这给人洗脑的能力，比陈彦豪有过之而无不及。

连患者和家属都成了医疗救助链条的一部分，这不合规也不合法，却是合情合理的。感动也容易传染。当有人要坠落的时候，第一个冲上去托住的人最需要勇气，但只要有一个上去了，后面的第二个、第三个……很多人都会愿意冲上去。

但很快，一个新的问题就又产生了，监护室的护士嘀咕了起来。

"这好几个床都没家属啊，这账上都没钱，医院说开不了账。这药如果要开，只能先赊着，但万一都不交，咱这下个月奖金得扣到破产啊……"

"要不让侯莹莹去劝劝那个李大夫，稍微悠着点用药……"

"这抢救呢，咋悠着点啊，悠着点没救活，那人家更不愿意交钱了，再闹事，不是更麻烦……"

侯莹莹也听到了这些讨论，她自然也很理解。

但她鼓起勇气准备向李有才讲护士们的顾虑的时候，突然发现，李有才正忙活着什么。

李有才在对照一个名单调整医嘱，名单上有的人，李有才会开一些白蛋白、进口抗生素等自费的药物；名单上没有的，李有才就开了一些医保报销比例相对更高的药物。

侯莹莹问这个名单啥意思。李有才小声说，这是他那两个手下刚刚调查清楚的，监护室和急诊的伤员中有一些曾经购买过意外或者医疗保险，即使不是李有才他们公司的保险，这些人也是能走保险公司报销的，监护室也就可以放心让患者"赊账"了。

　　用这种"区别对待"的方法，他会在有保险的患者身上"赚到"一些，而在没有保险也没有家属交费的患者身上，在保障治疗效果的同时，尽可能保守些，保证他们即使"逃单"了也不会"亏太多钱"。

　　侯莹莹把这份调整好的医嘱拿给主班护士，告诉了她后面的逻辑，那个护士小声和侯莹莹夸赞了下，说这个医生"特别上道"。

　　侯莹莹发现，李有才的思路已经近乎一个商人，他的目标似乎是在现有的条件下尽可能救更多人，还不会让监护室和医生护士们背坏账。这不是什么正确的办法，只能算是没办法时最好的办法。

　　李有才当然知道，在这种环境下，用任何一种角度来弘扬人的平等、治疗的均质化、提倡绝对使用医保，都是毫无意义的。李有才算得清这笔账，却知道这并不是件可以为之自豪的事，而只是不得已而为之。

　　李有才用的办法，可以说已经完全不是医生的思路，而是管理的思路。到底什么样的患者要怎么有理有据地"推走"，什么样的患者要和病房据理力争送进去，什么样的患者应当尽快终止抢救，好让医生把精力放在那些多做一点就会多一分希望活下去的患者身上，李有才心里仿佛有一杆秤。这杆秤的标准不能说严格精准，但却足以服众，也能够让病人的家属欣然接受。侯莹莹在这个医院很多年了，也配合过很多的科主任，但是，没有一个人给她李有才这种"明白"的感觉。

　　侯莹莹夸奖李有才，说他真的把钱这个东西用得通透，真的是"有钱能使鬼推磨"。李有才边看病历边回答："上海之所以好，就是钱太管用了。这个城市的人，永远都被钱这个守护神保护得很好，大家都信钱的价值，那钱就是好东西，钱所产生的契约就好使。"

　　"契约，你们那儿不讲这个？"

　　"相对的。在我们那儿，钱不是唯一的途径，那自然由钱产生的契约就不一定好使，赚钱也就不是唯一的正义。我的爱好就是赚钱，所以我就只能找一个赚钱不丢人的地方。"

　　"那你来这儿就对了，我们这儿赚钱不丢人。"

　　李有才笑笑不语，继续像账房先生一样忙着。

监护室是个独立的空间，没有窗户，一切都靠着循环系统维持一个稳态。但这个空间最大的弊端就是感受不到时间的流逝，感受不到日夜更替，更感受不到外面的暴雨究竟到了怎样的程度——城市里有没有发生严重的积水现象，有没有孕产妇被隔绝在家里无法来到医院，那些被踩踏的人究竟有多少还在事故现场无奈地等待。所以很多患者在这里待久了容易产生"谵妄"的症状，不知道自己是谁，不知道自己在哪里，回到病房之后，就像梦醒了一样。但李有才告诉护士们，咱们每成功送走一个人，就可能少一个死在医院外面的人！

众人发现，越是后面送来的人，病情就越重。这说明，接下来的患者才是抢救的重头戏，抢救的难度更大，花费也会更多，换句话说，抢救的性价比会骤然降低。

他算了算剩下的为数不多的几张床，计算着如果再收重病人，还能最多给一个人进行透析，给三个人上呼吸机。李有才一边帮着患者算"命"，一边帮着护士算"钱"，只凭一颗赤诚的心小心拿捏着。

正想着，侯莹莹接到了电话。

"怎么了小豪……什么？！开账了？全部开账？为啥啊，这医院平时这么抠，这次怎么想通的……哦，行，你真行，我服了。好的，我告诉李有才。"

李有才不解地扭过头，侯莹莹便将陈彦豪的话悉数告知。说是政府启动了一个基金会，医院治病，政府买单，如果有坏账的话就都报销掉了。陈彦豪还说，让他的有才哥不要动歪心思。毕竟已经是医院的人了，这有什么歪心思可以动啊！

李有才大笑，还是陈彦豪最了解他。他解释道，陈彦豪是怕他把这事偷偷告诉保险公司，这样的话保险公司就不抢着报销了。李有才喊了几遍"这家伙"，但是眼神却很是温柔。

监护室忙得热火朝天，陈彦豪颇为感慨，原来这个"基金会"真的存在！

他也是在急诊发现了很多家属不在，患者没有能力和意识交费，下意识觉得这是个大问题之后，突然想到笔记中对于一个神秘"基金会"的描述。据说这个基金会是汪道贤在一场中日对决之后开办的，专门针对战争、瘟疫和灾情，给各大医院缓解经济压力使用的。他抱着侥幸心理，尝试打电话问叶新是不是听说过，叶新当即就确认了此事，还说自己是老糊涂了，怎么早没想到。她立刻和基金会的现任理事长商量了一下。仅仅过了四个小时，孙问川就对大家私下里说了开账的事，前提是不声张，免得太多病人要求免费治疗。虽然孙问川说是政府给医院特别开的口子，但只有陈彦豪知道这后面错综复杂的关系，感慨叶新强大的号召力，以及上海这座城市非凡的行政救济能力。

汪道贤，你到底在这本笔记里埋了多少宝藏啊！

陈彦豪还发现，患者虽然慢慢减少了，但是重病人的比例确实陡然上升，现在才从那个踩踏事故地点被拉过来的人，离鬼门关更近一些。

这时，一个电话响起。

"豪哥豪哥！我正向你们奔过去，你们留好床位和手术室！有两个人伤得特别重，这俩是你们医院的医生啊，有一个人叫什么……毛小羽啊！"

"阿毛？！"

第 13 章 | 医生也是普通人

利益和善意,从来不是水火不容的。

1

无影灯下,江河正忙着。台上用无数的绿色无菌布围出的一块手术区域,很是瘆人。几根肋骨硬挺挺地穿出皮肤,还带着些污垢,肋骨周围还有些细小的血管喷着鲜红色的血液,量不大,但一直持续。从外面看去,这个人像是用纸糊的一样,被一只无形的巨手轻轻一捏就会皱成一团,胸腔里不知道乱成了什么样子。

江河靠在一把很高的椅子上,他离开椅子往前探了下身子,身体里发出一声闷响,疼痛像过电一样从腰顺着屁股窜到膝盖。他用两把吸引器吸掉胸腔里的血,再拿盆把几块小盆大小的血块掏了出来,放在方兰准备好的盆里。吸引器立刻被堵住了,江河便将吸头放在水里,快速摇晃,随着吸溜声就通了。

江河发现患者心脏和肺倒是没什么损伤,只是因为剧烈的积压导致肋骨外翻刺破了皮肤,除了看上去吓人了些,总体上问题不大。还好抢救人员的急救知识比较专业,在第一时间将开放切口变成了闭合切口,也没有产生张力性气胸。

只不过这台手术还是会比较耗时间,需要用钉子对肋骨进行固定,毕竟断得太多,这么年轻的患者,不能随随便便就摘除掉这一块肋骨。做医生,没有肋骨的保护,以后要是真碰上激烈的冲突,一拳直接捅进心脏了,这可不好。

孙问川也出现在手术室。

"这个是子浩,对吧,怎么样了?"

"还可以，看上去不算太重，我搞定了，你要不要看看腹腔？"

"我刚才看B超了，好像没什么事，咱们是不是还有个同事也受伤了？"

"对，我们科那个阿毛，他好像只是肋骨断了，但是出血不多，他说子浩伤得更重，让子浩先来。这胸外一科自己的医生，他们也上不上心？"

孙问川立刻拨打了葛峰的电话，葛峰马上接了电话，说自己在杭州会诊，忙完了就抓紧赶回来。孙问川没再追问，挂了电话。

江河笑道："孙院长，这就是您一力培养的精英啊，精英都是挑肉吃，这个时候怎么可能还像我们这种清道夫一样，在这里掏屎掏尿、缝烂掉的骨头和肌肉。"

孙问川不语。

"据说他们被踩踏的地方，还不是最中心的位置，那么中间隐藏的重伤还有多少？实际情况有没有可能比我们想象的还要严重？如果我们不拼了命去收去做，那些人怎么能救得过来？"江河问出一连串的问题。

这时，江河的电话响了，是陈彦豪，江河让陈兰帮他打开公放。

"江主任，急诊的重患者越来越多了！急诊室的人压住了，手术室我看也没有空房间了，但是很多患者都是多根肋骨骨折导致呼吸功能衰竭的，没有进行性出血。我申请把一些在监护室的内科患者也转回一些到普通病房，腾出十台呼吸机！只要有呼吸机，他们是可以撑到明天再手术的！"

江河刚要说话，孙问川直接表态。

"我是孙问川，我同意，我立刻来协调。"

说完便帮江河挂掉了电话，孙问川拍拍江河的肩膀说："辛苦了兄弟，有事叫我，我在隔壁，几个肝脾破裂的，还有个妇科卵巢破裂的，让我帮忙同期修补肠道。"江河点点头，知道现在的孙问川是他的战友。

在过道里，躺着一个圆滚滚的小白胖子，此时的他穿着自己的衣服，只不过外衣都被剪开了，方便一会儿直接消毒，正是阿毛。此时的他脸色更白了，刚才查了血色素是7克，也是需要立即手术的。只不过他强烈要求先顾子浩，加上子浩的外观确实吓人且已失去了意识，所有人都一致决定先给子浩手术。龙森浩因为手使不上力气，于是留下来陪阿毛，也许是下意识的直觉，龙森浩还是不顾阿毛的反对，霸王硬上弓一般给他下了尿管。

"龙哥，你这对我……太粗暴了，我这还是个小处男呢，你给我整不会了，我这以后咋娶媳妇。"

"你少扯，你不是有女朋友吗？"

阿毛尴尬地笑笑，说老丈人这么厉害，他哪敢随便碰人家姑娘。好在还没跟人家姑娘怎么样。他来的路上想，万一自己有个什么缺斤短两的，也刚好吹了吧，自己本来也就配不上人家。要不是姑娘一直坚持，他们估计早分手了。

"龙哥啊，你知道吗，我有时候特别羡慕你，就想如果能有一天和你一样该多好，哪怕一天都行啊。我也想体会一下能被人信任、依赖的感觉。有一天能听人家说，有问题就去找阿毛啊，阿毛在我们这里是最棒的。可……"

阿毛剧烈地咳嗽了下。

"可我太废了，除了考试成绩还凑合，其他干啥啥不行，只能打打杂，不是干大夫这块料。我也很想体会亲自给一个人做手术，救一个人是什么感觉。但是龙哥，我刚才可真的救了人啊，我给一个人做心肺复苏，她活过来了。第二波人流来的时候，我趴在她身上，最后她没什么大事。龙哥，你说，这学医的，这辈子就救一个人，值不值啊？……"

看着阿毛气力越来越弱，龙森浩有些宠溺地拍了一下他的脑袋。

"值！当然值！我像你这么大的时候还练开胸呢，你这都能做做简单的肺手术了，就别臭不要脸了，你赶紧好起来，我看你明天也别歇着了，拎着胸瓶就上台，干脆把开刀当呼吸锻炼吧！我就在台下给你看着，你准行！"

阿毛笑笑，笑出了声，看得出是发自内心的快乐，但是转而又无法控制地哭了起来。"龙哥，我知道你生病的时候，我特难受你知道吗……"阿毛无所顾忌地大哭，"我知道我没用，我爱哭，我胆子小！但是当我知道你得了那个没得治的病，我真的……我真的不知道能怎么帮你，我难受啊我……我都想你用我这个废物身体好了，我捐给你，就当为老百姓做贡献了……"

龙森浩也笑了，说："你这个身子我还不稀罕呢。"说着便轻轻拍了拍阿毛的脸，又摸了摸他的肚子逗他，突然发现不对劲。

"你肚子怎么这么硬？！"

龙森浩掀开被子，他看到阿毛的肚皮上、腿上已经开始出现一些星星点点的瘀血点。他按了按，阿毛吃痛大叫一声，像皮皮虾一样蜷起了身子。龙森浩瞳孔一下子放大，惊出一身汗，连忙看旁边的尿袋，再看向阿毛越发抬不起的眼皮，声音颤抖地问："阿毛，你多久没有尿过尿了，你这怎么……一滴尿都没有？！"

"龙哥，我想和你说个事……"

2

"反常呼吸[1]导致的纵隔摆动[2]很严重！你们快点进去吧！"

"好，准备好血，叫普外科的过来准备腹腔止血，我们先抓紧搞好胸部，让氧饱和能维持住！"

"备好血！来了就输！"

"好！"

王国礼和龙森浩两人对答着，王国礼已经去刷了手。龙森浩帮忙把已经插管麻醉的阿毛移到手术床上，他的双手不停地颤抖，神经元病最大的特点就是肌无力，因此稍微拧了几下手托板，他就撑不住了，大喝一声发力，螺丝却纹丝不动，托板还是掉到地上。龙森浩愤怒得两眼发红，弯腰就捡，但是一直哆嗦着对不准床侧的孔洞，半天插不进去，咬牙坚持着。

一双纤嫩的手伸了过来，帮龙森浩一起扶住，龙森浩转头，看是刘芳，两人一起把阿毛侧了过来。

"江河呢？让江河过来啊！"龙森浩冲刘芳喊道。

刘芳点头便跑去打电话了。王国礼开始消毒，方兰已经刷手上台，她看见阿毛圆滚滚的身上本应是白嫩的皮肤，布满了层层叠叠的紫色伤痕，右侧肋骨仿佛塌陷进去一样，随着呼吸机的动作像是鱼鳃一鼓一鼓的。方兰情不自禁地哭了起来，她双手合十，默默祈祷着。

阿毛的身体毫无保留，毫无隐私地露了出来，这时的阿毛，只是一个即将要进行手术的普通患者，确切地说，是一个濒死的患者。他的头上也包着厚厚的纱布，不知道受到了怎样的创伤，但是当下最急迫的是把由肋骨扎穿的肺修补住，然后再把腹腔里的问题解决，他才能活下去。至于他的手有没有受到损伤，之后他还是不是能做医生的工作，已经不是现在要考虑的问题了。

龙森浩是第一个发现腹腔问题的，猜想一定是因为没有检查腹部CT，因此腹

---

[1] 反常呼吸通常出现在各种因素导致的外伤中，一般是造成三根及三根以上肋骨两处及两处以上骨折，当此类骨折发生时，会使这三根肋骨以及其所附带的软组织，脱离整个胸廓的完整性。在正常吸气时胸廓会膨起，但这一部分肋骨以及软组织不仅不会膨起，反而会凹陷，在正常呼气时，胸廓应萎陷，这部分肋骨和软组织非但不会凹陷，反而会膨起。

[2] 反常凹陷以及膨起，会导致纵隔和大心脏摆动，又叫纵隔摆动。反常呼吸导致的纵隔摆动，不但会导致严重缺氧、呼吸困难，还会由于纵隔的摆动以及大血管、心脏的运动障碍，导致严重的血流动力学障碍。严重的反常呼吸可以直接导致缺氧、纵隔摆动，危及患者生命。

部 B 超漏看了，又或者是局部形成了包裹性的出血骗过了 B 超医生，但现在出血弥漫开了，甚至有可能同时合并了胃肠的破裂，因为体征上表现出了严重的腹膜炎。无论如何，现在必须进去探查！

龙森浩见江河还没有来，心一横，便去刷手，连忙拨出陈彦豪的电话："阿豪！你赶紧过来！我的手……我的手不行啊！"

龙森浩仍然哆哆嗦嗦地刷着手，赶忙穿上衣服，想着尽可能先把一处的血止住，把血压稳住，关键的地方只要指导王国礼完成就好。他戴上头灯，此时也完全放弃了所谓的微创，让王国礼做好一条长长的切口把胸打开，自己努力用尽力气帮他扒开肌肉暴露视野。龙森浩牙齿都咬得嘎啦嘎啦响，但是只是牙齿用力，却不见手上的力气变大，这让他又急又气。两人用肋骨撑开器撑出一个圆洞，发现胸腔里已经满是凝结成了血豆腐的血块，龙森浩直接伸手进去往外抱，放到方兰准备好的盆里。

麻醉科医生赵敏刚刚钻进无菌布下面看过尿量，从地上爬起来，大吼这个患者休克很重，血压已经 60/30，兜不住了！"血呢！快来血输上，他都没有尿了！"

"先补液，陈老师帮我去找血站！"龙森浩吼道。

陈兰打完电话，说路上水大，去血站的车又熄火了，不知道什么时候能送到！

刘芳这时出现在手术室，说："我和陈彦豪商量过了，让唐彦去血站取了，他以前干过，熟悉路子，马上就到！"她的眼睛也红了。陈兰问："唐彦？是之前在手术室干过的那个唐彦，小唐吗？"刘芳说："是。"陈兰马上放心地说："那不会有问题了，小唐最靠谱了。"

方兰也点点头，眼里带着泪。她不禁想起唐彦刚来医院的时候，别人去取血是走着去的，唐彦去取血次次都是跑着去的，她知道唐彦此时正开着车子在城市里飞奔，更是觉得有些感动。

龙森浩已经顾不上其他，他迅速清理着血块。阿毛胸壁的肌肉一直渗血，而且血液的颜色很稀。王国礼看到龙森浩时不时盯着渗血点，不停用吸引器吸掉，再用电刀烫，可就是止不住。王国礼知道龙森浩也注意到了，没说话，自己也不敢声张，这一定是出现 DIC[1] 的表现了。

---

[1] 弥散性血管内凝血（disseminated intravascular coagulation, DIC），不是一种独立的疾病，而是许多疾病在进展过程中产生凝血功能障碍的最终共同表现，是一种临床病理综合征。DIC 的发生意味着血小板等凝血物质大量被消耗，此时的凝血功能已经发生了严重障碍。在出现 DIC 的患者中，多器官功能障碍综合征将是死亡的主要原因。DIC 病死率高达 31% ~ 80%。

孙问川正好也走进手术室，听到情况之后，便掏出手机在电话里郑重说道："你现在就在中心血站蹲着，哪儿也别去，眼珠子都别眨一下，血站的血，抢你也得给我抢过来！抢过来之后给……咱们有人过去是吧？哦对，一个叫唐彦的会去取，你交给他。另外让人事处的动员O型血员工，只要没来上班的，立马去血站献血，置换出他们同等的配额来。如果不去献血又不来上班的，明天开大会我一个个念名字！"说着便挂了电话。

"孙院长，据说腹腔里血也很多，我这边马上结束，肋骨我先简单固定一下，然后就翻身。"

孙问川看了看监护仪。

"血压掉得太厉害，有尿吗这个患者？"

赵敏忙喊道："没有！补了一千五百毫升的液！进手术室一个小时一点尿都没有！速尿不敢给，血压太低。术前检查时肌酐就已经一百五了，这会儿肾功能肯定是不行的！得先止血，我这边先扩容！"

"刚才肚皮消毒没？"

"消了！"

孙问川把电话放在一边，摘下手表放在一起，正了正帽子。

"我来。陈兰再给我准备一套吸引装置，一套电刀，把我的单包拿过来，我看看肚子里什么情况。从我们科再喊个人来。"

孙问川刷了下手就上了台，由于小毛是侧卧着的体位，他往地上铺了块治疗巾，一下子跪在地上，在肚皮上又划下一个从剑突到绕脐的"通天口"，两只眼眨都不眨，像鹰隼一般将目光聚焦在手术视野正中心。

钳子刚突破腹膜，血就直接涌了出来。孙问川看到血的颜色，有些急了。

"这腹壁出血的颜色太浅了，不好！赶紧再去要血！这家伙脾破了！肠子也破了！"

龙森浩也急了，早就将电刀给了王国礼，自己拿吸引器，可是自己的手抖得越来越厉害，吸引器也拿不稳了，他竟不由自主地流下了泪。

"擦眼睛！"

陈兰不说话，手里攥好了纱布，等他回头的时候给他轻轻擦了下糊住眼睛的泪水，又顺便给他擦了擦满额头的汗。陈兰知道，龙森浩干到现在，也已经是到了他的体能和心理极限了。陈兰想起很久很久以前，上海众合医院的手术室里也上演过这一幕，她上一次擦过眼泪的那个医生，现在正跪在地上，给台上的阿毛处理腹部的问题呢，而现在的他已经很久不会再流泪了，他只会做事，很少解释。

"不行！凝血功能不行了！给调一些凝血酶原复合物[1]来！给我大量棉垫，我先把脾压一压，咱们两边不能一起出血！龙森浩你先快点把上面弄完，咱们翻身！"孙问川说。

龙森浩越急越愤怒，他恨啊，为什么上天给了他一双巧手，又让他得了这个病。他已经好不容易让自己淡然了，接受了，不再愤怒了，为什么还偏偏要让他在救人的时候这样无能为力啊！这可是阿毛啊！你这个浑蛋的老天爷，你开开眼啊！

"我来吧！"

手术室的门打开了，站着一个人，是肖飞。

他眸子里很坚定，一副刷好手的姿势。

"穿衣服！"

陈兰赶忙准备好肖飞的七号半手套，五秒钟就给他系好了衣服，狠狠拍了拍他的屁股，说了声："早干吗去了！快点！"方兰好像也受到了感染，握了握拳头，和肖飞说着"加油"。孙问川头都没有回，继续着手里的操作。龙森浩转过头，看到肖飞过来，把吸引器和钳子哆哆嗦嗦地拍到肖飞手里，深叹了一口气，还在不停地颤抖着。

"交给你了。"

龙森浩明显支撑不住了，说完就往一旁靠去。陈兰艰难地扶住他，想着把他带到一边的凳子上坐好。龙森浩不仅手在抖，腿也在抖。陈兰问他是不是冷，他摇摇头，扶着墙直接坐到了地上。

肖飞站到手术台前，看了下情况。

"拿枪来！速战速决！"

肖飞激发吻合器的时候，脑海中又浮现出刚刚的一幕。他正躺在休息室里发呆，刘芳一脚踹开值班室的门，看见他就直接抽了一个嘴巴！肖飞没有还手，根本不知道发生了什么，刘芳又抽了第二个，第三个！

刘芳拎起他的领子便说："你们自己科里的子浩，胸外二科在给你们抢救！现在阿毛也不行了！你这个孬种！等什么呢啊？！救人要紧，你在乎个屁啊！老娘

---

[1] 由健康人新鲜血浆分离提取，主要用于预防和治疗因凝血因子Ⅱ、Ⅶ、Ⅸ及Ⅹ缺乏导致的出血，如乙型血友病、严重肝病（如急性重型肝炎、肝硬化等）、弥散性血管内凝血及手术等所致的出血。

早就想跟你说了，当大夫从来不用争第一啊！你给老娘醒醒啊！"

肖飞回过神来，口罩下面露出一丝微笑。

"谢谢你，刘芳。"

"再来一枪！"

"再来一枪！"

"……"

"我上面结束了，关胸我一会儿侧着关也行，先做下面！准备翻身，孙院长你先停手，好了吗？！麻醉扶好脑袋，好了吗？！听我口令，来！一！二！三！走！"

刘芳知道，那个肖飞，终于回来了。

3

当唐彦带着血往医院回的时候，雨终于小了一些，好歹开车的时候能看见路了。他太熟悉去医院血库的路线了，赶忙跑到血库门口，发现这时候血库的同事已经早就准备好要做配型，直接接手过去。唐彦送好血，又回车里去取物资。

暴雨之后，他第一时间问了陈彦豪医院有什么需要帮助的。陈彦豪让他联系圆圆问问能不能捐献些物资。唐彦立马懂了陈彦豪的用意，赶忙联系了公司，胖经理也说这可是好事，即刻安排了物资和车给他。物资拉到一半，唐彦接到陈彦豪的紧急任务，又转头去血站抢血。在那里唐彦才真正觉得自己稚嫩，每个人都杀红了眼地吵啊，抢啊！你可以做一个温柔善良的好人，但代价就是你自己的同事可能会因为没血而抢救失败，会哭的孩子有奶吃，这种压力传递给血站，血站传递给上级、给媒体，才有可能想到更多的办法，做更多的协调。生命，就是在这样一次次的歇斯底里中从下到上争取来的。

已经是凌晨四点，急诊再也没有了之前的喧嚣，此起彼伏的呼噜声也告诉所有人，夜已深沉。尽管灯火通明，但并不代表着大家都还有力气叫喊。没事的已经踏实了，有事的也喊不动了，死了人的家属也喊哑了，气氛反而平静了下来。在小侯的食物、水的供应下，人与人之间的关系也缓和了，有互相帮忙扶着上厕所的，有打着石膏的患者帮着新来的患者喂水的，有借手机打电话的、借充电器的，也有床不够了挤在一张床上的，还有氧气管不够了两个人轮流吸的。

五十岁的蔡为民也是一宿无眠，他的诊室里仍然有源源不断的患者来就诊，而他此时还要抽时间跑去急诊的留观室和重症监护室查房,免得有些没有家属的患者出现意外了,无法在第一时间被发现。现在的护士人手也严重不足,明明开的一级护理,却甚至很难按照二级护理的查房频率进行查看,如果医生不再盯着些,是会出问题的。

而让蔡为民最为感动的,是他的患者刘波和女儿叶子这次来复查的时候,被大雨阻隔在了这里。竟然晚上也来做起了志愿者。这二人稍微有点神神道道的,叶子说是帮人能给她爸积德。刘波主要负责帮护士挪床推床,根本看不出是个刚做过化疗的癌症病人。

一切都在潜移默化地发生着些许改变,因为人本就不是独立的个体,而是社群动物。人们之间攀谈之后才发现,这个伤者是医院会计的二姨父,那个伤者是某个护士的三表哥,另一个伤者又是一个清洁工师傅姑奶奶的表亲,似乎任何一个人都能和这个医院产生点联系。医生们嘴上喊着:"收满了,收不了了!"可自己的熟人要安排进去,别人的熟人也不好意思拒绝。再到后来,病房和监护室收治的速度明显加快了,整个急诊似乎也沉浸在一种有些悲怆但令人感动的气氛中,也不再排斥重病人了。随着更多的工作人员纷纷赶回医院支援,积极地投入"战场",尽管重病人开始多起来,但人手不足的问题已经解决了。

更重要的是,患者本身也成为这种积极情绪的传播者。开始的时候,还有人在急诊大厅大骂上海人势利、排外,这下也没人喊了,但凡是有闹事者说他被"无情地拒诊",都会被众人安抚教育,说:"这医院可好,可温暖,连小卖部老板生意不做了都免费给水喝。大哥,你这个病可能确实不需要治,回家吧!"

阿欢因车辆超载闯加了两个红灯,一路战战兢兢,私下问陈彦豪会不会被开除。陈彦豪故弄玄虚地说:"放心吧,我有个哥们儿,说这个叫'紧急避险'。"

又一个病人进来,是一个小孩子,腿耷拉着,明显是断了。护士再次来到穿着三色西服的女人处,恳求让个床。三色西服女人像是睡着了一样,叫也叫不醒。"乡下人"却起身陪护士一起挪床。

三色西服女人突然醒过来,对着"乡下人"一顿臭骂,可这次"乡下人"却没有再忍。

"我受够你了!咱家老李这没事了哪,占着这里是睡,去外面也是睡,这护士都忙一宿了,你能不能有个人样了!你还大城市的人呢,你大城市个屁!你从安徽老家来这儿十年,买个上海人的衣服,学几句上海话,你就成大城市人了?!我呸!

都是乡下人你装个屁！人家这都互相帮忙呢，就你装死！你起开！"

"乡下人"虽然一直唯唯诺诺，但是膀大腰圆的，三色西服女人也不是她的对手。三色西服女人发现周围的人再也没有惯着她，她撂下一句："你自己掏钱！我不管了！"便往地上一躺。

大家挪床的时候小心绕过这个女人。过了一会儿，一个不认识的工人师傅过来戳戳她，两人原来也是相识，女人自己爬起来，拍拍屁股走了。

监护室里，那个呼吸功能不好的老太太手里抱着的收音机一直开着，新闻很应景地播报："各家医院连夜运转了全部伤员，目前滨江大道事故现场已经基本被清理妥当，交通也在逐步恢复。上海应急指挥部正在积极应对，各个医院的多学科力量正在进行有效的调配，同时，人民解放军和各兄弟省市的医护人员正在前来支援的路上。

"我们更惊喜地发现，很多私家车辆也来到这里，一些人接走了困在此地的游客，另一些人居然是本市的医护人员，下了车就投入了抢救队伍！他们有神经外科医生，有麻醉科医生，有呼吸科医生，他们的到来，让这里……

"现场，我们看到有医生跪在地上做心肺复苏，有骨科医生帮忙固定骨折部位，外科医生协助急救人员进行伤口包扎……"

老太太听到这里闭上了眼睛，流下了泪水。

孙问川也忙得晕头转向，他刚结束阿毛的这台手术，又打了无数个电话处理各处的纠纷以及矛盾和运转不畅的事情。他知道，阿毛的状态不太乐观。虽然抢救回来了，血压勉强用升压药维持在90/60，但肝脾全都破裂了，切除了脾和大部分肝脏，还切除了一个肺叶。而且失血还是太多，到处都在渗，无奈只好不关腹了，用棉垫塞满了肚子，用减张缝合把肚皮暂时合拢上。虽然注射了很多凝血酶原复合物和血浆，整个人的血液也已经被换过两轮，但他还是没有尿，肌酐一路猛涨。除了呼吸机之外，也被迫上了血滤机，只能等情况稳定之后再二次手术去关腹。孙问川也有些沮丧，因为他临走的时候看了一眼，发现阿毛的瞳孔已经不等大了……

这说明脑部也许也有出血，造成了脑疝，也就是说，阿毛……最好的结果就是一个植物人了。

上海众合医院这一晚上总共送走了七个患者，还有十几个患者虽然人没有死，但多数因为失血性休克或者呼吸衰竭时间过长，出现了脑死亡，只是生命体征还都维持着。

阿毛就是其中一个。

江河与龙森浩两人呆呆地站在阿毛的床前，思考一切可能的办法。他的瞳孔已经两侧不对称。然而，根本不需要神经外科医生评估，江河二人也知道，严重的DIC使阿毛完全不具备开颅的机会，他的腹腔再次出现了中等量的积液，也许是持续性的出血吧。总之，一切都在向不可逆的结局发展，只是他们没有人愿意承认。

此时已经是凌晨五点，子浩也醒过来了。他醒了就问阿毛在哪儿，当得知阿毛的情况时，他不顾众人的劝阻，硬是要去监护室看阿毛。他坐着轮椅来到监护室，看到床上被各种管子插成刺猬，已经完全看不出模样的阿毛，一下子无法克制情绪。

"他的家属来了吗？我想去找他们谈谈。"江河开口道。

"父母都在外地，正在赶过来，马上到。现在只有外面那个女孩，说是女朋友。"龙森浩回答。

子浩呜咽地解释道，其实阿毛十一计划要结婚的，也就是下下个月，他是伴郎。

"我们……我们本来在外面经过的，然后我就说要走近点去看看，走着走着就走到了滨江路的外围。我们的那个地方一开始还不算严重，我们也往外跑，结果有个小女孩倒地了，被一连串脚印踩过去，阿毛推开我们就回去救她。我让阿毛的女朋友先走，我远远地看见他，直接在人群里就给那个小女孩做心肺复苏，什么都不顾！然后我就跑过去帮他当人墙，阿毛按了一阵子激动地说那个女孩动了！但我们刚要走，这个时候却来了第二波人流，这一波太猛了，下那么大的雨，根本没人看见我们，后面的人跟疯了一样……人群冲过来的时候，我好像是脑袋磕了一下，后来就不知道了。"

江河和龙森浩听着子浩描述的画面，脑补了眼镜在地上被踩得粉碎的声音，肋骨断裂的声音。人本身成为洪水猛兽，而人自己的身体却不堪一击。

"是我们被送来太晚了吗？"子浩问道。

龙森浩想了想，答道："是的，你们两个送来得都晚，你没伤到腹腔，还好些。"

江河吃惊地转头看了一眼龙森浩，没有说话。江河也知道，如果是阿毛先手术，早一两个小时，情况也许真的不一样。但如果是那样，现在躺在床上，没有任何生还可能的，也许是子浩……龙森浩看着阿毛，连呼吸的节奏都乱了。

事已至此，不要再让旁人感到难受了吧。无论是坐在轮椅上的，还是躺在床上的，都是好样的啊！还苛责些什么呢？龙森浩终于深叹了一口气，开口说道：

"阿毛……他同意捐献器官。"

4

清晨的阳光终于洒下，仿佛太阳根本不知道昨夜都发生了什么，月亮和星光也刻意没有告诉它那些悲伤的故事，导致它像个没事人一样，傻傻看着地上的人。有些人抱在一起痛哭，有些人倒上清晨第一杯咖啡，打电话互报平安，有些人却毫不知情，在路上奔跑着免得错过上班打卡。

当然，也有一些人，此时还没有下班，并且还在准备第二天正常的工作。

阿毛的双亲赶来，签署了阿毛的肺移植同意书，两个老人相互搀扶着，慢慢走了出去。

走的时候，阿毛的爸爸反复说着："给你们添麻烦了。"惹得龙森浩眼睛一阵酸楚。临走的时候，阿毛爸爸还不忘问了一句："阿毛这孩子，在你们这儿，算出色的不算哪？"龙森浩抱着阿毛爸爸说："是最优秀的。"阿毛爸爸抹着眼泪说："优秀就好，这孩子打小就优秀，开家长会的时候，我们都是抢着去，去了就能听老师表扬，我们都可美了。不说了不说了，给你们添麻烦了，添麻烦了……"

亲人们离开去办器官捐献的手续了，此刻留下的只有阿毛的同事。阿毛还是孤单地躺在那里，身上的瘀斑越来越多，龙森浩小心地把被子给他盖严实。有胸外科的，有呼吸科的，有监护室的，认识阿毛的同事都纷纷赶来了，陈平、侯莹莹、赵敏等人都在。

"他在失去意识之前，和我说了一段话，他让我录了音，可没说两句就……"

龙森浩把录音放给众人的时候，所有人都沉默了。这不是他们第一次经历死亡，也不是第一次参加葬礼。龙森浩的手机传出了一段嘈杂后，响起了阿毛的声音。

"龙哥，假如我实在不行了，就拿我的肺……去做肺移植吧，你们就当……杀熟了吧。"

阿毛的声音响起的时候，连龙森浩自己也克制不住，他的手又开始不停地颤抖，将手机捏得紧紧的。

"你扯什么狗屁，你这个肺这么个破样子，我们才不稀罕要，一会儿搞完了我叫你起来，你就给我麻利儿爬起来，这个月你还得跟我学手术呢，还给你排值班了呢！"

"龙哥，你就答应我吧，就让我做一回有用的人。"

"狗屁啊，你别睡，你别睡啊！来人啊，快推进去！"

录音没有停止，只是龙森浩忘记关，但它真实地记录了所有人失态的场面，麻醉医生、护士、师傅，忙乱着抢救，王国礼和龙森浩吼着安排器械和血。很多人总觉得一切应该更有秩序一些，但这就是真实的抢救，人与人之间的交流就是喊叫。

正在此时，孙问川陪着一个人来到了监护室。那人身材高大，仪表堂堂，穿着得体的短袖 POLO 衫，眉宇间不怒自威，高耸笔直的鼻梁让他的五官再怎样搭配都不惹人讨厌。他没有笑，但也没有板着脸，给人一种放松、平静的感觉。

"这是吴帆院长。"

孙问川介绍之后，众人点头致敬。吴帆看见这里有陈彦豪，和他也打了个招呼。孙问川解释道："我和吴主任说过了，咱们这边也在申请肺移植，现在医院潜在的供体不少，所以我让吴主任专程开车过来，看看能不能在这里做一次，特批一个肺移植的资质。"

陈彦豪惊住了，这不正是几个月来自己一直拼命运作的事情吗？江河像是累了，他与吴帆紧紧握了下手，说了句："拜托了。"便一瘸一拐地走开了。

"对，情况我都了解了，我也找人查了下，咱们上海众合医院原先好像是有过资质的，只不过太久没做就收回了。我问了下卫健委，这种情况我如果过来做几例，再培训一下，咱们这边可以直接拿资质，就不需要去我那里培训了。只不过……"

陈彦豪听到"只不过"就皱紧了眉头。

"我刚刚问过孙院长，咱们这边还没有 ECMO 是吧？"说着便看向陈彦豪，陈彦豪摇摇头。

孙问川笑道："对，但是我们可以招体外循环师，组建专业团队，如果需要的话。"

陈彦豪不敢相信，孙问川居然会帮着说话。

吴帆也点点头，说："但是如果没有 ECMO 的话，这次我不敢在这里做了，如果真失败了，对咱们申请资质也不好。现在如果哪个供体已经确认好了，我这边可以取走肺，回我那里做。其他的患者如果还能维持的，可以继续维持着，等你们找到 ECMO 团队，我随时过来。"

陈彦豪心里纳闷，他到底是来帮我们的，还是来这里抢肺源的？

"不过你们也得稍微抓紧点，虽然这次对于上海来说是场灾难，对于你们来说也不能不算一个契机，过了这一波，你们很难再找到这么多供体。至少要连着做三台，并且最好保证两例以上存活，卫健委这边估计才有希望批。"

赵敏突然走到了前排。

"吴叔叔，我可以找我外婆帮我们组建能操作 ECMO 的医生团队，可以带设备过来，但是得需要几天时间，请问兼职的也可以吗？"

吴帆点点头，回应道："未来你们如果真的要做肺移植，肯定要全职的，但是现在这个节骨眼上，我们先连续开展三例，找个能稳定在这里待到手术结束后三天的，能够随叫随到的团队也可以，你是……我怎么有点眼熟。"

"我是赵敏呀！"赵敏摘掉口罩，笑出一口白牙，吴帆拍拍脑袋，"哦，见过，叶老师的外孙女是吧，你百天的时候我还去包过红包呢……"

赵敏喊了一声："哎呀！行了行了别说了！"

"好好好，真的长大了啊！那行，你赶紧找你外婆去协调，尽量一周内准备好，可能孙院长要好好和家属再做做工作。"

"吴主任，我们这里有个同事，目前快维持不住了，要做器官捐赠，但是只有一侧肺能用了。"陈彦豪说。

"哦，那真是可惜了，没事，肺可以先给我，你放心，我和 OPO 报告一下，只要这里送出一例，未来就会从其他区域向这里匹配一例。我们医院刚好也有个小朋友快扛不住了，如果可以的话，我可以尝试将你那个同事的一侧肺分成两部分移植给那个小朋友。"

在说到小朋友的时候，吴帆浑身散发着一股子温暖的正气。陈彦豪悬着的心也落地了，他发现自己之前还是小人之心了。

"你们这里其他人都齐了吗？比如，我之前说的那些团队成员？"吴帆突然转向陈彦豪询问道，还没等陈彦豪缓过神来，龙森浩立马上前一步。

"我是胸外科副主任医师龙森浩，我做肺移植。"

"我是胸外科副主任医师，我是蔡为民，我帮着龙主任一起做肺移植的。"

"我是呼吸科医生，我叫陈平，我可以！"

"我是胸外科主治，陈彦豪，我可以。"

陈彦豪正准备解释，但是话音未落，就有几个声音同时响起。

"我是监护室李有才，我可以参加。"

听着李有才"大言不惭"，孙问川也并未揭穿。

"我是侯莹莹，监护室护士，我愿意！"

"我是手术室护士方兰，我愿意。"

令陈彦豪更为惊讶的是，赵敏竟也一脸无奈地说："行吧，我也就陪你们搞一把！我做麻醉！不过我可先说好！陈彦豪，我可是因为想跟吴叔叔学学本领，才帮你的！"

吴帆看着这个场面，恍惚间看到了自己当年开始做肺移植的样子，所有人都不知道为了什么，会获得什么，会遭受什么，就和他一起冲进这个领域，而且所有人当时也不是各行各业的"精英"人士，就这么一帮人混在一起，在一无所有的情况下做到了全国第一。

"好，好，好！你们抓紧搞个ECMO，存好需要做的受体，我过来连做三台。等下这个患者的取肺，我建议你们的人就来和我一起参与一下，大家磨合磨合。"

"我……"龙森浩举起手，但是这只手还在哆嗦，他又放下了。

"我来吧。"肖飞的声音传来。

孙问川皱了皱眉头。

"我也是胸外科的，副主任医师，我叫肖飞，吴主任，我想和您一起取肺。"

吴帆点点头，转身走了，孙问川看了看肖飞，说："你和你们老葛说一声。"然后便转身去陪吴帆了。刘芳正站在肖飞旁边，用欣赏的眼神瞥着肖飞，肖飞仿佛被这眼神电到了一般，低下头装作看不见。刘芳故意白了他一眼，用胳膊轻轻顶了他一下。肖飞也终于像个孩子一样笑了起来，好像好久没有这么放松过了。

众人围着面前的阿毛，不知道是谁起的头，所有人，一起鞠了躬，许久没有起来。

天异常的清朗，异常的明亮。陈彦豪一个人离开了医院，唐彦见状跟了上来，看陈彦豪不想说话，默默跟在身后，两人一并走到江边，来到上海邮政。此时的滨江大道已经完好如初，除了人流量稀少之外，看不到昨晚的灾难留下的任何痕迹。鱼虾们看风浪消退，也纷纷从这巨大的深海巨兽身上散去，这些鱼儿没有那么久的记忆，很快就会忘记这一切。也正是这种健忘，让人可以无忧无虑地生活，而不是每天活在恐惧里。

尽管没有任何表彰和感谢，为此奋斗了一个晚上的人们，也仍是感觉自己做了回英雄。急诊室里值班的同事们脸上疲惫但快乐，回到家的李有才也和妻子诉说着昨晚的英勇，和孩子讲述抢救的过程。

昨晚，陈彦豪终于明白了为什么汪道贤的笔记里，写了这样一段对话——

方鸿铭说，如果有人看到《无名草堂》这本笔记，就有可能会被腐蚀，因为没有人能抗拒权力。但汪道贤回答说，权力需要选对人，一个尊重生命的人，是可以将权力用好的，甚至不在意旁人是否理解和感激他。

陈彦豪觉得，孙问川就是这样一个人。

看上去是江河团队的努力让一切发生了改变，可如果没有孙问川协调医院的各个职能部门，对接基金会，对接财务，找公司和其他医院贡献呼吸机，协调人员，调整绩效激励等奖惩机制，甚至联系吴帆，一切都有可能化作一场无效的自我感动。如果没有权力，一切的努力都可能毫无意义。所以陈彦豪知道，他必须要权力，即使不大，也要找到一个突破口，跻身其间。

这个世界上没有喊出来的正义，也没有通过和群体叫板争取来的权益，只有融入这只巨大的深海巨兽，成为它头部的一部分，才能最终实现自己的主张。

"豪哥，这次要不是因为你们，不可能救这么多人，你就别难过了。"

"可是，正是因为我们，阿毛刚好缺了一个手术间，就差了那么点时间。我们要做好人，要做英雄，却杀死了一个真正的好人。"

"这不怪你……"

陈彦豪笑着点点头，他已经努力劝自己不要钻牛角尖了。快一个小时又能怎样呢，就一定能扭转结局吗？如果再让他重新来一次，他能精准地预料到需要给自己的同事留一张手术床吗？

不能，医生这活儿，只能论心，不能论迹，论迹可就干不下去了。

"不过这次孙院长居然也站在你这边呢！老哥，你还是把孙院长给感化了啊！"

陈彦豪笑笑，说："我倒是愿意相信，他自始至终，都是个好医生，是我们的朋友，而并非敌人。"

陈彦豪心中浮现起《无名草堂》中记载的那一场为了筹集盖医院所需款项的"鸿门宴"，那些乡绅在捐款的时候，当然会有自己的私心，但事实上，如果没有他们的捐款，也就不可能有中国自己的医院。利益和善意，从来不是水火不容的。虽然不知那些乡绅现在如何了，当时有没有赚到钱。但陈彦豪唯一确定的是，汪道贤留下的"基金会"，不但真的存在，而且还默默地活着，那掌管这个基金会的，究竟会是什么人呢？

如果叶新连"基金会"的事情都知道，她会不会恰好认识阿祖婆婆呢？

唐彦突然问道："豪哥，你说既然肺移植比预想的还要顺利，按照葛峰那家伙的作风，他会不会故意来找麻烦？"

陈彦豪笑笑，感慨唐彦也成长了，再也不是那个单纯的少年了。

"没错,他会来的,但我已经忍得够多了,我们的团队也付出得够多了!如果有人非要在这个节骨眼上再捣乱,那我奉陪到底。"

陈彦豪掏出一张不知道从哪里搞到的纸条,拿起打火机点燃,直到快烧到手指才松开手。一团火焰缓缓飘落到黄浦江中,一点痕迹都没有留下,却照亮了他透着坚定冷峻的笑容。

前夜

民国十五年，十二月十二日

今天，厂子里死了人。

我听到厂子有动静便又折了回去，发现地上躺着两个人。其中一个刀扎在心窝，一动不动，明显是死了。另一个是阿生，他躺在地上，浑身都是刀伤，看起来异常惨烈。他紧紧地捂着脖子，暗红色的血从指缝中止不住地往外流。

他捂着脖子从嘴里喷出几声沙哑的话。一句话，半口血。

"日本人。"

我当即就懂了，就近找了个小推车，半扶半抱地把他送上推车。我把地上那人藏到储藏间，简单用布盖住地上的血迹，推着阿生进了我的办公室，锁好门。他的嘴唇又干又白，眼睛也开始有些没神了。

还好，我办公室里存了一套方鸿铭的装备，这家伙总是嫌弃我们的手术室给他准备的东西不顺手，放了一套在我这里备用。我在里面找到了几个拉钩、一把持针器和一些缝线。

没有麻药，我不确定那一刀是不是同时损伤了气管和食管。只不过，他的手只要一撒开，血就会喷出来，所以我还缺个助手。我把拉钩递给他，让他等下帮我拉开他自己的皮。

阿生是个铁人，他浑身瘫软，但眼睛冒火，斗志昂扬。我把东西准备好，钳子备了五把，左手攥着几块纱布，迅速将他的手挪开，只见暗红色的血立刻奔涌而出。我一把用纱布紧紧压住，用拉钩拉开皮肤和皮下组织，把拉钩残忍地交到他的手里，任凭他龇牙咧嘴。阿生和我相处许久，已经是兄弟了，但这时，兄弟情也不得不放到一边。

没有动脉损伤后的喷射样出血，我判断是损伤到了颈内静脉。我逐渐移动纱布的位置寻到一个出血的部位，狠狠上了一把钳子，出血立刻少了。血管只是被削开了一个洞，没有完全断裂。我将血管缝了两针之后就不出血了，引他说了几句话，看他的反应，似乎没有损伤到气管。我继续缝好了皮。已是多年不操刀了，没想到手上并未生疏，这令我非常开心。我终是体会到了方鸿铭两耳不闻窗外事、一门心思做手术的乐趣。

纱布不够，我就用衣服替代。他让我把他的手捆到后面，不然他怕控制不住自己。整个过程的每一针他都咬住了衣服发出嘶哑的闷哼声，我取了办公室里的酒给他灌了一口，然后再把他身上十几处被刀划得翻出来的肉全部缝好，约是缝了一百多针，最后他的意识都已经有些不清晰了。

我要把阿生送走，他不能再出现在厂子里了，但他说还有家人在，托我一起带走。我起先是拒绝的，告诉他，这个时候他唯有当自己死了，才能让家人好好活下去，未来才有团聚的机会。好在我多问了一句："家中有谁？"

他说："家中只供个小女儿，叫阿祖。"

民国十五年，十二月十三日

我居然阴差阳错地救了阿祖的父亲。

我虽然早就知道阿生有个女儿，可没想过那会是阿祖。可人生哪有那许多如果，我又怎会遇到男人都会问上一句，你可是阿祖那老父亲？

阿生夸我切口缝得好，没留疤。阿祖轻抚着父亲的疤痕，边笑边落泪，问这伤是何人所为？

我说已经死了。阿生解释，他也反手砍死了那个日本人。阿祖对我说："谢谢汪先生救父之恩，阿祖铭记在心，定当回报。"

我告诉阿祖，我们青帮的人都已经做好准备，每天出门，都未必能再回去。当务之急还是打赢仁丹的专利案，我们必须要赢，赢的不只是这个药，而是一项产业。那么多人都靠这产业糊口，未来一旦风向有变，那些人会瞬间失业，甚至有更多的日本人会取代他们的工作。等药厂全部被日本人抢去,那时日本人再发动进攻,我们一点抵抗能力都没有。

我让阿祖和阿生二人安心住在松江老宅,给了旁边的村民一些钱,让他们照顾好两人的衣食,我也少些走动,免得节外生枝。告别二人,我还要去赴一场"鸿门宴"。

鸿铭,你眼里只有手术,而我眼里只有生意,我们本就不是一路。在这乱世之中,有人要做救人的医生,就必须要有人做杀人的医生。鲁迅先生曾讲,学医救不了中国人。我深以为然,中国需要你,中国也需要我。

鸿铭,在药的问题上,我与你二人最大的分歧是,你认为它是医学问题,我认为是民生问题。仁丹之争,是中日之争,是殖民战争,医药绝对不止于医患之间。即使连搬运尸体这项工作,做到极致,也能减少疫病。国家不需要再多一个救世之奇才,国家需要一个革命之战士!国家不需要再多我一个治病之机器,但国家需要自己的医院、自己的药、自己的医疗体系,只有融入我们自己血脉的体系,才能救中国人!

阿生抓住我的胳膊,说一定要跟我同去,他和黄老板保证过的,他一定会挡在我的前面,日本人踏过他的尸体才能伤我。我很感动,但让他父女二人安心,我自会逢凶化吉。阿生却和我说:"可是……你太弱了呀!"阿祖也点头表示赞同。

谢谢,这种话真是永远也听不够。

民国十五年,十二月十四日

现在,我被称为"杀人医生",药在别人手里是治病的神药,在我手里也可以是杀人的毒药。到现在已经有十三个日本人死在和我们的交锋之中,我们更是付出了三十二条人命。这场药厂之间的斗争,可并不单纯是商业战争,我们的药厂,决定了千千万万人的生命。

目前这个市场上就只剩下两家,中国的芳华仁丹和日本的龙虎仁丹,当所有事情铺垫至最后一步,每一步都需要杀伐果断,没有退路。退一步,就是对不起所有被我们吃掉的同行。但我们吃掉了同行的品牌,我们也接纳了那些被遣散的员工。所有的药物都在流水线上生产,每一个人、每一份原料,都是一颗螺丝钉。我曾经和方鸿铭探讨过,我说如果未来的医疗流程也做成流水线就好了,若是每个人接受的治疗都完全一样,那么医生是不是就无须医学院来培养了。

鸿铭,这个笔记是专门为你留的,下面是我们所掌握的敌方在中国的间谍名录,打叉子的是我们已歼灭的。

切记,切记!

民国十五年,十二月十五日

我活着回来了。

今晚我前往的是一处日式的庭院,院子里不是樱花,是梅花,显然是刚刚霸占的民宅,又从他处移来的梅花树。我今天穿了衬衫和马甲,戴上贝雷帽,还有一块阿生不知从哪里搞来的石英表。他赠予我的时候说,这表他去庙里开过光,辟邪。我装作黄老板的马仔,帮黄老板拎着箱子,两人赴宴,而对方是十几个日本的"中国通"。

这些人和黄老板谈判的目的,是劝我们投降。先前来邀请我们的人曾经暗示过,只要我们放弃芳华仁丹,将保我们青帮衣食无忧。

我自然准备得十分周全,手提箱里面有芳华仁丹的全部配方,还有二十支注射器,每一支都是我精心为他们准备的。虽然进门之前,刀和枪全部都卸在外面了,这处所在也是各自派人检查过的,但我拿着药来,总说得过去。

这个针是特制的,很细,打上去就像是针灸一般,又像是被蚂蚁蜇了一口,不疼,有点酸胀。我在一个之前抓来的日本人身上测试过,"疗效"特别好。

饭没人敢吃,黄老板一个人陪对方喝酒,演出来一副投诚的样子。我则站在门口走廊上赏月抽烟,随着众人陆续因着酒喝多了出来上厕所,我就用一只手搂住他们的肩膀小声说话,用注射器在他后颈轻轻捅一针,然后把注射器顺手扔到草里,做出帮他赶走虫子的模样,还要搭着一句"这里虫子真多"。他们不会觉得疼,只会觉得奇怪。

这是民国十年的时候美国的朋友寄过来的,说是美国最新研发的,希望我在国内推广,叫作"胰岛素",是治疗血糖增高症的。但我突发奇想并且尝试了一下,发现只要在人的皮下注射大剂量的胰岛素,人就会发生低血糖昏迷。很快,所有人就都被注射了一遍。我还没有走进去,黄老板就走了出来,唤我一起离开。

我们刚走,身后的火光仿若一条红色巨蟒腾空而起,将庭院一口吞掉,门口的梅花树也慢慢融化成一个影子,消逝在深夜中。我和黄老板站在巷子中央,两边立刻响起了架枪的声音,一边是日本人,一边是我们的人,但是分不清谁多谁少。

只听到一声日本话之后，再没有枪声响起，这些日本人动作整齐地撤走了。

杀人的时候，我一点负罪感都没有，我仿佛看见我死去的爱人和孩子，他们都出现在火光中，看着我，与我同在。

这一场，我们赢了。但这些跑掉的狼，一定是不会认输的，他们的反攻必定会更加猛烈。

民国十六年，五月二十八日

上海银行公会，此刻热闹非凡。这是我亲力亲为组织的一场晚宴，虽然我不会出现在今晚晚宴任何一处的名单当中。在民间的传闻中，"我"只会出现在夜色中，从事着各种各样的行当，给人温柔一刀。这半年里，经常有一些人会在上海滩的街头暴毙，他们在尸体上找不到任何痕迹，也不知道这些人因何而死。

坊间传说给日本人制造了无法克服的恐惧，而这传说也来自阿祖的另一个笔名。她将日本人来中国触犯神灵的事情描述得惟妙惟肖，通过传单的形式流传在大街小巷。上海的流言，真里掺着假，假里又有三分真，没法置若罔闻。阿祖最后还是没有听劝，不但走出来工作了，还回到了《申报》做了正式记者。

今天我和阿祖说："你就写'济济一堂、颇极一时之盛'。"阿祖笑笑说："偏就不写。"人们穿着华丽的西装和礼服，来参加这场由财政部、铁道部和卫生部联合举办的名流晚宴。这又是一场鸿门宴，我们的目标是他们的钱袋子。黄老板总共派了十几支队伍，他自己也会亲自带一支队伍，干什么呢，要钱！

此时的上海，所有的医院无一例外都是国外的教会和慈善堂开办的，然而中国人的医院一家也没有，曾有人对黄老板冷嘲热讽道："国人不可能有自己的医院。"因此黄老板决定，办医院。只有中国办了自己的医院，日本人才会急，才会露出马脚。日本人在五月刚开过一场会[1]，要加速对华侵略。上海此时盖医院，不但会受到政府的资助，更会受到其他租界国家的支持。

政府没有办法拿出这么多钱来盖医院，但是政府税收可以用作保障金，这部分保障金和患者的诊金便可以作为医院收入的一部分。到时，政府提供公信力，而我们青帮协助提供运作。待医院建成后，这些募捐的名流，可以在一段时间内以股东的形式取得回报。

---

[1] 1927 年，日本内阁在东京召开的"东方会议"，标志着一系列重大的武力侵华行动即将展开。

黄老板曾教导过，做生意，要帮着对方算账。虽然医院姓公，但政府如果过早收回股份，这些名流的积极性势必会遭到打击，未来再进行铁路等投资的募捐就很难再推进。但如果财团长期控制医院，医疗行为也势必会被市场所扭曲，医院的公立属性将荡然无存，更无法在战时、疫时发挥其对民生的保障作用。因此，两方进退得当，注意分寸，这件事情才能长久。黄老板预计，这一笔投资至少可以给乡绅们带来长达十五年的盈利，加上抵消的税金和附加其上的社会名望，对他们来说算是名利双收。

上海市市长出场道："上海滩很大，上海的人口也多，中国人和洋人加起来要三百多万，是世界上人口最密集的城市之一。上海什么都好，就是缺医院，老百姓生了病没地方去。加上政府也没钱办医院……"

这时台下的"我"说："您说得很好，办医院需要钱。但是呢，办医院到底要多少钱啊？我告诉你们，美国人的医院我可是见多啦。按照现在建设医院的标准，平均每张床花费至少四千美元。松山医院拥有三百张床，是国内最大的公立医院，花费怎么也得一百二十万美元。换成大洋的话，是六百万块……"

黄老板听了"我"的话，假装一副极度悲愤的表情。"前几天，我和几个外国友人聊天。他们说啊，中国人不会办医院，中国人也不舍得捐钱办医院。我当时就严厉驳斥他们：'你们根本不了解我们中国人！中国人是有骨气的，中国人是有爱心的！'我们大家一起努力，打破外国人的这种谣言！请把募捐任务册发给在座各位吧……"

阿祖站在我身边，不停地鼓掌。最后她在今晚的《申报》中写道——

"捐册分送与会人员，尽欢而散。"

民国十六年，五月三十日

我们连夜算账，还是差相当一部分，但是箭在弦上，不得不发。

刚巧赶上四大家族的一家祖母大丧，黄老板带上我去吊唁。

葬礼结束之后，这家把所有的份子钱，共计银圆五万九千七百五十六元五角一分，全部捐给了医院筹备委员会。

至此，经费居然够了。

医院以黄老板新注册的公司与上海政府共同管理，我方控股三成，政府控股七成，约定二十年后全部归政府所有，这是我的得意主张，姑且称之为"政府和社会资本合作"。二十年后归政府实际控制,回归公共服务属性,我方只是做政府的先行军和冲锋队。

黄老板说:"我们青帮从漕帮而来,多是些凡夫俗子,都是为生计奔波的苦命人。许多年后,医院将不再有青帮的影子,望政府能给些照顾。"于是双方达成口头协议——"凡是上海滩上黄包车夫、贩夫走卒、海运船员,都将是政府的朋友。我们护你一家周全,你保上海一方平安。"

你中有我,我中有你,这是最稳定的契约。

第 14 章 | 医道官途

> 人在庙堂拥有的一切，在迈出这道门的瞬间就化为乌有。

1

这是一张神奇的审批表，它被打印出来，开启了短暂而又曲折的"一生"。表格上面贴着一张黑白色的照片。照片上的人笑出了两排整洁的牙齿，照片应当是大学毕业前照的，脸上还没褪去青涩，名字一栏写着"毛小羽"三个字，表格的抬头写着"因公殉职审批表"。

这个表格被扔到了工会的办事筐里，但只是孤零零的一张表，没有附上必要的手续和文件，于是被工会的主席冷落在筐里。直到一个可爱的员工发现了它，觉得它怪可怜的，自己给它加上了附件，装订在一起，又送到了人事处的筐里。很快被办事员挑选出来，分在了特殊事务的类别中，并且还贴了五颜六色很多标签，例如"事由不清晰""证据不具体""职称未达中级""无法证明工作与死亡关系"等。

可不知怎的，这张表飘到了人事处安处长的办公室。刚进去没一会儿，这张表就被盖上了几个戳，签上了安处长的大名，飘到了医务处，还没来得及进筐，就被门口守着的小姑娘直接拿进了副处长圆圆的办公室，圆圆立马在上面签下了"李梦圆"三个字。这张表已经密密麻麻签满了字，每一个字似乎都增加了一丝信用值，降低了下一个人所需要承担的风险。

但是这张表没有直接飘到隔壁的院办，而是经由配送师傅，走过医院长长的"消化道"，来到胸外一科，交到了一个叫肖飞的医生手中，再在肖飞的手上回到了行政楼,来到了院办的所在地,像是完成了一次"反刍"。最后被交到了一个叫丽莎的姑娘手上,然后就顺利地飘进了那个"院长办公会待办事宜"的筐里。那张审批表便静静地听着丽莎和肖飞笑着、聊着。

顺利达阵!

2

葛峰现在无比怀念吴晨飞。

他还记得当吴晨飞和肖飞都还在科里的时候,他们三个人每天都能有说有笑地做手术做到凌晨,有时候还会直接连上第二天的第一台手术。那段日子虽然苦,却像是蜜糖做的。随着团队越做越大,葛峰发现一些杂事顾不过来了,需要找个帮手,处理一些不方便公开的事情。

有一天,他让两人带队,组织几个学生去浙江参加个学术会议,私下里分别偷偷给了肖飞和吴晨飞各五千元钱,两人互相不知道。葛峰让他们照顾一下团队,负责些团队的吃喝等,然后私下里嘱咐了一个同行的医药代表,让对方单独向他汇报。

几人回来之后,医药代表告诉葛峰,肖飞每天给大家付打车费和饭费,钱都花光了,自己还垫了点,而吴晨飞就没跟大家提过付费这事。葛峰心里就有数了,从此科里的药物"提成"的分配工作就交给了肖飞。

虽然吴晨飞也没有立即表示什么不满,但是葛峰敏锐地察觉到他的一丝情绪。那个时候吴晨飞科研论文写得很好,每个季度都能产出一篇SCI论文,还帮葛峰拿到了第一个课题。可让吴晨飞意外的是,葛峰让他把课题的第一完成人给到肖飞,所有论文的共同第一作者也带上肖飞,美其名曰"团队合作",还允诺说以后肖飞的文章也带上吴晨飞,都不浪费。但随之而来的是吴晨飞的傲慢日益加剧,不但经常在科室会上当面否掉肖飞的科研思路,私下里还经常与人抱怨,说自己一直在被"摘桃子"。葛峰还听别人说过,吴晨飞私下里说葛峰的坏话,例如"葛峰不懂科研""没有我吴晨飞他屁都不是",还有"肖飞也是因为听话才被葛峰宠爱的"。而在半年后发生的一件事,彻底将一切矛盾摆到了台面上。

当时,吴晨飞想报名医院的科技新星计划,凭他的实力应该是十拿九稳的,可葛峰却私下找到吴晨飞,让他明年再报,今年先让肖飞报,不然明年肖飞超龄了。

真正将吴晨飞激怒的是，葛峰还教育吴晨飞，让他多跟肖飞学习待人接物的能力。这次沟通之后，吴晨飞接连两三天没有来上班，再来的时候就直接去了院长办公室，举报葛峰和肖飞的科研诚信问题，说葛峰授意自己文章造假。那个时候孙问川还不是副院长，只是院长助理，他把这件事私下告诉了葛峰，把这件事压了下来。

葛峰大吃一惊，他的本意是敲打敲打，让吴晨飞服软，不要有了些成绩就尾巴上天，这样他与肖飞才能成为自己的左膀右臂，一个帮忙刷文章拿课题，另一个帮忙做手术管病人，他才可以腾出精力放在院里职位的争取上。

可这件事还是闹了不小的动静，医院调查之后认为科研文章没有造假问题，吴晨飞属于"恶意举报"，开除了吴晨飞。葛峰记了孙问川一个很大的人情，后面才通过旁人了解，孙问川似乎没帮什么。医院开了个内部的会议，就决定了他和吴晨飞两个人的命运。

吴晨飞的意气用事，直接买来的教训就是——

人在庙堂拥有的一切，在迈出这道门的瞬间就化为乌有。

这件事在当时给医院造成的负面影响还是很大的，因此医院讨论之后决定以"学生管理不当"为由暂停了葛峰一年的博士招生，刚好这一年医院进行了行政换届，有传闻说葛峰也因为这件事的影响没有往医院副职上再进一步。

最终可谓两败俱伤。

自那之后，葛峰越来越认识到提前制衡的重要性，如果让一个人太过强势，盖过其他人，很多事必定会失去控制。这几年他虽然一直明里暗里贬低肖飞，肖飞却一直保持着逆来顺受的姿态，最近却不断给他带来失控感，葛峰担心肖飞又成了下一个吴晨飞，越来越急于吸纳一名和肖飞旗鼓相当的成员来制衡，他找来找去，人选从龙森浩转到陈彦豪，从陈彦豪又摇摆到了李有才。

可葛峰一上午也没有拨通李有才的电话，有些恼火。一想到一早听说的各路传言，心里又有点慌，担心出现什么变故。

他给孙问川去过电话，虽然孙问川嘴上表示没什么事情，葛峰也听出了他话里的冷漠。葛峰自认不是聪明人，对这些却十分敏感。

葛峰快速地洗漱了一下，他看着镜子中的自己，尝试笑了笑，发现法令纹和抬头纹像刀刻的一般深，才想起自己似乎很久没有笑过了。

他回想起自己二十出头到了上海众合医院，一路也是顺风顺水的，没有遇到过什么难缠的对手，仿佛他的人生都是量身定做的。每当他要升级，总会恰好空出一个位置留给他。

直到碰到江河，他才第一次产生这样的怀疑——这一路高升，到底是因为自己强，还是对手弱？

他与江河虽非师出同门，但也是同一个年龄段的人。就像是两个少年，一个选择了庙堂，一个选择了战场。多年过去，当葛峰已经登顶朝堂时，另一个少年沙场归来，端着长枪与他在庙堂相遇。两人一个擅文法，一个长武力，短兵相接，葛峰自知毫无还手之力。但三步之外，葛峰玩得一手好魔法，手里的几张魔法牌无非就是制度、规定、利益和愿景，虽然牌面背后赫然写着限制、拉拢、贿赂和画饼。然而这个时代有自己的偏爱。即使江河是屠龙的勇士，天下已再无恶龙。

刚听说江河要来的时候，葛峰也焦虑过几天，但他坚信，自己不费吹灰之力做的"简单手术"，才是市场经济下医院的宠儿，流程化的手术和操作才是盈利的主力，不但所有指标轻松胜出，科研上也占尽了优势。如果说江河是一把利剑，那么葛峰就是一块强盾，防守未必就会输。

他仿佛生在了一个刀枪入库的太平盛世，整个时代都在尚文轻武。当他发现打不过的时候，他可以高呼打架是不对的，藏拙才是更高的追求。

更何况，当祭出射频消融这个"杀招"之后，他的赢面进一步扩大了。

如果说这一切都出乎意料地顺利，那么唯一让他感到不爽的，就是陈彦豪的搅和以及肖飞的失控。

陈彦豪居然能帮直肠子的江河与没脑子的龙森浩在这样的环境下打开口子和自己抗衡，这是让他没想到的。让他更没想到的是，肖飞明明找到了陈彦豪的受贿证据却没有发给他，对他而言，这就是背叛。好在他自己早就和公司说好将备份给他。他越来越意识到，自己需要的不是肖飞，而只是一个傀儡，这个傀儡只要好使，是谁都可以！

他的终极理想当然不是在明年退休，而是退休之后还能把控这个科室。他认为人的工作年龄应当扩展到八十岁，因为人的格局、思想、野心在六十岁的时候也许才刚刚达到稳定状态，更适合继续开展事业。

所以他有两个选择，一个是去相对低层次些的医院做个副院长或者院长。另一个就是还在科里做一名老医生，但是依旧掌控所有的公司和合作企业。手术实操上渐渐放掉，但科研、专利方面继续加强，未来可能因为某项发明创造，成为某家公司的独立董事甚至合伙人，用自己一辈子盘下的资源打下更大的江山，这才能真正意义上实现阶层跃迁。他坚信，做医生是做不成上等人的。

要做成事，就要先把人心搞明白。

他曾经找人去调查过李有才，无论是技术还是行政能力都是一流的，只不过因为一个小小的问题自己主动放弃了医生行业。而这几年在医院外的工作经历让李有才变得更成熟，更能从围城内外思考医疗系统。如果能引入这只狼，势必会产生鲇鱼效应，让团队里的人产生危机感。只有这样，他的权威才更稳定，即便自己退位之后依旧有不可替代的"山头"价值。

已经坐在车里的葛峰看看车后视镜里的自己，在身上喷了几下香水。

没有人喜欢岳不群，但是你又怎么知道岳不群自己想做岳不群呢？

3

葛峰刚进病房楼，就有一种奇怪的感觉。平日里，所有人看到他都会礼貌地问好，今天却有意无意地绕开他走。医务处的吴处长明明看见他了，却赶紧把眼神收回来看手机，旁若无人地从他身边走过。电梯里的几个护士在叽叽喳喳地讨论，等他一进电梯就不说话了。尽管葛峰露出了他一贯温柔和善的笑，却被当成个隐形人。护士们走出电梯，又继续起了对话。葛峰隐约听到"听说昨天肖飞可帅了""还是江河他们关键时候爷们儿啊"。

他在开自己办公室门锁的时候，又听到不远处的护士在讨论。

"昨天燕子她们没帮忙，咱们科一个都没收，现在都可瞧不起咱了！"

"她俩为啥不收啊，收几个哪怕意思一下啊，我看昨天全医院的人都回来干活了，我老公还问我不去是不是不太好，我说我们主任也没让我回啊！我这回去不是贱吗！"

"就是啊，医生都不回来，我们回来干啥，帮工人师傅推床吗？我偷偷问她俩了，说是葛峰暗示不让管的。"

"哎，啥领导啥命，咱受着吧，反正丢人的是他们大夫，咱护士反正归护理部管。"

葛峰脸上火辣辣的，他怎么会想到是这样的情形。多年前这种事情发生过一次，和这次特别像。那个时候也有科室奋力抢救，造成了已有患者的严重院内感染事故，最后被医院批评违反纪律，"热心"的医生也背了处分。所以从那之后，他才了解了这家医院的"脾气"——怕事又小气，所以才没让自己的医生主动凑热闹，可这医院的"脾气"怎么说变就变了？再说了，昨天本来就是胸外二科负责急诊啊，胸外一科不参与，这有错吗？！

葛峰既然发现了问题，赶忙去了行政楼，当面找到了孙问川解释。孙问川却笑着和他说没事，还夸昨天肖飞表现得很积极，胸外一科在不是自己负责急诊的情况下也出人出力，这说明葛峰治理有方，强将手下无弱兵，有担当。

葛峰忙解释，昨天自己在杭州会诊，忙完了就第一时间往回赶，结果雨太大，路不好走，今天一早才到。又承诺说今天是胸外一科负责急诊，如果昨天有胸外二科没有解决完的事情，可以直接转给胸外一科的医生继续处理。孙问川又是大加赞赏了一番，笑着和他说没事，让葛峰专注好自己的业务，这马上年底了，考核到时候可不要掉链子。

葛峰感觉到孙问川对他态度的微妙变化。往常，孙问川会在私下的场合跟他透露自己的企图和医院的内幕，让葛峰觉得两个人共享了一些内部信息，从而做出符合医院利益的决策。而现在孙问川居然在和自己打官腔，莫非孙问川也放弃自己了？不可能啊，自从龙森浩的身体出问题之后，胸外一科的业绩一骑绝尘，江河团队则是一落千丈，胸外二科靠江河一个人根本顶不住。孙问川于公于私，都必定要支持自己统一两个胸外科，这应当是医院非常看重的。

"孙院长……我这……咱们医院这昨晚没出什么事吧？"

葛峰一招投石问路。

"哦！可不是嘛！医院哪招架得过来啊，好在没出什么事。我还有个会，你先忙着吧葛主任。"

葛峰吃了瘪，识趣地退了出来。

他随后又来到三楼的人事处，找到人事处的安处长。到底李有才的事有没有什么变数，这也是他最关心的问题，交谈几句之后才大吃一惊。

"什么？！一百万？有没有开玩笑？！"

葛峰皱眉。

"对啊，我也是今天早上才知道的，你说他们北京干事情绝不绝吧。"

葛峰不解地问道："咱们上海大夫离职、跳槽都属于正常情况，体体面面，怎么北京大夫主动离职就像撕破脸一样。"

听完安处长说的，他才知道，李有才当年从北京离职的时候，签了一份离职竞业协议。协议规定，离职五年内，如果李有才到其他任何一家医院做医生，就要交给北京的医院一百万赔偿金,用以赔偿医院对李有才持续培养的资金投入,比如下乡、出国、科研赞助,等等。

葛峰虽然生气,但也理解。医生就像飞行员,培养出来是需要花人力物力的。培养出来的医生如果到其他医院就职,对原单位必定是个损失。因此,医院的职称体系更像是一种无形的镣铐,将医生牢牢拴住。而这种镣铐未必都是惩罚,很多时候是画饼,一个医生总是会从医院得到一点甜头——刚提了主治,再过三五年就副高了,想着提了副高再走,但副高之后第二年就可以评副教授了,副教授再两年就可以评主任了,然后就教授了,博导了,杰出青年了,学会主席了……当外面的诱惑和这些甜头相比没有显著优势的时候,你就没法走出去。然而最可怕的一点是,在体系当中的时候你可能拥有一切,当走出去的瞬间你就会失去一切。

这明显是霸王条款。是又能怎样?如果没有这些限制,医院会毫无保留地培养肖飞吗?这条款既是限制,也同样是对所有人的保护,毕竟医生护士这种编制,是最能凭本事吃饭的一群公务人员了。

"那我不要他了,回头你帮我和他说一声,一百万确实有点夸张了,一百万我都能招个非常优秀的项目负责人了!"

他一出门就给肖飞打过去了电话,关心了下子浩的情况。转而就询问起搜集陈彦豪贿赂证据的事情办得如何了。肖飞推托说公司还在陆续查,等收齐之后一起发过来。葛峰用命令的口吻让肖飞把现在有的都发过来,对面肖飞的语气明显软了下来,答应了他。

可发来的"证据",不过是一些不痛不痒的短信,连一条转账证明都没有。

肖飞!你大胆!

此时江河的办公室,传来了同样的怒吼。

"你们也太浑了吧,演戏居然瞒着我!啊?!还当不当我是个主任啊!"

李有才憨笑,龙森浩仍是一副发呆的样子,看上去像是也已经知情。

"这不是怕你沉不住气,到处去说。陈彦豪还是希望葛峰先争取一下我,好让他们自己人打起来。"李有才道。

江河听了似乎觉得有些道理,但这些人居然瞒着他做事,太不把他这个科主任放在眼里了。后来转念一想,科主任面子值几个钱,问题解决了才是大事。说到钱,他突然也有些心虚。

"所以我要给北京一百万吗?我觉得倒是值!就当是给原来的医院捐款了呗,

肥水不流外人田！能花钱办的事，都不是事！钱是个奴才，用完它还来！"

李有才看着江河有些肉疼又坚强的样子，更想笑了，他赶忙摇头。

"都说是演了，您还真信。"

江河"啊"了一声道："那合同不是写了？"

"首先，合同是真的没错，但是一切解释权归北京的医院哪。"

江河狐疑地歪着头看李有才。

"你看合同上写了，赔偿一百万人民币或其他等价专利转化产品、项目课题到账金额等，所以呢，只要北京那边认可我们给他们的胸外科交过等价产品就行了。换句话说啊，这对葛主任来说是实打实的一百万，对于您来说，更像是一张空头支票。"

江河眉头皱得都可以夹住钢笔了。

"那北京那边谁同意的？别到最后人家找你要钱的时候，你才哭啊，你早说，我可以先把钱的问题解决好。"

龙森浩开口道："孙慧主任同意了，孙主任已经让医院给出示了个证明，证明李有才曾经提供了等价的专利转让费，盖了章了。"

江河先是不相信，满脸问号看向两人，突然激动地蹦了一下，"怎么样，老子就是牛吧！虽然我自己不聪明，但是我有人格魅力啊，哈哈哈哈哈！"说着便大笑着走出门去忙了，路上还不忘跟病人和护士嘚瑟几句。

李有才看向歪在沙发上的龙森浩，说："如果江主任知道自己就是孙主任的一步棋，他会不会气死？"

龙森浩好像累了，闭着眼睛。"别告诉他了，我看他挺开心的。"

"让你们来这边发展肺移植，孙主任这算盘打得倒是不赖，但江河能做到今天这个地步，也确实是超出孙主任的预期了。当孙主任给我打电话，让我考虑继续当医生的时候我有些犹豫，我本来觉得干保险，时间、钱各方面兼顾得都不错，但是我女儿说了，我不干医生她就跟我断绝父女关系。这孩子大了真是管不了了！后来我想了想，ICU医生起码下班了就没事了，带孩子也放心些，现在钱也没那么缺了，就干吧！"

"切，凤凰男。"龙森浩笑着骂他。

4

医院就是只巨大的乌贼精，它不只体形庞大，会向外扩张，会形成生态，更重要的是，它甚至进化出了自身免疫反应，能识别出哪些是看似正常实则会损伤身体的"坏细胞"，并且予以灭杀。除了自身免疫反应，"乌贼精"也进化出了过敏反应、应激反应，而这些复杂的生理反应，就是由一个个作为"器官"的部门来完成的。

行政楼小会议室里，坐着七八个人，分别是院长秦雄、副院长孙问川、医务处处长吴军以及其他几名副院长，还有宣传处和组织处的处长，算是一个小规模的院领导闭门会议。已经有很长一段时间没有人敢讲话，气氛一度滑入冰点。

"怎么没人说话了？那何尚青怎么安置，总不能直接拽下来吧？"

听到秦院长的话，吴军欲言又止，孙问川也不说话，这个时候宣传处处长提了个意见："院长哪，这直接免职肯定也不合适，这就相当于我们承认自己犯错了，从舆情角度来说肯定是不行的。那个举报的到底是谁？是不是陈彦豪？"

吴军看不下去了，说："你别管举报的是谁，你先说这个事情咱们怎么解决。如果举报得不对，那是人家举报者的问题，但现在这个是我们自己都看不过去。哦，这么多人都被踩踏没有办法救治，结果你一个门诊办公室的一把手，直接在大厅里问某某大学的院长亲戚需要床位，谁能尽快安排一下，有脑子吗？！这个事情按道理你们宣传处是有责任的，你们是负责监督舆情的！你们平时怎么做的舆情教育？昨晚你们科室有人来现场帮忙吗？"

宣传处处长被说得哑口无言，毕竟她也没有过来。

今天有几家新闻媒体报道说上海众合医院搞特权，大家都没有办法等到的救护车，有特权的人却可以第一时间得到响应。这是十分恶劣的社会消息，一时间舆论爆炸，无数人指责医院道德沦丧，所以一行领导才紧急开会商讨对策。

好在昨晚众合医院抢救的人数是全上海最多的，所以也有另一种声音在帮医院发声，认为医院是温暖的，冷血的只有一个何尚青。

他们当然都知道，何尚青非但并不冷血，她平时待人接物还非常热情，但她是医院的一员，她的行为就会被贴上了官方的标签，所以她必须成为一个牺牲者，这就是"免疫系统"对于她的要求。

"陈彦豪一直咬着这个事情不放，原本以为可以不管，现在他的支持者多了，都说昨晚医院要是早点给个解释，现在也不会这么被动。"吴军说着又看了看宣传处处长。

宣传处处长也愤愤道："陈彦豪这种人以后早晚吃亏，他就不怕风水轮流转，他自己出问题的时候别人也给他点颜色！还是年轻气盛！"

几个人讨论了一下，决定让何尚青去云南挂个职，就不在医院论坛发通知了，就在楼道里贴出告示公示一下。挂职之后回来是官复原职还是平移，到时候看具体的情况，比如去后勤保障处。

后勤保障处这次太丢人现眼了，金处长是第一个被免职的。不但物资完全没有到位，连金处长人都不知道跑到哪里去了。走廊的患者太多，行军床都不够了，楼道湿漉漉的地板上竟然躺满了人。食物和水这些医院长期储存的物资都没有发放，竟然要医院的小卖部自己捐献才解决了一小部分问题。更重要的是CT设备发生故障，竟然也没有人来维修。而圆圆打电话给维修工人，发现电话已经很久没有维护，早都打不通了。打给金处长半天找不到人，情急之下只好打给了金处长的老婆，这才发现金处长也没在家。老婆翻了翻他的笔记本，找到了一个抢修电话告诉了圆圆，才终于解决了问题。

早上他们才听说，昨晚他老婆竟然真的把他揪出来了，原来他是去酒吧喝酒了。孙问川强调了一下，失职归失职，给金处长降了降，专门管全院的电和燃气。把设备这块分出去暂时让副处长代管，处长的位置先空缺着，等何尚青回来给她做。

一个副院长点点头，说："陈彦豪这个小伙子呢，的确有点沉不住气，遇到事也不够冷静。我倒是建议可以给他找个位置拴住他，你让他进来了，他也就不叫唤了。很多年轻人都是没体验过管理者的苦，才总觉得自己都想得明白，等他真的到了这个位置，自然会有所顾忌。"

孙问川似乎醒了过来。

"我觉得不用把这件事搞得这么复杂。不如就给胸外科那个遇难的小伙子一笔赔偿，连着工伤和肺移植一起，宣传处好好拿这件事做做文章。一方面宣传我们的移植，另一方面也可以给医院挽回一些名声。老百姓心里也是清楚得很，网上的消息，只要没人一直抓着，很快就过去了。这样的话，陈彦豪也应该不会再闹腾了。"

孙问川的发言看似平静克制，声音不大，语调舒缓低沉，但是没有留给其他人任何反驳的余地。

"但我觉得给他个职位也不是不可以，年轻人，愿意发声，愿意做事，来机关锻炼锻炼对医院、对他自己都有好处。如果要给的话，孙院长觉得给他个什么位置好呢？"秦雄笑着看孙问川。

孙问川快速思考。

"要么给个宣传口的工作吧，那个工作也适合他，刚开始也不适合给得太高，不然以后大家都不好好干本职工作，都去天天骂领导，那可怎么是好。先进机关，从医院工作的角度先学习学习，看看表现，以后再说。"

宣传处处长虽然嫌弃，但是自己能多个人，也是件不错的事情，再说她和陈彦豪又没有什么直接的冲突。

秦雄却摇摇头，一板一眼地说道："我觉得陈彦豪去宣传处还是不太适合，他没做过，而且他这么冒进的性格，不太适合宣传处。宣传处是给舆论踩刹车的，而不是主动出击，是通过做宣传、做科普给医院引流病人的。我觉得干脆就给他放到门诊办公室去兼个副主任，他不是闹吗，他自己看不顺眼的，自己去改，看他能不能搞得更好。"

孙问川大惊，这是什么意思，医务处是他的管辖范围，院长把自己的人放在他这边算怎么回事。按说宣传处才是院长的管辖领域，孙问川提的建议可以说是非常适合的，是对双方来说都很合理的解决方案，而秦雄现在的说法明显是越界了。他更不爽的是，秦雄像是早就想好了一样，等孙问川说了之后才提出来。

孙问川清楚一点，陈彦豪可以进行政，但绝对不能有实权，特别是在自己的"辖区"内，否则，到时候管他也不是，不管他也不是。

他觉得陈彦豪似乎有一种神秘的力量，总能让自己在关键时刻突围而出。这次大暴雨事件，陈彦豪竟然比他先知道医院的财政压力已经缓解了。他本还想帮市政府省钱，然而陈彦豪却问他什么时候宣布消息，好让同事们可以放心用药，无异于将了他一军！

难道市领导放给自己的口风，还单独告诉了陈彦豪？或者说是陈彦豪找的市领导？不可能，这怎么可能。

他承认，在这次事件面前，他自己是有私心的。毕竟对供体有需求，所以才更有兴趣接收患者，但是这份利益无法拆解给旁人，因此无法打动那些被他长期豢养的"绵羊"主任。

但陈彦豪就不一样了，他能够在一无所有的情况下，有一种能把大家聚拢起来"抱团"做事情的能力。这虽然与自己用流程做事的效率优先模式不同，但他承认，人心就是一种很神奇的武器。

有这种"抱团"能力，再给他一个有实权的行政位置，假以时日……

"他现在还年轻，医院的管理可不是这么好做的，不是光热心肠做服务就行的，要能管人、会管人才行，也不是一身正气就可以的。"

秦雄摇摇头。

"管理缺了服务，和服务缺了管理一个德行。"

孙问川不语了。

"我提议，为了不让他闹，让圆圆去兼个门诊办公室主任吧，他俩关系我看还挺好的。"

孙问川又惊了，秦雄每天看似很忙，但是医院的这些基层情况他居然都知道。

"秦院长，门诊办公室还是需要一些资历才能够做好，他这种……"

秦雄咳了一声。

"我看孙院长你还帮胸外科联系肺移植，这不是蛮好的嘛！说明你还是会站在更高的层次去帮医院的，我这才想着把陈彦豪放到你那边锻炼锻炼，未来医院终究是一股绳、一个力量，这样才走得远哪！"

听到秦雄这样给自己戴高帽，孙问川也没法再拒绝了。仔细想想，提拔圆圆做门诊办公室主任确实是件好事。他本身就有意让圆圆往上走一个台阶，圆圆有顶级的双商以及一定的行政手段，做事懂规矩又不拘泥规矩，会变通，值得栽培。只不过自己刚拉来的人，又是女性下属，这样的提拔难免会让人浮想联翩，但如果是由院长提出，似乎就更加顺理成章了。

但让陈彦豪去门诊办公室兼副主任……这种越是无欲无求的家伙，越是难以管理和掌控。

他咬咬牙。

"就依秦院长所言，让他去吴军那里报个到，希望他别辜负秦院长的一番苦心。还有，因公殉职这件事的赔偿，定个数字吧。"

"六十万？"

"太多了吧，二十万吧。"

秦雄思考了一下。

"就先跟陈彦豪说去门诊办公室的事情，然后让他提个数字，如果超过二十万，就说医院只能出得起二十万，多了的部分让科室出，然后看看他的意见，我相信他是个聪明人。"

5

厨师正熟练地把挂面下到锅里，炒过的西红柿及其汁水入汤做成的汤液红色黏稠，看上去就有一种发自腮帮子深处的酸感。厨师没有放鸡蛋，而只是放些许佐料、几片绿色的菜叶还有一点点香菜，底汤便出锅了。紧接着挑出少许挂面配上更多的面汤、西红柿和菜，放到陈彦豪面前。

这是一家深夜食堂，位于上海市中心，也不是热闹的街区，而且店面很小，还是在二楼，所以租金不算太贵，来的多是些回头客，以旁边金融大楼的白领为主，店里散坐着两三个穿着衬衫的男人，自己点了些餐食，配上个啤酒，吃一会儿就发呆一会儿，就要到晚上十二点了，都不着急回去的样子。

陈彦豪鄙夷道："你一个搞物流的，在这里开个小店，要说避税吧，还占个门脸交个租子；要说认真做餐饮吧，这里做的东西都是我爱吃的，别人未必爱吃。"

陈峥平在一旁坐着，说："你爱吃就够了。"

陈彦豪也沉默了，两个人此刻像是兄弟一般插科打诨，丝毫没有父子一样的交心。

陈峥平叹了口气。"算了，已经到这个份上了，也不瞒你了，这个店啊，马上就要卖咯！"

陈彦豪一脸不可思议。陈峥平便道出了无奈。

原来陈峥平资金链断裂，破产了。

陈峥平说，他没有亏欠工人的钱，给工人把钱结清了遣散的。但是欠供应商的钱还有两百多万还不掉了，所以最近陈峥平在变卖资产，这个小店卖一卖，也能回个四五十万，但跑物流的卡车折旧卖不了多少，因此陈峥平一直以来都在被债主追。

"多久了？"

"从你在北京的时候就开始了，一直没好意思和你说，怕和你说了，你更不来帮忙了。我也是没出息，以前让你来，是觉得你适合；现在让你来，是因为扛不下去了，没辙了。我也不敢让别人知道你，怕去医院找你麻烦，就说你出国了。"

陈彦豪突然反应过来，父亲当时去北京孙慧的门诊闹，其实是意识到了危险，让他离开？怕父债子偿？陈彦豪突然觉得很惭愧，从小到大，父亲都一直和大哥两个人顶着压力，他却什么都不知道，也没为家里分担过一丝一毫，父亲现在和他说，想必已经是走投无路了。他刚要说话，就被陈峥平按下了。

"算了，和你没有关系。这次我能感受到，你终于找到适合你的位置了，我听你们医院的同事说昨天你带大家伙儿一起救人来着，真好，真好。一份工作可以干得很舒服，又很有成就感，我也就放心了。不像你以前在北京就是个混子，我才觉得你还不如来我这里，别浪费了一身的才华。放心吧，我不劝你了，你想当医生就当吧，我和你大哥再想想办法，天无绝人之路。"

话题逐渐严肃起来，陈彦豪也刚好吃完最后一口，放下筷子。

"爸，你说，有没有可能，这个世界上还没有一个属于我的职业，我是需要自己去创造职业的？"

陈峥平沉默了，意味深长地笑了笑，给两人各倒了一杯啤酒。

"儿子，你长大了。"

陈彦豪与父亲碰杯，也明白了父亲的良苦用心。经过昨晚的战斗，陈彦豪越发觉得自己终于想明白了，自己的路要自己走出来，不要拘泥于"做哪一行"，而是想明白自己要"做什么事儿"。他知道，自己要坚定地做好专业，只有抵达专业的顶峰，才能获得更高层次的资源和权限。

尽管他不赞同孙问川做事的理念，但孙问川仍然是一个很好的榜样。足够的专注、坚持，才有机会在那个位置实现自己的主张。

陈峥平转身便走，陈彦豪叫住了他："对了，有个赚钱的机会，你要不要考虑一下？"

"咋赚钱？我现在可一点本金都没有了。"

"没事，你就入个股，做一个药。"

陈峥平笑笑，说他肯定支持，便下楼了。

陈彦豪没敢告诉他太多，不知道陈平弟弟那边做得怎么样了，如果真的不靠谱，也别坑了自己的老爹。但他觉得，笔记既然已经给他带来了这么多奇迹，芳华仁丹也许一样可能！

这时，一个胖胖的像熊猫一样的人坐到他身旁。

"你是？"

"熊猫人"转过头来，说："他们都叫我胖经理，你也这样叫吧，陈老师。"

陈彦豪才意识到，这不就是龙森浩经常说的那个人吗？曾经在北京负责医疗器械这块，后来才到了上海，也正是他给自己安排的"豪华版"动物实验。

"胖……经理，你好，你找我？"

"是啊，聊几句，我就开门见山了吧，我就是唐彦的老板，新瑞基因的总经理，请问陈老师有没有兴趣干基因检测呀？"

陈彦豪摇摇头，他更多是感到诧异。

"从你来这个医院我就注意到你了，我这辈子别的不行，看人还是很准的。你有智商，有情商，更重要的是有财商，的确是难能可贵的商业人才，如果你能加入我这边，我一定给你搭建更大的舞台，你随便去耍，我都支持。"

陈彦豪不能说不动心，他一直以来都觉得总该有人来挖他，但没想到，这个人原来就一直在暗地里帮助着自己的团队。

"所以胖经理，你和龙森浩……"

胖经理发出一阵大笑，说："老朋友了老朋友了，做我们这一行的，年轻医生都是我们的朋友，我们一起成长。但你不一样，唐彦和徐小敏都和我说起你太多次了，你适合从商，真的。"

陈彦豪刚要摇头，只见胖经理用手指比了一个"二"。

"什么意思？"

"刚刚你们的对话，我不能说完全没听到，但是如果你加入我这边，我可以先给你两百万，然后你和我签一个长期的合约，姑且算是，转会费。"

陈彦豪不能说不动心，他对眼前的人没有敌意，而且对他所说的也认同，更何况这钱也能解决家里的燃眉之急。做医生攒下这些钱，对他而言是遥遥无期了。

他思考了良久，最终还是摇了摇头。

"如果说，你在前天和我这样说，我可能还真的会同意。"

"啊？昨天发生了什么？就是那个大暴雨事件？"

陈彦豪点点头，这次事件，让他从失望，到痛苦，再到坚定，经历了完整的一次循环。他发现自己努力这么久拉起来的团队竟然这么有力量；他发现自己经过手术的训练，居然可以独当一面，让其他医生和护士放心地把患者交给自己；他发现自己也没有让江河和龙森浩失望；更多的是他发现，这家医院似乎像苏醒过来一样，正发生着看不出的改变，变得越来越有温度了。

做医生，已经不只是一件有趣的事，对他而言，更像是一种使命，甚至他觉得冥冥中，他在完成的正是汪道贤当年没有完成的使命。

"所以，谢谢你的好意。"

胖经理叹了口气道："好吧，圆圆这家伙果然又赌赢了。"

"圆圆？！"

"是啊，她原来就是我最得力的下属。我跟你讲，这家伙可神了，原来在公司的时候，她向来就只把业绩做到90%，保持不高不低，因为她早琢磨明白了药企的玩法。你做得多了，下次指标定得更高，总能让你完不成，每次收着点劲儿，一年到头都不用太做工作。而且她做工作办法多得很，临床的老师也都很喜欢她，连院长都看上了她，就把她拉到医院去了。她去了之后我很生气，好不容易培养的一个苗子，还好她给我寻觅了一个唐彦送回来了，但是唐彦还不够，我还是想要你。"

"大叔，你说'想要我'的时候声音能不能小点。"

"没辙啊，良将难寻。"

"徐小敏不是你手下的？"

"徐小敏的问题，你难道还不知道吗？这是我的失误，我给她的空间太大了……不过，你放心，我会想办法减少肖飞这边受到的影响。"

陈彦豪愣住了，也一下子明白了，在胖经理这个公司，里面的斗争可能也和医院一样复杂。离钱那么近的地方，几个人就足够形成一个小团体了。各自的争斗自然不会少，甚至是围绕股权的斗争，只会比医院里更为惨烈。

"我到底该怎么称呼你？"

胖经理顿了顿，轻轻说了个名字。陈彦豪的惊讶更甚了，他仿佛一下子明白了许多事。

这时，陈彦豪突然接到一个电话。

胖经理看了看"圆圆"二字，笑道："哟，说曹操，曹操到啊！"

陈彦豪忙接电话。

"陈彦豪，事情有点严重了，我告诉你两个消息，一好一坏，先听哪个？"

"好的吧。"

"好消息是，你被院长推举去门诊办公室了，兼职，算是推你一把，虽然是个小官，但是后面的路你可以自己走走看。"

"那门诊办的主任换了吗？"

电话那头沉默了几秒钟。

"是我先代，所以你有几天的好日子。"

"哈哈，那这消息也太好了，我不觉得在这个情况下还能有什么坏消息，莫非是，钱太多了没时间花什么的？"

"你少扯,你这上任的消息刚一出,立马就有人发来举报信了,你猜是谁?"

这次轮到陈彦豪沉默了。

"是葛峰,他亲自举报的你,他举报你收受供应商贿赂共计三十多万!"

陈彦豪大笑一声。

"好啊,他可算是来了,我这可正等着他呢!"

第15章 药物、谎言与真相

> 当对方心甘情愿地把弱点放在桌面上，你就更相信他是个真诚的合作者。

1

徐小敏又是被敦敦叫醒的，她几乎每天晚上都要应酬，因此睡得很晚，早上经常起不来。相反，敦敦每次都能准时醒，尽管这是周日。

看着敦敦端了一杯水来，徐小敏坐起来，开心地接过水，亲了亲敦敦的脸颊。她也是第一次养孩子，却觉得孩子是如此地好带。

徐小敏最愧疚的就是将敦敦生下来，不但他爸爸没怎么陪过这孩子，自己也没好好陪。敦敦三岁的时候还有外婆可以陪着，白天上幼儿园，晚上自己睡。四岁的时候，外婆来不了，徐小敏出门时就把敦敦锁在家里让他自己玩，把吃的东西放在桌上，大多是些面包、饼干、牛奶等，不像养孩子，倒像养了只猫。徐小敏下午两点出去，晚上十点送客户回酒店后才醉醺醺地回家，回来就能看到敦敦已经自己躺床上睡着了。他有时候都忘记关灯，手里还攥着翻烂了的绘本。徐小敏虽然心疼，却也心狠，她知道短时间吃吃苦，很快就有机会换房子。最近房价涨得让人害怕，她咬了咬牙，订下一处房子，订金也交了，准备把现在住的房子卖了，再背一笔天价的贷款。她觉得只要用自己的脸蛋、脑子和身体，她终究可以给敦敦一个明亮整洁舒适的新家。

敦敦抱着徐小敏的脖子说："妈妈，你真的像个小公主啊！"惹得徐小敏又感动又开心。

要不是徐小敏再三嘱咐，敦敦一定还会给她做上一杯"特制"牛奶。徐小敏吃过一次亏，可不敢再让他搞了。那次徐小敏刚起床，脑袋正昏，看到敦敦递来一杯牛奶，想着是儿子第一次给她热牛奶，眼泪混着鼻涕就把牛奶灌进去了。没想到刚喝完没多久，就开始头昏眼花，接着狂吐，连忙拨通了刘芳的电话求助，然后就不省人事了。

徐小敏被送到医院，醒过来才发现自己已经被洗过胃了。可爱又聪明的敦敦居然把小瓶里的五十多片安眠药都倒在牛奶里一起煮，说这是"长生不老药"。徐小敏想起，自己每次晚上都要吃一片安眠药，还告诉敦敦这是"长生不老药"。敦敦说也要吃，徐小敏敲打他说："小孩子是不能吃的，等他长大了才能吃。"

敦敦大概是想让徐小敏多长生不老一点，直接倒了一瓶，牛奶溶解之后起效更快，还好没出人命。据说敦敦哭了整整六七个小时没有停，在那之后就变得更加胆小，好在徐小敏天天陪他，才变得稍微开朗了些。

徐小敏自嘲道，这种一厢情愿的"我都是为你好"，她还没有对自己的孩子说过，就已经被孩子用在了自己身上。

徐小敏最近工作业绩特别好，她作为销售总监，拿了一笔又一笔的绩效奖金。虽然让人嫉妒，但是规则是公司定的，完成了1000%也是她徐小敏的本事，公司就只能按照1000%发奖金。她不担心公司明年提指标，因为她马上就要成为上海市的区域经理，到时候规则就是她来定。自己提上去的指标，后面的人去完成就是了，最终受益的也是自己。

徐小敏这个月几乎赚了去年一年的钱，单位还特别给她举办了一次庆功会，让她介绍经验，并且当众发现金。这一波操作着实刺激了这家公司的销售们。徐小敏也没有独吞，自己拿了大部分，用剩下的将自己的手下也照顾得很好。唐彦不肯收她的钱，她就专门买了几条好烟，几瓶好酒，偷偷要到了唐彦爸妈家的地址，直接寄了过去。唐爸爸给唐彦打电话，说他领导夸他了，说他又努力又有出息。

唐彦爸爸逢人便说自己的儿子在大公司当经理。而且在暴雨那一天之后，唐彦爸爸开始到处去参加同学会，去跳广场舞，去相亲角，总之他认识的、不认识的，都得知道他有个好儿子。他还帮儿子宣传，说他还代表公司给伤员送救灾物资呢。唐彦爸爸不知道儿子谈了对象，到人民公园相亲角去了好几次，给他物色了不少姑娘。

徐小敏知道，业绩好，人心才齐。但她必须继续扩大业务，毕竟人永远是不满足的。更何况，她还有要完成的家庭责任。

今天晚上，要不要再约下肖飞呢，总得让他知道自己为他做了多少事情吧。

"妈妈，你今天晚上早点回来接我哦。"

"当然，妈妈给你带礼物。"

2

周日行政楼的四层会议室，气氛肃杀。

"这是医院纪检委的孙强同志。"

一个看上去四十多岁的精瘦男人没等孙问川话音落下，就像机关枪一样开始了"进攻"。

"收受回扣是红线啊同志们，我处收到了对胸外科主治医师陈彦豪同志的一封实名举报信之后，就高度关注此事。首先我要说，这是一起很严肃的事件，确切地说，这是一个需要我们每个科都警醒的重大事件。一个胸外科小小的主治医师，收受回扣能高达三十余万元，咱们医院这么多年以来，副主任医师、主任医师、科主任都没有出现过这样严重的问题，这是外来的和尚会念经吗？

"曾经有其他医院的科主任收了一百多万回扣，给自己下面的医生发补助，这个举动我们其实内心觉得呢，看上去还有点高风亮节，毕竟我们都是做医务工作者的，也都明白大家日子不容易。但是一码归一码，回扣是红线问题，该抓抓该判判，所以无论陈彦豪同志有什么苦衷，这都没什么可说的。咱们医院从秦院长之前的上一任院长就是这样在做了，发现一起，处理一起，决不姑息！"

孙问川也没有任何补充，他巡视了所有人的眼神，特意在秦雄的脸上停留了一瞬间，而秦雄仿佛一池深潭。

秦雄开口道："刚刚孙强同志说的没错，行风现在是医务监察工作中很重要的一个环节，既然咱们发现了，肯定就不能姑息。具体情况，我也找了人事处和科研处两个部门协助调查，有个大致的结果之后，我们再向全院通报，不能漏掉一个坏人，当然，也不能冤枉一个好人。"

人事处安处长有点为难地开口："我也翻了翻，确实从举报的录音证据来看，陈彦豪主治医师收受回扣基本属实，但是录音究竟能否作为证据，有没有被篡改的痕迹，中间又有没有什么隐情，这些目前还不是十分清楚。所以我的建议是先给陈彦豪停职处置，挂职门诊办的事情我看也要先暂缓一阵子。"

秦雄院长不露声色地点点头。

在座的医生们也都清楚，在医院这个体制内，即使是发生医疗纠纷，也一般不会直接放弃一个医生。断送职业前途的通常是生活作风问题、酒驾以及收受红包回扣并且留下直接证据。

孙问川看秦雄不说话，他笑了笑，对角落使了个眼色，于是就有一个戴着金边眼镜的男人从角落里走了出来，抱着一沓材料，重重地放在桌子上。

"我们来看看数据吧。"

这是运营办的刘处长，说话有些大舌头，声音很浑厚，因此听上去辨识度十分高，他的气势很足。

"我调查了一下数据，从陈彦豪主治医师加入上海众合医院之后，胸外二科的用药数据发生了显著性改变，其中某款抗生素品牌的使用从45%升到了85%，止疼药、止吐药和抑酸药也基本都用的这一两家厂商的产品。葛主任提供的录音虽然判断不出是哪家的，但录音中有一处说八月份五十三支，和抑酸药数量对上了，还有一处说七月份一百五十二支，和止吐药也能对上，所以我们可以确认收受回扣的事实肯定是成立的。"

刘处长说的只是一个事实，可大家听下来，却像是直接敲了结案锤一样。他看了看孙问川，但孙问川此时并没有看向他，像是在闭目养神。

秦雄的眼睛闪动了一下，问道："刘处长，这会议我才通知的，你准备得可够充分的啊，就这几分钟时间，把列表都拉好了？"

刘处长一时愣住了，不知道怎么回答。

"是我刚让他查的，我觉得还是用数据说话好一些。如果数据对不上，也可以直接还陈彦豪一个清白。"孙问川赶忙接过话，"不过从数据看，拿钱办事，也没冤枉他。"

秦雄问刘处长："那么刘处长，你有没有恰好看一看胸外一科的数据，又或者，同一款抗生素，你有没有看看孙院长科室的数据？是不是有一种可能是这款药这半年在医院做得很好，所有科室都有增加？"

刘处长冒了一些汗，他的嘴张开又闭上，只能看看孙问川。孙问川笑了笑，又把话接了过去。

"这当然很正常，哪个科也都会根据指南的改变或者药物价格的不同，选择对患者最有价值的一款药,但是如果每一样药的用药行为改变都和收受回扣的行为一一对应,那么就只能说收受回扣的行为是确定的。所以我觉得是时候找陈彦豪过来当面说清楚了吧,也给他个辩解的机会。"

现场一时间没有人说话,大家似乎已经看到了结局,就等着秦雄下个结论散会。然而秦雄似乎并不是很着急,他似乎在沉思,又似乎是在等着什么人。

这个时候,门又推开了,进来的是科研处的朱处长。

孙问川觉得有些莫名其妙,这陈彦豪的事情,他只通知了几个相关的职能科室,科研处和这个事情一点关系都没有,怎么他自己跑过来了。

"怎么朱处长你也来了,这事儿也和科研处有关系?"纪委的孙强有些不悦地问。只见朱处长胖胖的脸上冒着汗,好像方才小跑过一样,他从兜里掏出一张皱巴巴的纸。

"不好意思,不好意思,我这儿有点情况要汇报……"

3

"再出一个谜语!再出一个谜语!"

一个四五岁模样的男孩正一边被逗得嘎嘎大笑,一边缠着眼前清瘦的男人。

"好吧好吧……"陈彦豪也很温柔地笑着,似乎很享受带孩子的感觉。周日下午三点了,他也不知道为什么在医院横冲直撞出来一个小男孩,直接撞到他的腿上,他只好牵着男孩去找保安。问了问才发现,这个叫皮皮的男孩,居然是葛峰的孙子!

陈彦豪笑眯眯地问男孩。

"你家是不是特别有钱,房子特别特别大哪?"

小男孩重重地点点头。

"我还能自己赚钱呢。我们有那么……大的房子,都可以滑轮滑呢!还能滑滑梯呢!"

"啊?那你家有几层楼啊?"

"就一层。"

"那你们家几个房间哪?"

小男孩掰着手指头数一数。

"三个!爷爷屋,奶奶屋,还有阿姨屋!"

"那爷爷会骂你吗？"

"不！会！……奶奶骂我，爷爷才不骂我呢，爷爷也怕奶奶，奶奶说话爷爷都不敢说了！"

陈彦豪带男孩到医院六楼的咖啡厅，给他买了杯苹果汁，又想到自己没养过孩子，到底四五岁的孩子能不能喝果汁也不知道。他看着眼前的苹果汁，觉得自己就像是伊甸园那条蛇，听男孩讲了很多葛峰生活的情况。但如果这个孩子说的是事实，葛峰的生活和他想象的差别太大了。

葛峰居然就住在市里的一套小房子里，大概三室一厅，崇明还有一套小房子用来养老，一双子女都在国外，留下孩子给老人照看。周末就老两口带小孙子去动物园、植物园、博物馆……陈彦豪也觉得，小孙子说起话来滔滔不绝，绘声绘色，也说明教育者平时会仔细听他说话。所以葛峰在家里一定不是在单位这样霸道的样子，反而像是个马上要退休但还舍不得的老大爷。

陈彦豪听着孩子一直夸着爷爷教自己读书写字，但是皮皮很容易着急，一急就哭，陈彦豪安慰他，他便说："爷爷说了，每天哭一哭好。"还说爷爷有时候也哭。陈彦豪心软了，没有再多问下去。

正说着，迎面走来了几个保安，中间居然还有葛峰。葛峰见到孩子赶忙上前一把拽住，凶了几句，孩子登时就哭了起来。葛峰看了一眼陈彦豪，正要说什么，陈彦豪摆摆手。

"不用谢，举手之劳。"

葛峰皱着眉头，脸上的肉都绷得紧紧的，他点点头，正要走。

"葛主任，要不，花园聊两句？"

两人来到国际部的花园。

"所以你早就知道有这一天，对吗？"

葛峰先开口说话了，他和陈彦豪并排站着，中间隔了两三米，两人一起看远方。旁人从远处看，也只觉得是两个人各自在天台发呆。

"初来乍到，那肯定要留点后路。"

葛峰强压着心里的火，他怎么知道事情会完全失控，变成另一个样子。不但他想不到，孙问川更想不到，明明安排得天衣无缝，却跳出一个科研处处长。葛峰看着旁边这个笑嘻嘻的年轻人，努力克制着情绪，让自己平和地呼吸。

这大概是两人长久以来的第一次对话，他从来不觉得自己作为科主任需要主动和一个主治医师对话，陈彦豪也从来没有主动拜访过他。这是葛峰第一次近距离接触陈彦豪。

科研处朱处长在那次的闭门会上爆出大新闻，原来陈彦豪这个事他早就知道，陈彦豪刚来医院没多久就在他这里建过一个课题……

这个课题很特别，是以"自筹费用"的形式创建的，并且按照5%给医院交管理费。朱处长迟到了一会儿，就是专门去了趟财务，才确认陈彦豪的钱支取全部都是有记录的。

朱处长拿出厚厚的一本账单，说他仔细看过，账单上有用于宴请的部分，餐标也符合医院的规定，此外还有交通费用、材料和办公设备费用、咨询费等。毕竟是自筹费用，因此入账之后的支出也相对比较自由，只要是为了科研和科室建设花的钱，朱处长这边都会签字通过。

听说是孙问川终止了话题，既然误会已经解除了，就算了。如果药厂和器械商可以通过赞助的形式支持临床的工作，为困难的患者减免药费，支持科研，这也算是合理的参与形式。

孙问川还建议朱处长告诉陈彦豪，以后可以建议公司用更合理的方式直接和科研处、财务处进行对接，减少医生这一端的操作，也避免了个人行为产生的嫌疑，让大家误会。

葛峰原以为找到了证据就赢定了，他也敢肯定肖飞这边不会留下蛛丝马迹，却没想到，陈彦豪居然在一开始就走了公账。

这难道是北京那边的惯用伎俩吗？

为什么葛峰听到别人告诉他的明明是陈彦豪拿那些钱去招待客户，唱歌、吃饭，上下疏通关系。葛峰现在想想，大概都是公司的人知道葛峰和陈彦豪不对付，为了哄他，刻意对陈彦豪的诽谤吧。这严重影响了葛峰对陈彦豪的判断，他认为一个花天酒地搞应酬的人，必定只善于钻营，爱好钱财，不可能做好临床工作，这种人势必会在钱的问题上栽跟头。

事实上，但凡葛峰了解陈彦豪一点就会知道，李有才去干这些事情还比较擅长，而陈彦豪，他才懒得去搭理那些人呢。

葛峰深深地叹了一口气。

"行吧，你现在行政上也站稳了，临床上也和我们科平齐了，下一步再搞搞肺移植就好了，那你还来找我干什么，就是没事闲得想羞辱我一番吗？"

陈彦豪露出一丝危险的笑。

"那可不是，回扣这件事，咱们算是翻篇了，但我感觉，您这边似乎还有别的事儿没有翻篇呢哦！"

葛峰一惊。

"我这边，和我有什么关系？我顶多算举报不实，但是也算不上什么错误吧。"

陈彦豪摇摇头，葛峰的心又一紧，他自认不是个多牛的人，但从来也没有阴沟里翻过船，他确实没想到陈彦豪说的是什么。

"你是说……胸外一科那部分药物赞助到底去了哪里？我不知道！就算有，那也和我没有关系！"

葛峰紧紧皱着眉头，他没有直接说出肖飞的名字。

"这是当然，我也认为您不会拿的。但是既然我们一直在忍，您又不依不饶地来搞事情，那总要有人为此付出一些代价。"

"你是说肖飞？肖飞承认他拿了？"

陈彦豪摇摇头。

"肖飞的问题，不太一样。"

葛峰像是吃了瘪一样，也不敢硬气。他怎么知道肖飞都干了什么，索性不吵了，安静地听陈彦豪慢慢地讲，越听，他的瞳孔越大，肩膀越发垮，整个人像失了水的萝卜一样，蔫了。

4

徐小敏在回来的路上无数次告诉自己要忍住，可是看到敦敦的时候还是一下子绷不住，刹那间泣不成声。她一哭，敦敦也哭，这一种奇妙的母子连心，证明了人类的沟通不需要语言。

下面有警车在等着她，留给她的时间不多了，所以她快速地思考了解决问题的方法。她知道应该不会关得太久，所以就干脆没告诉父母，免得老人受了刺激真的再出点什么事情，她就更难过了。她更不敢告诉弟弟，怕弟弟嘴不严告诉了老两口，或者惦记自己的财产。

她把家里的现金和存折都翻了出来，全部都交给了唐彦。她不知道自己要面临多少钱的罚款，希望唐彦能帮她履行罚款之后，剩下的钱，一部分按时间交给爸妈和弟弟，另一部分钱都交给刘芳，作为敦敦的抚养费。她已经迅速和刘芳通了电话，她是准备抱着签卖身契的心态去求刘芳收留敦敦的，承诺等自己出来之后，可以给刘芳家打一辈子工。可刘芳却说不用，说敦敦和朵朵本身就熟识，带一个难，带两个可能更容易。

她也收到了胖经理的电话，没等对方说话，她已然泣不成声。胖经理说，会给她请律师，让她放心。胖经理与刘芳也是旧相识，说会给刘芳请个负责任的阿姨，照顾两人的孩子。徐小敏想把房本交给胖经理，让他看情况把房子卖掉。胖经理说让她放轻松，家里的事，他会照顾。

她怎么也想不到，自己那天一五一十地把什么都说了。

那天唐彦突然约她去日清大厦，她以为唐彦也动心了，也会做出一样的选择。他确实做了，只是和她不同。他没有选择为了药厂的巨额回报，伪造病人的基因检测报告。

她开始时还不明白，为什么唐彦会选择这样一个奇怪的地方和她聊，她只当是为了隐蔽，却没想到在摊牌之后从阴影里冒出来陈彦豪和圆圆，圆圆还扇了她一个嘴巴。徐小敏知道，她大意了，但她也没有后悔的机会了。

她已经忘记了自己当初是怎样骗过自己良心的，只当是自己无可奈何。可谁没有自己的无可奈何呢？唐彦的一句话让她无地自容。他说："小敏姐，你曾是我的偶像，你让我知道了我要成为一个怎样的代表，但你也同样让我知道了，我一定不要成为一个怎样的代表。"

徐小敏真的想再好好抱抱敦敦，她觉得自己亏欠这个孩子太多了。而当相见的时光成为倒计时的时候，她真的觉得亲不够他，抱不够他，甚至想把敦敦再塞回肚子里，在温暖的午后晒着太阳，感受敦敦的脚丫踹着自己的肚子。

她好想让老公活过来，看看她，抱抱她。她好想让妈妈知道她过得多么努力，夸夸她，疼疼她。她好想让肖飞知道，不要怪她自作主张。但她又不希望博得肖飞的同情，她只是希望肖飞开心起来。

她觉得肖飞的状态最近明显变好了，他的脸上有了笑容。她觉得，这是自己的功劳，即使别人都不知道发生了什么，包括肖飞自己，只有她知道。病例入组速度快了，肖飞能发大文章，还能重新变回那个所向披靡的肖飞。她暗自想，总有一天，当肖飞知道了这一切是自己为他做的，他一定会再回来她身边。可是，不知道肖飞还会不会等自己……

她和敦敦说:"妈妈就要去出差了,这次可能要很长时间。"敦敦说:"妈妈,你去吧,我会照顾好自己的。"

警察穿着便衣,在敦敦面前也没说什么。警车带着徐小敏和敦敦来到刘芳家的时候,刘芳已经在楼下等他们了。徐小敏没想到的是,她居然会在这里看到肖飞。

肖飞仍然是高大的,穿着便装,显得人年轻了十岁,虽然没有了之前的精英感,仍然那么帅气。他一只手拉着朵朵,俨然一个温柔的爸爸。

敦敦跑过去,一只手拉着刘芳的手,另一只手和徐小敏比画着"拜拜",然后又拉起了朵朵的小手,而朵朵拉着肖飞。

看着"一家四口"的样子,徐小敏瞬间就明白了,他的快乐,和自己毫无关系,她终究是个过客。当一个人彻底认输的时候,就觉得全世界都是美好的人,只有自己是个不和谐的例外。

她看肖飞跟敦敦笑着说什么,敦敦也开心地回应着,她的泪水再也忍不住了,一下子钻进车里,车很快开动了。

她曾经以为她所做的一切都是为了让肖飞开心,但这一刻她才明白,她只是一个想多赚点钱让敦敦开心的母亲。看着大男人拉着小男人的手,彼此做着鬼脸,徐小敏突然生出一丝释然。

看着徐小敏渐渐远去,刘芳拉着敦敦,肖飞抱起了朵朵,几个人上楼去。

"等会儿你做饭哦!"刘芳说道。

"好。"

5

"所以,肖飞现在人在?"

"肖飞没事,这也和他没有关系。我只是想说,虽然徐小敏已经自首了,但是这件事情如果要追究的话,就查不出胸外一科一点责任吗?肖飞就不会受到一点怀疑吗?在现在这个状态下,如果我跳出来指控胸外一科和药厂勾结,怕很多事情都说不清了吧。"

葛峰心里憋屈,愤怒道:"所以你的意思,是要指控我视而不见、知情不报了?"

"不,我不认为您是这样的人,我也相信肖飞不知情。我也是这样报告给院长的,所以,这件事在医院内部就算过去了。"

"所以，现在你是要跟我讲条件？"

陈彦豪笑笑，说："讲条件可谈不上，是想和您谈个合作。"

"哈哈！和我谈合作？！太小瞧我了，我等下就去和院长汇报，我是科主任，有什么问题我担着！不需要你可怜我，也更不会让你敲我的竹杠！"

"不是的，葛主任，您误会了。这么说吧，我摊牌了。"

葛峰还喘着粗气，满脸疑问道："摊牌？"

"其实无论我们两个科室自己有什么矛盾，在外人看来，我们都是上海众合医院胸外科，其实是一个整体。别人才不管您是葛峰还是江河，如果这个胸外科牛，就是一起牛；如果有造假，那就是整个科室的笑话，甚至是整个医院的笑话。到时候，即便我们胸外二科收病人也要受到影响。"

葛峰大概明白了一些。

"您也知道，我们现在正在申请肺移植资质的紧要关头，手头也有几个病人可以做肺移植，只要搞到ECMO，就可以叫来吴帆，做两三例肺移植之后，就能申请资质。我们现在什么错都不能出，我比您现在更需要医院的名声，所以说，敲竹杠对我来说，没有意义。"

葛峰道："你和我说这些做什么，我又不做肺移植。"

"那是因为，当我们去申请肺移植资质的时候，我希望我填的床位数不是六十张，而是一百二十张；不是十五个医生，而是四十个医生；不是年手术量一千台，而是年手术量三千台；不是江河，而是上海众合医院胸外科！"

陈彦豪讲得音调越来越高，葛峰心领神会。

当对方心甘情愿地把弱点放在桌面上，你就更相信他是个真诚的合作者。葛峰恢复了往日的平静，他仔细斟酌了一下，露出了难得的微笑，这是他很久都不曾有过的真诚。他突然想起了很久以前的事情，想起了曾经的自己和别人，感慨七年之痒的奥妙。当一个人经历过七年，人的全部细胞都换了一遍，他就已经不再是原来的他。

葛峰的第一任妻子是他的大学同学，两人曾有过非常纯真的感情，又是同行，但是爱人出轨了，跟着一个老同学去了国外。他暗淡了一阵子之后，才娶了现任妻子。他觉得，只要是人，就可能会背叛他。于是他慢慢地坚信，任何人之间最简单牢固的关系，就只有利益关系。除此之外，其他都是不可信的。信任是什么，信任就是利益相当、谁也不担心对方会背叛的状态。

他很久没有这种感觉了，此刻他觉得，旁边的陈彦豪和他虽不是同一类人，但他居然有一种即便不知道对方的底牌，却又愿意与他合作的感觉。

"我明白了。你们科室的核心竞争力是复杂技术，我们科室的核心竞争力是收益，如果真的要养 ECMO 团队，估计会费不少钱，所以，我们胸外一科可以挪一部分收益给到你们。"

"感谢葛主任，肺移植是一个医院胸外科最高战力的标志，这是一种象征，能让我们的学科更进一步。关于科室合并的事，您也不用想了，您这边科室还是您说了算，但江主任这边，也必须保持独立。我们不会碰您，这并不是因为我和江河主任有多高尚，而是肺移植已经足以让我们深耕，没有余力再顾及其他。当然，反过来说，我也希望您不要动我们。"

葛峰点点头，走过来拍了拍陈彦豪的肩膀。

"希望你能一直这样下去，不要聪明反被聪明误，你去申请吧，需要我签字的地方，和我说。"

"谢谢葛主任。肺移植申请单上会有一个名义上的科室负责人，我会建议，由江河主任来做？"陈彦豪一字一字地说着。

葛峰笑笑。

"我就要退休了，将来这个科就还是你们的，没问题。"

经过了几个月的鏖战，陈彦豪终于一步步打开了现在的局面。

"江河比我命好啊，有你们这几个得力的帮手。"

陈彦豪笑笑。

"您也有的，如果您真的愿意给彼此一个机会，我相信，吴晨飞一定还会成为您最强的助力之一。"

"算了吧。"

"那如果我要说，你们科室的临床研究之所以没有受影响，并不是因为我没有告发，而是检测公司扛下了这些呢？"

"检测公司？新瑞基因？为什么？"

"因为这家公司的老板，就是您的学生吴晨飞！不只没有搞您，还拿出了一笔钱补偿患者。"

葛峰愣住了。他的第一反应是，会不会这一切都是吴晨飞那个人做的局？但想想他又何必付出这么大的代价。

他还记得吴晨飞，虽然曾经嚣张跋扈，但也一直是个好医生、好学生，除了最后举报他之外，从没做过任何出格的事。

"葛主任，相信您的学生吧，肖飞也好，吴晨飞也好，他们都是很优秀的人，但不是您的棋子。"陈彦豪笑了笑。

葛峰沉默了。他苦笑一下，仰起头，此时下午的阳光仍然刺眼，他闭上眼，感觉心里隐隐有些东西放下了。

"吴晨飞呢，他需要我做什么？我全力支持他。"

决战

民国十七年，四月二十七日

  阿祖一句话也不说，带着我去寻她发现的所谓"秘密"，居然又回到了我们第一次见面的地方——百乐门。白天的百乐门像睡熟了的狮子一般，但是她轻车熟路地来到后台，当我看到琳琅满目的"货物"时，我才知道日本人的可怕，甚至远超乎我的想象。

  我和阿祖走进去，看到本是化妆台的地方摆放着各种各样的奇怪物品，褐色的、灰色的、白色的粉末，像是市场里售卖的各种面粉、豆子和干货。这些物品上面多数都没有写名签，但可以闻到一股浓烈刺鼻的药味。

  我俩在这张桌子的末端发现了唯一一个有名签的物品，叫作"绵羊提取物"。

  阿祖问我这是绵羊哪里的提取物，我说不出，我只觉得闻上去感觉有一股特殊的臊味，再一回味突然惊醒，这不正是龙虎仁丹那股子说不清道不明的味道吗？我曾经找手下的几位大师傅去钻研这种味道的来源，试图破解龙虎仁丹那股提神作用的奥妙，可都无功而返。他们也尝试过绵羊、羚牛、黄鼠狼、狐狸甚至是狼等有臊气的动物的睾丸，但我一一闻过，确定不是。当下这个所谓的"绵羊提取物"，味道不重不轻，我敢确定这就是龙虎仁丹的原材料。

  阿祖问我是不是就是它，我点点头。她又环顾一圈，四下无人，忙掏出照相机，咔嚓咔嚓拍了几张照片。她又取出一个小袋子，把"绵羊提取物"往里装了不少。

我已经意会，大概她是要拿回去进行化验，等找到来源后，看是否能够发现龙虎仁丹添加了非法物品的证据。但是还没等装一半，下面露出一张纸条。

"晚十时二刻，日清大楼。"

我二人都深感震惊，用小篆写着的这几个字，无异于一张通往地狱的门票。我二人想着，兵来将挡水来土掩，干脆去会上一会！

阿祖问我："这里是哪里？"

我回应道："日清大楼是一家海运公司的所在地，由日本出资建的。天津港和上海港是外国轮船进入中国的两个最大的港口，但是南方的资本主义更发达，所以外资更喜欢上海港。这个日清大楼便是日本人投资建设的，专门负责海运和入关等一切事务。二十一条签订之后，你也一定不会相信他们的目标只眼前这点生意吧？生意对他们来说，大概仅是伪装，或者渗透的一种方式。

"进入到海运事业，他们就自然可以通过很多方式安插自己的人，未来再从海上运点什么不该运的东西，甚至还可以运人。

"由于资金不足，日清大楼采取合资的方式，据说是与一犹太商人联建，各造三层。所以大楼外观糅合了日本近代西洋建筑与欧洲复古主义建筑的风格。别人大抵还以为日本是来和中国共同发展的，但我实在太清楚，他们占据此处，绝对不只是为了赚钱。此大楼一九二五年才正式完工，但是现在似乎还没有完全投入使用，有些地方的装修尚未结束，空空荡荡的，像个旧仓库一样，丝毫没有彰显日本海运的气势。"

我们来得很早，五点多就到了日清大楼门口远远看着，准备等天黑了再偷偷潜入进去寻个安静的地方偷听。我也安排了打手在外面接应，到时以信号弹为令冲进来。没过一会儿，果然有一行人赶着几十只羊进去了。

晚上九点，我问阿祖要不先回去，这里有我已是足够，她已经做得够多了。

她说为什么要她回去，她是来看真相的，而我只是她的打手而已，我欣然接受了这个说法。

要么生，要么死，我们一起。

我把自己拿来的手枪又检查了下，子弹总共七发。

我们两人就摸着黑，边听着里面的声响，边悄悄地钻进了这栋大楼。

如果不是阿祖眼尖，我根本未注意到四楼的大厅角落有个暗门可以钻进去。这大概是建筑师辟出来的一个管道间，管道在这个地方集成之后再从这个角落向上汇总。日本人做的东西，不得不说，干净利索得让人害怕，所以到底是个非常可怕的对手。

这个管道间现在并没有管线，所以刚好够容下我和阿祖二人。这也是我距离她最近的一次，我甚至闻到了一股死亡的味道。

一二三楼、五楼和六楼都上了锁关了灯，只有四楼开放着，这一层有四分之一的空间是圈养的羊群，散发着屎尿的臊气，而另一部分有很多设备和工业原料，还有一部分是类似会客厅或是办公室的地方，看上去就是一个交易的场所。

而事实证明我们的猜想是对的，两个人正在这里会面，一个是供货的，而另一个像是主管。我们也从他们的口中清清楚楚地知道了龙虎仁丹的奥妙。当时那一刻我很想变成一只苍蝇从楼上飞下去，赶紧将这真相传出去，可是我不能，我和阿祖面对面待着，竭力克制着呼吸发出的声响。打算着待到他们两个走掉，我们再偷偷溜出去。

那个"绵羊提取物"，说的原来是绵羊的甲状腺提取物。

这些东洋人不知道用了何种方法，搞到了一种药物，这种药物可以攻击人的甲状腺，使甲状腺产生的甲状腺素减少。阿祖之所以会参与进来，就是因为她发现在百乐门的人经常容易出现脖子变粗的症状，而且这些人白天就打不起精神，整个人都蔫软，只有在百乐门吃了特供的龙虎仁丹之后才能稍稍恢复一些精神。

真相已然呼之欲出，这种药物造成了甲状腺功能减退，引发甲状腺代偿性增生，导致脖子变粗。而所谓的龙虎仁丹，其实正是绵羊甲状腺的提取物！我此前曾读过一篇文章，去年英国学者发现了一种近似甲状腺分泌产物的成分，虽然现在还没有大规模生产，然而日本人一定有些本领搞到绵羊的提取物。

先创造疾病，再解决它。这些日本人一方面可通过此方式完全占领药物市场，之后逐步控制云南白药、抗生素这些战略物资。一旦中日开战，中国将毫无还手之力。另一方面，他们可以把有害的药粉大量制造之后投放至各个水域，届时国人将真正地成为他们口中的"东亚病夫"了。

即使无差别投毒，他们自己掌握"解药"，也就不担心对自己人有任何影响。若一个甲状腺功能减退的中国士兵和一个正常体力的日本士兵战斗，那么武力值上至少差别三成到五成，而这足以让一支军队溃败。

当我知悉这场惊世阴谋，只恨此时不能意念传输告知鸿铭。

好巧不巧，管道里突然进了一只老鼠，阿祖吓得轻轻挪动了一下，发出了声响。

我迅速将子弹上膛。

那一刻，我只有一个想法。

让阿祖平安回去。

我举着枪对准门口，等对方的声音近了，便一脚踹开集线盒的门，看到人的那一刹那我直接开枪将其击毙，趁另一个人掏枪时又击毙一个。枪是消音了的，但是我不确定是否会有人发现。我一手拿枪一手搀起阿祖，我们向下望去，下面有一辆车正亮着灯，似乎有个司机模样的人在里面抽烟。

我和阿祖说我们下去，再杀掉那个司机，让她趁乱逃出去。

阿祖说，该跑的人是我，即便她回去了，她也没办法赢那场官司，现在一切的责任都落在我一个人身上，我是最不该死在这里的人。她把胶卷塞到我的衣服里，又塞了一篇她用钢笔写好的文章给我，让我出去后补完关于绵羊提取物的最关键的一段话。

我们两个紧紧拥抱在一起。

是的，我做了逃兵。

我看到阿祖像一只受惊的小鹿，装作误入日清大楼的少女，正和那司机攀谈时，又有两个打手模样的人扛着枪走了过去，三人围着阿祖，猥琐之相毕露！

我心里又骂了自己几句，趁她引开那些人的视线，便从旁边的栅栏翻了出去。

自此，我再也没有听到阿祖的消息。

民国十七年，四月三十日

街上是数不清的尸体，有我曾经的兄弟，也有我们的敌人。我深知，战争与我有关，但绝非因我而起。

阿祖下落不明，而我现在无暇去找她。我将阿祖的文章交给《申报》，我本以为《申报》不敢发布。没想到我到那里时，总编像是知道我会来一样，他接过这篇文章说，他已经等了很久了，随时准备公之于众。他问我阿祖在哪里，我说不知道，他叹了口气。

第二天，头版头条便刊登了题为《龙虎仁丹曝出惊天内幕！》的文章，大街小巷的报纸被一抢而空，紧接着，冲突就爆发了。

明天就要开庭了，他们即使用武，我们也不会服输。这场官司决定的不只是我的命运，还有中国人的命运。

自我回国后，便经人介绍到上海中英大药房担任会计。感恩黄老板赏识，任我为五洲大药房总经理。我接手五洲大药房后，大刀阔斧进行改革，积极研制新药，开发出女用调经活血的"月月红"、"女界宝"、健胃补虚的"补天汁"、健脑润肠的"树皮丸"、清血解毒的"海波药"、化痰止咳的"助肺呼吸香胶"等多款产品。

　　德国商人帕雷托在五洲大药房旁开设药局，出售补血药片，袭用"人造自来血"商标。我向德商严正交涉，并向工部局巡捕房提出诉讼。最终德商败诉，被勒令停止生产该药，产品全部销毁，这使得五洲大药房声名大振。

　　之后，我打过大大小小无数硬仗，但感觉美、英、德、法的商人无论怎样争斗，都是在商言商，尚有诚信和契约可言，可日本人狼子野心早就尽人皆知。他们生于华夏，叛逃于东瀛，一直寄希望于反攻我中华，所以他们做的龙虎仁丹可谓"虎狼仁丹"。所以不管是官司也好，或者真刀真枪的肉搏也罢，我们都没有退路。

　　今日在会馆的冲突中，我虽在后方，但是指挥的同时仍是能够作为医生救治自己的兄弟。医生真是个神奇的职业，当人的手抚触在另一个人的身体上时，我发现人会获得一种神奇的能量连接，这使我感觉到神圣和快乐，这甚至并不是由于我救活一个人所带来的，而是救治的过程本身就能使我感觉到快乐。鸿铭说得对，学医救不了中国人，但学医能救自己，它能让我作为平凡的人类，体验到全知全能的满足感。

　　我没有消毒药水，我也没有止血设备和麻醉剂，我只能顶着兄弟们的哀号，取出了十多枚子弹。我当年从鸿铭那里借来的线快用光了，我只能一根丝线剪成四段使用。一根用羊毛做成的线，当下就等于一条人命。

　　不，不是的，那不是因为羊毛，那是因为有我！

　　此生不悔入杏林！我是协和012号学员，汪道贤！

　　我今日宣布，战争既然已经开始，近期我麾下所有医院，国人因与日本人的争斗导致的伤情免费予以治疗！盘尼西林、阿司匹林的药物原料近日一直受到日寇的封锁，但是我们通过与美国商人的长期贸易往来仍能获得。今天的美国人是我们的盟友，这场战斗，是药物的比拼，是医生的比拼。我甚至不敢想象，如果多年之前黄老板听信谗言，把看似最不赚钱的药厂关闭，而投身于夜总会的建设……那现在的我们就只剩下了夜夜笙歌，丢掉了一切能与日军抗衡的资本，估计很快就要成为亡国奴。

民国十七年，五月一日

　　官司赢了，黄老板和我都哭了。

　　上海沸腾了，日本人被我们打败了，自此市场上将只有芳华仁丹，再无龙虎仁丹！

　　我们是战斗在最前线的，保护五洲大药房，就是保护上海，保卫中国，我们这场官司，本就是必胜的！而胜利的关键，自然是阿祖托我发布的那令人震惊的报道。

　　今晚，我在黄氏会馆地下室做了一项关键的决定。

　　我们各家商会捐出一笔钱，这笔钱不一定能改变中国，不一定能战胜日本，但足够护上海一方平安。光是黄氏资金，今晚就直接注入三分之一，我们将所有的酒楼生意贱卖，以表决心。到后面盐商、布商、油商纷纷加入，今天的胜利让他们知道，中国会赢！药厂的今天一定也是所有人的明天，是因为医学从来不只是医学，更是民生。我们能赢，是因为有民众在后面支持我们。而当民生都控制在日本人手里，所有行业都会直接遭受灭顶之灾。

　　我们用这笔钱成立了一个基金会，叫作上海赈灾慈善会，黄老板任首届会长。这笔钱首先用于因为天灾、战争导致的民生问题，以确保医院在特殊时期能够进行积极的医疗行为。

　　上海赈灾慈善会不但设置初始资金池，还建立了持续盈利的机制，也就是这笔钱在非战时也会进行投资，投资者初始投资之后的分红继续作为资金注入。而投资者会获得持续的曝光，每一次的赈灾都会推出所有商会的名字，以吸引更多人的加入，这对商会也是一本万利的事情。未来的捐赠一样可以算作捐款抵税，而且未来的捐赠是用投资的盈利获取的。

　　金钱是最冷漠无情的东西，然而金钱的流动是最有人情味的一件事情。上海的老百姓和北京比也许是冷傲的，清高的，自命不凡的，他们也许不是完全靠人与人之间的紧密连接相互取暖，而更习惯于将金钱作为一种万能的通货，把所有人都保护得很好。于灾难面前，我们是能够团结到一起的同胞。

　　鸿铭，如果你遇到事情，去上海邮局，在门口你会看到一个红色绿色相间的奇怪邮筒，你摸进去，会有一个木制的牌子，上面有一个电话号码。我们规定每四年轮流由一家商会的代表作为"管事人"进行管理，如遇求助，他会召集商会内部会议，决定资金如何拨出。

　　望你莫要嫌弃，助你一臂之力。

第16章 | 时空的偶遇

"很多时候，人们不想明明白白地活，只愿意糊里糊涂地死。"

1

"怎么样，是这个味道吗？"

看着叶新闭上眼睛嗅着手里的药丸时，陈彦豪还是有些许紧张的。一方面是他担心这个玩意儿有什么奇怪的副作用，另一方面又担心它没用，因为自己拿到之后立马吃了一颗，吃完之后完全没有产生困意，虽然那一夜确实睡得异常安稳。但他觉得是心理作用使然。

叶新缓缓睁开眼睛，眼眶都有些湿润了，陈彦豪更紧张了，这是辣出眼泪来了吗？

"就是这个味道了，一模一样啊！"

旁边的赵敏也惊奇地看看陈彦豪，不再觉得陈彦豪是骗人的了。这段时间的合作让她了解了这个人，虽然陈彦豪嘴里说的话大多不能信，但他一定不是个坏人。虽然这一切仍然超出她的认知，她也不知道陈彦豪是凭什么靠一个不知道哪里来的配方，就得到她外婆如此认可的。

"但是叶老师啊，我也得和您坦白，我这药自己确实试过，没有那么明显的安眠效果，顶多是睡得比较安稳，但吃完之后我倒没觉得有什么副作用，如果不信的话，您可以再让……"说着便转头看向赵敏。

赵敏发现自己还是把陈彦豪想得太善良了，"你是说让我试药吗？亏你想得出来啊！"

"这不……不是……多多益善嘛，为的是叶老师的健康啊，咱们年轻人做做临床试验不是蛮好的。"

"你！"

叶新忙制止赵敏，一脸慈祥地看着陈彦豪，问他这药是怎么做出来的，陈彦豪只能尽量把方法简述一下。

陈平的弟弟在接手之后，调动了全部的资源来凑配方，用他的话说，这个配方上很多药材取材的动植物都已经找不到了，只能用相似物进行替代。但是中药就是这么奇怪的东西，有时候差一点结果就会不一样，就好像山里吃虫子的鸡，水里游了四五年才长一点点大的鲤鱼，就是比饲养场的好吃，明明都是一样的蛋白质，但是饲料喂大的就不是那个味儿。这种"物以稀为贵"的结论不一定是错觉，在行家的嘴里，一下就能分辨出来。

因此，陈平弟弟还是坚持让所有药材尽可能保持与原来一致，工艺上的几个步骤也是一丝不苟。当然，陈彦豪也投入了相当多的资金，这部分资金来自一个莫名其妙的冤大头——陈峥平。陈彦豪越是让陈峥平克制投资，陈峥平越觉得有搞头，就这样上了陈彦豪的贼船。经历将近两个月的制作，无数次的失败之后，陈彦豪终于拿到了梦寐以求的，被称为不完全版的"芳华仁丹"。

这一次制作成功之后，他从陈平弟弟的话语中至少确信了这些药方真的有价值，因为陈平弟弟说好久没有做过香气这么纯粹凝炼的东西了。于是他想了想，又复印了书里两张别的配方，一张补充心肌营养的"养心丹"，一张能提高食欲促进消化的"消食丸"，一口气交给陈峥平，说这是他给家里的"两百万"。陈峥平像捡到宝贝一样，称陈彦豪这两张单子，不但直接价值就可以解决家里的债务危机，更是可以好好下蛋的老母鸡。自此，陈彦豪也觉得自己愧对家人的心淡了一些，举头对汪道贤表示了敬意，解释自己并非贪心，点到为止。历史的财富，还是要交给国家。

不过表示敬意的同时，他也祈求汪道贤保佑他不要死掉。为了测试"芳华仁丹"的效果，陈彦豪是在科室里值班的时候以身试药的，并让护士每两个小时叫醒他一下，免得他死透了都没人发现。确认吃不死人之后，就赶紧给叶新送了来。

队伍已经凑齐了，陈平已经在呼吸科谈好了即将接受肺移植的患者，就差ECMO还没有着落，箭在弦上，不得不发了。因此陈彦豪想着自己厚着脸皮也要求

第 16 章 时空的偶遇

叶新答应他。叶新是一个能带来奇迹的老太太。在大暴雨事件时，他只是抱着一丝希望问了叶新关于"基金会"的事情，没有想到叶新不但真的知道，还能联系到"基金会"的执行者，一下子解除了救治的后顾之忧。更让陈彦豪感到欣慰的是，几乎全部受助患者在接受治疗之后都补足了费用，这使得陈彦豪再次理解了这个城市。

"孩子，你上次说的麻醉和ECMO是不是还没有着落呢？"

没想到叶新居然主动提起，陈彦豪也不再客气，"麻醉老师不用了，我们找到了一个又美丽又温柔又可爱、技术又好的小姐姐帮忙弄！"

赵敏立马回了一个白眼。叶新见状也明白了，点点头。

"ECMO的话，你们肯定是要自己培养的，但你现在急用的话，我可以让我的学生先去你们那儿帮帮忙，他在其他医院工作，和吴帆也配合过，应该不会有问题。"

"太好了！"陈彦豪一下子跳起来。赵敏也很开心，其实她早就知道了，只是看着陈彦豪激动的傻样子，也感到开心。她知道，对生在医学世家的她来说伸手就可以触及的资源，也许是很多人一生也达不到的天花板。

"那我马上和主任汇报，尽快请吴帆主任过来！"他脑子里已经想好了全套的流程，包括让江河和孙问川联系吴帆，让唐彦安排饭局接待，让龙森浩陪吃饭，让陈平准备好接受肺移植的患者，让李有才和侯莹莹去谈供体，遇到行政的问题找圆圆协调，自己也赶紧回去准备办理申请肺移植团队资质的手续。

"不过……"

陈彦豪心跳又停拍了。

"我那个学生也睡不好，我能不能帮她也和你求个仁丹，你能否多做上一些？"

陈彦豪长舒一口气，但又转而坦白，这个药确实在很多药材上无能为力，如果叶新能够帮忙一起寻找其中的几味药材，也许效果会更好一些。叶新便问有什么，陈彦豪说了几样，赵敏在一旁记录。当说到"夜阑湖的蟾蜍"时，叶新便问："夜阑湖？"

"是啊，现在中国的地图上哪有夜阑湖，这也不知道是哪里的。"

"夜阑湖就在松江那里啊！你不知道吗？"

"啊？！"

"就是在两条河交汇的地方，有个不大的小池塘，蒋先生似乎就住在那附近，所以给起了个名字，跟当地的人说咱们村也有自己的湖了，我那会儿在蒋先生的诊所听到的。"

两条河交汇的地方，这不就是自己去过的那个地方吗！陈彦豪忙追着问："那池塘里的青蛙，就叫夜阑湖的青蛙了？这么说夜阑湖的蜻蜓也是了！"

"傻孩子，夜阑湖里哪有青蛙，青蛙都在泥里、林子里呢！"

林……林子？！陈彦豪脑子像触电一般，他想到了唐彦随手画的那幅画。那次去松江，唐彦不只画了吴帆的小别墅，还随手画了几幅画，其中一幅就是他爬上小山岗的时候看到的村子全景。就在村子的下游不远处，确实有个小树林，树很高很茂盛，陈彦豪当时还以为是唐彦为了补足右下角的大片空白硬画上的一片树林，更能体现田园牧歌的美感。他脑海中那幅画中的树林，像施了魔法一样勾引着他，让他又一次产生了不切实际的幻想。

丛林深处，四处蝉声……

"谢谢！我这就去看看！"

陈彦豪说着便跑掉了，只留祖孙二人。叶新看着赵敏，后者正低着脑袋，不知道在想些什么。

"你让你妈妈去帮帮他们吧，这孩子不错。"

赵敏点点头。

叶新口中的"学生"，其实也是她的女儿，赵敏的妈妈。赵敏的爸妈一直在一家东北的民营医院工作，赵敏爸爸主要负责血管外科，而赵敏妈妈做体外循环师，这两个专业本身就是以小队作业为主，因此都是在全国各个地方飞来飞去，偶尔来上海帮帮忙也是常事。叶新也早就和赵敏妈妈提过来帮扶建设ECMO团队的事，无论陈彦豪做不做出药，她都会这样做的。

"很多人只在意在我这里讨到些什么好处，把帮我治病当作一种功劳，其实我这快要入土的人了，能有什么用呢，他们还不是为了讨好我那儿子闺女，还有的臭不要脸地惦记上了我这宝贝外孙女。他们天天研究我到底是得了什么病，只有这个孩子是真的在意我是不是睡得舒服。"

赵敏噘着嘴不服气。

"这个家伙，他也是图谋不轨啊。"

"他不是，你记住，能把企图心写在脸上的人，是能放心合作的伙伴，我也相信他们一定能做成。众合医院这些年来没落了，是时候要有一些年轻人让它振奋起来了。要进步，势必就得有非常人的心，非常人的手段，非常人的韧劲。当积累到一定程度，才能柳暗花明。我估计，不出十年，这个团队，一定是了不起的。"

赵敏听得入神，心里也美滋滋的，毕竟她也是这个团队的一员。说着便让外婆试试芳华仁丹，然后便从一旁挂钩上摘下车钥匙出去了。

"这妮子……呵呵……"

叶新又深深地闻了闻，没有吃下，就感觉午后的阳光烤着后脑勺十分舒服，歪在躺椅上，没几分钟就睡着了，嘴角还带着笑。

2

路边等车的陈彦豪内心正五味杂陈，这是他最接近笔记中所描绘的故事的时刻。上次他从笔记上的地图找准了地方，也发现了阿祖和汪道贤的故居，虽然没有找到阿祖，也认为阿祖已不在人世，但是他内心总是隐隐还保留着一丝丝希望，而这一丝希望又随着对"夜阑湖"的理解重燃了起来。

虽然这与现实似乎已经毫无关系，但是汪道贤的笔记是他内心的一个灵魂支柱。他原是无人问津的一个小人物，来到上海众合医院，像一条小鱼一样搅浑了池水，帮江河站稳了脚跟，又离肺移植的资质只剩一步之遥。他虽然一直自负地认为这些都是源于自己的厚颜无耻和持续的好运气，但是这本笔记无数次给他指点迷津，甚至拿出一笔巨额的宝藏供他使用，让他成为上海的英雄人物。虽然胸外科拒绝了无数来自上海新闻媒体的采访，而把一切归功给了医院，但是医院里的人自然都知道事情的始末，对于他，对于江河，乃至对于胸外二科的信任更强了。

然而，对于陈彦豪来说，这些"信息"与"技能"并不是最令他难以释怀的。令他久久意难平的，仍是那旷世的三人友情，以及那个掺杂了血与枪炮、金钱与药的黑白世界。

正等着，天空居然下起雨来。陈彦豪发现自己也没有带伞，只好用两手挡着眼前的雨，期待公交车早点来救他。只不过公交车来得很慢，而雨突然下得很急。

"喂！上车！"

陈彦豪发现一辆小车停在自己面前，车窗摇下来，是赵敏！她正急切地喊着他。他看看天上的雨，想了想还是钻了进去，犹豫了一下，坐在了副驾驶座位上。进到车里，他很不好意思地用纸巾擦着身上的水。

"没事儿，不用！雨而已！你去哪儿，我送你过去。"

陈彦豪思考了一下,"要不,咱们去夜阑湖吧……"

赵敏皱着眉头顿了顿说:"你指路。"

当陈彦豪再次来到那个村庄的时候,雨停了,也已是傍晚了,天边燃烧的彩霞预示着明天将有个好天气,也把赵敏照得明艳动人,穿着白色衬衫的陈彦豪此刻也显得温暖干净。

大暴雨事件的那一夜,虽然陈彦豪和赵敏完全不在一个战场,但是赵敏也了解到了陈彦豪所做的协调组织工作,为他和江河团队深深折服,她的一生都是被温柔相待的,没有受过什么挫折,也不觉得自己取得了怎样的成功。一方面这成功里少不了家人对自己的提携,另一方面,自己的成功和家人相比也微不足道。爸妈去了民营医院,她觉得那里的风格太功利,她不习惯,但在众合医院她也一直找不到自己的位置,好在她也喜欢麻醉,觉得麻醉是一件很有趣的事情,既不用和患者长期打交道,又可以让患者安心手术,更主要的是,能感受到医生们对她的信任和认可。每当一个医生说:"让赵敏来麻醉吧,咱们放心些。"她就会揣着小药箱屁颠屁颠过去。

外婆在她的生命当中像人生导师一般,一步步指引她做人,做学问,做医生。外婆对外以凌厉著称,唯独对她温柔。但无论如何,她在自己二十多岁的人生中从未见过外婆会如此相信一个外人。而这个外人,总在创造奇迹。

两个人并排走着,看着日头一点一点落下去,刚挨到山尖的时候,像是脚下一打滑就出溜了下去。

"那你自己信中医吗?"赵敏实在忍耐不了两个人并排走又一直不说话的尴尬。

"信吧,但是也不用中医。"陈彦豪下意识回答。

"那你为啥要给我外婆推荐中医啊,我真的搞不明白你俩!"

陈彦豪笑笑,"我不懂中医,但中医也有用吧。"

"中医不就是安慰剂吗?吃点安眠药不行吗?"

陈彦豪又笑笑,耐心地问:"解决症状,算医学需要解决的问题吗?"

"当然算啊,止疼药、安眠药,不都可以吗?"

"那我问你,如果一个人,疼但是没那么疼,失眠但是也不是每日失眠,他经常焦虑但是精神科又说不至于要吃药,换句话说,他不舒服,但是又没有达到能够明确疾病、需要治疗的地步,他就不配得到安慰了吗?"

赵敏觉得陈彦豪明显是在诡辩。

第16章 时空的偶遇

"照你这么说,是个人就要天天嗑中药了?那些吃中药导致肝肾毒性的你不知道吗?那些因为中药耽误治疗的人你没见过吗?人又不是一定需要治疗,安慰又不一定要吃药安慰!"

陈彦豪点点头。

"中医、中药、针灸,这些概念慢慢在分解,甚至具象化到一个个为人熟知的药品。中药真的一无是处的话,它难道不该灭亡吗?"

"当然应该。"

"你说对了,历史上的人也这样想,所以中药几乎灭亡了三次,但是每次都又活了过来。中药不能抗肿瘤,但是可以改善胃口,可以改善排便,可以助眠安神。这些西药不当回事的领域,中药都做得不错,所以中药它更像中国人自己设计的手机相机一样,它更懂我们中国人。"

陈彦豪用笔记里的话告诉赵敏,说中医知道我们虽然没有信仰,但是信仰天理,信仰道法。所以中医用天命一样的理论关心我们,安慰我们。中药能改善我们那些小小的不舒服,让我们发自内心感到愉悦和平和,这也是它存在的价值。

"那你给我外婆吃,有副作用怎么办?"

"过度运动,也会猝死,我们就不运动了?熬夜也会死人,你就不熬夜了?我们的人生注定会死,你就不生活了?"

"你!"赵敏觉得跟陈彦豪就不能好好说话,三句话不到就能和他呛起来。

"人生来就要赴死,那么就一定不是为了不死活着,而是为了理想、快乐和价值活着。你外婆愿意相信这个安神药,也就愿意接受代价。中医是混沌的艺术,是哲学,是玄学。如果她能够接受,我们为什么要认为只有西方医学才是对的?别忘了,叶老师她自己可是学了、用了一辈子西医的泰斗。很多时候,人们不想明明白白地活,只愿意糊里糊涂地死。"

听到最后一句话,赵敏突然有些感同身受,刚要接话,陈彦豪发现一条小路,猛拐了进去。这条小路伴着小河一起穿进了茂盛的林子里,水流的流向证明水是从林子里流出来汇入江水中的。陈彦豪拿出之前从唐彦那里抢来的画,发现自己就正在林子的入口。陈彦豪惊喜地回头看赵敏,开心得像个孩子一样。

"就是这里了!"

黄昏的阳光洒在他脸上,似乎看不到一丝丝阴霾的痕迹,有的只是发自内心的喜悦。赵敏突然觉得,陈彦豪好像从他们第一次见面开始就一直在笑,很少会有别的表情，但他的笑向来都是阴柔、神秘的，不像现在这样，是阳光、放纵的。陈彦豪在前面像个少年一般边跑边跳，赵敏边在后面跟着，边听陈彦豪讲述自己的儿时过往。幼年丧母之后，陈彦豪和父亲、哥哥三个人像兄弟一样在春天播种，夏天捉蝉，秋天打鸟，冬天捕鱼，有着让人羡慕的五彩斑斓的童年生活。

相比之下，赵敏觉得自己的生活太单调了，生活在一群成功的人里面，就觉得自己的人生也应该要成功。这种单调的生活仿佛钢琴键上的黑与白，而陈彦豪这架钢琴琴键居然是彩虹色的，七个音符的琴键闪着七色的光芒，弹奏出无法预测的美妙音乐。

"你看这水里的鱼一定好吃，比菜市场买来的好吃多了，有一种泥土的味道。"

"你看这个蜻蜓很壮实，你也可以烤来吃的，有虾米的味道！"

两人向上爬着坡，两边的树越来越密，像是手拉手弯着腰的长者，垂头闭眼看着他们，像是微笑，又像是在沉睡。四处的蝉声仍然密集，小河哗啦哗啦的，像一阵温柔的白噪音。睡在这里，一定非常安稳。

他们一抬头，便看到一处木制的围栏，里面有个两层的宅子。

陈彦豪仿佛都能听到自己的心咚咚地跳起来，他激动地赶忙向前跑去，就在门口的地方突然停下来。直到后面的赵敏跟过来，诧异地看着他吃惊的表情，接着懵懂地回过头来看了眼这处宅院门口的牌子。字有些不清晰，但是赵敏一字一句地读了出来。

"无……名……草……堂？"

3

一条人工的引水渠将泉水引了过来，穿过了这个不大的小院子。房子旁边的湖应该就是夜阑湖，上面山石上有无数的孔洞，汩汩的泉水从里面持续冒出落入湖中。原来，夜阑湖不是自松江下游而来的，本身就是山泉水自然形成的，两人还能偶尔看见一条小鱼欢腾地跃起。

果真是丛林深处，四处有蝉声啊！

而在这泉水声、蝉声、风声的环绕中，宅子的正中央，一个老人正慵懒地躺在摇椅上，安静地吹着晚风，仿佛和风景融为一体。不远处还有个老阿姨，有些惊诧地看着他们，大概是感受到他们二人没有恶意，便也没有打扰，笑着在一旁默默地洗衣服。

陈彦豪小心翼翼地走过去，他看着眼前不知道是不是睡着了，有些微微震颤着的老人，无法相信自己的眼睛，他半信半疑地问出了让自己都意外的一句话。

"阿祖婆婆？您是阿祖婆婆吗？"

陈彦豪单膝跪在地上，手轻轻扶在摇椅上，而摇椅上的，是一个头发花白的，几乎没有牙的老婆婆。老人似梦似醒，嘴里呓语一般，闭着眼睛。陈彦豪还是没死心，他看了看一旁的阿姨，问这是不是阿祖婆婆。阿姨摇摇头问他们是谁，陈彦豪解释说他们是老人孙子的朋友。阿姨便笑着说："你问她自己吧，有缘的话，她有时候能听见。"陈彦豪转过头，仍是单膝跪地，眼睛里都是惊讶和期待。

"阿祖婆婆，阿祖婆婆您好啊！我……我……我叫陈彦豪……"

摇椅上的老人像是活在梦境当中一般，脸上的皮肤像树皮一样，眼睛也深深地凹陷了进去。听到有人唤她，她睁开眼睛，啊呜啊呜说了几句，便又轻轻闭上了眼睛。

"阿祖婆婆，我是……"陈彦豪想到《无名草堂》的描述，"是方鸿铭让我过来找您的，请问您是阿祖婆婆吗？"

老人眼睛睁开了，看了看又闭上了。

赵敏在一旁用只有两个人能听到的声音提醒他："你怎么可能认识哪，这个老奶奶看上去都快一百岁了吧。"

陈彦豪还不死心，他扯下后背的背包，拿出那本墨绿色的笔记。

"阿祖婆婆，是汪道贤，汪道贤让我来找您的！"

听到这里，老人仿佛被按下了一个奇怪的按钮，她缓缓睁开眼睛，当看到陈彦豪手中的笔记时，老人露出惊讶的表情，随后眼里一下子就涌出了泪水，浑浊的眼睛仿佛变得清亮了起来。

她颤颤巍巍地摸着陈彦豪的手背，摸了摸陈彦豪的脸，又摸了摸笔记。陈彦豪顺势把笔记轻轻放在老人手里，老人摩挲着笔记，像是在抚摸那个时代故人的面庞一般轻柔，一般怜惜。她打开笔记，看了几页，泪水便打在笔记上，她赶忙用手擦掉，不小心带起一片墨水印子，毁掉了一个字。她突然哭出声。

"阿祖婆婆，真的是您？"

抹了抹眼睛，平静地打量陈彦豪，缓缓指了指屋子里。阿姨见状，温柔地笑笑，"孩子，你们应该是旧相识吧，你进去吧，没事。"

陈豪彦推着老人来到屋里，走到卧室，老人呜呜啊啊的，指了指卧室旁边木桌子的抽屉，又指了指自己手里紧紧攥着的墨绿色笔记本，像是找到了多年不见的孩子一般，哭起来。陈彦豪顺着老人的手指打开了抽屉，赫然发现一本红色封皮的笔记。

他小心翼翼地打开第一页，只见一个印刷般的字体写着的"祖"，他也难掩心中的激动，泪水夺眶而出。

真的是阿祖啊，一百岁，阿祖今年，整整一百岁啊！

"阿祖婆婆，真的是你啊，是一个叫陈飞漱的人，临走的时候把这本笔记交给了我的一个师兄，师兄又交给了我。师兄嘱托让我找到您的居所，把这本书烧给您。"

陈彦豪发现，"烧"和"捎"同音，便没有再自己纠正。

阿祖止住了泪，笑了起来，仍然是呜呜啊啊的，陈彦豪听不懂，只觉得阿祖急于想表达什么，但是这个意思应当是错乱的。他便指了指红色笔记，示意自己要打开了，阿祖一个劲儿地点头。

打开笔记，他发现这个字体俨然不像汪道贤的那样难以辨认。他快速地翻阅着，越看越激动，他闯入了一个全新的世界，捡到了一块神奇的拼图，终于拼全了停留他心中许久的一张图片。

在这张图片上，汪道贤似乎有了来处，有了丰富的过往和心中难以言说的悲苦。一个伟大的英雄，在陈彦豪心中变成了一个孤单的复仇者，而他为什么来到了松江，又为什么执意要对抗日本，一切就都有了答案。而汪道贤曾经撒过那么多的谎，都在这本红色的笔记中被戳穿，那些无法面对的感情，在墨绿色的笔记上是冷冰冰的记录，在红色的笔记中是满溢的温柔。他有太多的软肋，也就有太多珍贵的人需要守护。陈彦豪一直以为汪道贤守护的是上海，是中国，原来汪道贤真正守护的，就是区区那几个人而已啊！

那个黄金时代的开启，居然缘于如此简单的理由。

陈彦豪读着上面清秀的文字，抚摩着，像是解开了一个个谜语——

"我当时带着那个孩子，找到了鸿铭，救下了这本笔记。鸿铭一直怀疑这是我自己的孩子，我也不与他解释。但是他很喜欢这个孩子，他们两个后来还见过一面，甚是投缘。毕竟，这是汪道贤的孙子啊！"

"他果然和汪道贤一样的优秀啊！"

"我便以我之姓给他起名，叫作吴帆。"

"吴帆回来和我说，那个叫鸿铭的伯伯很喜欢他。我没敢告诉他的是，他能不喜欢你吗，他和你爷爷是那么好的朋友！但我觉得，鸿铭也许已经知道了，因为他把自己的表都送给了吴帆。我认出来了，这块表是汪道贤生前送给鸿铭的礼物，他没道理把这个送给陌生人。鸿铭能认出吴帆我一点不稀奇，这个孩子虽然未必和我有什么关系，但一定是汪道贤的后代。因为他和汪道贤真的是太像了啊，不光是样子，连脾气、秉性，还有那个不达目的不罢休的劲头，都是一模一样。"

"我知道，他只是把我当作他的女儿，但我知道，他动情了，他只是不想耽误我。可他不知道，他想或者不想，我的心里这辈子也只有他一个。"

"当年，他为了护我周全让我暂住草堂避难。我们从未居于同一时空，但是足够了。那里的一草一木、每一本书、每一处裂缝，都让我感到从未有过的联结。我取回了那块'无名草堂'的牌子，从此他对于这个国家的所有想象，由我来完成。"

陈彦豪已经不能用言语来形容自己的震惊了。

他现在才终于明白，吴帆就住在松江这里，不是因为别的，而是为了照看自己的养母。

笔记的最后一页，有几个名字。

"方鸿铭——救人之道，汪道贤——济世之道，孙琦——霸御之道。"

陈彦豪静下心来仔细想了想，他的"道"又会是什么呢？他是喜欢肺移植手术吗？他是为了钱？为了权力？钱财他不喜欢，官场他不喜欢，他喜欢的到底是什么？

正想着，赵敏突然跑了进来。说外面的池塘里有很多癞蛤蟆，不过和普通的蛤蟆看上去没什么不一样呀！

阿祖慈祥地笑着看他俩，陈彦豪也大笑，心中早已有了答案。为了让自己偶尔有个"名头"来看阿祖，汪道贤一定是将配方刻意改成了"夜阑湖的蟾蜍"。在那个时代，汪道贤是阿祖父亲的年纪，丧偶丧子，阿祖又是自己兄弟的女儿，这种恋情不但是被世俗所不能接受的，连汪道贤自己也没敢面对。可阿祖的余生，就守着两人的一段情愫，直到生命的尽头。

陈彦豪见天黑了，想着阿祖要休息，便郑重地鞠了一躬，他指着阿祖手里的《无名草堂》笔记，做了个拱手的动作，意思是物归原主。

"阿祖婆婆，这本笔记就留给您吧，也终于算是物归原主了。"

阿祖怜惜地看了看笔记，笑了笑，拽住了陈彦豪的手，把它又塞了回去。

陈彦豪攥紧了笔记,也深深鞠躬,轻声唤了下赵敏,两个人轻快地离开了。

阿祖又闭上了眼睛,她似乎看到了汪道贤向自己缓缓走过来,轻轻唤她的名字,说"我来看你了"。两个人相处的时光重新一幕幕浮现在眼前,与整个草堂融为了一体,构成一幅彩色的温暖的画面,画面中是永恒的快乐和满足。院子里的叶子似乎都在欢欣雀跃地窸窣着,和着泉水的声音,整个草堂都像是活了过来。

第17章 | 达摩克利斯之剑

"重症监护室里可提供供体的患者似乎瞳孔对光反射恢复了些。"

1

一群人此时正集结在会议室中，有呼吸科的陈平，ICU 刚入职的李有才和护士侯莹莹，麻醉医生赵敏，手术室的方兰，胸外科的龙森浩、蔡为民和陈彦豪，除此之外，角落里还有个人，正是肖飞。

不一会儿，吴帆在江河的陪同下终于如约走进了会议室。他穿着很简单，衬衫、休闲裤、运动鞋，表情十分自然，没有板着一张脸。

"咱们明天可能要开一台肺移植，如果这台成功了，可能对咱们申请资质很有帮助，所以大家还是要打起精神来。但是我这次也是受卫健委的委托来对咱们的团队进行一个评估，所以虽然大家都是同行，我还是会客观中立地给个判断。重点是……"

吴帆扫到陈彦豪的时候顿了一下。

"你就是陈彦豪？"

陈彦豪愣了一下，点点头。

吴帆继续说："在开始之前，我必须确保这个团队是长期工作的，而不是临时拼凑的，以后也会以这个团队作为雏形发展。不能今天是你明天是他，那样的话是做不好肺移植的。所以，你们的专业度也很重要，我下面会进行一个小的考试，问几个问题。"

说着便转身，走进旁边的会议室。

"你们谁准备好了，谁就先来。如果一个人不合格，就今天找替补，找不到，明天肺移植取消，供体和受体我都带回去做！"

气氛一下子冷到了冰点，这咋还来个考试啊！

正在众人在门口踌躇的时候，赵敏自告奋勇大大方方地走了进去，不到五分钟就蹦蹦跳跳跑了出来，用自信的笑告诉众人，小意思。

肖飞也随后走了进去，十来分钟才出来，感觉虽然没有像赵敏这般自信，但也没有说什么，走到一边默默玩手机。

接下来方兰和侯莹莹等人依次进去，但是每个人出来的表情都不太一样，多少挂着些愁容。

陈彦豪意识到了，每一个人在被考查完之后，吴帆都并不会宣布是否通过，这就会让人质疑自己到底回答得如何。就一场面试而言，在明显地位不对等的情况下，面试官很有可能用气势进行压制，让人产生内心的不自信。

但是既然没有叫停这场考核，就说明前面的人都是能通过的。

这时候，李有才慢慢悠悠地晃出来，脸上还是憨憨的笑。旁边的侯莹莹拽过他问："你到底会不会啊？"李有才边摇头边说："不会。"

龙森浩进去之后，房间里居然爆发了激烈的争执，陈彦豪本想进去劝架，但是里面居然又传出笑声，过一会儿又是一阵子争执。龙森浩出来的时候，时间已经过去了足足半个小时，他笑得很开心。平时龙森浩就没怎么笑过。

接下来是蔡为民。又是半个多小时过去了，他才哆哆嗦嗦地走出来，咧咧嘴，似乎像是"考砸了"的样子。

陈彦豪正有点紧张的时候，看了一圈，发现也只剩下自己了。

他快步走进会议室，轻轻关上门，发现里面除了吴帆还有另外一个人，那个人脖子上和吴帆一样挂了个牌牌，像是个领导，看上去很眼熟。

咦！这不是阿毛的准岳父，张利杰嘛！

卫健委也派人来这里了。只要大家通过了，卫健委的资质办理也就顺理成章了？！陈彦豪越想越激动，对张利杰点点头。没想到，张利杰居然很温柔礼貌地和他打了个招呼。

"陈彦豪。"

"我是吴帆，请坐。"

第 17 章　达摩克利斯之剑

陈彦豪看着对面这个严肃的人，突然想到一直耐心引导着他的汪道贤。他盯着吴帆又重新认真地看了看，五官端正，不怒自威，眼神中不但神采饱满，而且更有一种天然的亲和力，让人感到平静和放松，而不是紧张。

吴帆看着陈彦豪一直看着自己，有些纳闷，"我听孙问川说你能力很强。"

陈彦豪这才反应过来，"不敢不敢，就是帮忙做些团队的辅助工作。"

"我家人也提到过你。"

陈彦豪愣住了，他口中的家人，必然指的是阿祖。

"所以你以后还会当医生吗？我知道你很聪明，能力特别突出，这种人往往都要跑掉的。"说着便和旁边的张利杰交换了个眼色，对方也会意地笑了笑。

陈彦豪被这没有来由的问题问蒙了，但还是诚实地回答道："未来的很长一段时间我还是会当医生的，我觉得自己离不开这种帮助人的感觉。"

吴帆没有在这个问题上继续聊下去，而是转而问起——

"你和我说说肺移植的操作步骤吧，简单点就行。"

陈彦豪有些为难，他是真的不清楚。尽管他听说过肺移植的操作分为取肺、修肺、供体切除、移植几个大的步骤，但至于器官保存液用什么，缝合的时候注意什么，缝合的顺序，他其实都是一知半解的。他此刻突然有点后悔为什么最近一直都在忙杂事，没有好好和大师兄取取经。

"我……不太知道……"

他有些自责，又寄希望于吴帆问上几个他会的胸外科知识。

然而吴帆却并没有露出失望的表情，反而轻松地笑了笑，合上了陈彦豪的简历。

"挺好，就这样。"

什么？

吴帆搂着他一起来到众人集结的会议室中，陈彦豪也顺势回到自己的位置，他此刻才真的理解了刚刚众人的心态。

"刚刚简单地了解了一下，我很满意，除了这位……叫……蔡主任是吧，虽然也没问题，但是这个话呀，实在是密得哦，让我头疼！不错，都通过！"

众人一起爆发出欢呼声，蔡为民难为情地咧咧嘴，大概刚才真的是吓坏了。

"除了赵敏和肖飞，真的是很强以外，大部分人其实都没回答得太好。龙森浩说的虽然我不觉得对，但是我知道他有自己的想法，我也尊重。我想让你们知道的是，我其实并不在意你们会不会，你们会就不正常了，听来的、看来的、学来的和亲自临床尝试过的，肯定是不一样的。你们能在不知道的时候，说不知道，这点就很好。"

众人拍拍胸脯，只有李有才仿佛早就看透了一样，和旁边的陈彦豪眨眨眼，陈彦豪问："你早就看出来了？"

"哥虽然不懂肺移植，但是哥这么多年卖保险，哥能听懂的早就不是人说的话了，哥听的只有话里的那个音儿。"

陈彦豪小声道了句："厉害厉害。"不得不说，他自己真的是有点紧张。

"所以各位先回去休息吧。呼吸科陈医生是吧，你等下和我还有麻醉科的医生一起去看下明天的受体，我们要和家属大概交代一下。"

众人点头。

吴帆郑重地说："这里没有肺移植的资质，所以OPO能够分到我们这里的肺源，很可能近期就只有这一次，希望大家伙明天可以振奋起来。如果这次机会失去，下一次我真的不知道是什么时候，也甚至不知道还有没有。"

陈彦豪深知他话里的意思，这次吴帆能够过来帮忙，不知道有没有阿祖的授意，但是无论如何，这场由笔记引发的奇缘，希望能够真的带来好运。这时，他感到后背被拍了一下，一转身看是圆圆，表情舒展了，两人不约而同地离开了。这一幕被赵敏敏感地发现了，一把搂住旁边蔡为民的肩膀。

"喂，老叔，那两个人，怎么，有情况？"

蔡为民开始像讲国家机密一般小声讲起来，赵敏也像听国家机密一样凑过耳朵小心听了十来分钟，越听越不耐烦，重重地拍了下蔡为民的后背。

"不是我说，老叔，咱属蚊子的？"

2

当陈彦豪回到家，已经疲惫得像黏在床上一样。他艰难地爬起身冲了个澡，却感觉一种兴奋和焦虑驱使着他无法迅速入睡。没有人比他更了解这次肺移植的意义，他也是最近才染上些许迷信的习惯，洗澡的时候，闭上眼睛默默祈祷着。

洗完澡出来，他听了下手机一直在振动，翻看的时候发现自己有几条未读信息，居然是来自江河的。

什么？！

短短的几行字，却让陈彦豪一下子心情陷入了谷底。

"重症监护室里可提供供体的患者似乎瞳孔对光反射恢复了些。"

江河只是一句客观的描述，但是已经非常明确地表达出了观点。陈彦豪内心已经翻江倒海，他甚至感受到，只要他肯答应继续做下去，家属不会知情，吴帆也不会知情，也许世界上就只有江河和陈彦豪两个人知道这件事情，江河也可以选择不知情，和陈彦豪一起背负后果。

假如这次铤而走险能成功获得肺移植资质，若干年之后，没有人会想如果那个有一线生机的人活过来会怎样。但是到那个时候，江河在众合医院也许已经为数十甚至数百个人成功进行了肺移植，挽救了很多的家庭和生命。

错过这次机会，又会再等上多久呢？即使吴帆想开口子帮自己，他们还能再获得OPO给予的供体吗？靠阿欢不停地拉来重伤的病人吗？

而且陈彦豪知道，当这个团队受到一次重创，再一次把大家集结起来的机会，也许就不会再有了。一鼓作气，再而衰，三而竭，这个道理陈彦豪是明白的。陈彦豪也好，江河也罢，对于大家来说，都算是一个不错的合作伙伴，但是又不是所有令人愉悦的合作伙伴都一定会转化为终生的战友，没有合适的利益和愿景，如果半年都等不来供体，这个队伍的分崩离析是迟早的。

龙森浩首先会离开，江河也会老去，李有才本就是游离的，工作对他来说更像是回归正轨，而不是为了产生收益。圆圆呢，到时候还会不会帮自己也不好说。更不用说蔡为民、赵敏、侯莹莹、陈平这些半路认识的同伴。

没有肺移植的成功，葛峰和肖飞也许又会重新拿回主导权，一时的服软又算什么？在胸外一科比胸外二科连续五年压倒性的利润优势面前，院领导又会倾向谁呢？李有才会不会逐渐选择和葛峰更为亲近？江河会不会退休？孙慧对江河的鞭策会不会以失败告终？

神魔只在一念之间，选择权在陈彦豪手里。陈彦豪当然明白应该怎么做，但是无数魔鬼般的念头向他袭来。

"只是瞳孔稍微恢复一些，其他还没什么变化，而且家属还不太知道。"

正在这时，江河又补充了一句，意思就像是说，我和你就说一声，你还是就当不知道吧，情况我了解，责任我来背。

"明天还做吗？"

江河发来的灵魂拷问，需要陈彦豪做出选择。

"江主任，我过来一起看一眼，如果供体还有机会，就先不做。"

陈彦豪打下一行字，套上衣服就往医院狂奔。

他脑海中设想了无数个可能性，也想了如何去和吴帆解释，如果拜托吴帆去和OPO解释，希望这个名额可以后延，就当是好事多磨。

但是换一个思路，这个患者只是瞳孔对光反射恢复了一点点，就意味着一定能活过来吗？如果在家属已经放弃并且愿意捐献的时候，再给他一个微小到几乎渺茫的希望，然后再经历一次痛苦的起伏，最终也还是没能救回，对于明天即将接受心、肺、肝脏、肾脏移植的四五个人来说，也同样要经历绝望，这就一定是绝对的正义吗？

不过陈彦豪觉得这个问题本身就不该自己去纠结，OPO会来人评估的，现在的问题就是要不要告诉OPO，他决定亲自看上一眼，让自己死心。

即便是深夜，上海的路灯也很闪耀。这个城市不同于北京，到了夜晚，一部分人的生活才刚刚开始。每个时间段的人，都活得十分努力。

陈彦豪走到二楼的监护室，抱着无法言说的心情走到供体的窗前看过了病人。连续测了几次瞳孔，都难以置信。

"这也没恢复对光反射啊！"

他马上给江河打了电话，江河说可能刚才看错了。陈彦豪有些生气，这个家伙平时不靠谱就算了，关键时候还来耍自己。回头一定上奏给孙慧，让她寄过来一些搓衣板，伺候江河。

他刚走出门，就吃惊地看到，吴帆与江河坐在一起聊天。

"吴主任，您怎么来了，您也看过了？"

吴帆笑着对陈彦豪和江河道："你果然没看错人。"

江河笑着和吴帆握了握手，道："你也不会看错人的。"说罢，江河便拍了拍陈彦豪的肩膀，背着手离开了。

陈彦豪惊讶地问："所以，这算是？"

"一场考验，最后的考验，我需要知道你们这个团队在未来的执行层面会怎么做事。"

吴帆玩味地笑着，眼神中流露出赞许。他不会端着前辈的架子，也不会像江河一样随意得像个孩子，使得陈彦豪在他面前感到放松。

陈彦豪终于放下心来。

吴帆在前面走着，陈彦豪从一旁跟上，两个人走在为了节能关掉一半灯的医院走廊上。

"所以你去看过老太太了？"

"是的，大为触动。"

"她活了一个世纪了，很久没开口说话了，你走了之后接下来的几天她都在笑，你和她说什么开心的事了？"

也许阿祖从自己这里还是知道了汪道贤真正的心意吧。"夜阑湖的蟾蜍"，为了能名正言顺地看一眼阿祖，而编出这样的药方的，也就只有这位怪医汪道贤了吧。

有些时候，觉得别人喜欢自己只是自己的猜测，这种猜测持续了半个多世纪的时间，像一颗蒲公英的种子飘浮在空中，却终于在百岁的时候落地生了根，终于看到了里面开出了花，流出了蜜。这已经不是爱情，友情，亲情，而是一种遥远的羁绊了吧。

陈彦豪想起那本红色的笔记上写过的那句话。

"他的心里，有过我。"

汪道贤有过婚姻，有过孩子，可都在绵延的战事中被摧毁了，他之所以流落到松江，之所以抗日，都是因为他和日本之间数不清的仇怨，以及他想努力守护最后剩下的那个孩子，也就应该是，吴帆的父亲吧。

陈彦豪没有谈过恋爱，更没有活过百岁，但这种遥远的联系，还是深深打动了他。看到阿祖的快乐，陈彦豪内心也生出真正的欢喜。这种奇妙的联结，对面的吴帆大概怎么也不会想到。

一本笔记，被火焚烧了那么多次，最终还是回到了心爱的人手里，哪怕是短暂的擦拭，也完成了它真正的使命。

对方鸿铭，这是朋友的建议；对孙琦，这是致富的宝藏；对陈彦豪，这是长辈的忠告；对阿祖，这是一本日记，一封情书，一份记忆。

陈彦豪只笑着说："没什么，我就是很招老人家喜欢，嘿嘿。"

吴帆不相信，但也不好问太多，只好讲了讲阿祖。说她是自己的养母，自己的父母在解放战争的时候没了。养母是搞新闻媒体的，但是和医疗圈混得很熟。她在一九四八年的时候创办了《大众医学》，因此认识了很多医疗圈的朋友，自己从小耳濡目染，才走上了这条路。

他说一开始看到陈彦豪的时候，他喜欢不起来，但是接触了几次，他觉得自己看错了。一个油嘴滑舌的人未必不可信，就像一个义正词严的人也未必可靠。

陈彦豪感谢了他的信任，问他对每一个团队都要用这两轮考试吗？吴帆点点头说，其实是三轮，在选择谁应该接受肺移植这件事上，陈彦豪已经完成了考验。

"啊？那个所谓的，局长打过招呼的，是你找人编给我的？"

吴帆笑着点头。

"这些其实都是些关于诚信的考验，我在很久以前也接受过，所以我经常会拿它来考验一个新的团队。"

"很久以前？"

"对，那得是，六几年吧，我们一群小伙伴到一个老医生家里玩，我们都管他叫方伯伯。以前你在北京的那个同事韩雨也在。韩雨出身医学世家，我不是，而且当时我比他小一点点，也没有他机灵懂事。聊得开心的时候，大家让方伯伯出题看看谁以后更适合当医生，于是方伯伯就出了些考题，例如人如果流了血该如何止住等。我记得韩雨他真的懂很多，一个小孩，能口若悬河地讲半天。而我当时是真的不会，扯我都不会扯，于是就说我不会。方伯伯说，在医学上，不知道的时候就说不知道，是很难得的。他又问我，一个有钱的病人和一个没钱的病人，我要治哪个。我当时没懂他是什么意思，就随口说，我要治那个能治好的病人。他笑着和那些人说，我更适合做医生。我记得韩雨当时还挺不高兴的，年纪小，都要强的。但是我也就是那个时候才觉得，我确实可以做个医生，做个不输给方伯伯的医生。"

陈彦豪听得入迷，心想，你知道你有个比他还牛的爷爷吗。

陈彦豪记得自己和阿祖婆婆提起吴帆的时候，她比了个嘘的动作，因此他并不确定吴帆知道自己的身世。换个思路想想，除了阿祖婆婆，现在这世上大概只有陈彦豪一人知道汪道贤是谁，做了什么，连叶新也只知道他叫作蒋先生。

汪道贤像一只千面狐狸一样行走在人世间，留下了许多破碎的影子，只有陈彦豪了解过他心中的所爱和所恨。也许在那个时代，除了阿祖和方鸿铭之外，甚至没有人知道汪道贤是谁，更没有人知道他是如何保护这座城市，保护这个国家的。

看到陈彦豪正沉思，吴帆也感慨道："你们真的很好了，几个月的时间，可以把团队做到这个样子。我记得我刚开始的时候，也是非常头疼。"

"嗯，用心做人，拿钱办事。"陈彦豪随口谦虚地应付了下对自己的夸奖。

"好一个用心做人，拿钱办事啊。我曾经想起在那次聚会上方伯伯的一句话，叫作'一把柳叶刀，拿起是神仙，放下是凡人'，不开刀的时候，谁还不是个拿三两个铜钱过日子的人了。"

陈彦豪知道，这才不是方鸿铭说的，这句话是汪道贤在笔记的最后一页上，写给方鸿铭的绝笔。

"方伯伯后面又说了一句，叫作'一颗济世心，拿起刀是你，放下也是你'。"

陈彦豪被这句话冲击到了。

他如何能不明白，这后半句，定是方鸿铭为了缅怀汪道贤所说的。

一个医生能救一个人，几个人，能救一座城市，一个国家吗？而且谁规定只有医生才能救人？汪道贤救的人又何止几个，几百个，几千个？救死扶伤，未必要披上白大衣，拿起手术刀，关键看他有没有一颗救人的心。

职业，只是规定我们可以用怎样的方式去救人而已。

陈彦豪似乎看到了方鸿铭和阿祖两个人在汪道贤的葬礼上，在白绫上写下这句话，点上一把火，火焰缓缓湮没这些字，伴随着低沉的诵经声传到西方极乐世界，让已经累了大半生的汪道贤内心平静的湖水又起了一丝波澜，告诉他这位神仙，在遥远的东方世界，还有他们在继续他的事业，拯救着多灾多难的人们。

陈彦豪默默地感谢这本《无名草堂》带给他的全部惊喜，他暗自下了决心，打开背包。

"吴主任，这个给你。"

"这是？"

"时间的礼物。"

3

院史馆的庆典如期召开，陈彦豪不但帮忙梳理了医院发展的历史脉络，更是提供了不少老照片和旧信件、报纸。安处长本以为是一面只有字和网上搜到图片的墙，结果是摆了几十米的长廊。图片配上历史介绍，对院史再不感兴趣的人，走过路过也会驻足欣赏一番。这些图片有些是陈彦豪从阿祖处带回来的，发之前也征求过吴帆的同意。

尽管胸外二科给人事处着实找了太多的麻烦，然而光凭这一件功劳，安处长就觉得赚大了，她觉得陈彦豪的未来不可限量，毕竟连没有人认为可行的肺移植资质，他们都拿到了，而且居然顺势开展了起来。接连五例手术，没有一例死亡，虽然移植例数不多，但这件事着实霸占上海市的新闻媒体头条许多天。

院史展览令大多数人驻足时间最久的，居然是其中一部分关于建院筹集资金的内容，里面详细地讲述了当时来自五湖四海的乡绅们参与募捐的情况，有一张黑白照片上面都是些穿着西装和旗袍的先生太太，旁边注解："上海市政府在商界同人的募捐下，主持成立了第一家中国自己的医院"。

不知是安处长还是什么人，修改了陈彦豪原先提供的注释。陈彦豪之前明明写的是"商界各同人自发进行募捐并劝说市政府成立中国第一家医院"。

不过陈彦豪还是在一个小小的地方展示了下《大众医学》，介绍了《大众医学》的创始人，也介绍了创始人和众合医院成立之间的种种。

院史展览的最后，有一个当代进展，上面也赫然写着，二〇〇九年十一月，医院在各方大力支持下，重新获得了肺移植资质。

陈彦豪在这一行字面前驻足而立，看了很久，这几个字，只有他自己知道背后的心血和汗水。

正在这时，后面有人走了过来拍拍他的肩膀，是圆圆。她说："一会儿就举行剪彩仪式了，等下你还有发言，想好要说什么了没？"

陈彦豪摇摇头说，他把稿子写好，交给了孙问川，这次由孙问川来发言。圆圆想了想他这样做的理由，没有再问下去。

许多人都来出席了庆典，有院长、副院长，以及不少媒体人。陈彦豪旁边是江河、龙森浩、李有才、肖飞、赵敏、陈平、刘芳、方兰、蔡为民、侯莹莹以及高个子的唐彦。

咔嚓，照片定型。

这张照片，如果忽略色彩和穿着，和长廊上那张为医院募捐的乡绅合影简直一模一样，每个人的神情都是那样自信从容，平和喜乐。

他们都看到了太多奇迹，他们也坚信能创造新的奇迹。

"明天又可能有供体了，这次受体选择好了吗？"

"准备好了，我去取肺。"

"我也去。"陈彦豪说。

"我也去。"肖飞也说。

江河望着眼前的长廊，他的眼眶也不禁有些湿润了。他想起他的师傅陈飞漱

第17章 达摩克利斯之剑

他在陈飞漱的"秘密基地"又何尝没有看过这些照片。和陈飞漱喝酒的时候，他听说他的祖师爷方鸿铭还有一个老友，叫作汪道贤，而这大上海一切医院的繁华都与他有关。陈飞漱说，方鸿铭曾经告诉过他，汪道贤这个人，比医生更应该被称为医生，所以嘱咐陈飞漱，未来有机会，一定要让世界认识认识这个躲在背后的胆小鬼。江河知道，陈彦豪也一定有他自己的秘密，这条长廊上尽管没有一处汪道贤的名字，但这应当已是对陈飞漱、方鸿铭最好的慰藉，说明汪道贤已经成了一种精神，根植在每个人的灵魂中。

尽管这座医院是一只深海巨兽，但它的灵魂可以决定它是救人还是保持冷漠；它的灵魂由它体内每一个具体的人组成，却能形成一种拥有滔天巨力的、抽象的伟大。

江河知道，院史馆的意义就在这里了，只有我们知道从哪里来，才知道我们原本是为了什么出发。

他当然还记得和陈飞漱的约定，他此刻正端着一个军用水壶，里面放的不知是什么，猛灌了好几口。

"老头儿，你看见了吧。"

秦雄穿着笔挺的西装，挑选了最爱的领带，准备在院史馆成立的时候发言。事情能一步步发展到今天，他才是最没有想到的。他想开展肺移植的初衷，是他觉得医院的移植要全面。然而一开始，孙问川认为资源应该重点放在肝肾这些基础好的专业上面，所以当秦雄要选择一个外面的学科带头人的时候，孙问川是极力反对的。众人都觉得江河虽然复杂手术强，却没有当过科主任，是必定不能胜任的，可秦雄就是信了孙慧的大力举荐，力排众议引进了他。

秦雄是后来才慢慢觉得，孙问川当初的极力反对，其实只是嘴上说说，却没采取过任何行动。不然无论是从做主任的资历上、数据的考核上，他都有理由可以把江河拒之门外。葛峰他很聪敏，技术又好，还有科研上的开拓精神，但是权衡博弈是他本能的条件反射。虽然一方面他的趋利避害能与医院大目标方向一致，但另一方面他趋利避害的惯性已经让科室经营和临床传承突破等走到了瓶颈。在葛峰退休的时间点，孙问川大概正是看到了这一点，所以在尽可能拉拢葛峰的同时，也给了江河的引进一种默许。而现在无论是葛峰还是江河，对孙问川都并无意见。

有一种人打牌不会为了大获全胜而搞得非死即伤，而是在全局都获利的情况下，让自己比别人就多那么一点点优势。

但令秦雄和孙问川都没想到的是，强的不只是江河，还有江河的队伍。江河虽然不怎么会当科主任，但是他会的，别人也做不来。

秦雄昨晚就给孙慧去过电话，感谢她的帮助，可孙慧一句话差点要了他的老命。

"我家那口子过去是给我开拓上海市场的，帮你就是顺便，你别自作多情了。"

秦雄这才明白，孙慧是布局分基地呢，怪不得这一个两个三个的怎么全都跑过来了呢。

李有才问龙森浩，病怎么样了。龙森浩摇摇头，说他只能干完明年这一年，希望李有才别让他失望。李有才笑笑不语。

龙森浩突然问："你家闺女以后是不是也要学医？"

李有才说"是"。

龙森浩说："到时候，报陈彦豪的研究生吧。"

李有才问："陈彦豪会一直干下去吗？我总觉得他随时会离开这个行业，这个人太活泛了。"

龙森浩说："他会的，这里有他舍不得的东西。"

李有才笑着点头，"不知道等陈彦豪、赵步理他们真正成长起来，会成为怎样的医生，怎样的主任，怎样的领导呢？"

"我看不到了，你回头烧给我。"

"好的。"

赵敏在角落里，偷偷看着陈彦豪，她突然有种热血澎湃的感觉，一个人就是可以这样不管不顾地冲出去，然后闯出一番事业吗？那自己呢，一直走的都是家里给设计好的路，有没有可能，自己也去试试？

而陈彦豪自然不懂赵敏这些小心思，他正在自己的一段梦境中。

"孩子，你……你是？我不认识你。"

"我……我谁都不是，我只是个偶然间看到笔记的人而已。"

"不可能，这本笔记不会落到不相干的人手里。"

老人说话语速很慢很慢，而且很不清楚，需要仔细听才能辨认出来，陈彦豪觉得每个字都像是有穿越时空的力道。

"这个笔记，居然还在，最后还是选择了你啊……阿衡[1]啊……阿衡……这个傻小子，没想到还是走在我前面了，追他师父去了。"

"您真的是阿祖婆婆啊？！"

"我是，孩子，我还没死呢。"

"但是为什么陈老师让我……要……要烧给您呢？"

"嗯，那也都是为了保护你们。其实，这本笔记曾经在一九三八年给过一个联大的学生。但是那个联大的学生心术不正，拿到这本笔记之后，不但绑架了医药界，还差点引起一场浩劫。所以在那之后，鸿铭才说，这本笔记，不能再留下了，是我坚持留下它，最后给到了阿衡……现在，就到了你的手里。"

"所以，历史上，真的有汪道贤这个人吗？"

阿祖笑笑。

"那他究竟要保护的是谁呢？"

"是他的大儿子，汪明远，也就是吴帆的父亲。当时汪道贤出国，他太太因为逃难到了一个村子。十岁的汪明远在一九二〇年的时候，杀死了一个日本兵，村里的人都被日本人屠杀了，只有汪明远逃到了别的村子，被隔壁村子的人收留，那人谎称是自己的孩子，汪明远才逃过一劫。汪道贤回国，二人团聚后，汪道贤为了不暴露汪明远，只好把他寄养在别人家，也改了姓。汪道贤本想浑浑噩噩度日，但是后来一波一波的际遇，让他也知道了，他还有更重要的使命，他不能消沉，然后就这么阴差阳错地过了这么辉煌的一生。他不但打败了日本人的仁丹，破坏了日本人的侵略计划，更是为抗日战争提供了药品，也算是真正为一家妻小报仇雪恨了。"

阿祖无奈地摇摇头。

"汪道贤走后，汪明远找到了我，把他的儿子交给了我，之后汪明远也死在战争中。他父亲苦心建设的中国药库，他到死的那一天，都在努力夺回来。"

陈彦豪在梦中问了阿祖一个曾经困扰他很久的问题："这本笔记真的是诅咒吗？我也看了，我会不会也被诅咒呀？"

梦中的阿祖凝视着他的眼睛，半晌之后笑着道："不会的，孩子，你的眼睛，比他们都干净。"

---

[1] 陈飞漱的乳名。

陈彦豪想，不愧是自己的梦，梦中的自己果然完美。

"阿祖婆婆，那天我看见你的笔记上写着，方鸿铭是救人之道，汪道贤是济世之道，孙琦是霸御之道，那我的道是什么？"

阿祖思考了下，拉过陈彦豪的手，缓缓打开，在他的手心，轻轻地、一笔一画地写了两个字。

随着一阵剧烈的掌声，陈彦豪醒了过来。